MW01199786

Moronga

Moronga

HORACIO CASTELLANOS MOYA

LITERATURA RANDOM HOUSE

Este es un libro de ficción. Los personajes y sus situaciones proceden de la imaginación del autor; cualquier parecido con la realidad es una coincidencia. Aunque algunas instituciones, sitios públicos y establecimientos comerciales aquí mencionados existen o existieron, nada de lo relatado en este texto ha sucedido en ellos. El autor da las gracias a The Headlands Center for the Arts, en una de cuyas cabañas comenzó la escritura de estas páginas.

Papel certificado por el Forest Stewardship Council®

Primera edición: febrero de 2018

© 2018, Horacio Castellanos Moya
© 2018, Penguin Random House Grupo Editorial, S. A. U.
Travessera de Gràcia, 47-49. 08021 Barcelona

Printed in Spain – Impreso en España

ISBN: 978-84-397-3405-5
Depósito legal: B-26.351-2017

Compuesto en La Nueva Edimac, S. L.
Impreso en Cayfosa (Barcelona)

R H 3 4 0 5 5

Penguin
Random House
Grupo Editorial

A Mariana, Luana y Ava; a Pablo. La prole, mi querencia.

A Nanna

ÍNDICE

PRIMERA PARTE

ZELEDÓN

(Agosto de 2009-mayo de 2010)

MENELAO: ¿Qué cosa sufres? ¿Qué enfermedad te aqueja?

ORESTES: La conciencia, porque sin lugar a dudas que he cometido delitos terribles.

Orestes, EURÍPIDES

Lo descubrí rondándome de nuevo. El día anterior había sido cerca de las cajas registradoras en el Walmart; ahora, en el centro del pueblo, a la salida de una taquería. El rostro se me hacía familiar, de la época de la guerra, pero no lograba ubicarlo.

Era un sábado al final de la tarde.

Las calles estaban desoladas; la resolana aún hería la vista.

Me metí a la vieja Subaru. Encendí el celular. Rudy respondió al otro lado: que todo estaba listo en Merlow City, que llegara cuanto antes, me estaban esperando para el empleo y había un par de casas donde podía alquilar habitaciones amuebladas.

Me dirigí al motel de mala muerte en el que había pernoctado en los últimos días. Pagué la cuenta.

En la madrugada, metí mi ropa y mis cachivaches en la vieja Subaru.

No había nadie de quien despedirme.

Maniobré por los suburbios. No traía cola a la vista. Salí a la autopista 30.

Atrás quedaba Mount Pleasant; más atrás, Dallas.

Me esperaban quince horas de viaje.

Disfrutaba conducir a esa hora, salir de la penumbra en la zona desértica, cuando aún había pocos furgones en la carretera. Enseguida vendrían el sol hiriente, el calor sofocante, el tráfico dominguero.

El amanecer me alcanzó antes de llegar a Texarkana, la frontera del estado.

Pero no me detuve a desayunar sino hasta dos horas más tarde, a un costado de la autopista, en las cercanías de Little

Rock. Por el ventanal del restaurante podía observar mi auto, y quién entraba y salía del estacionamiento.

La mesera que me atendió era muy flaca, la cara consumida, los ojos azules un poco desorbitados; tenía tatuajes en el dorso de sus manos. El vaso con agua apestaba a yema de huevo; el café era rancio. No le dejé propina.

Salí de la autopista en Little Rock, como si ese fuese mi destino. Conduje un rato a la deriva; muchos sitios tenían el nombre «Clinton». Luego me metí a una callejuela en la ribera del río Arkansas y me estacioné. Permanecí en el auto, atento a los espejos retrovisores, con las manos en el volante.

Los resabios de una vieja emoción estaban ahí, removiéndose, inquietos. Comenzaría de nuevo, eso era la vida.

Un rato más tarde entraba a la autopista.

No hacía mucho que había cruzado el Misisipi, a la altura de Saint Louis, y subía por la autopista 55, cuando me detuve en un pequeño centro comercial al costado de la carretera. Me estacioné frente a un restaurante Chipotle; ordené unas enchiladas de pollo. Me traje el azafate con los platos a la terraza, para no perder de vista la Subaru. Comía distraído cuando recordé al tipo que me rondaba en Mount Pleasant: era un campesino de La Laguna a quien incorporamos como enfermero al campamento, un rostro sin nombre.

Los obesos de Saint Louis parecían más obesos que los de Texas.

¿Hacía cuánto tiempo no veía a Rudy? ¿Diez años? ¿Trece?

Sus coordenadas me las había dado el Viejo, el otro sobreviviente del pelotón, con quien mantuve contacto.

Rudy estaba casado con una mexicana. Tenían una parejita de niños. Él trabajaba como cocinero en un restaurante japonés; ella en una compañía de limpieza. Y habían residido en Merlow City durante siete años, los suficientes para armar una red de contactos. Es lo que me había contado.

También que ahora se llamaba Esteban. Lo que no importaba, porque Rudy tampoco era su nombre, sino el seudónimo que más le duró durante la guerra.

Ni él ni yo recuperaríamos jamás nuestros nombres originales. Nada tenían que ver ya con nosotros.

Caía el crepúsculo cuando encontré las primeras señales que anunciaban las entradas a Madison. Me fui de paso. Era principios de agosto: los días en el norte aún se alargaban hasta las nueve de la noche.

Merlow City estaba a unos 45 minutos, a medio camino entre Madison y Milwaukee.

Me estacioné frente al pequeño patio delantero de la casa de Rudy. Dejé pasar un par de minutos antes de marcar su número en el teléfono. El aire era húmedo, bochornoso.

Abrió la puerta y avanzó por el patio.

Supe que era él, pese a la gordura y las canas.

Salí del auto y caminé a su encuentro.

Nos abrazamos, primero con cierta desconfianza, luego con alegría.

—Acordate, soy Esteban, Esteban Ríos. No se te vaya a olvidar que me cagás —me dijo en corto, porque su mujer se acercaba tras de él.

Me la presentó.

—José Zeledón —le dije.

Se llamaba Lorena. Una trigueña, entrada en carnes, pero aún de buen ver. Parecía más vieja que Rudy, pero no tan vieja como yo.

Del auto sacamos la laptop y una mochila con ropa. Lo que pudiera llamar la atención de cualquier rata de paso.

Yo dormiría esa noche en el sofá donde la pareja de niños yacía viendo la tele. Me saludaron sin ponerme atención, embobados; otro compatriota del padre, otro gorrón, pensarían. Eran gringuitos de piel café.

Rudy trajo dos cervezas; Lorena dijo que me prepararía algo de cenar y se metió a la cocina.

Guardamos silencio, sentados a la mesa, reconociéndonos. Teníamos tan poco de que hablar que no fuera un pasado impronunciable ante su familia.

Me pareció que había un exceso de muebles en esa sala comedor.

Pero yo debía contarle una historia a Lorena, mientras comía los frijoles y las quesadillas que ella me había preparado: mis cuatro años en Houston, de empleo en empleo; luego Dallas, donde no salió lo prometido; unos días en Mount Pleasant. Y ahora acá.

Preguntó por mi familia. Alguien quedaría en El Salvador, pero yo había perdido todo contacto, le dije con la expresión de quien no quiere hablar del tema.

Enseguida, Rudy o Estébano, como lo llamaría en adelante, propuso que fuéramos a tomar la siguiente cerveza a un bar: el ruido de la tele, la presencia de los chicos…

Subimos a su camioneta Toyota Sienna. Era un modelo del año anterior, aún olía a nueva, no como mi vieja Subaru.

Fuimos un rato en silencio, sin ganas de hablar de la otra vida que habíamos compartido.

Las calles del pueblo estaban desoladas.

Merlow City era lo que se llamaba un «college town», me repitió. Toda la vida del pueblo giraba alrededor del college. Y estábamos al final de la primera semana de agosto: los estudiantes regresarían en pocos días.

El bar se llamaba Freddy's. Era oscuro, apestaba a carne quemada y la bartender era una gorda enfurruñada. No había más de media docena de parroquianos.

Nos instalamos en un gabinete.

—Me va a costar acostumbrarme a decirte José, en vez de «mi teniente» —dijo.

Me encogí de hombros.

Puso una pequeña hoja sobre la mesa de madera: en ella estaban apuntados los nombres y los números telefónicos de los dos caseros que alquilaban habitaciones amuebladas. Temprano en la mañana podría llamarlos, decidir cuál me convenía e instalarme de inmediato. Y a eso de las dos y media de la tarde, cuando él tenía la pausa en el restaurante, me llevaría a la empresa de autobuses escolares. Ese era el empleo que me tenía asegurado.

Y habrá otras posibilidades, dijo.

Pedimos otra ronda a la gorda enfurruñada.

Hubo un momento en que Estébano recordó a los integrantes del pelotón, a los que sobrevivimos a la guerra, a los que murieron en la última aventura, cuando los gringos nos descubrieron en el altiplano, nos barrieron con fuego nutrido y fue el sálvese quien pueda.

—Quién iba a pensar que terminaríamos aquí —dijo.

Volteé hacia la barra: en los dos televisores, empotrados en lo alto, sobre las ringleras de botellas, transmitían un partido de basketball.

Estébano me preguntó si seguía los acontecimientos políticos en el país, si no me habían dado ganas de regresar ahora que los compas acababan de encaramarse a la Presidencia tras ganar las elecciones. Y dijo así, «compas», con cierto entusiasmo, como en los viejos tiempos. Hacía mucho tiempo que yo no pronunciaba esa palabra.

Lo observé en silencio.

—Viste que Tulio es el nuevo director de la policía; y que a Ronaldo lo pusieron a cargo de inteligencia… —comentó.

Un tipo que estaba en la barra se dirigió hacia la rocola.

Cuando regresamos a su casa, los niños ya se habían ido a la cama. Lorena me había dejado sábanas, almohada y una toalla sobre el sofá.

El calor era pegajoso. Estébano apagaba el aire acondicionado en las noches.

Me di una ducha. Coloqué la tobillera con la fusca bajo la almohada y me eché en el sofá, en calzoncillos, cubierto por la sábana, por consideración, que en tal bochorno me hubiera gustado tirarme desnudo en el piso.

Estaba exhausto, pero permanecí en vela un largo rato, acostumbrándome a los nuevos ruidos, al aire denso, al hedor a familia.

La mejor habitación, la más amplia y soleada, de cara a un pequeño parque, estaba en la casa de una vieja parecida a la Pantera Rosa, que no paraba de hacerme preguntas. Me decidí por la otra: era un poco más chica y menos luminosa, pero el casero no fue fisgón y mencionó a Estébano.

Tenía cama, mesita de noche, clóset, un sillón reclinable, una mesa con silla, una especie de librero y un par de cuadros con motivos florales colgados de las paredes; el wifi estaba incluido en la renta y el aparato de aire acondicionado era viejo.

Había otras dos habitaciones en esa segunda planta. El casero dijo que los inquilinos eran gente trabajadora y limpia. Ya los conocería. Compartiríamos cocina y baño.

La primera planta estaba desconectada de la segunda: a aquella se entraba por el porche que daba a la calle y era una sola unidad ocupada por una pareja; los del segundo piso subíamos por unas escaleras laterales.

El casero sólo quiso saber en lo que yo trabajaría en el pueblo. Traía un formato de contrato listo. Firmamos por seis meses. Le pagué un mes de depósito y la primera renta. Recibió el cheque sin suspicacia.

Entonces masculló unas frases en español, pero la única que le entendí fue «bienvenido». Dijo que su mujer era de origen mexicano.

Una vez que terminé de subir mi ropa y cachivaches, me eché un rato en la cama: estaba arreglada con sábanas y edredón, pero el colchón se hundía al costado de la mesa de noche; más tarde le daría vuelta para ver si del otro lado tenía más firmeza.

Me senté en el sillón reclinable. Por la ventana pude ver la parte superior de la casa contigua y mucho cielo despejado.

Desempaqué mi ropa; instalé la laptop.

Revisé de nuevo el baño, la cocina y la salida de emergencia (una escalera metálica en caracol ubicada detrás de la cocina). Luego bajé al sótano donde estaban la lavadora y la secadora que funcionaban con monedas de veinticinco centavos.

La casa estaba en la avenida McKenzie, a alrededor de un kilómetro del centro del pueblo.

Decidí caminar, aunque el bochorno crecía a medida que pasaba la mañana.

Todos los pueblos a los que esta gente llama «ciudad» se parecen: inmóviles, con sus calles desoladas. Pero Estébano me había explicado que el centro de Merlow City eran los mismos edificios de la universidad, entre restaurantes, bares y tiendas, y por eso durante la época de clases había bastante vida en las calles; ahora, no.

Comí un sándwich y enseguida me metí a la biblioteca pública, a protegerme del calorón con el aire acondicionado. Me entretuve revisando videos y hojeando revistas hasta que dieron las dos y media, hora a la que debía encontrarme con Estébano.

El restaurante Nakanomo estaba a dos calles. Era caro, para profesores y administrativos bien pagados, me lo había advertido aquel. Esperé un par de minutos resguardado del sol bajo el alero de la entrada.

Luego fuimos en su Toyota a la empresa de autobuses escolares. Estaba sobre la autopista 6, lejos de casa. Cuando comenzara a trabajar, tendría que ir diariamente en mi auto.

El supervisor se llamaba Jim; tenía la nariz roja del borracho, como un personaje de tira cómica. Con Estébano se llamaban «amigo». Me saludó en español, campechano; dijo que había estado en Nicaragua para la revolución sandinista, y que había seguido visitando el país cada dos años, aunque ahora no le interesaba la política sino las mujeres. Apuntó los datos de mi TPS migratorio que me autorizaba a trabajar en el país, tomó mi licencia, revisó los certificados de autorización del estado de Texas y comprobó en la computadora su autenticidad; luego hizo preguntas sobre mi experiencia y me entregó un cuestionario que debía llenar. Cuando terminé, salimos en el autobús para el examen práctico.

A partir del lunes entrante, trabajaría cuatro horas diarias, dos temprano en la mañana y dos a media tarde, a quince dólares la hora. El viernes me tendría listo el itinerario.

—Para comenzar no está mal: trescientos dólares a la semana —comentó Estébano mientras me conducía a casa y me señalaba el Walmart donde horas después vendría a hacer mi compra; él debía regresar al restaurante. Y dijo que pronto me saldrían otros chances.

Al final de la tarde, me senté frente a la laptop: debía poner mi nueva dirección postal en los sitios del banco, de inmigración, del seguro de la Subaru, de la compañía del teléfono.

Esta gente lo sabe todo de uno, aunque no sepa quién es uno.

Salí a la cocina a prepararme un sándwich. Había perdido la noción del tiempo de tan enchufado que estaba en *Breaking Bad*; había visto tres capítulos al hilo. Eran casi las nueve de la noche.

Me encontré a uno de los inquilinos. Se llamaba Reza; era iraní, joven, espigado, con gafas, coleta, barba rala y trato amable. Calentaba un pedazo de pizza en el microondas.

Saqué del refrigerador el jamón, el queso y los demás ingredientes; también una lata de Coca-Cola.

La cocina era un espacio rectangular, estrecho; había una pequeña mesa de madera, pegada a la pared, con tres sillas.

Me senté.

Reza se mantuvo de pie, apoyado en el lavatrastos; parecía un poco ansioso.

Preguntó lo de siempre.

Luego dijo que era ingeniero en informática, se había graduado en Merlow College y ahora trabajaba ahí. No daba clases, sino que estaba dedicado al área de servicios tecnológicos: el mantenimiento y desarrollo de servidores, redes y programas.

Había salido de Teherán siete años atrás. Había regresado un par de ocasiones de visita mientras era estudiante, pero ahora estaba arreglando su situación migratoria como residente y prefería esperar a que todo estuviese resuelto.

Me pregunté qué hacía alguien con su salario rentando una pequeña habitación amueblada en vez de un apartamento.

Antes de acostarme, apagué la laptop y me senté en el sillón. La casa de enfrente estaba a oscuras y en el cielo podía distinguir algunos titileos. Me quité la talonera con la fusca y las deje en mi regazo. Tenía una caja de municiones escondida entre la ropa. La cerradura de la habitación era floja, vulnerable, propia de pueblos en los que un pequeño robo era un acontecimiento. Debía encontrar un sitio seguro donde embutir los cartuchos y también lo otro. Le saque el cargador a la fusca; era una 38 corta, de las viejitas. Hacía bastante que no blanqueaba, desde que salí de Dallas. En los pueblos pequeños todo se sabe.

Me puse de pie. Le di vuelta al colchón y, en efecto, estaba más firme de ese lado; reacomodé las sábanas y me metí bajo ellas. Todo lo que sonaba era el aire acondicionado. Y un zumbido que poco a poco se fue apagando en mi mente.

A la mañana siguiente, cuando salía del baño me encontré a la otra inquilina de la segunda planta. No dijo «buenos días»; apenas hizo un leve movimiento de cabeza y siguió su camino hacia la cocina. Tenía el cabello corto, en forma de casco; la cabeza de pajarito y una expresión de cierto retardo. Después sabría su nombre, Julia, y que en efecto algo le faltaba en la mollera.

En los días siguientes me dediqué a conocer el pueblo, sus callejuelas en el centro y en los suburbios, los bares, el mall con sus tiendas. Parecía haber bastantes latinos, sobre todo mexicanos. La primera noche le había preguntado a Estébano por los salvadoreños; dijo que unos pocos estaban desperdigados en las afueras, pero que la mayoría se concentraba en Madison, Milwaukee y, por supuesto, Chicago. Él los evitaba; guardaba un perfil bajo. Nadie sabía de sus andanzas en la guerra ni de la aventura que vino después. Si alguien le preguntaba sobre aquellos años, respondía que se había mantenido al margen, nada más.

Un par de madrugadas hubo retozos y gemidos en la habitación de Reza. Estaba contigua a la mía. Me puse los audífonos. En esa vieja casa, de todas formas, los ruidos se filtraban por las paredes: los pasos en la escalera y en el pasillo, las voces que subían de la primera planta.

A la mañana del sábado, estaba preparándome unos huevos, cuando el iraní vino a la cocina. Le pregunté, con un guiño, si él también necesitaba proteínas.

Me dijo que lo disculpara si me habían despertado las noches anteriores, su novia era mesera en un bar y salía de trabajar hasta muy tarde.

Por él me enteré de la pareja de lesbianas que vivía en la primera planta. Yo había visto a una de ellas: una flaquita, tatuada, con piercing en la nariz y en las cejas, siempre vestida de negro. Se llamaba Nikki y trabajaba en la principal tienda de tatuaje y piercing del pueblo, me informó Reza; la otra, con la que aún no me encontraba, se llamaba Stacey y era empleada del Walmart.

Recién salido de la cama, despeinado, sin su camisa de cuello ni las gafas, el iraní me pareció mucho más joven (no llegaba ni a los treinta; también muy perspicaz, quizá demasiado).

De vuelta en mi habitación, cambié los passwords de mis cuentas.

El empleo de conductor de autobús escolar ordenó mis rutinas. A las siete en punto llegaba al estacionamiento de las unidades; me encontraba con los otros conductores y el tipo de mantenimiento.

Una maestra subía en la primera parada: mulata, joven y guapa, se vestía con esmero, siempre con pantalones oscuros, blusa blanca y saco sastre, pese al calor. Se llamaba Estella. Sentada en el primer asiento, justo detrás de mí, saludaba a cada chico por su nombre y le hacía una pregunta: si había dormido bien o qué había desayunado o si había tenido un sueño bonito o qué sándwich traía en la lonchera. Eran chicos de primaria que recién habían sido sacados de la cama, algunos no terminaban de despertar. Muy pronto descubrí que no había espontaneidad en las preguntas de Estella, sino que habían sido ensayadas como parte de su empleo.

A media tarde, cuando hacía la ruta en sentido contrario, los chicos venían desatados, en el griterío y el desparpajo. Estella debía emplearse a fondo. Conversaba conmigo nada más lo necesario, amable pero distante todo el tiempo, y así se despedía, la última.

Me relajaba conducir el autobús: la velocidad lenta, el itinerario y los procedimientos precisos, el respeto y hasta miedo de los demás autos. Ya lo había disfrutado cuando tuve el mismo trabajo en Houston. Con una diferencia: entonces se trataba de una escuela secundaria y algunas adolescentes, con las hormonas insolentes, buscaban provocarme.

Cuando el viernes terminé la jornada y mi primera semana de trabajo, luego de guardar el autobús en el estacionamiento, Jim, el supervisor de la nariz encarnada, vino a decirme que había una queja en mi contra: Estella me acusaba de haber rebasado el límite de velocidad en tres ocasiones. Nada grave, pero que pusiera un poco más de atención, dijo Jim con un guiño.

Me quedé en ascuas. No hacía ni veinte minutos que ella había bajado del autobús, frente a su casa, y se había despedido con amabilidad, moviendo con suavidad su frondoso culo mulato, solapado con esmero en sus pantalones holgados. Recordé un comentario del Viejo en Dallas: «La amabilidad de esta gente es curiosa: te meten el dedo en el culo y esperan que les des las gracias, que les aplaudás con comedimiento y que les digás que son muy buenas personas, que por favor te metan otro dedo».

Al final de esa tarde, cuando me estacioné en la entrada de la cochera, había una rubia sentada en los escalones que de la acera conducían al porche. Vestía shorts y camiseta; era gruesa, piernuda, de cabello largo y ojos de lechuza. Fumaba con ansiedad. Supuse que era Stacey, la otra inquilina de la primera planta. Abrí la cajuela y saqué las bolsas con la compra. Supe que me estaba midiendo con la mirada. Respondió con sequedad a mi saludo, amarga.

El pueblo comenzó a llenarse de estudiantes universitarios: rubias y rubios en shorts, camiseta y sandalias, algunos aún adolescentes, rebosantes de hormonas, de vitalidad; y también chinos, en manadas. Por doquier hubo anuncios ofreciendo empleo en bares y restaurantes, principalmente para meseros. Ni me molesté: nadie contrataría a un latino a punto de alcanzar la cincuentena cuando podía tener a una jovencísima rubia y espléndida.

A veces, en mis ratos libres, me iba a la calle peatonal, el corazón del pueblo, a sentarme a una banca, a dejar que mi mente retozara al descampado, lejos de las series de televisión, los crucigramas, las noticias, las búsquedas obsesivas en el internet.

Estébano y un colega hondureño, que trabajaba como pinche de cocina en el mismo restaurante, iban con frecuencia a tomar cerveza y jugar billar a un sitio llamado The Lion's Mouth. De lunes a jueves, ellos salían de trabajar alrededor de las diez de la noche; los fines de semana, una hora más tarde. Estébano me llamaba para invitarme. En varias ocasiones me les sumé.

El hondureño se llamaba Lui, sin la s, como si fuera chino: era escuálido, de expresión zamarra y, según Estébano, estaba ilegal en el país. En algún momento me dijo que procedía de San Pedro Sula, que esa ciudad estaba infectada por las maras, en especial la Salvatrucha, que uno se los encontraba por todos lados.

Yo bebía una cerveza y jugaba hasta tres mesas; pero me largaba a medianoche, como la Cenicienta. No me gustaba desvelarme, menos cuando tenía que conducir el autobús al día siguiente; y tampoco quería relajarme, que se me viera con frecuencia en el mismo sitio y con la misma gente.

En una de esas ocasiones, Estébano me dijo que había la posibilidad de trabajar por horas en un taxi. La empresa se llamaba Tulio's Cabs. Que no era nada fijo, me advirtió, sino horas sueltas, cuando alguno de los conductores de planta estuviera indispuesto. Me dio un nombre y un número de teléfono, que dijera que hablaba de parte de Esteban Ríos, dijo, engreído, como si las dos cervezas le estuvieran haciendo efecto.

No recuerdo con precisión cuándo comenzó a sucederme. Cerraba la laptop y me tiraba en la cama, exhausto, embotado, como si hubiese consumido todas mis energías. Perdía el sentido del tiempo. Yacía hecho un guiñapo, sin saber si tendría fuerzas para ponerme de pie y seguir adelante, hasta que por fin volvía en mí.

Era una noche fresca, subí a la Subaru y conduje sin rumbo por los suburbios, confiado en mi sentido del espacio, en mi brújula interna. Me relajaba el aire que entraba por la ventanilla, la calma de las calles desiertas. Al rato descubrí que me encontraba en el vecindario de Estella.

Regresé a casa. El porche estaba iluminado: las lesbianas fumaban; Reza y su novia conversaban con otra pareja. Me invitaron a tomar una cerveza con ellos.

El iraní celebraba su cumpleaños. Le pregunté cuántos cumplía. Hubo incomodidad en la expresión de ellas, que tal pregunta no se hacía. Pero Reza también venía de otra parte del planeta, donde esas convenciones eran tontería. Me dijo que veintiocho años y me entregó una lata de cerveza.

Me presentó a la otra pareja: un puertorriqueño y su mujer. Él parecía español, se llamaba Denis, también era informático y trabajaba en la misma oficina del iraní; ella era rusa, rubia, despampanante, como sacada de un video porno. El hijo de ambos estaba en la segunda planta, en la habitación de Reza, viendo la tele.

Conversamos un rato en español. Denis procedía de Nueva York, del Bronx; viajaban cada quince días a Chicago, la única manera de no desesperarse en ese pequeño pueblo, dijo Denis. Yo les relaté mi vieja mentira, y luego la historia de Houston y Dallas.

Sorprendí a Nikki, la chica tatuada, observándome con cierto interés. Su pareja, en ese momento, conversaba con Reza.

Luego de la segunda cerveza, cuando comenzaban a llegar más invitados, me despedí y subí a mi habitación.

Visité las oficinas de Tulio's Cabs. Entregué mi información personal, mi horario en la compañía de autobuses y expliqué que por ello no podía trabajar horarios nocturnos de domingo a jueves. El encargado, que dijo conocer a Jim, me explicó que era precisamente en esos turnos de diez de la noche a seis de la mañana cuando casi siempre necesitaban un conductor sustituto, pero que de todas formas si salía algo me llamarían. Me enteré de que los horarios más codiciados eran las noches de viernes y sábado, en especial cuando el equipo de futbol americano del college jugaba de local. El pueblo entonces enloquecía: los chicos se emborrachaban desde el viernes en la tarde y mucha gente procedente de los pueblos cercanos asistía entusiasta a la juerga. Cuando miraba a esas chicas semidesnudas exudando hormonas por las calles, me preguntaba lo que hubiera sido mi vida si yo hubiese tenido veinticinco años menos.

Mientras conducía el autobús me comportaba con Estella como si nada hubiese sucedido; me controlaba para no mirarla a través del espejo retrovisor. No perdía su aplomo, su cortesía hueca. En los ratos muertos, mientras los conductores esperábamos a los chicos frente a la escuela, averigüé que su marido era empleado de una empresa de seguros; no tenían hijos, pero sí un perro; que los demás maestros la consideraban una «trepadora», quería convertirse en supervisora a toda costa; que también se había quejado de la forma de conducir de quienes me habían precedido.

Jim era originario del pueblo y parecía conocer a todos sus habitantes y sus truculencias. Una tarde, cuando le quise sonsacar información sobre Estella, me preguntó con socarronería si me estaba enamorando de ella, que en tal caso debía matricularme en el gimnasio al que ella asistía cada tarde luego de que yo la dejaba frente a su casa. Supuse que a esa altura del día ya tendría un par de cervezas adentro.

Comencé a frecuentar el O'Neill, el bar en el que trabajaba la novia de Reza. Se llamaba Lindsey; era una chaparrita rubia y eléctrica, que se empolvaba barbaridades el rostro para cubrirse las manchas de eczema, y quien siempre me saludaba con simpatía, como si hubiésemos sido viejos amigos, aunque yo tuviese la edad de su padre.

Unas dos veces por semana, a la hora de cena, me sentaba a la barra, pedía una hamburguesa o unas alitas de pollo, una cerveza y me entretenía mirando las pantallas, en las que por lo general transmitían un partido de béisbol.

El barman se llamaba Tom. Era bajista de un grupo de rock; cortés, pero de pocas palabras.

Reza aparecía sin horario fijo, a veces entraba por salir, otras se sentaba a mi lado a tomar una cerveza o llegaba con algún colega de oficina. Era su forma de hacerse presente, de controlar a Lindsey.

Yo tomaba dos cervezas y me largaba antes de que el bar comenzara con su efervescencia nocturna.

Una de esas tardes, cuando el inminente otoño comenzaba a refrescar los días y yo había cumplido más de un mes en el pueblo, acodados en el bar, Reza me comentó que había la posibilidad de un empleo en su oficina, si estaba interesado en ello. Me tomó por sorpresa: yo no era un experto en computación, y los empleos de intendencia y mantenimiento en el college, hasta donde yo entendía, los controlaban empresas subcontratadas. Me explicó que él no tenía los detalles, lo único que sabía era que necesitaban a alguien que hablara, y sobre todo leyera, español, y que Denis, su amigo puertorriqueño a quien yo había conocido en la celebración de su cumpleaños, le había preguntado si yo tendría el perfil, si yo estaría interesado. Inquirí si se trataba de algo permanente. Repitió que él no tenía la información, pero que hasta donde entendía se trataba de unas pocas horas diarias. Que hablara con Denis, me dijo, y me deslizó sobre la barra una tarjeta de presentación con el nombre y los datos de éste.

A la mañana siguiente, luego de dejar el autobús, llamé a Denis. Me dijo que pasara por su oficina a eso de las once. El edificio de Servicios Tecnológicos estaba ubicado contiguo al de la biblioteca del college. En el lobby, frente al mostrador, había una media docena de alumnos, con sus computadoras en mano, a la espera de ser atendidos por los expertos.

Le dije a la chica que no, no había credencial para escanear, yo no era estudiante ni empleado universitario, pero tenía una cita con el señor Denis Colomé, si era tan amable de anunciarme.

Minutos más tarde este vino a mi encuentro. Cruzamos entre un apretujamiento de cubículos y subimos a la segunda planta.

La oficina de Denis era pequeña, impersonal, hasta espartana, con vista a la explanada de la biblioteca.

Fue directo al grano: necesitaba hacerme unas preguntas esenciales sobre mi persona y mi situación en Estados Unidos antes de darme información sobre el posible empleo. ¿Estaba yo dispuesto a ello?

—Adelante —le dije, reclinándome en la silla.

Tenía el cabello cortado al ras y unas gafas redondas; el polo ajustado dejaba ver su musculatura recia, de alguien con rutinas diarias en el gimnasio.

Abrió una libreta, empuñó un lapicero y tomaría apuntes a lo largo del interrogatorio.

—Lo vamos a hacer en inglés, porque necesito saber tu manejo del idioma.

Expresé que estaba de acuerdo con un movimiento de cabeza.

—¿Desde hace cuánto resides en Estados Unidos?

—Desde mediados del año 2000. Nueve años.

—¿Tu situación migratoria?

—Tengo un TPS.

—¿Qué es eso?

—Un status de protección temporal que nos dieron a los salvadoreños que estábamos ilegales cuando los terremotos de 2001.

Dijo que nunca había escuchado sobre ello.

—Estamos autorizados a trabajar, y con un permiso especial a salir y volver a entrar al país, pero hay que renovar el TPS cada año.

—Quiere decir que entraste ilegalmente…

—Así es.

—¿Por dónde?

—Mexicalli.

Su estilo era aprendido, entrenado, en la policía o en el ejército, aunque no perdiera el tono cortés, como si nada más fuese un informático jefe de personal.

—¿Tienes familia en Estados Unidos?

—No.

—¿Y en caso de emergencia?

—Mi compadre trabaja en el restaurante Nakanomo —le dije—. Se llama Esteban Ríos.

—¿En qué ciudades del país has vivido?

—Estuve unos meses en Los Ángeles. Luego me fui a Houston… —Entonces le dije—: Tengo un currículum con empleos y fechas detalladas.

—¿Por qué te viniste: perseguido político, problemas económicos?

—La situación es muy mala allá. No hay empleo ni gobierno. Las maras son las que mandan.

Sí, Denis había visto noticias sobre los grupos criminales llamados maras, la Salvatrucha y la Dieciocho. Una peste, dijo.

—¿Participaste en la guerra? —preguntó con afectado entusiasmo.

—No —dije.

—¿Alguna relación con la guerrilla o con el ejército?

—No —y agregué que toda esa información estaba en mi

expediente del TPS en el Servicio de Inmigración y Naturalización.

Preguntó sobre mis estudios.

Tres años de ingeniera eléctrica en El Salvador, pero luego de que cerraran la universidad por la guerra civil, los había abandonado. Sin embargo, unos años atrás, en Houston, había recibido cursos básicos de computación en un community college, le dije.

Me explicó que lo principal para el empleo era la capacidad de discernir, no el conocimiento técnico de la computación, y que yo le parecía un hombre con experiencia y olfato. También se requería mucha discreción. Si yo tomaba el empleo, debía firmar un contrato de confidencialidad con el college, por el cual me comprometía a no divulgar de ninguna forma ni la naturaleza ni la materia de mi trabajo.

Enarqué las cejas.

¿Seguía interesado?

Asentí.

El empleo era con la sección tecnológica que daba apoyo a la policía universitaria y necesitaban una persona de habla hispana que tuviera suficientes criterios para comprender, clasificar y calibrar información, relativa a casos de docentes, alumnos y administrativos que se comunicaban en español. Mi labor consistiría en revisar exclusivamente su correspondencia universitaria.

–¿Y eso es legal? –pregunté.

Claro. Se trataba de una posición con todas las de la ley, dijo. El college es subsidiado por el gobierno del Estado; los profesores, instructores y administrativos son empleados del gobierno estatal, por lo tanto sujetos a rendir cuentas. La policía universitaria estaba legalmente autorizada a vigilar y garantizar que se cumplieran las leyes del college y del Estado.

Me entregó un formulario de solicitud para que lo llenara y me pidió que le enviara copia del currículum y del TPS.

Dijo que se trataba tan sólo de dos horas diarias, bien pagadas, eso sí, y que lo bueno era que yo podía escoger mi horario, siempre y cuando fuera en horas de oficina, y lo mantuviera de manera permanente por aquello de las consultas y preguntas urgentes.

Se comunicaría conmigo en un par de días para avisarme si ya había sido aprobado. Y de ser así, comenzaría la primera semana de noviembre.

Esa tarde, en el estacionamiento de los autobuses, Jim me dijo que por la noche celebrarían el cumpleaños de un colega conductor, Jerry, en el Freddy's, el mismo bar al que Estébano me había llevado mi primer día en Merlow City. Que llegara temprano, porque era noche de jueves, y había que trabajar al día siguiente.

El bar estaba bastante lleno, muchos estudiantes entre la clientela, aunque también parroquianos. El hedor a carne quemada era peor. En la rocola sonaba una canción de mi época; Creedence Clearwater Revival era el grupo. Jim estaba en la barra con Jerry y otros dos conductores. Miraban un partido de basquetbol universitario en los televisores y hablaban de deportes. Me costaba seguir su conversación.

Ahora, tras la barra, en vez de la gorda enfurruñada de la vez anterior, dos jóvenes rubias no se daban abasto atendiendo a la clientela. Una de ellas, la que me sirvió la cerveza, se parecía mucho a una artista de cine de la que no logré recordar el nombre.

Jim casi siempre me hablaba en español, con su acento nicaragüense. Esa noche estaba desatado: me dijo que en diciembre cumpliría cincuenta años, que se iría a Nicaragua a celebrarlos, que ahí podría conseguir una muchacha guapa que quisiera estar con un gringo viejo como él; ya estaba harto de usar la mano, dijo, con un gesto rápido y chistoso. El sexo era su obsesión, o la falta de sexo.

—¿Qué vas a hacer cuando cumplás cincuenta? —me preguntó.

Hice el gesto de quien se rasura.

—No me gustan las canas en los cojones —le dije.

Se echó una carcajada.

—¡Ni a mí! —exclamó, aún con gozo, y enseguida les tradujo a los colegas conductores, a quienes poco les importaba quedar fuera de nuestra plática mientras el partido de basquetbol continuara.

Pronto se las arreglaron, sin embargo, para volver a discutir sobre deportes.

Nuevos grupos de jóvenes entraron al bar. La barra estaba repleta, el aire denso y pronto me sentí ajeno al jolgorio.

Terminé mi cerveza y dije «Hasta mañana».

Las noches habían enfriado; pronto llegaría el invierno.

La conversación con Denis y la posibilidad de conseguir ese empleo revoloteaban en mi cabeza, tensionaban mis nervios.

The Lion's Mouth me quedaba en la ruta. A través de los ventanales observé que estaba casi vacío. Era muy temprano para que Estébano y el hondureño hubieran llegado. De todas formas entré. Me tomaría una cerveza en silencio.

Me senté a la barra.

El barman era un chaparro engreído, de rizos rubios, que vestía una falda escocesa, calcetas gruesas, y una camiseta ceñida a su torso y sus bíceps de físico culturista.

Hacia el fondo del salón, descubrí a Nikki, la vecina tatuada, quien permanecía embrocada sobre la mesa de billar a punto de ejecutar una jugada. Pensé que estaba con su pareja, Stacey. Volteé en un par de ocasiones, con ánimo de saludar, pero no se dio por aludida, como si yo no existiese.

Cuando le conté que mis vecinas de la primera planta eran una pareja de lesbianas, Estébano me había explicado que Merlow City era una ciudad de lesbianas: decían que durante muchos años hubo tres conventos católicos en el pueblo, pero que cuando vino la onda de la liberación sexual, allá por los años setenta, los habían cerrado y muchas de las exmonjas se habían establecido en parejas. En efecto, en las calles no se miraban homosexuales masculinos tomados de la mano, sólo lesbianas, jóvenes o mayores, con niños adoptados o encargados.

Miré de nuevo hacia el fondo: Stacey no estaba; Nikki estaba jugando sola.

Entonces me acerqué a la mesa. Hasta que no la saludé no se dio por enterada de mi presencia. Le pregunté si quería jugar una partida conmigo. Me dijo que si yo era un experto prefería seguir jugando sola.

Vestía, como siempre, jeans y camiseta negra, botas estilo militar; el mechón de cabello tornasolado. Era flaca, bien proporcionada, como modelo. Le calculaba veintisiete años, cuando mucho.

Le dije que no, yo no era un experto, con seguridad ella jugaba mejor que yo.

Dijo que entonces sí.

Fui a la barra a cambiar un billete por monedas para pagar la mesa.

Mientras juntaba las bolas para iniciar la partida, dijo que esperaba a Staycey, quien aún estaba en su oficina de Walmart.

La observé con detenimiento en los momentos en que ella empuñaba el taco y se concentraba para dar el golpe a la bola: era una chica linda, con un rostro muy fino y los ojos verdes, pero que escondía su belleza tras el disfraz punk o gótico, los piercing y los tatuajes.

A retazos me fue contando sobre su vida mientras jugábamos: era originaria de Merlow City; en el último año de high school se había salido de casa para irse a vivir con un chico que resultó ser un canalla; no había asistido a la universidad; tenía seis meses de vivir con Stacey; le iba muy bien en el taller, en especial en época de clases, cuando sobraban los clientes, pues para los chicos de nuevo ingreso, que por primera vez salían de casa, era casi un ritual hacerse el primer tatuaje en serio y a veces un piercing.

Me ganó la partida. Luego me acusó, con un guiño, de haberla dejado ganar. Lo negué.

Hizo un gesto con la mano para decirme que saldría a fumar.

Terminé los últimos sorbos de mi cerveza en la barra. El de la falda escocesa me preguntó si quería otra. Le dije que no y salí.

Nikki estaba en la banca para fumadores; conversaba con otro tipo.

Le dije adiós.

Me echó una mirada; luego hizo un guiño.

Camino a casa, el animal se removió, amagó con despertar.

Había un mensaje encriptado del Viejo en mi computadora. Pero ese wifi no era seguro con Reza en los alrededores. Me fui a la cama con curiosidad por lo que diría el mensaje, con la imagen de Nikki, de Denis.

A la mañana, luego de dejar el autobús, fui a casa de Estébano. Me abrió la puerta envuelto en una toalla; estaba a punto de meterse la ducha. Le dije que el wifi de casa había colapsado, lo compondrían hasta en la tarde, y me urgía enviar unos documentos a la universidad porque había la posibilidad de un empleo en la oficina de Servicios Tecnológicos, una posición de apoyo administrativo; no le extrañó, ya le había hablado de Reza.

Mientras él se duchaba, leí el mensaje del Viejo: preguntaba si ya me había instalado en Merlow City, si todo estaba en orden; me escribía desde la Ciudad de México, pero acababa de estar en la zona caliente de Michoacán, donde había la posibilidad de un negocio, me avisaría, siempre y cuando yo me decidiera, claro está.

Era el Viejo quien me había enseñado los rudimentos del encriptamiento, formas de no dejar pistas. Nunca se podía establecer contacto con él de manera directa; siempre había otro contrachequeo, electrónico o sobre el terreno, técnicas de conspiración de las que nada sabía cuando llegó al campamento y fue aprendiendo con nosotros. Era como un vicioso o un adicto: a medida que envejecía, su sentido conspirativo aumentaba.

Estébano salió de la ducha. Me dijo que el domingo celebrarían el cumpleaños de su hijo mayor, Mateíto: su mujer prepararía una taquiza y yo estaba invitado. En verdad, el niño cumplía años al día siguiente, sábado, que además era Halloween. Pero esa sería una jornada de trabajo larga e intensa en el restaurante.

Salimos juntos de su casa. Nada le comenté del mensaje del Viejo. Un hombre con familia no sirve para ciertas tareas.

Ese mismo viernes en la tarde recibí la llamada de Denis. Todo estaba arreglado para que yo me incorporara a trabajar el siguiente lunes 2, dijo. En la entrevista me había dicho que mi antecesor en ese puesto había renunciado dos semanas atrás y les urgía el reemplazo. Mi horario de 10 a 12 de la mañana también había sido aprobado. Me pidió que llegara una media hora antes para hacer trámites y firmar el contrato de confidencialidad. «Bienvenido al barco», dijo y colgó.

La tarde de sábado me encontré a Nikki sentada en los escalones del porche. Fumaba y bebía de una lata de cerveza. La temperatura era cálida para esa altura del otoño. Vestía sudadera y shorts negros. Era la primera vez que miraba sus piernas desnudas; también estaban tatuadas, algunas figuras pintadas de azul.

Me senté a su lado.

Le pregunté por Stacey.

Dijo, con cierto despecho, que siempre —y repitió la palabra siempre— estaba en el trabajo, que en Walmart le sacaban hasta la última gota.

La calle estaba desierta, silenciosa.

Si me apetecía una cerveza, masculló.

Asentí, aunque había padecido un poco de agruras después de la comida.

Me dijo que buscara en la refrigeradora, como si yo ya fuera de confianza. Y me miró de aquella forma.

Sentí que el animal venía desde bien adentro. Me puse de pie. Crucé la sala y el dormitorio; esa primera planta estaba adaptada de forma rara y para entrar a la cocina había que pasar por el dormitorio. Abrí la refrigeradora y me quedé mirando lo que había dentro de ella. Escuché sus pisadas a mis espaldas. Ella tiró la lata vacía en una bolsa de plástico que colgaba de una manija de la alacena.

—¿La encontraste? —preguntó.

Me volví. Con un movimiento súbito, la tomé por la mandíbula con la mano izquierda y metí mi mano derecha entre sus piernas. Forcejeó un instante, pero luego se quedó quieta, sin quitarme la mirada desafiante de encima. Le desabotoné el short y deslicé mi cordial dentro de su vulva. Comenzó a jadear. Pero enseguida aferró mi brazo.

—No ahora —resolló—. Stacey vendrá en cualquier momento…

Volví en mí.

La puerta de la refrigeradora seguía abierta. Saqué dos latas y le entregué una. Me dio un beso fugaz en los labios.

Escuché el traqueteo de la madera en la segunda planta: alguien caminaba por el pasillo.

Regresamos a los escalones del porche.

Permanecimos sentados, en silencio, cerveza en mano.

Nada sucedía en la calle: sólo la desolación, el sol tibio y un viento fresco, perezoso.

Ella encendía un cigarrillo cuando, procedente de la entrada lateral, apareció Julia, la vecina retardada. Se fue de paso, sin saludar.

Esa noche, sentado en mi cama, con la pared por respaldo, la computadora sobre mis muslos y los audífonos puestos, miraba capítulos viejos de *Los Soprano*. Me había propuesto que Nikki no se metiera en mis pensamientos, que ella fuera la oportunidad, el momento, si sucedía, nada más. Pero el deseo tiene sus atajos. Me quité los audífonos. Las conversaciones entre ella y Stacey se filtraban por el piso de madera como un ruido apagado, a veces indescifrable. ¿Estaban ellas enteradas de que sus palabras, y también sus gemidos, subían a la segunda planta?

Se preparaban para salir a celebrar el Halloween.

En la tarde Nikki me había contado que irían a un antro roquero y luego a un *afterparty*; que Stacey estaba muy entusiasmada con su disfraz de extraterrestre embarazada, una máscara de E.T. y un almohadón en la barriga, pero que a ella le daba pereza, nada más se pondría sombrero y botas vaqueras. Luego me había preguntado cuáles eran mis planes para esa noche. Le había explicado que esa festividad me era ajena, no se celebraba donde yo me había criado.

Eran las nueve y veinte minutos cuando escuché que cerraban la puerta de la calle y enseguida arrancaban el auto.

Reza había salido más temprano hacia el O'Neill. Iba disfrazado de pirata, con un pañuelo negro amarrado en la cabeza y un parche en el ojo. Me había invitado a que me les sumara. Esperaban mucha gente en el bar. Lindsey trabajaría toda la noche.

La casa quedó en silencio. Me pareció que hasta Julia, la retardada, se había largado, aunque siempre era difícil saber si estaba o no en su habitación.

Me dije que debía cepillarme los dientes y orinar. Así, si comenzaba a dormitar frente a la pantalla, podría meterme de inmediato bajo las colchas.

Pero cuando iba a ponerme de pie, el cuerpo no me respondió; estaba sin energía. Permanecí tirado de espalda en la cama, inerme, como si un bicho estuviese succionando mi espina dorsal, alimentándose con mis fluidos.

Temprano en la mañana del domingo me llamaron de Tulio's Cabs para ofrecerme que trabajara esa misma tarde, el turno del mediodía hasta las seis; habían tenido una baja inesperada. Era la primera vez que me convocaban.

En la sede me recibió un tipo al que ya había visto en là barra de The Lion's Mouth. Me pareció un poco desarrapado, con su camisa de franela a cuadros y una gran barba castaña al estilo talibán. Era la única persona en ese sitio; contestaba un viejo conmutador mientras miraba un canal de deportes en un pequeño televisor amontonado también sobre el escritorio.

Me condujo a la unidad en el estacionamiento: era una Toyota Galaxy vieja. Me mostró cómo usar el radiotransmisor. Dijo que no tenía GPS sino que debía usar mi propio teléfono celular y que también carecía del aparato para hacer cobros automáticos de tarjeta de crédito, por lo que había que hacerlos a la vieja usanza, llamar primero a un número en el que daban la autorización, presionar unas hojas de papel copia sobre la tarjeta y llenarlas a mano con la información.

—Lo mejor es que paguen cash —recomendó.

Me dijo que la jornada en ese momento estaba a la baja, pero que a media tarde subiría. Era su pronóstico. Mientras, yo podía quedarme en el auto: la próxima carrera sería para mí.

El asiento del conductor estaba bastante desvencijado y alejado del volante, como si un gigante obeso lo hubiera conducido antes que yo.

Llamé a Estébano para decirle que no llegaría a la taquiza, que trabajaría en el taxi hasta las seis. Me dijo que no había problema: Lorena me guardaría tacos y cerveza había en cantidades; que pasara por su casa al terminar mi turno.

Quién lo hubiera dicho… A los taxistas les dábamos matacán en aquella época. Todos eran informantes del ejército.

Un rato más tarde el barbudo me llamaba por el radiotransmisor: tenía yo mucha suerte, dijo, pues mi primera carrera tenía como destino el aeropuerto de Madison. Me recordó que la tarifa fija era de cincuenta dólares y me dio los datos de la cliente.

La recogí en una casa ubicada a inmediaciones del estadio de futbol americano del college. Era una profesora universitaria, supuse que a punto de retirarse, si tenía la edad que aparentaba, quien se la pasó la mayor parte de los cuarenta minutos del trayecto hablando por teléfono con su hija y sus nietos; me dio diez dólares de propina.

Me hubiera gustado quedarme un rato en Madison, pero el barbudo estaría atento a mis tiempos.

Disfruté el camino de regreso, solo en el auto.

Hubo otras seis carreras a lo largo de la tarde, más cortas, a los suburbios; conduje a un par de matrimonios jóvenes bastante achispados por las copas, que hablaban compulsivamente y a los gritos, como si aún estuviesen en la barra que acababan de dejar.

Supongo que ese era un empleo estupendo para un conversador. Yo me di por satisfecho con lo que gané en esa primera jornada.

· La fiesta en casa de Estébano aún continuaba. Una media docena de parejas mexicanas, el hondureño Lui y su mujer gringa, y algunos vecinos, permanecían bebiendo en el patio trasero, pese a que la temperatura —tibia durante el día— comenzaba a caer con rapidez. Y había chiquillos correteando por toda la casa.

Estébano me entregó una cerveza; Lorena me sirvió un plato con tacos de papa y de tinga.

Me senté junto a Lui. Ya estaba borracho y le había salido el provocador pendenciero. Su mujer, que lo doblaba en corpulencia, le decía que regresaran a casa, era tarde, había que acostar a los niños porque mañana sería día de escuela.

—Dejá de joderme. Andate vos. Gorda de mierda... —le espetó con la mirada desorbitada, amenazante.

Nunca lo había visto en ese estado en The Lion's Mouth.

La gringa volteó hacia mí con expresión resignada.

—¿Y qué le ves a este guanaco, pedazo de puta? —le gritó.

En vez de darle una trompada que le hubiera desencajado la jeta, ella empezó a lagrimear.

Estébano se acercó de prisa, alarmado.

—Qué pasó, colega… Tranquilo… —le dijo amistoso, para calmarlo.

Lui se puso de pie, tambaleante; había pelado alambres.

Las mujeres les ordenaron a los niños que fueran a jugar dentro de la casa, y se metieron con ellos.

Yo también me había puesto de pie y me había hecho a un lado, no fuera a ser que Lui vomitara.

Su mujer plañía: que siempre le hacía lo mismo, que eso no era justo, ya no lo aguantaba, borracho miserable, lo denunciaría para que lo expulsaran del país.

Lui se tambaleó, como si fuese a pegarle una cachetada.

Lo tomé del brazo con el rigor con el que se toma al traidor al que se le pegará un tiro en la nuca. Y le masculé al oído, rápido, pero con suficiente claridad:

—Los de la mara Salvatrucha te andan buscando para que les pagués lo que les robaste en San Pedro Sula…

En un segundo su rostro mudó: estaba desencajado.

Lo miré fijamente y me puse el dedo en los labios en señal de silencio.

Estébano ya lo había tomado del otro brazo. Lo condujimos dentro de la casa; era tan enclenque que pudimos haberlo tirado con violencia hacia arriba para que el golpe en el cielo raso lo volviera en sí.

Lo sentamos en el sofá.

Lorena dijo que le prepararía un café.

Ahora parecía que de un momento a otro se echaría a llorar.

Varios comensales se despidieron.

Fui al patio a recoger mi plato y mi cerveza. Me senté a terminar de comer. La noche había enfriado.

Cuando entré de nuevo a la sala, ya dormitaba, con la boca abierta.

Estébano me acompañó al auto.

—¿Qué le dijiste a ese cerote que se asustó tanto? —me preguntó.

Sentí la agrura de los tacos que me subía del estómago. Escupí.

—Que la mara lo anda buscando...

—No jodás —me dijo—. A ver si no le entra el miedo y decide largarse.

Denis me recibió de pie tras su escritorio.

—Vamos de una vez —dijo y me condujo a la oficina de una administrativa al final del pasillo.

Era una mujer atenta, muy pálida, rechoncha, de cara redonda y pecosa, con el cabello anudado en un moño alto. Se llamaba Hillary.

—Después regresas a mi oficina —dijo Denis.

Hillary fotocopió mi pasaporte, mi TPS y mi licencia de conducir. Sobre su escritorio había una foto en la que estaba ella, pero más joven y delgada, con uniforme de fatiga, rodeada de soldados en un paraje desértico. Supuse que había sido tomada en Irak, pero no le pregunté. Llené otro formulario, firmé documentos y luego ella me llevó a un despacho en el que me fotografiaron y enseguida me dieron una credencial con la que podría entrar al edificio.

Regresé a la oficina de Denis. Sus gafas redondas estaban sobre el escritorio, a un lado de la computadora, en la que en ese momento tecleaba.

Me dijo que me sentara, que lo esperara un momento.

Vestía, como la vez anterior, un polo muy tallado a sus bíceps y pectorales.

A través de la ventana, miré los grupos de estudiantes que cruzaban la explanada de la biblioteca, la mayoría de ellos encapuchados con sudaderas rojo y banco, los colores del college.

Hizo a un lado el teclado.

—¿Todo listo con Hillary?

Le mostré la credencial que había guardado en el bolsillo de la camisa.

Repitió que mi trabajo consistiría en revisar la correspondencia escrita en español por personal y alumnos del college; enfatizó que no nos interesaba su vida privada sino sólo aquellos aspectos que pudieran atentar contra las leyes de la institución, como ya me había explicado. Y que para ello había un manual de procedimiento y protocolos estrictos a seguir.

—¿Cuánta gente trabaja en esto? —le pregunté.

—En español sólo eres tú —dijo—. Por eso la urgencia. Yo podría hacerlo, pero estoy a cargo de todo el paquete.

—¿Y dos horas diarias serán suficientes? —pregunté.

—Sí. Hasta te sobrará tiempo. Éste es un college relativamente pequeño y la población que se comunica en español es poca. En caso de que se produjera una situación especial y tuvieras que trabajar más tiempo, se te pagarían horas extras.

Sonó el teléfono ubicado sobre una pequeña mesa junto al escritorio. Levantó el auricular y se repantigó en la silla giratoria. Me hizo una señal con el pulgar y el índice para que lo esperara un momento.

Me puse de pie y me quedé en el umbral, observando el quehacer de esa planta: en los costados estaban las oficinas, pero el espacio central estaba ocupado por cubículos, divididos por canceles de un metro de altura y distribuidos de forma un poco laberíntica. Era extraño cómo cabezas y torsos de pronto emergían o se hundían, cuando los empleados se sentaban o se ponían de pie. Había muchos chinos.

Denis terminó su llamada.

Me senté de nuevo.

—Montón de chinos —comenté.

Asintió; enseguida retomó el tema.

Lo primero que yo tenía que hacer era estudiar el manual de procedimiento con los criterios y protocolos. Todo estaba en el sistema. No tenía que andarme metiendo en las cuentas de nadie al azar ni estaba autorizado a ello: había palabras clave y etiquetas ya establecidas, y eran estas las que me conectarían a las cuentas donde habían sido escritas para que les echara un ojo.

—Pero todo lo entenderás mejor en la pantalla —me dijo, poniéndose de pie.

Y me condujo al cubículo en el que trabajaría.

Estébano llamó para decirme que esa noche, a las ocho, pasarían en la televisión pública un programa especial sobre el juicio de deportación a los generales Vides Casanova y García. Habían sido ministros de Defensa durante la guerra, se habían venido a vivir su retiro dorado a Miami, pero ahora los tenían contra las cuerdas, acusados de violaciones a los derechos humanos y próximos a la deportación.

Yo iba saliendo de la Biblioteca Pública. Traía conmigo varios videos, incluido *Black Hawk Down*, sobre la operación fallida de las fuerzas especiales yanquis en Somalia, que me proponía ver una vez más, luego de cenar en el O'Neill.

—Me lo voy a perder porque estaré en el trabajo —se lamentó Estébano—, pero le he pedido a Lorena que me lo grabe... Me alegra que a esos hijos de puta se los esté llevando la chingada.

—Trataré de verlo en la computadora.

—Ya deberías comprarte un televisor —dijo antes de colgar.

Caminé hacia la Subaru. La había dejado estacionada frente a la tienda de tatuajes en la que trabajaba Nikki. En el parquímetro quedaban aún quince minutos.

Comencé a mirar el programa especial, pero minutos más tarde apagué la computadora: el recuento de crímenes y crueldades lo conocía de sobra y el juicio me dejaba indiferente. Debía alegrarme, como Estébano, de que jodieran a los dos generales, pero quienes los estaban jodiendo eran los mismos que durante la guerra los habían financiado. El Viejo decía que los gringos no tienen amigos: «Te usan y cuando ya no les servís, te dan una patada en el culo». Permanecí un rato en el sillón con un malestar impreciso. Salí a caminar, sin rumbo, bajo la noche helada.

El cubículo era impersonal; desnudas las paredes de cartoncillo del cancel. La computadora, una Mac con pantalla inmensa y teclado móvil, yacía sobre una mesa limpia de papeles y sin gavetas. Había un pequeño archivero de metal en un rincón, cada uno de sus cuatro compartimientos con su propia llave. Me correspondió el de arriba. Otras tres personas trabajaban ahí a distintas horas, me había dicho Denis, y también me había indicado que si necesitaba algún cambio de horario lo tratara con Hillary.

El sistema era sofisticado, pero el trabajo sencillo. Todo funcionaba de manera automatizada; el manual de procedimientos y protocolos era claro, específico. Cualquier duda, me había dicho Denis, debía consultarla con él, y si se trataba de cuestiones meramente técnicas, podía recurrir a Reza.

Las palabras clave y las etiquetas estaban clasificadas en grupos. Los dos principales eran el relacionado con terrorismo, amenazas, ataques y uso de armas; y el otro tenía que ver con acoso sexual y relaciones prohibidas. El primer grupo cortaba transversalmente a todos los usuarios del sistema universitario de correo electrónico, en tanto que el segundo tenía un algoritmo para entrecruzar profesores y alumnos. Por supuesto que sólo me aparecía en la pantalla aquello escrito en español, que era poco.

Los primeros días me entretuve con el aprendizaje, con la novedad, con las curiosidades: la palabra «bomba» me llevaba al mensaje de un profesor de español que le decía a un colega que la próxima fiesta en su casa estaría «bomba»; la etiqueta «te dispararé» me conducía al mensaje de un alumno mexicano que le decía a su compañera, quien se había quedado sin fondos hasta fin de mes, que él le invitaría a la cerveza.

Los profesores y alumnos del área de Español constituían el grueso de mi «objetivo», pero también había profesores y estudiantes de origen latinoamericano o español en otros departamentos.

Unos días más tarde, sin embargo, la tarea se me hizo tediosa: me hacía rememorar cuando fui vigilante de un estacionamiento de autos en el centro de Houston. Terminaba de seguir las pistas de los correos electrónicos, además, muy pronto, antes de las dos horas pactadas, tal como me había advertido Denis, por lo que aprovechaba para navegar en otras rutas, aunque de todo lo que hiciera en esa computadora quedarían huellas.

Bebía una cerveza en el O'Neil al final de la jornada. No había deportes sino el mismo noticiero en todas las pantallas. Al grito de «Alá es grande», un médico militar de origen árabe había tiroteado a decenas de personas en un cuartel de Texas. Decían que también era psiquiatra y que los muertos ya eran doce.

Volteé hacia la puerta del bar e imaginé lo que pasaría si un loco de ese calibre irrumpía disparando. Me sobé la pierna, por arriba de la tobillera.

Tom, el barman, me preguntó si yo sabía que uno de los primeros tiroteos masivos en un campus había sucedido en Merlow College.

—No —le dije, con sorpresa.

Un estudiante chino de ciencias, enloquecido porque lo habían reprobado en su examen de tesis, mató a todos sus sinodales, me explicó.

—¿Cuándo fue eso?

—Como diez años atrás —dijo Tom.

Pensé en la cantidad de asiáticos que trabajaban en los Servicios Tecnológicos.

La foto del médico apareció agrandada en todas las pantallas.

Bebí mi cerveza.

Era un sábado a media mañana. Me bajé de la Subaru cuando Stacey maniobraba para estacionarse. La saludé con un movimiento de cabeza. Me hizo una señal con la mano para que la esperara.

Hacía frío y el cielo estaba encapotado.

La esperé; la bolsa de abarrotes en mi mano.

Me preguntó si tenía un momento libre y me invitó a pasar.

Le dije que iría a dejar la bolsa y enseguida regresaría. Noté en ella un entusiasmo hacia mí que no le conocía.

Me esperaba a la entrada del porche. Su rostro de lechuza rubia, sin la mueca de amargura, era atractivo. Subí los escalones tras de ella, quien iba en mangas de camisa pese a la temperatura: miré sus brazos rollizos, tatuados; la cabellera rubia, desordenada y grasosa, agarrada en una cola de caballo; su espalda recia, de nadadora; la poca cintura, pero el trasero carnoso y apretado en el pantalón.

Era su día libre.

Me dijo que me sentara, que la esperara un segundo, quería mostrarme algo. Y se metió a la habitación.

Sentí la cartuchera con la fusca en el tobillo.

Regresó con un libro entre las manos, entusiasmada. Me lo entregó. Era un manual para aprender a conversar en español. Dijo que quería que le diera clases una vez por semana, dos horas, cada sábado. A ella le urgía aprender, muchos de sus subordinados en Walmart eran latinos. Me pagaría una tarifa de mercado. Y no sería tan difícil, ella había tomado clases en la secundaria y también un par de semestres en el college. Lo que le interesaba sobre todo era hablarlo, entender la conversación, en especial los modismos mexicanos.

Le dije que lo lamentaba, pero yo no era profesor de español. Nada sabía de gramática ni de las reglas del lenguaje.

No pareció desanimarse. Que yo no necesitaba ser profesor ni experto, sino un hablante nativo, esa era la clave, y luego nos guiaríamos más o menos por ese libro, lo importante era que ella pudiera hablar y yo la corrigiera.

–¿Cuándo comenzamos? –preguntó en un español que blandía como un desafío.

Esa tarde de sábado fui a una tienda de segunda mano, ubicada cerca de la autopista, a comprar ropa de invierno. Estaba por llegar la primera onda fría, Estébano me había advertido de las temperaturas extremas, que la chaqueta y los suéteres que había traído de Texas no serían suficientes.

Conseguí dos camisas de franela forradas por dentro con piel de borrego, un suéter de lana gruesa y un chaquetón como de astronauta, color rojo sangre. Me molestaba ese color llamativo, pero era el único de mi talla y no había más tiempo: esa misma noche las temperaturas caerían bruscamente a un nivel que yo nunca había experimentado.

Estébano también me había advertido que debía comprar ropa interior térmica, pero que eso mejor lo hiciera por internet, pues había variedad de ofertas.

Mientras hacía fila para pagar, reconocí a Estella en la fila de la caja contigua, con un manojo de prendas en los brazos. Vestía unos pantalones verdes muy tallados que ceñían su hermoso culo mulato. Yo la miraba por el rabillo del ojo; ella se mantuvo todo el tiempo con la vista apartada de mí.

En la escuela era una trepadora, decían, pero compraba ropa usada.

Salí al estacionamiento.

Me pareció reconocer el Oldsmobile compacto azul marino que miraba a diario frente a la cochera de su casa.

Permanecí dentro de la Subaru, el motor en marcha, como si esperara a que éste calentara, con las manos en el volante y la mirada fija en las puertas de la tienda. Luego arranqué y conduje muy despacio, a vuelta de rueda, hacia la calle. Ella aún no salía.

A unos cincuenta metros de la tienda busqué un sitio para aparcarme paralelo a la acera. Tendría que pasar por ahí si se dirigía a su casa. Mantuve el motor encendido; observaba el espejo retrovisor. Pronto apareció el Oldsmobile. Ella conducía mientras hablaba por teléfono.

Miré la hora.

El cielo seguía encapotado, amenazante.

Nevó a lo largo de la noche. El pueblo despertó blanco, bajo una capa de veinticinco centímetros de nieve y a diez grados bajo cero, decía el Weather Channel (pese a los años pasados en este país, no pude acostumbrarme a medir en pulgadas ni en Farenheit, y aún conservaba en mi billetera una hojita con la tabla de conversiones).

A temprana hora del domingo, sorbiendo una taza de café, de pie frente a la ventana de mi habitación, miraba los árboles huesudos, revestidos de hielo, como de tarjeta postal. El viernes, luego de terminar mi jornada, cuando se anunciaba esta primera tormenta de invierno, Jim me había dado algunos consejos para conducir el autobús sobre la nieve y, en especial, sobre el hielo.

Más tarde bajé al sótano a meter mi ropa a la lavadora, pero alguien se me había adelantado.

Un profesor mexicano vino a romper mi rutina en los Servicios Tecnológicos. La palabra clave «guapa», que en los e-mails de los profesores españoles me conducía sólo a un saludo natural entre compatriotas, era utilizada en este caso como piropo a dos alumnas. Y no se trataba sólo del uso de esa palabra: el tono era coqueto, se les insinuaba, les decía que lo visitaran en su oficina, destacaba algún atributo físico de ellas (el cabello en un caso; los ojos en el otro). Lo hacía con cuidado, según él, sin propasarse.

Las respuestas de las chicas eran secas y cortantes.

Entré al sitio web del Departamento de Lenguas Romances: en la foto aparentaba entre cuarenta y cinco y cincuenta años de edad, con gafas y expresión perruna. Procedía de Ciudad Juárez, graduado en la Universidad Nacional Autónoma de

México, era experto en literatura policiaca y había publicado media docena de libros.

Se trataba de un profesor visitante, de los que llegaban con un contrato de dos años de duración, recibían un salario bajo y les tocaba una mayor carga de trabajo docente, si se les comparaba con profesores permanentes o aspirantes a la permanencia. No me costó entender las jerarquías en el college, cuando Denis me las había explicado: eran semejantes a las del Partido, en las que había colaborador, colaborador activo, aspirante a miembro y miembro. Y hacia arriba eran también semejantes, con su estructura de comisiones y secretarías.

Busqué las fichas de las alumnas graduadas. Una era de origen español y la otra colombiana; ambas parecían muy guapas en las fotos.

Entré a la página Facebook del profesor: contaba lo que le sucedía a diario, se enredaba en discusiones, opinaba, era agresivo y ocurrente; subía fotos de todo tipo, hasta de cuando estuvo dos días internado en una clínica por un colapso nervioso. Tenía centenares de amigos.

Fui a la oficina de Reza para que me mostrara cómo entrar a todo el buzón del profesor, y no sólo al hilo de los e-mails a los que me conducían las palabras clave y las viñetas, tal como estaba programado el protocolo.

Me preguntó quién era, qué había encontrado.

Le expliqué que quizá se trataba sólo de un profesor caliente que se la pasaba piropeando sin que hasta ahora ninguna estudiante lo hubiera denunciado. Pero quería echarle un ojo, por si había algo más.

Reza vino a mi escritorio y me explicó el procedimiento. Me advirtió que antes de utilizarlo necesitaba la autorización de Denis.

Fui a la oficina de Denis, pero no estaba. Hillary me dijo que andaba en una reunión en el decanato y que regresaría hasta en la tarde.

Estella volvió a presentar una queja por mi forma de conducir. Jim me lo dijo. Estábamos en su oficina. «Esa puta», masculló entre dientes, mientras guardaba unas hojas en su gaveta.

–Dice que has frenado bruscamente en tres ocasiones en lo que va de la semana. Dos el lunes y una ayer martes. Anota hasta el sitio y la hora exacta.

–Puedo ver la denuncia –dije.

Volvió a sacar una hoja de la gaveta y me la dio.

Recordé los sitios, el cuidado con el que había frenado en cada ocasión, atento al hielo que aún quedaba en algunas partes de las calles; recordé también a los chicos que subían en la avenida Court, los que bajaban en la calle Cider y en la avenida Jefferson.

–Todo es inventado –dije.

Y perdí mi mirada en un calendario que colgaba de la pared.

Me vinieron las dos imágenes: la maestra atildada, siempre vestida con traje sastre y que no me dirigía la palabra más que para decir «Buenos días» y «Buenas tardes», cuando subía y bajaba del autobús; y la mujer de pantalones verdes ceñidos en la fila de la tienda de ropa de segunda mano.

–No te preocupés –dijo Jim con su acento nicaragüense–. Ya te dije que lo hizo con el anterior conductor.

–¿Era latino también?

–No. No es racismo. La mujer está loca… El próximo semestre te voy a asignar otra ruta para que no tengás que tratar con ella –dijo Jim–. Aunque se quejará del nuevo conductor, te lo puedo asegurar.

–¿Qué querrá? –dije como al vuelo–. Que instalen cámaras de vigilancia dentro de los buses…

Jim abrió los ojos con perplejidad. Enseguida sacudió su cabeza, como el perro que se quita una mosca de encima. Y me invitó a tomar unas copas con los colegas el sábado en la noche, que la siguiente semana sería vacación por el Thanksgiving y había que celebrar.

Revisé la cuenta de e-mail del profesor mexicano con la autorización de Denis. Lo catalogó como un acosador en potencia.

Era una cuenta bastante reciente, sólo los cuatro meses que él llevaba en el college. No encontré nada que fuera más allá de los e-mails con piropos a los que el sistema me había conducido. Pura basura institucional y artículos curiosos o chistes que reenviaba a sus colegas. Aún utilizaba muy poco esa cuenta con los amigos que había dejado en México.

Se lo informé a Denis. También le dije que tenía cuentas en Facebook y Gmail, que quizá en ellas hubiese más información.

Me advirtió que ésas no estábamos autorizados a abrirlas, a menos que hubiese una denuncia legal por parte de una alumna, y que en tal caso eran otros los procedimientos y las supervisiones.

A las diez de la mañana del sábado subí los escalones del porche.

La tormenta se había ido de largo, pero el frío y la nieve ya se habían instalado para todo el invierno.

Stacey abrió la puerta. Me invitó a pasar con entusiasmo. Sería su primera lección de español. Vestía pants holgados y una sudadera con el logo de Walmart en el pecho.

Nos acomodamos en la mesa del comedor; aún quedaban restos del desayuno en los platos que procedió a llevar al fregadero.

Me ofreció un café.

Yo traía el libro que ella me había dado y un cuaderno de apuntes.

Le dije que había hojeado el libro, pero me parecía aburrido y con mucha gramática incomprensible para mí. Le propuse que la clase consistiera en una especie de larga conversación, en la que yo le preguntaría sobre su vida o sobre asuntos variados, y la iría corrigiendo a medida que hablaba.

Me dijo que le parecía estupendo.

Ya habíamos acordado que me pagaría veinticinco dólares la hora.

Me trajo la taza de café y su cuaderno de apuntes.

Le expliqué que no la interrumpiría en cada ocasión en que cometiera un error, sino que los iría apuntando y después los repasaríamos.

Yo llevaba entre las páginas del libro una hoja con el listado de temas, sobre todo temas de la vida personal, que a los gringos les encantaba hablar de sí mismos. Y para que no se me agotaran los temas me propuse aplicar una técnica de interrogatorio exhaustivo.

Fue entonces, mientras tomaba mi lista de temas, cuando Nikki salió del baño, descalza, envuelta en una toalla blanca y con una toalla roja como turbante en la cabeza.

Apenas nos echó una mirada escabulliza, dijo «Buenos días» y caminó de prisa hacia la habitación.

A Stacey el rostro de lechuza se le contrajo en una mueca de severidad. Me dijo que no me preocupara, que Nikki se iría pronto, los sábados entraba a trabajar a las diez al taller de piercing, pero ahora iba un poco tarde.

Comenzó a contarme sobre su infancia en la granja de su familia, la descripción de la casa y de los campos, cómo eran su padre, su madre, sus hermanos. Yo acababa de detenerla para que repasáramos lo que había pronunciado mal, cuando Nikki salió de la habitación y se dirigió hacia la puerta de la calle, con el paso sigiloso de quien no quiere interrumpir, sin decir palabra.

Stacey no se volteó; yo sí. Me hizo un guiño.

Al final de la tarde llamé a Jim para decirle que no me sentía bien de salud, quizá una gripe andaba rondándome, que disfrutaran las copas. No mentía en cuanto a mi malestar: estuve tendido en cama, sin energía, a ratos dormitando.

Tampoco tuve ánimos de ir a cenar al O'Neill, donde estarían Reza y Lindsey.

Me preparé un sándwich. Luego me acomodé en el sillón: a través de la ventana miraba el cielo despejado, la noche iluminada por la luna llena que estaría saliendo a mi espalda; escuchaba las voces de Stacey y Nikki que se preparaban para irse de fiesta. Me sentía sin ganas de hacer nada, lejos de todo.

En la semana de Thanksgiving tuve las tardes y las noches libres: no hubo autobús escolar que conducir ni clases en el college, aunque como empleado administrativo tuve que trabajar en los Servicios Tecnológicos de lunes a miércoles.

El pueblo quedó vacío de estudiantes.

Me asignaron tres turnos en Tulio's Cabs, incluido el de la noche de Thanksgiving, de las seis de la tarde a la medianoche. Los conductores de planta celebrarían con sus familias, pero desde la madrugada estarían al volante para no perderse a las multitudes de compradores del «Viernes negro».

Estébano me invitó a cenar con ellos: Teresa ya había aprendido cómo preparar el pavo y le quedaba riquísimo, dijo, aunque también cocinaría romeritos y otros platos mexicanos. Le dije que tendría turno con el taxi. Que me guardarían una porción, dijo, que pasara el viernes a mediodía y aprovecharíamos para beber unas cervezas.

Desde el mediodía del jueves la casa quedó en silencio, sin el crujir cotidiano de la madera bajo los pasos de los inquilinos, sin las voces de Stacey y Nikki que se filtraban desde abajo, hasta Reza se había largado para celebrar con la familia de Lindsey. Tampoco parecía que Julia, la retardada, estuviese en casa, aunque esa mujer a veces salía de la nada.

No hubo novedad en el taxi durante la noche de Thanksgiving: apenas cinco carreras cortas a los suburbios, una de ellas hacia la zona donde vivía Estella. Al regreso me detuve a unos metros de su casa, pero del otro lado de la calle. Apagué las luces del auto, no el motor, que hacía mucho frío para quedarme sin calefacción. La casa estaba a oscuras. Sentí el viejo veneno circulando por mi cuerpo. Empezó a caer una especie de aguanieve. Alguien se asomó a la ventana de la casa vecina. Esperé un rato. Me puse en marcha.

Fue el primer lunes, luego de la semana de feriado, cuando apareció el e-mail con el acrónimo de la CIA, al que me condujo de forma automática el sistema. El texto se refería a la solicitud de una beca para realizar una investigación sobre el poeta salvadoreño Roque Dalton, para viajar a Washington D.C. a revisar en los Archivos Nacionales los cables desclasificados de la CIA del periodo 1963-1964, cuando la agencia había tratado de reclutar al poeta revolucionario. El remitente era un instructor que le informaba al director del Departamento de Lenguas Romances que el proyecto de la investigación iba como documento adjunto, con los gastos proyectados para el viaje. Necesitaba la autorización del director para enviar la solicitud a concurso ante las autoridades pertinentes de la institución que ofrecían la beca.

Me quedé un momento absorto.

Descargué el documento adjunto.

Antes de leerlo, busqué en la página web los datos del profesor.

Resultó ser salvadoreño. La foto era la de un tipo de unos cincuenta años, trigueño, de pelo corto, con cara de presumido. La ficha biográfica decía que era historiador y periodista.

Me asombré: desconocía que hubiese un salvadoreño dando clases en el college.

Se llamaba Erasmo Aragón Mira. Poco común el nombre Erasmo. Había conocido uno solo en mi vida. Fue durante la guerra, en la zona de Guazapa: un joven campesino muy diestro con las manos que había sido entrenado en explosivos; era el mejor para desactivar las granadas de mortero que el ejército nos lanzaba y no explotaban.

El apellido me sonaba, no recordaba de dónde.

Abrí el documento adjunto: era el proyecto para escribir una biografía del poeta. La dividía en varios periodos y desarrollaba en un anexo los principales sucesos del periodo 1963-1964 para cuya investigación solicitaba los fondos.

Permanecí un rato pasmado ante la pantalla. Yo sabía sobre Roque Dalton más o menos lo que todo el mundo sabía en El Salvador: que era un poeta que había sido asesinado por el ERP bajo la acusación de que era agente de la CIA, años antes de que la guerra comenzara; en el frente de guerra siempre había alguien que leía poemas revolucionarios de Dalton en eventos con las masas y la tropa, que ayudaban a mantener la moral en alto.

Era raro que el profesor pidiera fondos para revisar los cables desclasificados de la CIA de los años 1963-1964, en vez de abocarse a investigar el asesinato del poeta en 1975. Se decía que lo habían ejecutado al calor de una pugna entre quienes apoyaban la línea política de masas y los que apoyaban la línea militar. Lo lógico hubiera sido que tratara de averiguar lo que sabía la CIA al respecto.

Incluí el dato sobre el e-mail en el reporte diario que le enviaba a Denis. Era la primera vez que me tocaba informar sobre el seguimiento de una palabra clave de orden político. No me daba buena espina el hecho de que el tipo fuera salvadoreño, menos que la palabra clave fuera la CIA.

Al terminar la jornada, me detuve en la oficina de Hillary para preguntarle si los empleados administrativos teníamos derecho a prestar libros en la biblioteca del college. Me dijo que sí.

De regreso en casa, mientras recalentaba el último sobrante del pavo de Thanksgiving que me había traído de donde Estébano y Teresa, oí voces alzadas en la planta baja: Stacey y Nikki discutían. Paré la oreja, pero sólo entendí algunas frases sueltas y un par de exclamaciones. Luego hubo un portazo y el motor de un auto que arrancaba. Me llamó la atención porque en día de semana, a mediodía, por lo general ellas no estaban en casa.

Para entonces, luego de las dos horas de clase de conversación, yo sabía más sobre la vida de Stacey que sobre la de Nikki. Me pregunté cuánto le tomaría terminar de contar su vida.

Prepararía una lista de temas de actualidad para la próxima clase.

Esa tarde, luego de dejar el bus escolar, fui a la biblioteca universitaria a buscar la novela de Dalton que el profesor mencionaba en su propuesta de investigación, en la que el poeta contaba su secuestro por el ejército salvadoreño y el intento de reclutamiento por la CIA.

Nunca había estado en ese sitio. La calefacción bullía; había estudiantes por todos lados, en cada mesa y en cada silla, algunos hasta sentados en los pasillos. Cantidad de chinos.

No encontré la novela en la estantería. Pregunté en información. Alguien la tenía prestada.

Fui a cenar a la barra del O'Neill. Lindsey no trabajaba esa tarde, sino la mesera delgadita y tímida; Reza no aparecería. Tom, el barman, estaba atareado. Me sirvió la cerveza y tomó mi orden de alitas de pollo.

En el noticiero anunciaron la llegada de una nueva tormenta de invierno para el martes al final de la tarde, con un descenso brusco de las temperaturas y medio metro de nieve. El presentador dijo que probablemente las escuelas cancelarían clases el miércoles.

Volteé hacia el otro televisor, en el que transmitían el partido de futbol americano profesional de los lunes por la noche. Entonces, por el rabillo del ojo vislumbré en una mesa a mis espaldas un rostro que se me hizo conocido: era el profesor mexicano que piropeaba a las alumnas. No me cabía duda: estaba tal cual en la foto de la página web. Comía frente a otro tipo al que yo no podía distinguir.

Los mantuve en mi radio de observación.

Jugaban los Steelers contra los Jets en Pittsburgh. Unos años atrás, en Houston, había aprendido las reglas de ese deporte y ahora hasta podía disfrutarlo. Pero aún estaban en los preliminares del partido.

En ese momento, el otro tipo de la mesa se puso de pie para dirigirse a los sanitarios: era el salvadoreño cuyo e-mail había leído esa mañana. Resultó más chaparro de lo que yo suponía, en tanto que el mexicano era tan fornido como en su foto.

Pronto pidieron su cuenta y se largaron.

Yo permanecí un rato más, sorbiendo con lentitud mi segunda cerveza.

Tom me preguntó si no me quedaría a ver el partido.

Le dije que no, me urgía ir a lavar ropa.

Había echado el detergente y la ropa, y metía las cuatro monedas de veinticinco centavos en el dispositivo de la lavadora, cuando escuché pasos en la escalera que bajaban al sótano. Era Nikki. Terminé de meter las monedas y las empujé para que la máquina arrancara. Nos miramos. No saludó ni dijo nada; tampoco yo. Caminó a mi encuentro; vestía pants holgados y sudadera. Enseguida yo sabría que no traía nada debajo, ni sostén ni calzón. La encaramé sobre la secadora. Tenía los huesos largos y el tatuaje de un escorpión en el pubis. Me bajé los pantalones hasta las rodillas; la fusca se mantuvo firme en mi tobillera. Su boca permaneció pegada como lapa a la mía. Fue rápido, animal, silencioso.

A la mañana siguiente, me asomé a la oficina de Denis. Le pregunté si había alguna instrucción especial a seguir en el caso del instructor sobre el que le había informado el día anterior.

—¿Tu compatriota? —dijo sin despegar la vista de la pantalla.

Asentí.

—No —dijo—. Tú sigue el mismo protocolo cuando el sistema te lleve a uno de sus e-mails. ¿Lo conoces?

Negué.

—Estuvo vinculado a la guerrilla —dijo volteando hacia mí.

Me le quedé viendo.

—Trabajaba en propaganda desde México.

Alcé las cejas.

—Otros le dan seguimiento —me dijo con un guiño—. No es un objetivo nuestro.

Estiré los labios como si fuese a silbar.

Le di las gracias y volví a mi cubículo.

Utilicé los buscadores para rastrear más información sobre el tal Erasmo Aragón Mira. ¿Con cuál organización revolucionaria había trabajado? ¿Había estado en la guerra o había sido nada más uno de esos colaboradores intelectuales? No encontré nada político, sino sólo información académica y laboral, semejante a la que estaba en su ficha universitaria: había trabajado en varios periódicos y revistas en San Salvador y México; estudió una maestría en historia en la Facultad Latinoamericana de Ciencias Sociales en Guatemala y también había trabajado en un centro de investigaciones históricas en Antigua Guatemala. ¿Qué hacía dando clases de español en este pueblo?

Lo recordé en el bar la noche anterior: caminaba apoyándose en la punta de sus pies, como si le faltara altura. Debía evitarlo. Podía salpicarme.

La tormenta entró al final de la tarde. Nevaba con intensidad; las ráfagas de viento sacudían la ventana. Pero no hacía aún el frío miserable que caería a partir de la medianoche.

Jim me llamó para confirmar la suspensión de clases.

A ratos me paraba frente a la ventana a contemplar la cortina cerrada de nieve que caía. Y entonces sentía como si estuviese atrapado, preso, sitiado por una presencia desconocida.

¿Qué hacía en ese sitio?

Volví al sillón. Empecé a navegar en el computador a la deriva, como embotado. Entré a un sitio de esos que llaman New Age. La página principal tenía la foto de un calvo con bigote y un epígrafe que decía: «Todo nos sucede. Tenemos la impresión de que decidimos y hacemos. Pero todo en la vida nos sucede». Entré a la siguiente página del sitio, pero perdí interés. Pronto estuve buscando un capítulo de *The Wire*. Esa serie la miraba con subtítulos en español porque no entendía la jerga de Baltimore.

Cuando me metí a la cama, la casa se había enfriado, pese a la calefacción. Recordé la frase: «Todo en la vida nos sucede». ¿Y de dónde entonces la culpa? Me levanté a ponerme otra sudadera.

Cancelaron clases en la escuela también el jueves; en el college se trabajó regularmente. Palear nieve en la mañana, bajo el intenso frío, me hacía entrar en calor, reanimarme. Temí que en algún momento la Subaru no arrancara, pero no me dejó tirado.

La ventaja de vivir en un pequeño pueblo universitario era que la nieve de las calles era barrida con prontitud por la maquinaria pesada de la alcaldía.

Los días eran cada vez más cortos: pasadas las cuatro de la tarde comenzaba a oscurecer.

La tarde del viernes fui al mall a comprarme unas botas impermeables. Luego me detuve en la Biblioteca Pública, desde donde le envié un mensaje encriptado al Viejo.

Me propuse ir a cenar con más frecuencia al O´Neill; hacerlo en casa me producía sensación de encierro.

Ese viernes, el instructor salvadoreño cenaba en la barra. No había otro banco libre. Me fui de paso hacia una mesa, desde donde podía observarlo.

Cada vez que entraban o salían chicas guapas, volteaba, ansioso, con muy poco disimulo. Me pareció un perro solitario, como yo.

A Stacey, la amargura le venía del hígado. Años atrás había tomado, por un largo periodo, unas pastillas para aliviar un dolor en la espalda que le habían dañado el órgano. Cuando bebía más de la cuenta, a la mañana siguiente se sentía fatal. Un incipiente hígado graso, según entendí.

También me contó que había estado casada con un exmarine. El tipo no había ido a las guerras de Irak ni de Afganistán, sino que había permanecido destacado en una base del Pacífico. No la golpeaba, pero ejercía sobre ella extrema crueldad mental y emocional. La sicóloga se lo hizo ver y entonces se divorció. Lo que más echaba de menos del año que vivió con el exmarine eran las tardes de sábado en el campo de tiro, donde disfrutaban blanqueando y luego se iban de copas. A ella le encantaban las armas, como a toda su familia.

Le pregunté si tenía armas en casa.

Dijo que sólo una, porque a Nikki le disgustaban.

¿Y seguía yendo al tiro al blanco?

A veces, cuando visitaba la granja de sus padres, donde tenían un predio para ello. Pero si Nikki la acompañaba, se abstenía.

Me preguntó si a mí me gustaba blanquear.

Estábamos en el comedor, casi al final de nuestra clase de conversación. Yo tomaba nota de las palabras que ella pronunciaba incorrectamente.

Le dije que en mi país la posesión de armas era prohibida por la ley, que debido a la guerra civil y luego a las pandillas tener una podía ser contraproducente. Pero en Houston, un colega de trabajo me había invitado algunas veces a un campo de tiro y me pareció muy apasionante.

Se emocionó.

Me dijo que la esperara un momento. Saltó de la silla hacia la habitación.

Regresó con una caja de zapatos entre manos. La puso sobre la mesa y la abrió con la expresión de la niña que nos descubre su juguete favorito: era un revólver magnum 357, plateado, de esos que tienen la cacha como manopla.

Lo empuñó con el cañón hacia arriba, ufana. Luego le vació el tambor y lo hizo girar.

—Lindo, ¿verdad? —dijo mientras me lo ofrecía.

Lo tomé con la inseguridad del principiante.

Sentí como si la fusca se hubiese movido en mi tobillera.

Me propuso que un día fuéramos a practicar tiro al blanco como parte de la clase conversación.

—¿Dónde?

En la granja de sus padres, no, porque Nikki se enteraría. Pero podíamos ir a un campo de tiro; había por lo menos tres en los alrededores. A ella le gustaba uno camino a Milwaukee.

Le pregunté si era al que iba con su exmarido.

—No —dijo. Y le volvió algo de su amargura.

Ese sábado, me encontré con Estébano en The Lion's Mouth, luego de su jornada en el restaurante.

Hacía un frío calador, pero las calles del pueblo bullían de jóvenes estudiantes: ellas con vestidos cortos y escotados, sin abrigo; ellos con camisas manga larga, también sin chaquetas. Era el último fin de semana de clases en el college, y el arranque de la temporada de compras navideñas.

El bar estaba a reventar. El aire era denso; la atmósfera eléctrica. Pudimos acodarnos en un rincón de la barra.

Estébano daba por un hecho que yo celebraría las fiestas con ellos. Habló sobre los regalos que querían los niños, de que los visitaría su cuñada, hermana menor de Teresa, que estaba buenísima, yo tenía que conocerla.

Lui, el hondureño, no vino con él. Me dijo que mi puntada, en torno al miedo que le tenía a la mara Salvatrucha, resultó cierta. Quién sabe lo que les debía. Al parecer muchos pandilleros habían llegado a Chicago, procedentes de Guatemala, Honduras y El Salvador; comenzaban a organizarse y a moverse por la zona, le habían contado a Lui, por lo que éste ahora sólo iba de su casa a la cocina del restaurante y de la cocina del restaurante a su casa.

Esa noche, el barman de los rizos dorados, igual de petulante, vestía traje negro, camisa blanca y corbatín de colores, como si fuese maestro de ceremonias. Rebasado por la multitud, tardó en atendernos.

Le pregunté a Estébano si sabía de la existencia de un profesor salvadoreño en el college.

Extrañado, me dijo que no, que cómo me había enterado.

En la oficina de Servicios Tecnológicos tienen listados de profesores y alumnos por nacionalidad.

—¿Quién será ese cerote? —dijo.

—No lo conozco. Su foto está en la página web del Departamento de Lenguas Romances.

Estébano sacó su teléfono celular y se puso a buscar.

—¿Cómo se llama?

—Erasmo es el primer nombre —dije.

Intenté recordar el apellido, pero la mente se me quedó en blanco. Estébano me estaba mirando.

—No recuerdo el apellido —dije.

Le costó encontrarlo. No estaba habituado a navegar en las páginas del college.

Gente entraba y salía del bar; había aglomeración de clientes frente a la barra. Supuse que habría una larga lista de espera para jugar al billar.

—Es éste… —dijo y amplió la foto en la pantalla—. A este cabrón lo he visto… Aquí mismo.

Me sentí engentado.

Le propuse a Estébano que fuéramos a otro bar que estuviera menos atestado.

—Todos estarán igual —dijo.

En ese momento, entre la muchedumbre, descubrí furtivamente a Estella en una de las mesas; no alcanzaba a distinguir con quiénes estaba.

La música de la rocola, ubicada en el extremo opuesto del salón, detrás de la mesa de billar y junto a los sanitarios, apenas nos llegaba, tal era el jolgorio, que todo el mundo hablaba a los gritos.

Denis y su mujer asomaron por la puerta. Echaron un vistazo a la muchedumbre que se arremolinaba frente a la barra y entre las mesas. Se echaron para atrás. No me vieron.

Le pregunté a Estébano si de casualidad él tenía libros de Roque Dalton.

—No —dijo—. Yo no tengo libros…

Apuntó con la boca hacia dos rubias despampanantes que parloteaban a mi espalda.

—Tal vez en la Biblioteca Pública. Teresa dice que tienen bastantes libros en español, al menos para los niños. ¿Para qué los querés?

—Curiosidad.

Una de las rubias tuvo que restregarse a mi costado para poder pedir sus bebidas.

—Ése es al que mataron los del ERP por traidor, ¿verdad? —dijo Estébano—. Aún recuerdo que a veces leían sus babosadas en la radio del frente y el hijo menor de la Gorda Rita se enojaba porque no poníamos atención… ¿Cómo se llamaba ese chavo, que era buenísimo con la ametralladora .50?

Le pedí que cuidara mi cerveza. Yo iría a orinar.

Me abrí paso con dificultad. Había grupos de estudiantes, pero la mayoría era gente del pueblo y sus alrededores.

Estella estaba con otras tres maestras de la escuela; ella era la única mulata. Pasé entre el gentío sin que me vieran.

En una mesa del rincón, cerca de la rocola, distinguí al profesor salvadoreño con una pacotilla mucho más joven, seguramente alumnos. No me pareció que el mexicano de los piropos estuviese en la mesa.

El baño de hombres estaba ocupado. Un guapo con el cabello envaselinado hacía fila antes que yo.

Dos chicas esperaban para entrar al baño de mujeres.

En esos viejos sanitarios sólo podía mear uno a la vez.

Se respiraba un aire menos denso en ese sector. La puerta

trasera del bar, junto al lavabo, estaba medio abierta. Me dieron ganas de largarme por ahí.

Se abrió la puerta del baño de hombres. El envaselinado se metió.

Volteé hacia la mesa de billar: los dos tipos que jugaban eran unos expertos. Pese al poco espacio, a la cantidad de gente y al bullicio, no perdían su concentración.

Entonces la vi venir sin que ella se percatara de mi presencia, porque caminaba con la vista fija en el piso. Varios comensales observaron de reojo su tremendo culo enfundado en una minifalda muy ceñida, las gruesas mallas negras.

Llegó achispada, sonriente, pero cuando me descubrió a su lado, enseguida de la sorpresa, volvió a su pose de superioridad. Y me saludó como siempre: un «Hola» cortés y distante.

Yo me mantuve sin dirigirle la palabra, mirándola a los ojos, con mi mente en blanco y las ganas de cobrarle lo que me debía pujando en la boca del estómago.

Desvió su mirada.

Entonces me le acerqué y le dije, entre dientes, que un inspector escolar de distrito estaba en la barra y me había preguntado por ella.

Reculó, como si me apestara el aliento, y volteó hacia la barra, pero la muchedumbre impedía ver hasta allá.

—¿Quién es? —preguntó un poco desconcertada.

Pero en ese instante el guapo del cabello envaselinado salió del sanitario y yo me metí sin responderle.

Ésa no era una noche para andar en la calle, pensé mientras orinaba.

Cuando salí, Estella aún esperaba su turno, primera de la fila.

Me miró como si fuese a contarle.

Pero me fui de paso.

Le dije a Estébano que terminaría mi cerveza y me largaría; él dijo que se quedaría un rato más, trataría de jugar al menos una partida de billar.

—Va a estar difícil —le dije, mientras me empinaba el último trago—. En una mesa del fondo está el profesor del que hablamos.

—Ah, sí. Después me voy a acercar para semblantearlo —dijo.

Salí a la noche fría. Pasé entre los grupos de fumadores que atestaban la acera frente a la entrada al bar. Eché una ojeada a las calles adyacentes, en busca del carro de Estella. Pero carecía de sentido: mi mente seguía en blanco, sin que una idea encajara.

Caminaba los doscientos metros que me separaban de la Subaru cuando, a media cuadra, descubrí un autopatrulla de la policía, emboscado a la entrada de un estacionamiento, tras unos arbustos, a la caza de conductores ebrios. Seguí mi camino.

Al encender mi computadora me encontré con un mensaje del Viejo. Salí de nuevo al pasillo para constatar que Reza no estaba en su habitación; tampoco regresaría de improviso un sábado por la noche. Lo desencripté de inmediato. Que nos encontráramos en Chicago el siguiente fin de semana, proponía.

La semana transcurrió sin novedad.

Estella se comportó como si no nos hubiésemos visto en el bar, aunque desde entonces se sentó un par filas más atrás; quién sabe la acusación que estaría bullendo en su cabeza. Yo también actúe como si nada.

A Stacey le envié un mensaje para cancelar la clase del sábado. Respondió que no me preocupara, ella tampoco tendría tiempo porque a causa de la temporada navideña le habían cambiado sus horarios en Walmart.

Y en la oficina de Servicios Tecnológicos, el volumen de e-mails detectados por el sistema disminuyó considerablemente; era la semana de exámenes finales.

Visité de nuevo la tienda de segunda mano y logré conseguir un chaquetón de pluma de ganso color negro.

La nieve no se iría hasta mayo, ya me había advertido Estébano. Y el frío sólo empeoraría.

Yo venía sufriendo un dolor en la pierna derecha. Era el hueso húmero, que me lo había quebrado a los trece años.

La oscuridad caía a las cuatro de la tarde. Y cuando regresaba a mi habitación, luego de terminar de conducir el autobús, me sentía encerrado. No me acostumbraba.

Tenía que largarme.

Era una mañana gris, ventosa.

Estacioné la Subaru a inmediaciones de la estación donde abordaría el shuttle de las ocho hacia Milwaukee.

Había pocos pasajeros. Fui de los primeros en subir. Me senté en el asiento trasero; había activado mi viejo radar: retuve cada rostro y su ubicación en el autobús. Varios estudiantes chinos, un par de negros malandrines y una media docena de blancos desarrapados con pinta de homeless.

Cinco de los pasajeros —cuatro estudiantes chinos y uno de los desarrapados— también subieron en Milwaukee al autobús que nos conduciría a Chicago.

Eran las 9.03.

El Viejo me había pedido que me abstuviera de llevar teléfono o laptop, pero desde los tiempos de la guerra me había acostumbrado al reloj de pulsera.

Dormité a lo largo del viaje: no había nada que ver más que la misma pradera cubierta de nieve.

A eso de las 11.15 el autobús llegó a inmediaciones de Union Station.

Era mi primera vez en la ciudad, pero había estudiado el mapa y la zona de mis rutas con mucha precisión, una y otra vez, en Google Map y Google Earth, hasta estar completamente familiarizado.

Me metí a un Starbucks, a dejar pasar el tiempo mientras bebía un café.

Luego caminé por Monroe hacia la estación del metro.

A las 12.02, subí al último vagón del tren de la línea azul con destino a O'Hare. Más adelante, en la estación Damen, salté al andén en el momento en que las puertas se cerraban. Eché una última ojeada al andén.

Bajé a la calle.

El Viejo estaba frente al stand de revistas en la farmacia Walgreens, ubicada sobre West North, en la esquina con Milwaukee; vestía abrigo, gorro y guantes negros. Cuando me vio de reojo, se dirigió a la salida y comenzó a caminar sobre North, en dirección hacia el este. Yo crucé la calle y avancé en la acera opuesta, unos veinte metros detrás de él, protegiéndome de las ráfagas de viento.

Unos trescientos metros adelante se metió a un restaurante.

Me fui de paso hasta la esquina. Hice un contrachequeo desde la parada de autobuses. Me estaba congelando. Crucé la calle. Y entré.

Era un restaurante de comida sureña; banderitas, mapas de batallas y fotos militares adornaban las paredes. Sólo había tres mesas con comensales, aún era temprano.

El Viejo hablaba con la mesera en una mesa de rincón.

Nos dimos un apretón de manos.

La mesera, una chica de rasgos asiáticos, me tendió la carta. Le eché una ojeada rápida y pedí una cerveza Tecate. El viejo había ordenado un Bourbon.

—Frío de mil putas —dijo.

—Allá donde yo estoy es peor —dije.

—¿No usás guantes?

—Nunca tengo frío en las manos, sino en las orejas y en la cabeza.

Vestía traje oscuro, camisa blanca, sin corbata. Así lo había visto las últimas veces en Houston y Dallas. Era su uniforme. Y le gustaba que lo llamaran «ingeniero».

—¿Y Rudy? —preguntó.

—Todo un padre de familia.

El Viejo le tenía afecto a Rudy. Gracias a éste había logrado escapar de la cárcel. Habíamos atacado la prisión para liberar a una docena de compañeros. El Viejo estaba en el área de los criminales comunes, pero había hecho buenas migas con Rudy y éste le dijo, al calor de las detonaciones que abrieron un boquete en el muro, que se viniera con nosotros al campamento. A los demás reos comunes los recapturaron.

Me pareció que el Viejo se había deteriorado mucho desde la última vez que nos habíamos visto. Le salían unas profundas patas de gallo de los ojos hasta las sienes y le bajaban por las mejillas; estaba completamente encanecido, como abuelito.

—Se te ve hecho mierda, ingeniero —le dije.

—Si vos te vieras…

Pero yo era por lo menos diez años menor. Se quedó en el campamento hasta el final de la guerra, y se vino con nosotros cuando bajamos a la alcaldía de Dulce Nombre de María a conseguir documentos de identidad con otros nombres, de combatientes muertos, para la nueva misión que nos habían encomendado. José Zeledón era uno de ellos.

La mesera trajo las bebidas. Preguntó si estábamos listos para ordenar. Le pedimos unos minutos.

—¡Salud! —brindó—. Por los veintidós años.

Me quedé en ascuas.

—Hoy hace veintidós años que nos escapamos con el Rudy…

—¿Hoy? —pregunté.

—Segurísimo —dijo. Y se empinó el Bourbon.

Que le hubiera gustado celebrarlos con Rudy, pero no tenía tiempo para ir hasta Merlow City ni Rudy podía venir a Chicago. Y, bueno, ya no era lo mismo.

Yo había sido el jefe de ambos, tanto en el campamento durante la guerra, como en la misión que nos asignaron al final de ella, que consistía en cuidar una plantación de amapolas en el altiplano guatemalteco en la frontera con México. En esa plantación fue donde una noche los gringos nos barrieron con fuego desde el aire y apenas sobrevivimos los tres; luego, en el descampado, cada quien se reinventó y siguió su ruta. Ahora el Viejo era quien tenía proyectos, las riendas de su vida, y yo el que apenas sobrevivía. Vueltas del destino.

Ordené chuletas de cerdo; el Viejo, pollo y otro Bourbon.

Me preguntó sobre Merlow City, hasta cuándo pensaba quedarme, si resistiría ese invierno.

—Te vas a morir de tristeza en ese pueblo —me dijo—. Rudy resiste porque tiene mujer y familia, porque ya se retiró de lo bueno y caliente, pero vos...

Sabía de mi vida más que cualquiera, aunque sólo fuesen retazos; yo también tenía pedazos de la suya.

Una familia de rubios, obesos y ruidosos, vino a ocupar la mesa junto a la nuestra.

—Mientras no haya nada mejor —dije.

Nunca me daba detalles de los negocios en que andaba, pero sí información como para que yo me hiciera una idea. Comenzó a hablar de la situación en Michoacán, de los cárteles que se peleaban el botín, de que había plata a montones no sólo de la droga, sino del hierro y la madera; que si cuajaba ese negocio grande que estaba esperando, me llamaría para que me fuera con él, necesitaría a alguien de absoluta confianza a su lado.

—Ya sabés que esos hijos de puta no me gustan —le dije—. Ni narcos ni maras.

—No tendrías nada que ver con ellos —dijo—, sino sólo seguirme el paso y cuidarme las espaldas.

La mesera llegó con los platos y el Bourbon. Me preguntó si quería otra cerveza; le dije que no.

Mis chuletas se miraban más apetitosas que el pollo del Viejo.

—¿Para cuándo esperás que cuaje el negocio?

El Viejo se encogió de hombros; terminó de masticar.

—Puede que uno o dos meses; puede que más. Todavía tengo que hacer trabajo de hormiga.

Me pregunté si aún mantendría mis reflejos operativos.

—Te avisaré —dijo—. Animate...

Pensé en Stacey, en los campos de tiro.

Encontrarme con el Viejo me sacudía memoria. No me sucedía lo mismo con Estébano, porque apenas reconocía en él al Rudy de antes, mientras que el Viejo seguía siendo semejante, como si los años sólo lo hubiesen añejado.

En el trayecto de regreso a Merlow City, mientras contemplaba la monótona pradera blanca, mi frente apoyada en la ventanilla, recordé la primera vez que llevamos al Viejo a una operación. Lo habíamos relevado de sus labores como cocinero, recibió un breve entrenamiento en radiocomunicaciones, lo uniformamos y lo integramos al pelotón. Estábamos en La Montañona, a finales de octubre, cuando nos ordenaron bajar hacia la zona del embalse. Éramos quince fusileros, con dos armas de apoyo (Rudy con el PRG-7 y el Cuco con la ametralladora .50), el Viejo con el radio y un sanitario. El Viejo debía mantenerse siempre a mi lado, con el radiotransmisor en su espalda; en poco tiempo se había convertido en un eficiente codificador y decodificador de mensajes (ahí le agarró la manía). Caminamos varias noches; bordeamos la zona del cuartel de El Paraíso. El Viejo me comentó la intensidad de las comunicaciones en distintas frecuencias y cifrados. Yo sabía que algo se cocinaba, pero no tenía los detalles, hasta que llegamos a la ribera del embalse: por la cantidad de tropa que se estaba movilizando, me percaté de que la operación era muy grande, la más grande hasta entonces. Las radios del enemigo denunciaban que nosotros amenazábamos con una ofensiva, pero que era puro cuento, que el ejército nos tenía acorralados. Cruzamos el embalse a medianoche. Los balseros trabajaban al tope. Seguimos la marcha hasta que llegamos al campamento en las estribaciones del cerro de Guazapa. El Negro Justo, miembro del Estado Mayor del Frente, nos reunió a los jefes de los pelotones que habíamos acantonado en la zona. Dijo que íbamos por la grande, cruzaríamos la carretera Troncal del Norte y nos dirigiríamos a la capital, que había un plan detallado para cada unidad. Preguntó quiénes de los jefes éramos originarios de San Salvador y de qué zona o colonia. Luego me llevó aparte para inquirir si el Viejo era de mi absoluta confianza, no podíamos correr riesgos, cualquier filtración sería fatal. Le dije que no se preocupara. Bordeamos Apopa y llegamos a una casa de seguridad en las afueras de Cuscatancingo. Ahí nos quitamos los uniformes, los metimos en mochilas y nos vestimos con pantalones oscuros y camisas blancas que nos tenían listos, como gente pobre de luto; el armamento lo pusimos en tres ataúdes. Bajamos hasta Ayutuxtepeque por la calle Mariona, una zona infectada por retenes del ejército, con los ataúdes en un pickup y el pelotón apretujado en un microbús. El Viejo estaba impresionado por la estratagema. El punto de encuentro era una funeraria, donde nos concentramos las fuerzas que operaríamos en esa zona. Me asignaron la conducción de dos pelotones y la coordinación de un grupo de milicianos. En la madrugada iniciamos la ofensiva. Incursionamos hasta los alrededores del cuartel San Carlos; les rompimos las defensa del lado de la Universidad Nacional. En esas calles me había criado, había crecido. Logramos mantener el cerco los primeros días, hasta que la aviación comenzó a bombardearnos; nunca llegaron los cohetes antiaéreos para defendernos. Nos fuimos replegando por etapas, dejando francotiradores en las alturas estratégicas; mantuve al Viejo siempre a mi lado, con dos combatientes de apoyo. La gente permanecía encerrada, aterrorizada; muy pocos salían a darnos apoyo. Al cuarto día de ofensiva instalé el puesto de mando en la planta baja del edificio de apartamentos donde había transcurrido toda mi vida, hasta que me fui a la clandestinidad y luego al monte. Sentí muy extraño. No había vuelto desde entonces. «En ese apartamento viví yo», le dije al Viejo, señalando hacia la cuarta planta...

El conductor del autobús me trajo al ahora: anunció que estábamos entrando a Milwaukee.

La vacación de fin de año en la escuela comenzó el viernes 18. Sin autobús que conducir, tuve más tiempo libre. Me matriculé en un gimnasio para ponerme en forma; era el que Jim había mencionado cuando hablamos de Estella. No me la encontré en esas semanas. Yo iba muy temprano. Me ejercitaba básicamente en la bicicleta fija y en las barras; también nadaba en la piscina de agua tibia, bajo techo, que de otra forma hubiera sido imposible en ese frío.

Con Stacey acordamos que la próxima clase de conversación en español la tendríamos en el campo de tiro; ella podría enseñarme lo relacionado con el uso de armas y, al mismo tiempo, aprendería los términos en español. Le pregunté si no era inconveniente que yo, como latino, visitara un lugar como ese. Dijo que de ninguna manera. Pero me advirtió que iríamos hasta el primer sábado de enero, una vez que la temporada navideña terminara y ella volviera a sus horarios normales.

En la Nochebuena fui a casa de Estébano. Nada le comenté de mi reunión con el Viejo. De nuevo me encontré con el hondureño Lui y su mujer gringa, y con otras dos parejas mexicanas amigas de Estébano y Teresa. Había multitud de niños. La hermana de Teresa no estaba; su vuelo se había cancelado por el mal tiempo. Ya achispado, Estébano quiso sacar el tema de las maras, pero Lui le rogó que mejor no habláramos de eso. Pude haberles contado lo que el Viejo me había explicado sobre el crecimiento de las pandillas en Chicago. Una vez que cené, me las arreglé para largarme.

Regresé a mi habitación antes de la medianoche. Me sentía extraño: como si una película transparente me separara de lo que sucedía a mi alrededor.

Al día siguiente, el 25, cuando todos celebraban en familia, el wifi de la casa dejó de funcionar. Lo reseteé y nada. Busqué a Reza, el experto, pero se había ido con Lindsey; tendría que hablarle al casero para que lo reportara a la empresa, pero en ese día feriado no lo repararían. Pensé buscar una cafería con wifi, pero todos los comercios estarían cerrados.

Entonces recibí un mensaje de texto de Nikki. Me preguntaba si yo tenía señal, pues en su computadora no funcionaba. Le respondí que nos habíamos quedado sin conexión, que había tratado de resetear el aparato pero no funcionaba o quizá era el servidor. Me invitó a bajar a tomar una cerveza. Le pregunté por Stacey. Me dijo que no me preocupara, que regresaría hasta en la noche y apenas era mediodía.

Me desaté la talonera con la fusca dentro y la guardé en el armario.

Bajé por las escaleras. Me pregunté si Julia, la retardada, estaría en su habitación atenta a mis pasos.

Nikki abrió con sigilo la puerta de la cocina. Tenía el rostro descompuesto, los ojos enrojecidos. Le pregunté qué había pasado. Dijo que había ido a pasar la festividad con su familia, pero hubo viejas críticas y discusiones agrias; prefería no hablar de ello. También dijo que Stacey visitaba a su propia familia, acababa de hablar con ella, y todo iba bien. No le había dicho que había regresado a casa para que no se preocupara.

Por primera vez estábamos a solas desde el episodio en el sótano. A veces, en las noches, la escuchaba cuando hacía el amor con Stacey. Me parecía que Nikki, a sabiendas de la porosidad de la madera en esa casa, daba rienda suelta a sus gemidos y exclamaciones para que yo me enterara; la otra era más contenida.

Me dio una cerveza y nos sentamos en la mesa de la cocina. Me preguntó cómo iba Stacey en sus clases de español.

Pero ninguno de los dos estaba para rollos.

Tenía un cuerpo delgado en el que fui recorriendo cada tatuaje, que ella me explicaba con cierto orgullo. Susurrábamos, atentos a que alguien estuviese en las habitaciones de arriba. Me preguntó por la larga cicatriz en la parte trasera de mi muslo izquierdo. Una patada, cuando era joven, jugando futbol, que no americano, sino lo que ellos llaman soccer, le dije. Y pasó fugaz el recuerdo de esa tarde en que el mortereo fue tan intenso que una esquirla me alcanzó en la trinchera en la que yacía parapetado. Mientras jadeábamos me mantuve atento. Y cuando escuché pasos en la escalera, que podían ser de Reza o de Julia, le dije que era hora de irme.

Fueron días lentos, fríos, de encierro.

En la mañana iba al gimnasio; luego a la oficina a matar el tiempo durante dos horas, porque el flujo de e-mails para revisar era casi nulo. Y en las tardes miraba series en mi habitación o me iba a la biblioteca pública. Hubo un par de tardes en que llamaron para darme un turno de noche en el taxi; no me hacía gracia conducir con tan mal tiempo y las calles congeladas. Descubrí con estupor, además, que me comenzaba a fallar la vista.

El último día del año hubo fiesta en el O'Neill. No había estudiantes, sólo parroquianos del pueblo. Pese a las tres cervezas, y a la camaradería de Reza y su banda, no logré que me contagiaran su entusiasmo. A eso de las diez regresé a casa.

Había quedado de ir a celebrar la medianoche con Estébano y su familia, pero lo llamé para excusarme, que estaba muy agripado, no me sentía bien. Me preguntó si necesitaba algo, que no dudara en llamarlo. Le dije que gracias, pero lo mejor era descansar hasta que el virus se fuera.

–Te dije que te vacunaras. No es tan caro y vale la pena. Pero sos necio. Ya estamos viejos –dijo antes de colgar.

Desperté asustado, sudando, con palpitaciones. Miré el reloj: eran las tres de la mañana. Había soñado con mi abuela. Aunque no fue un sueño, sino como un recuerdo dentro del sueño. Estábamos en la habitación de emergencias del hospital Rosales: ella en una camilla, junto a otra en la que yacía inconsciente el torturador al que apodaban el Vikingo. Ella hablaba poco, aún conmocionada por un golpe que había recibido, pero en su mirada me daba a entender que ella sabía que era yo quien le había disparado al tipo que ahora agonizaba a su lado. Y yo volvía a sentir la emoción que había sentido en aquel momento, cuando no quise reparar en la mirada de mi abuela sino que empecé a pensar en la mejor forma para terminar de rematar aquel cabrón que no había muerto aún pese a mis disparos.

Jim no pudo hacer el cambio: al comenzar las clases en enero, seguí conduciendo el mismo autobús de primaria con Estella a mis espaldas. Cambié mi horario en el gimnasio: ahora iba cuando ya había anochecido. Me subía a la bicicleta fija y nadaba; en casa trabajaba con el aparatito para ejercitar los dedos y la muñeca. Pero a veces sentía como si mi cuerpo no fuese mi cuerpo, no lo reconocía, como si con el paso de los años hubiese tomado otra ruta, no sólo más lenta, sino que distinta.

El año había empezado con lentitud, pero pronto hubo sucesos que le dieron velocidad. El sábado a media mañana fuimos con Stacey al campo de tiro. Hacía demasiado frío. Me encasqueté un gorro de lana hasta las cejas. Mientras cruzábamos la pradera nevada en el auto de Stacey, me repetía que estaba rompiendo mi primer anillo de seguridad, mi rastro quedaría untado en las computadoras y cámaras de ese sitio (mi 38 corto había quedado en casa). Pero necesitaba ponerme en movimiento. El campo estaba ubicado en las cercanías de Milwaukee, una especie de galerón con el estacionamiento del lado de la calle y con un enorme patio trasero; se llamaba Melody's Gun Club. Stacey me dijo que Melody era el nombre de la propietaria; también me explicó que había un polígono interior para armas cortas y uno exterior para armas largas. En la recepción, una chica con granos en la cara me pidió mi licencia de conducir para inscribirme. Stacey era tan conocida que hasta su Magnum estaba ya en el sistema. Firmamos papeles para eximir de responsabilidad a la empresa de cualquier incidente. Supuse que ese día y a esa hora el lugar estaría desierto, pero me equivocaba. Del lado de la cafetería había familias comiendo bocadillos, una de las cuales saludó a Stacey con efusión. Ella me presentó como su profesor de español. Aquello parecía un club de natación.

Luego de reservar nuestro turno en el polígono interior, fuimos al depósito de armas. Le pedí al encargado una Glock. Stacey me miró con sorpresa. Le dije que había estado curioseando en el Google y que me había gustado ese nombre que sonaba a cerveza. Ella sonrió. El encargado me dijo que sólo tenían la 19. Me alcé de hombros, como quien apenas entiende. Era una nostalgia. Hubo un tipo en logística, a quien le decían Míster Rabbit, con el que hicimos buenas migas y me trajo en un embarque un juguete parecido al que ahora tomaba en mis manos. La perdí cuando nos retirábamos de la operación de ataque a la compañía que resguardaba la presa Cerrón Grande: chocamos de frente con una patrulla de paracaidistas, rodé con el fusil por un zanjón y no me di cuenta cuando se salió de la cartuchera. Nunca la recuperé; era territorio enemigo.

Stacey parecía tiradora profesional. Yo no tuve que aparentar mucho, porque en verdad estaba en mala forma; decidí ir lo más pronto posible donde un oculista. Pero con las detonaciones –pese a las orejeras protectoras– y el golpeteo de la Block en mi brazo, la adrenalina me volvió al cuerpo. Disparamos varias rondas. Luego Stacey desarmó su Magnum y me pidió que le fuera traduciendo al español el nombre de cada una de las piezas.

Fuimos por un refresco a la cafetería. Nos sentamos de cara al ventanal a través del cual mirábamos el polígono exterior. Stacey me preguntó si me animaría a disparar con un fusil. Sorbí mi Coca-Cola, con la expresión de quien duda. Le dije que nunca lo había hecho y que seguramente necesitaba una instrucción previa. Ella podía servirme de instructora, dijo; tenía mucha experiencia.

Regresamos al depósito de armas y pidió un AR-15. También rentamos unos guantes especiales: entraba el frío al alerón desde el que dispararíamos a los blancos ubicados en el patio trasero. Escuché las instrucciones de Stacey con una especie de hormigueo en el hombro, la mente ausente, los recuerdos congelados. Miré a mi alrededor: todas las posiciones de tiro estaban ocupadas. El sonido de las detonaciones, amortiguado por las orejeras protectoras, golpeaba en mi cerebro. Me pregunté cómo hubiese sido combatir con esas orejeras. Un instructor se acercó a confirmar si yo había comprendido y estaba preparado. Stacey seguía dándome explicaciones mientras se ponía en posición y apuntaba con el AR-15. Comenzó a disparar. Se acabó un cargador. Dijo que era mi turno. Hubo aprensión en mi rostro. Sentí el escozor en las manos. Apoyé la culata en mi hombro.

Camino de regreso, Stacey me recordó que no debía mencionarle nada a Nikki de nuestra visita al campo de tiro. Según ésta, habíamos visitado al Hy-Vee de Madison, el supermercado donde yo le habría ido enseñando las palabras españolas para los diversos productos. Stacey nunca hubiera ido al Wal-Mart en su tiempo libre.

Al final de la tarde, el lunes, hubo toques a la puerta de mi habitación. Era Reza con una hoja de papel en la mano. Tenía el rostro descompuesto: balbuceó que le habían negado la residencia, y me tendió la hoja. Le eché una ojeada y le dije que quizá podía apelar y que en todo caso podía seguir con el permiso de trabajo. Me dijo que no, que leyera bien, que en un mes tendría que abandonar el país. Se pasaba la mano por el rostro y se remecía los cabellos, abatido. Le pregunté si ya había hablado con Denis. Respondió que aún no, que recién había vuelto a casa del trabajo y había abierto su correspondencia. Quizá Denis podría aconsejarle un bufete de abogados que tuviese experiencia en apelaciones, le dije. Regresó a la habitación, desmadejado, a punto del llanto.

A la mañana siguiente hubo otra novedad: mi computadora estaba llena de documentos que habían sido traídos al sistema por la palabra clave CIA. Revisé. Procedían del profesor Aragón, los había descargado durante la tarde y la noche del día anterior del sitio de una fundación llamada Mary Ferrell, especializada en la desclasificación de documentos de las agencias de inteligencia estadounidenses relacionados con los grandes asesinatos de la década de los sesenta, los Kennedy y Martin Luther King, según leí en su portal.

Los revisé, tratando de armar el rompecabezas. Estaban fechados a partir de marzo de 1964. La mayoría eran sobre un desertor cubano, quien se había escapado de un avión de Cubana de Aviación que hacía escala en Canadá. De inmediato había pedido asilo a las autoridades canadienses y había exigido que lo contactaran con la CIA. Era el encargado de manejar a los agentes salvadoreños en la inteligencia cubana y llevaba consigo un portafolio cargado de documentos para entregarlo a la CIA. Lo condujeron a Washington, donde reveló en detalle la estructura y el nombre de las cabezas de la inteligencia cubana de aquella época, y también identificó a los agentes salvadoreños que tenía a su cargo. El poeta Roque Dalton era el principal de ellos.

Mientras leía los documentos, busqué nombres que me sonaran conocidos, pero no estaba familiarizado con los comunistas de aquella época. Pensé que con ese material se podría hacer una serie televisiva de espionaje.

Fui con Denis, cuando me había hecho una idea de la cuestión, para contarle del material que había caído en mi máquina. Me explicó que aunque no fueran e-mails, las descargas vinculadas a la seguridad nacional eran recogidas automáticamente por el sistema. Las siglas de la CIA y los otros acrónimos oficiales eran los causante del flujo hacia mi computadora. Me dijo que no me preocupara por esos cables, procedían de 1964, ya estaban oficialmente desclasificados y eso era parte de la investigación académica de mi «compatriota».

Aproveché para preguntarle qué pasaría con Reza, ahora que le habían negado la residencia.

—En eso estamos —dijo con una mueca de fastidio.

Una de esas tardes, recién salía de la piscina del gimnasio y me dirigía hacia los vestidores, cuando me encontré de frente con Estella. Desprevenida, bajó la vista, pero enseguida la alzó y me dijo hola con la misma distancia con la que lo hacía en el autobús. La quedé mirando mientras se alejaba: vestía un traje de baño blanco, de una sola pieza, con una toalla enrollada a la cintura. Fue entonces cuando se produjo el flash: mi madre.

Pasé en vela parte de esa noche, a veces en la cama, a veces en el sillón. Me sentía afiebrado, como si fuese a enfermarme. Por la ventana miraba el techo de la casa vecina con su capa de nieve congelada. Me pregunté si Estella me acusaría de acoso por haberla encontrado en el gimnasio.

Por suerte, a la mañana siguiente, no hubo clase por la tormenta.

Durante las siguientes semanas, el profesor descargó decenas y decenas de documentos, desde media tarde hasta entrada la noche, según registraba el sistema. Buscaba nombres clave y luego seguía secuencias numéricas en el archivo de la fundación.

Cada mañana, cuando encendía la computadora y entraba a mi cuenta, aparecían nuevos documentos que a veces no terminaba de leer en mis dos horas diarias de trabajo, pero que me permitieron vislumbrar el mundo de la CIA de aquella época. Los cables contenían reportes de cada uno de los hechos relativos al desertor cubano, hasta minucias de su vida cotidiana en Washington, y otros contenían información sobre la red cubana y los salvadoreños que pertenecían a ella.

Lamentablemente muchos de los cables tenían tachaduras en los párrafos más importantes o las copias de los PDF eran demasiado borrosas y apenas se entendían, por lo que sólo los ojeaba o me los saltaba y los jalaba a la carpeta que había abierto con ellos.

Denis me había indicado que le reportara únicamente si el profesor enviaba los cables a otra dirección electrónica, que por lo demás ya veríamos lo que encontraba cuando terminara de escribir su investigación.

A finales de enero comenzaron a llegar los frentes fríos, temperaturas de 30 grados bajo cero, y las clases en la escuela eran suspendidas con frecuencia. Me quedaba en casa, tendido en la cama. La sensación de estar atrapado en la habitación, sitiado por el frío, era muy fuerte. Pero las horas de trabajo en la oficina de la universidad nunca se suspendían. Y seguí yendo al gimnasio a la misma hora, con curiosidad por ver a Estella, pero no volvimos a coincidir. No hubo entonces ninguna denuncia de acoso. Incluso una mañana no sólo dijo «Buenos días» al subir al autobús, sino que durante el trayecto me preguntó si yo estaba satisfecho con los servicios que prestaba el gimnasio.

Algunas de esas mañanas en que no había clases, Nikki me enviaba un mensaje de texto para que bajara a su apartamento. Stacey salía muy temprano hacia el Walmart. Lo hacíamos con mucha cautela y rapidez. Luego yo partía a la oficina de Servicios Tecnológicos y ella a la tienda de piercing. En más de una ocasión me dijo que ya estaba cansada de la relación con Stacey, pero que su gran problema era precisamente que le costaba mucho terminar las relaciones. Yo guardaba silencio.

Febrero me pareció interminable. Salir de casa era como entrar a un congelador. El cielo gris, cerrado; el viento cortante, y la nieve convertida en una capa de hielo sucio. Costaba mantener el ánimo. Sólo un par de sábados, cuando la temperatura no fue tan bárbara, y fuimos con Stacey al campo de tiro, logré entusiasmarme.

Empecé a esperar la comunicación del Viejo como la soga que me permitiría salir del pozo.

El profesor persistía en su tarea con los documentos. Seguía la secuencia numérica de los cables en busca quién sabe de qué nombres, hechos, detalles. Estaba tratando de reconstruir la operación de la CIA contra el poeta Roque Dalton que mencionaba en su proyecto de investigación. Tanta obsesión por el pasado no era lo mío.

En esas estaba, jalando documentos a la carpeta, cuando Reza llegó a mi cubículo. Se le miraba contento. Me dijo que la oficina de abogados del college había logrado meter la apelación y que tendría un respiro, porque mientras tanto no podían sacarlo del país. Lo felicité, porque eso significaba que Denis lo consideraba un técnico irremplazable. Me propuso que lo celebráramos con una cerveza a la noche en el O'Neill.

El bar estaba bastante lleno para ser media semana. Pasaban en las pantallas el juego de jockey entre los Admirals de Milwaukee y los Penguins de Pittsburgh; parroquianos y estudiantes le iban a los Admirals. Yo conversaba en la barra con Reza, y con Lindsey cuando ésta se acercaba en sus momentos de respiro. De pronto, por la puerta de entrada asomó el profesor Aragón; puso cara de fastidio cuando vio que no había lugar disponible en la barra y dio media vuelta. Mi mente quedó un instante en blanco y enseguida hizo clic: ahora recordé de dónde me sonaba el apellido Aragón. Mi abuela había trabajado como sirvienta por muchos años para una familia que tenía ese apellido; eso había terminado cuando yo era un niño, pero ella se refería con cariño a «los señores», que le habían ayudado a pagar la carrera de enfermería de mi madre.

Entonces el equipo de Milwaukee anotó. La algarabía estalló en el bar: aplausos, hurras, brindis. Reza alzó su mano para que la chocáramos. Luego brindamos y Lindsey vino en carrera a abrazarlo.

Al día siguiente entró el mensaje encriptado del Viejo: que me necesitaba en dos semanas; se trataba de un negocio menor, aunque importante, de unos tres o cuatro días de duración, y que luego vendría la grande; que dejara mis cosas tal cual y pidiera permiso en mis empleos, que le respondiera de inmediato.

La semana escogida por el Viejo coincidía con el llamado Spring Break, una vacación equivalente a la Semana Santa que concedían en las escuelas y en el college. No habría problema con los permisos.

Transcurría mi jornada con otro ánimo, pese a la grisura que nos encapotaba, al hielo sucio en las calles, a la pesadumbre porque parecía que el invierno no tendría fin. Mis rutinas en el gimnasio, las visitas al campo de tiro con Stacey, los ejercicios con la fusca que a veces practicaba en la habitación como un viejo cowboy de película que se prepara para salir a un duelo a la calle, los hacía con un entusiasmo que suponía perdido.

Era la primera operación en que el Viejo sería mi jefe. En la guerra llegó a ser mi hombre de confianza, aún sin pertenecer al Partido ni a la estructura militar; nunca me había fallado. Los jefes miraban con desconfianza mi cercanía a un asesino exconvicto. Pero la química entre las personas tiene sus rutas. Me gustaba que no le temblara el pulso. Tenía una navaja a la que llamaba «Toñito». Con ella se despachó al jefe del campamento, un capitán comemierda; le salvó la vida a Catarina, mi pareja en aquella época; se salvó a sí mismo y de carambola me convirtió en el nuevo jefe. Yo lo incorporé a la unidad, lo dejé crecer y, al finalizar la guerra, me lo llevé a la nueva operación al campo de amapolas en el altiplano guatemalteco.

Yo no estaba presente cuando degolló al pervertido. Con la mitad de la tropa, andábamos en misión de combate en otra zona, a varios días de distancia.

Catarina me lo contó.

Ella y el Viejo habían descubierto que el muy cabrón del capitán se cogía a los niños del campamento. A Catarina la metió presa en un refugio antiaéreo bajo la acusación de indisciplina y luego la destacó a la trinchera más periférica y peligrosa del campamento; al Viejo lo chantajeó para que la ejecutara. Ideó un plan elemental: los tres saldrían de patrullaje porque el enemigo supuestamente había incursionado en las inmediaciones; el Viejo mataría a Catarina y él liquidaría enseguida al Viejo. Diría que ambos habían caído en combate.

Esa noche, cuando ella los vio llegar a la trinchera en la oscuridad y descubrió que el Viejo empuñaba un fusil, supo que algo raro sucedía, porque éste era un civil al que aún no se le autorizaba portar armas largas sino en situación de emergencia. El capitán le ordenó que los acompañara a un patrullaje. Salieron del bosque y bajaron por la pendiente hacia el río. A esa altura dijo que se separarían y le ordenó a Catarina que se adelantara. Ella intuyó que en ese instante la matarían por la espalda. Pero sólo escuchó una especie de forcejeo y cuando se volteó descubrió que el Viejo le había rebanado el cuello al capitán. Quería que te matara y después me mataría a mí, le dijo. Catarina estaba choqueada. El Viejo tomó una granada del arnés del capitán, le quitó la espoleta y la tiró hacia el cuerpo degollado. Corrieron a parapetarse. Luego de la explosión, el Viejo le descargó media tolva a la parte del cuerpo que no había sido despedazada. Se fueron replegando con ráfagas como si realmente estuvieran siendo objeto de un ataque enemigo. El mando de la zona me ordenó regresar de inmediato al campamento a hacerme cargo de la situación. La versión que ambos contaron era que se habían separado un momento antes para hacer un rastrillaje del área, cuando oyeron la explosión que salía de la nada. El enemigo le había tirado el granadazo al capitán a boca de jarro, dijeron. Catarina me hizo creer que el Viejo la había salvado porque el enemigo la tenía rodeada. Redacté un informe y lo trasmití al mando. Años atrás, el capitán ya había sido alcanzado por un morterazo que lo había dejado sordo de un oído y medio renco, por lo que a la jefatura no le pareció raro que fuera tomado por sorpresa. Luego Catarina me contaría la verdad.

La siguiente vez que bajé con Nikki me dijo que yo era muy extraño, que nunca hablaba de mi vida, que eso llamaba su atención, como si yo tuviese algo que esconder; ni siquiera tenía cuenta de Facebook y Twitter. Le dije que en mi país no era prudente andar hablando de uno mismo, se arriesgaba la vida, no se podía confiar en nadie, cualquier información podía ser utilizada para el robo, el chantaje, el secuestro. Y yo era viejo como para cambiar de hábitos y adoptar el estilo de moda en el que todo se cuenta. Aproveché para decirle que durante el Spring Break me iría a visitar unos amigos a Chicago, que dejaría mi Subaru estacionada, si podía echarle un ojo. Que por qué no me la llevaba, preguntó. Muy caro el estacionamiento en esa ciudad, le dije. Que la podía dejar en uno de los estacionamientos de largo plazo del aeropuerto, dijo, no me costaría más que seis dólares diarios, incluso menos si tenía suerte, y ahí tomaba el metro. Cuando nos vestíamos, Nikki dijo que Stacey trabajaría toda la semana, pero ella estaría libre, sin alumnos que tatuar, y preguntó si me podía alcanzar un día en Chicago, ya se inventaría una buena excusa para Stacey. Le expliqué que permanecería con amigos que sólo hablaban español, sería incómodo para ambos. Me vio con cierto enfado; no insistió.

El martes anterior al Spring Break, Denis se acercó a mi cubículo y me preguntó si estaba disponible esa noche, a eso de las siete. Asentí. Quería pedirme un favor, dijo, que lo acompañara a su oficina. Me dejó pasar primero y luego cerró la puerta. A través del ventanal se veía la nieve sucia, a medio derretir, en la explanada de la biblioteca. Dijo que seguramente yo había mirado en la página web de la universidad la foto de mi compatriota, el profesor Aragón. Afirmé con un movimiento de cabeza. ¿Lo podría yo reconocer personalmente? Le respondí que ya me lo había encontrado en un par de ocasiones de casualidad. De hecho, el profesor estaba en The Lion's Mouth esa noche de principios de diciembre, cuando él, Denis, y su mujer no se animaron a entrar por el gentío.

—Muy bien —dijo, e hizo una pausa.

Enseguida me explicó que se trataba de un pequeño trabajo, que no era competencia del college sino de otra instancia de seguridad, que la persona que lo debía llevar a cabo estaba fuera de la ciudad y él, Denis, había pensado en mí por el seguimiento que yo hacía del trabajo del profesor debido a los cables desclasificados. Era algo confidencial. Pero no tenía que ver con esos cables.

Lo quedé mirando, en silencio.

—Se te pagará por hora, pero no a través de la nómina de esta oficina, sino en cash —dijo.

Lo seguí mirando, sin abrir la boca.

—La cosa es sencilla —dijo Denis—: llegas unos minutos antes de las siete al Freddy's Bar, esperas a que el profesor Aragón aparezca y tomas nota de la persona con la que se reúna, si es posible les sacas una foto con tu teléfono en algún descuido; permaneces en el bar hasta que se retiren y si se van juntos los sigues hasta su destino. Eso es todo. Y me llamas hoy mismo en la noche para contarme dónde los dejaste. Nada por escrito.

—Ese bar es muy oscuro —dije—. Será difícil tomar una buena foto.

—Haz el intento.

Le recordé que yo debía trabajar en el bus escolar al siguiente día temprano en la mañana, que no podía trasnochar, que si el profesor y su acompañante se quedaban bebiendo hasta tarde en la noche, yo tendría que dejarlos.

—¿Hasta qué horas puedes quedarte?

—Dos cervezas —dije—. Las nueve, como mucho.

Para ese tipo de operación se necesitaba al menos un equipo de tres personas, para pasar desapercibidos ante el objetivo y no perderlo en movimiento. Seguro que Denis lo sabía. ¿Improvisaban o me estaban poniendo a prueba?

—Ni modo. Si se hace tarde, te vas.

Dirigí mi vista al ventanal; recordé el mensaje del Viejo con las primeras indicaciones de mi viaje.

—Y si no tiene relación con los cables de la CIA, ¿cuál es la razón del seguimiento sobre el terreno? —pregunté.

Me repitió que era confidencial.

Intuí que Denis sabía con quién se reuniría el profesor Aragón; nada más necesitaba confirmarlo.

—Puedo confiar en ti, entonces —dijo poniéndose de pie y dirigiéndose hacia la puerta.

Había una docena de viejos bebedores esparcidos en pequeños grupos.

Aún era temprano. La muchachada universitaria llegaría más tarde.

Me acomodé en la barra, a un costado de los grifos de la cerveza de barril, de cara a uno de los televisores empotrados en lo alto.

El profesor ya estaba instalado en la barra, hacia el fondo del salón, de espaldas a los baños y la rocola, cerca de la pequeña cocina y la salida trasera.

Registró mi llegada, pero yo no le puse atención, sino que me embobé de inmediato en el partido de basketball universitario en la pantalla.

El hombre estaba inquieto; con frecuencia echaba un vistazo a la puerta principal y luego a la puerta trasera. Bebía pequeños sorbos de su cerveza.

El barman era un gordito simpático al que los comensales llamaban Alex. Por fin vino a atenderme y le pedí una cerveza.

Entró una pareja de jóvenes por la puerta principal; segundos más tarde, una mujer mayor por la puerta trasera. El profesor movía el pescuezo con ansiedad; a veces hacía girar todo su cuerpo en el banco.

Yo lo observaba por el rabillo del ojo.

Habían pasado seis minutos después de las siete cuando la rubia entró por la puerta trasera. Era joven —tendría unos treinta y pocos años—, con el cabello crespo hasta los hombros; vestía traje sastre oscuro y zapatos con tacón. Podía ser profesora universitaria o ejecutiva de una empresa. Saludó al profesor como a un viejo amigo y se sentó a su lado.

El barman se acercó a ella con prontitud. Yo no podía escucharlos desde mi posición, pero enseguida éste comenzó a prepararle un Martini.

Me encaminé hacia el baño, a paso lento, cabizbajo, ensimismado. Al pasar detrás de ellos, volteó. Tenía los ojos verdes, el rostro un poco relleno. Sus manos estaban sobre la barra; distinguí su anillo de matrimonio.

Oriné poco, pero permanecí un rato de pie frente al excusado. Escupí dentro de él. Le preguntaría a Denis si tenía planes de fundar una agencia de detectives especializada en detectar parejas infieles.

Cuando salí del baño, ambos se habían puesto de pie, sus bebidas en mano, y se dirigían a una mesa.

Seguramente no era la primera vez que se reunían allí.

Volví a mi banco en la barra; aún me quedaba más de medio vaso de cerveza. Bebería a pequeños sorbos, espaciados.

Saqué el teléfono. Era casi imposible tomarles una foto sin que se dieran cuenta. Estaban a mis espaldas. Y el bar era demasiado penumbroso.

Había un mensaje de Nikki. Preguntaba si nos volveríamos a ver antes de que me fuera a Chicago.

En tres días estaría en camino hacia la operación con el Viejo; seguramente sería menos aburrida que estar vigilando a una pareja de tórtolos.

Me trasladé dos bancos a mi izquierda, como quien busca un mejor ángulo para ver el televisor. Cada vez que volteaba hacia la puerta principal, a mi derecha, podía chequear a la pareja.

La rubia era expresiva, coqueta. Podía ser una amante de Denis que se le estaba yendo de las manos, o la mujer de un colega y amigo, o de un enemigo.

Pensé en Nikki, en las probables reacciones de Stacey si se enteraba de que me acostaba con ella.

Los tórtolos pidieron otra ronda; una chica casi adolescente ayudaba al gordito en la barra y también atendía las mesas.

El bar comenzó a llenarse.

Un grupo copó las dos mesas grandes del rincón.

Pronto no hubo más sitios en la barra. A mi derecha se sentó una mujer hombruna a la que en más de una ocasión había visto poniendo multas a los autos frente a los parquímetros en rojo; la chica que venía a su lado seguramente era su pareja. A mi izquierda se acomodó un joven chaparro y rechoncho, la barba medio rala y pinta de latino; venía acompañado por un trigueño.

Permanecí como absorbido por el partido de basketball en la pantalla.

Recordé cuando de chico, frente al edificio de apartamentos en el que vivíamos, escondido tras los arbustos, espiaba a mi madre: ella permanecía conversando unos minutos en el auto del médico que la cortejaba y la traía desde el hospital. En una ocasión, tomé valor para preguntarle si ese médico era mi padre; me riñó con enojo.

Cada tanto, cuando entraban o salían clientes, volteaba hacia la puerta principal: los tórtolos seguían en su mesa, protegidos por la penumbra, la alharaca de las conversaciones y el ulular de la rocola.

El chaparro y el trigueño hablaban español con acento caribeño, aunque no lograba distinguir claramente su cháchara. ¿Me había puesto Denis un contrachequeo?

Pedí otra cerveza, la segunda, la que tendría que dilatar hasta las nueve.

El chaparro volteó con ganas de conversar. Me hice el desentendido y clavé mi vista de nuevo en el televisor. Se parecía a alguien que actuaba como agente encubierto en una serie de televisión, pero no recordaba el nombre de la serie.

Entonces percibí algo a mis espaldas: los tórtolos estaban de pie, poniéndose los abrigos.

Miré mi reloj de pulsera: las 8.13.

Bebí un largo sorbo.

Se dirigieron hacia la puerta trasera, donde se ubicaba el estacionamiento.

Me puse mi chaquetón. El chaparro volteó, dijo adiós con un movimiento de cabeza y luego hizo un gesto como si yo me estuviese olvidando del resto de cerveza.

Salí por la puerta principal. La Subaru estaba estacionada en esa calle, a unos treinta metros, del otro lado de la acera, bajo la copa de un árbol que la cubría del alumbrado.

Encendí el motor y subí la calefacción.

Supuse que saldrían por ahí. La mayor parte de esa manzana estaba fragmentada en estacionamientos al descampado, cada uno asignado a su respectivo bar o restaurante, aunque se podía pasar de uno a otro.

Transcurrieron cinco minutos sin que salieran.

Hasta entonces me di cuenta de que yo había supuesto que traían auto. ¿Y si no? Pudieron haberse ido a pie y ahora mismo caminaban por otra ruta.

También podían estar en el estacionamiento, en el auto de uno de ellos, sacándose la calentura.

Tuve el impulso de salir a hacer un rápido chequeo en el estacionamiento. Pero permanecí en la Subaru.

Me pregunté si había perdido mis reflejos.

Encendí las luces y me largué.

Al llegar a casa, desde el auto, llamé a Denis. Le describí a la mujer, le dije que habían abandonado juntos el bar a las 8.13, pero que los había perdido, pues suponía que saldrían en auto y no fue así. Tampoco hubo oportunidad para tomar una foto.

—Para estos asuntos necesitás a un profesional con experiencia —le dije.

Me dio las gracias. Y dijo:

—Olvídate de lo que viste, como si nada hubiera existido... Buenas noches.

Apagué el auto y me metí a casa.

Echado en el sillón, con el rostro de la rubia flotando en mi mente, me repetí las palabras de Denis, que me olvidara de lo que había visto, como si nada hubiera sucedido. Desde la habitación de Nikki y Stacey subía el ruido del televisor, con una de esas series cómicas en las que suenan risas falsas después de cada parrafada.

A la mañana siguiente, al pasar frente a la oficina de Denis, tuve el impulso de detenerme un momento a preguntarle si me autorizaría entrar a la cuenta Gmail del profesor Aragón. Pero la puerta estaba cerrada. Seguí hacia mi cubículo.

Nos encontramos con Estébano en el O'Neil al final de la tarde; ese jueves tenía libre en el Nakamono, pero más tarde iría a cenar con su mujer a donde unos amigos. Nos sentamos en el reservado del fondo. Lindsey no estaba de turno, sino la mesera flaquita; el barman tampoco era Tom.

Estébano pidió una Coca-Cola; dijo que aún estaba tomando antibióticos por una infección en la garganta. Y tosió, para que le creyera.

Me había llamado al mediodía, quejándose de que yo no me reportara, que no diera señales de vida.

—Te has conseguido una chava, ¿o qué? —me preguntó luego de que yo pidiera mi cerveza.

—¿Por qué?

—No se te ve nunca. Teresa me preguntó si te ha pasado algo, o si te hemos hecho algo.

—Con este clima no dan ganas de salir —dije, aunque ya le había explicado que prefería no visitar su casa porque su mujer preguntaba demasiado.

—No sé cómo le hacés para estar solo todo el tiempo. Yo ya me hubiera vuelto loco. Este invierno te puede afectar feo el ánimo y la cabeza. Hay que cuidarse, ver a los amigos…

El bar estaba vacío. La flaquita, el barman y hasta el cocinero miraban embobados en la tele un programa de adivinanza de palabras, con premios de miles de dólares, llamado *Jeopardy*. Tenían el volumen muy alto, como si estuviesen en la sala de su casa.

—Deberías conseguirte una mujer y establecerte de una buena vez aquí —dijo Estébano—. Ya llevás más de seis meses y te está yendo bien. Pensalo.

Lo quedé mirando.

—¿Me vas a presentar a alguien?

Sonrió.

La flaquita trajo la Coca-Cola y mi cerveza.

—Y después, ¿qué? —dije.

—¿Después de qué?

—De que consiga mujer y me establezca.

—La vida, cabrón. No podés pasártela escapando todo el tiempo.

Sorbí mi cerveza.

La flaquita, el barman y el cocinero lanzaban palabras al vuelo, exaltados, compitiendo con los participantes en el programa de la televisión.

—El Viejo me ha contactado —dije—. Quiere que le haga la segunda en un negocio.

Mejor que Estébano supiera, por si algo salía mal, que no lo agarraran en las nubes.

—Ese Viejo no se compone… Bueno, si estaba preso por haberle quebrado el culo a su hermanastro, qué podés esperar…

Bebió un largo trago de su Coca-Cola.

—¿Y qué? ¿Le vas a entrar?

Me alcé de hombros.

—Ya no estamos para esos trotes —dijo, con la mirada en el cielo raso.

Se removió en el asiento, ansioso.

—Si algo les sale mal, me van a cagar la vida —dijo, y se restregó el rostro con las palmas de las manos, con abatimiento.

—Por eso te lo estoy diciendo.

Hizo a un lado el vaso con la Coca-Cola y llamó a la mesera. Le pidió una cerveza.

—Qué mierda… ¿Y para cuándo es eso?

—Muy pronto —dije.

—Quiere decir que si yo no te hubiera llamado hoy para que nos viéramos, vos no me hubieras advertido nada —me recriminó.

El viernes en la tarde, en mi último viaje de trabajo antes del Spring Break, cuando Estella se disponía a bajar del autobús, no dijo el «Adiós» distante con el que siempre se despedía, sino que se detuvo un momento frente a los escalones y me preguntó qué haría durante las vacaciones. Le dije que visitaría a unos amigos en Chicago. ¿Y ella? Iría a San Luis, dijo, a la casa de sus padres. Y luego se despidió, hasta cordial.

Conduje el autobús hacia el garaje tratando de entender a qué se debía su cambio de actitud, qué buscaba con ello.

En la noche, sentado frente a la estufa, mientras esperaba a que la sopa se calentara, de pronto me vi otra vez parapetado en aquel árbol, descargando la tolva de mi pistola sobre el Land Rover blindado, de cristales polarizados, que escapaba a toda máquina de la emboscada. Disparaba el último tiro, cuando el pickup que encabezaba el embate, se detuvo un instante para que la compañera de la Uzi y yo subiéramos a la cama, desde donde otros dos fusileros con armas largas, apoyados en la parte superior de la cabina, seguían disparándole al Land Rover. ¿Cómo se llamaba la compañera? Ni señas... El recuerdo del Land Rover que pasaba espantado mientras yo le disparaba se repetía como disco rayado cuando la sopa comenzó a hervir. Me espabilé.

Muy temprano en la mañana del sábado, luego de ducharme y terminar de preparar la mochila, revisé mi laptop por última vez: había un mensaje del Viejo. La operación había sido pospuesta a última hora por problemas de seguridad, decía, que se pondría en contacto conmigo en unas semanas, en cuanto el camino estuviera limpio. Borré el mensaje y apagué la máquina.

Me eché de espaldas en la cama, desenchufado. Hasta las pequeñas rutinas que me mantenían a flote escasearían en los próximos días.

Dormité.

Me levanté un poco noqueado. Eran casi las diez. Había un mensaje en el teléfono: Nikki me contaba su decisión de separarse de Stacey, que aprovecharía la semana de Spring Break para buscar apartamento y trasladar sus cosas. Me deseaba suerte en Chicago. Vi la hora de envío: las ocho y media de la mañana. Aún no se había enterado de que yo estaba arriba. Pronto escucharía mis pasos o vería mi auto.

La memoria juega con uno. Mientras conducía la Subaru por la autopista 6 hacia el centro comercial Riverfall, recordé a Catarina, sus ojos azules, su larga mata de pelo rubio que no quiso cortarse pese a las incomodidades que le causaba en la guerra. Hacía mucho tiempo que no la pensaba. Cuando llegó al campamento, varios oficiales le caímos. Yo fui el suertudo. Los jefes nunca dejaron de perreármela: carne alemana que ellos creían merecer. Pero Catarina era firme.

El centro comercial estaba a reventar. Di varias vueltas por el estacionamiento hasta que encontré un sitio. Me producía claustrofobia caminar entre las masas que se amontaban en los pasillos. Iba con el oído atento, con la sensación de que, de un momento a otro, un loco podía comenzar a dispararnos.

La óptica tenía una oferta: si uno compraba dos pares de gafas, el examen de la vista era gratis. Llené un formulario. Me tocó esperar: había cuatro clientes antes que yo para pasar con la optometrista. Entró un texto de Nikki: se quejaba de que yo nunca respondía sus mensajes si no era para tener sexo. Apagué el teléfono. Una de las recepcionistas me alentó a echarle un vistazo a las estanterías llenas de distintos tipos de gafas; me probé varias de las más baratas. Pasé con la optometrista, una hindú de piel aceitunada y brillante que no daba crédito al hecho de que hasta entonces yo nunca hubiera usado lentes.

Me sorprendió darme cuenta de lo ciego que estaba.

—¿No ha tenido problemas cuando conduce? —preguntó.

Me diagnosticó miopía.

Pregunté por las causas. Dijo que a mi edad era normal. Y que pasar mucho tiempo frente a la computadora también era dañino.

Di gracias de que el Viejo hubiera pospuesto la operación y yo hubiese podido hacerme ese examen que siempre había venido dejando para más tarde.

Le pedí lentes de contacto.

Dijo que siempre era bueno tener unas gafas por si había molestias o cansancio en el ojo.

Los lentes y las gafas estarían listos en una semana.

Salí al pasillo atascado de gente. Me dirigí a la zona de las ventas de comida rápida. Tenía sed. Compré una gaseosa, pero todas las mesas estaban ocupadas, y el ruido era atronador porque la zona de juegos infantiles estaba a un lado.

Salí al estacionamiento.

Acabábamos de dispersarnos, luego salir del túnel que conducía del campamento al bosque espeso, cuando un cohete lanzado desde un helicóptero impactó en la ruta de Catarina. Yo corría como a veinte metros a un costado de ella; el Viejo y Rudy huían por el otro flanco, tal como habíamos establecido en el plan de escape. La explosión me derribó. Traté de ver quién había sido alcanzado, pero la oscuridad era absoluta; ni las luces trazadores del helicóptero penetraban por el follaje. Seguí corriendo por la vereda como veinte minutos hasta que alcancé el refugio antiaéreo en el que nos reencontraríamos. El ruido de los helicópteros a veces se acercaba con las ráfagas del viento frío. Pronto arribaron Rudy y el Viejo, pero no Catarina. No había forma de contactarla: desde que iniciaron la operación de desembarco nos habían roto las comunicaciones. Les dije que regresaría a ver qué había pasado con ella. El Viejo dijo que era inútil: si había quedado herida, ya estaba en manos de ellos; y si el cohete le había caído cerca, sólo encontraríamos pedacitos de ella untados en los árboles. «Traen sensores de calor humano y de metal −dijo−, y debe de venir un comando tras nuestros pasos.» Lo que debíamos hacer era seguir con el plan de escape: dispersarnos y alejarnos de la zona lo más rápido posible. Pero yo era el jefe y Catarina era mi pareja. Les ordené que ellos siguieran con el plan. Yo regresaría. Y los apuré. Pero se quedaron. Nos emboscamos a la espera de los comandos que habrían enviado a rastrearnos. La lluvia y el viento golpeaban con fuerza. Media hora más tarde escuchamos en la lejanía el ruido de los helicópteros que se iban. Llevaban lo que habían venido a buscar: el cadáver del Chato Marín, el narco que había llegado a guarecerse a nuestro campamento y que, loco y soberbio, les dio en bandeja nuestra posición con el uso de su teléfono satelital.

Poco a poco fuimos regresando al sitio donde pudo haber quedado el cadáver de Catarina. Pese al viento y a la lluvia, el hedor persistía; comprendimos que el cohete había explotado a su pies, si no es que había impactado directamente sobre ella. Con extremo cuidado usamos las linternas: no había nada que llevarse a enterrar, sólo pedazos de carne dispersos, chamuscados, irreconocibles. Pero les ordené que echáramos un último vistazo, por si encontrábamos sus manos o sus dedos pulgares; no quería darles el gusto de que la identificaran. Me sentí un poco mareado. No encontraríamos nada. Ordené que nos replegáramos. Pronto comenzaría a amanecer.

Casi me ensarto en el auto que iba adelante y se detuvo bruscamente ante la luz amarilla. Los frenos de la Subaru estaban en mal estado: chillaban cada vez que los presionaba. Le hablaría a Estébano para que me recomendara un mecánico.

Comí una hamburguesa en el O'Neil. No había nadie conocido a esa hora. Luego fui a la biblioteca pública. Estuve un rato revisando películas y libros sobre narcos. Las novelas eran demasiado largas, nunca las terminaría; varias de las películas sobre colombianos ya las había visto y las telenovelas me aburrían. Saqué los viejos westerns de Clint Eastwood que nunca me fallaban. Camino a casa encendí el teléfono: no había más mensajes de Nikki. Llamé a Estébano; respondió con cierta agitación, como asustado. Le dije que ya no iría a visitar a los amigos a Chicago, que les había salido otro compromiso, y le pregunté si conocía un mecánico de confianza que me recomendara. Estaba en su casa, en la pausa entre sus dos jornadas en el restaurante; el ruido del televisor y las voces de los niños se escuchaban al fondo. Me propuso que nos viéramos en The Lion Mouth, a eso de las diez y media. Le dije que lo dejáramos para la próxima semana, que esa noche prefería descansar, que me enviara los datos del mecánico por e-mail para ir el mismo lunes. Volví a apagar el teléfono.

Fue un domingo soleado. La temperatura alcanzó los ocho grados. En las noticias dijeron que la primavera se acercaba. El pueblo estaba vacío de estudiantes por el Spring Break. Había un mensaje de Nikki en el teléfono: que ya se había enterado de que yo estaba en la casa, ¿por qué no me había ido a Chicago? No mencionaba nada de separarse de Stacey y buscar apartamento. Desde la noche anterior, cuando miraba los westerns, había comenzado a sentir un mal sabor en la boca, una especie de flema o mucosidad que me subía del estómago. Pasé la tarde en el gimnasio.

El mecánico era un mexicano gordo y barbudo, con cara de árabe. Revisó la Subaru. Me dijo que le cambiaría las pastillas de los frenos, que regresara por ella en la tarde. Me dirigí a la oficina de Servicios Tecnológicos; los empleados administrativos no teníamos vacaciones. Yo le había pedido un permiso a Denis por toda la semana, pero entré a su oficina a decirle que mis amigos habían tenido un contratiempo y que suspendí el viaje, que si podía cancelar el permiso y trabajar normalmente. Me dijo que no había problema. Con los gastos de las gafas y del auto mi presupuesto se había desnivelado.

La semana transcurrió sin novedades. En la oficina prácticamente no hubo tráfico de e-mails; ni el profesor Aragón dio señales de vida. El martes en la noche me encontré con Estébano en The Lion Mouth. En el bar no había más que una media docena de clientes. Bebimos un par de cervezas y jugamos tres partidas de billar; los dos éramos igual de mal jugadores. Estébano quiso saber más sobre el negocio en el que apoyaría al Viejo. Le dije que no tenía ni idea, y que aunque supiera, nada le contaría. Ni señas quedaban del antiguo Rudy.

Tampoco Nikki volvió a comunicarse. Supuse que se había reconciliado con Stacey o que estaba molesta porque yo no mostraba el interés que ella esperaba.

En las tardes comencé a caminar en un parque boscoso llamado Oak Hill. Las temperaturas habían subido a los diez y hasta quince grados; los días se hicieron más largos con la entrada del horario de verano. Pero los árboles aún tenían sus ramas peladas.

Jim celebró mis gafas; dijo, en son de guasa, que yo quería parecer profesor. Le expliqué que siempre usaba lentes de contacto, pero esa mañana me había levantado con los ojos irritados.

Cuando Estella subió al autobús, le pregunté qué tal le había ido en Saint Louis. Pareció sorprendida.

—Bien, gracias —dijo, pero luego pareció molesta.

Nada preguntó de mis gafas, aunque era imposible que no se hubiese fijado en ellas.

Unos días más tarde, cuando llegué en la mañana a recoger el autobús, Jim me dijo que otro profesor había sido asignado para acompañarme.

—¿Y eso? —pregunté.

Se encogió de hombros, aunque hubo cierta preocupación en su rostro. Me dio las nuevas coordenadas.

Era un gigantón, de cara pálida, con la cabeza rapada. Se llamaba Mirko. Tan silencioso como Estella, con el mismo aire de superioridad.

Transmitieron un programa especial sobre monseñor Romero en la Radio Pública; se cumplían treinta años de su asesinato. Yo regresaba a casa en la Subaru, luego de dejar el autobús en el garaje. Llovía. Traté de recordar lo que hacía esa noche en San Salvador, cómo recibí la noticia; pero nada vino a mi memoria.

Recordé con claridad, en cambio, cómo un mes antes de lo de monseñor me había enterado de la muerte de mi madre. Desayunaba en la casa de seguridad, hojeando de prisa el periódico, cuando descubrí una pequeña esquela pagada por la Asociación de Enfermeras. Decía que ella había muerto dos días atrás, el mismo día en que yo había pasado a la clandestinidad, a vivir en la casa en la que entonces me encontraba. Mi abuela estaba en el hospital cuando me fui. Yo les había dejado una carta sobre la mesa del comedor, en el apartamento que los tres compartíamos, en la que les comunicaba mi decisión de sumarme a la lucha revolucionaria y les advertía que no tendrían noticias mías quizá por un largo tiempo. Busqué en el periódico otra información que refiriera las circunstancias de su muerte, pero era una época de intensa guerra urbana, con combates a lo largo de la ciudad, y únicamente se hablaba de los muertos importantes. Contacté al Chato, mi responsable en ese tiempo, para contarle la situación. Me ordenó que por nada del mundo me acercara al apartamento o al velorio, que la organización consideraba que el enemigo ya me tenían detectado y por eso había ordenado mi paso a la clandestinidad; que podía llamar desde un teléfono público, una llamada de no más de dos minutos, con plan de escape y seguridad periférica a la cabina telefónica, era lo único que se me autorizaba. Esa misma tarde hice dos intentos y nadie respondió; a la tercera escuché la voz de un desconocido, que se hacía pasar por pariente, y colgué. Unos días más tarde desaparecieron a Dimas, uno de los cinco que vivíamos en la casa de seguridad; ninguno tuvo dudas de que no tardaría en cantar. De inmediato levantamos vuelo. La jefatura me envió a otra región del país. Entonces me quedé sin saber sobre mi madre lo que nunca debí haber sabido.

Cuando llegué al estacionamiento de casa me percaté de que el programa de radio había acabado.

La primavera entró de lleno; llovía casi a diario. Una mañana, cuando regresaba del garaje de los autobuses, encontré un camión de mudanzas frente a la casa. Supuse que Nikki se llevaba sus cosas. Y la siguiente vez que bajé con Stacey para su clase de español, me lo confirmó, más amarga que nunca. Le pregunté si quería aprovechar la clase para hablar del asunto. Me dijo que no; en otra ocasión. Nikki no había vuelto a enviarme un mensaje.

Me despidieron de la empresa de autobuses escolares. Jim me llamó a su despacho en la tarde, cuando terminaba mi jornada. Era el primer lunes de abril. Me dijo que Estella había puesto una denuncia por acoso en contra mía: que me propasaba cuando hablaba con ella en el autobús, que me había descubierto siguiéndola en el gimnasio y en una tienda de ropa. Jim dijo que lo lamentaba, la mujer estaba desquiciada, pero, si no me despedían, ellos podían perder el contrato y tanto la empresa como yo seríamos objeto de demanda penal. Ésa era la amenaza.

Lo quedé mirando un rato, con mi mente embotada. Él movía cosas sobre el escritorio, como si algo se le hubiese perdido. Le entregué las llaves.

Recibí mi último cheque.

—De veras lo siento —repitió, y me tendió la mano.

—*No problem* —le dije, como mesero al que le dan las gracias. Me encaminé a la Subaru.

Entré en un bar llamado Lily's, sobre la misma Autopista 6 donde estaba el garaje de los autobuses. Lo pasaba a diario en mi camino, pero nunca me había detenido. Era oscuro, lleno de pantallas transmitiendo juegos deportivos, como cualquier otro bar. Sólo había una pareja de clientes en la barra. Pedí una cerveza. La mesera —una joven rubia y trasnochada— me sirvió y luego volvió a la pantalla de su teléfono. Era difícil precisar dónde sentía el rencor, pero me chupaba la mente; necesitaba deshacerme de él. Tomé una servilleta, la desdoblé sobre la barra y saqué el bolígrafo para trazar un plan.

Esa última tarde estaba metido en la habitación, echado en el catre, como siempre que los jefes llegaban a la casa de seguridad y bajaban al sótano a interrogarlo. Yo no conocía sus rostros, porque se encapuchaban y la compartimentación era estricta, pero sí conocía al Chato que era mi responsable directo. Esa vez, cuando subieron después del interrogatorio, y éste vino a la habitación a darme la orden de ajusticiarlo, no hubo sorpresa. Yo había sido el principal custodio durante los quince días que el tipo había estado en la «cárcel del pueblo». El Chato preguntó si me sentía bien; que le parecía enfebrecido. Le dije que estaba bien, era sólo cansancio por la falta de sueño.

Me dispuse a bajar al sótano, que no era en verdad un sótano, sino una sofisticada construcción subterránea ubicada entre la casa principal y la bodega. Constaba de una habitación con un rincón enrejado, que servía de celda, y de una especie de pequeño vestíbulo al que se bajaba por la escalera. La electricidad y la ventilación funcionaban con un motor de gasolina, cuyo zumbido era apagado por un caucho aislante. Había sido construido por unos compañeros que habían recibido cursos de ingeniería de guerra en Vietnam.

Estábamos en una pequeña finca apícola, en una zona rural, supuse que en las cercanías de Aguilares. A mí me llevaron y sacaron con una venda en los ojos, acostado en el asiento trasero de un auto. Tenía prohibido salir de la casa. Pero desde las ventanas pude hacerme una idea de la propiedad: en el patio trasero estaban la bodega, los árboles frutales, una hortaliza y, por supuesto, las ringleras de colmenas. La propiedad estaba a cargo de un matrimonio; personas mayores, muy reservadas, corteses, dedicadas a la apicultura. Ante una aparición inesperada, diríamos que yo era su sobrino;

pero no hubo necesidad. Mi misión consistía en permanecer pegado al prisionero como su sombra y eliminarlo si el enemigo aparecía.

Era un teniente coronel adscrito al Estado Mayor Conjunto de la Fuerza Armada. Me lo dijo él mismo, desde la primera vez que bajé encapuchado al sótano, como consigna de identificación ante el enemigo; y también dijo su nombre, Fabricio Villacorta. Era fornido, blanco, de pelo castaño y ojos claros. Día y noche estuvo bajo la luz del potente foco. Yo sólo bajaba a dejarle agua y comida (siempre arroz con frijoles y un par de tortillas) con una frecuencia inusual, de acuerdo a un cronograma que debía seguir: después de ocho horas, después de dos, después de seis y así. Los primeros días, en cuanto me miraba, empezaba a insultarme, arrogante, amenazándome. Yo tenía prohibido dirigirle la palabra. Le metía el plato de comida y la botella de agua por un resquicio de la celda. Después de unos días su actitud cambió: me pedía que me quedara, que habláramos y hacía preguntas, contaba rápidamente retazos de su vida. Comenzaba a quebrarse.

Los jefes llegaron a interrogarlo por primera vez cuatro días después de su captura. Luego venían cada segundo día. Supe que era un experto en inteligencia, recién había aterrizado en el país después de recibir un curso especializado en Estados Unidos; estaba casado, tenía dos hijos pequeños. Hubo una negociación secreta con el enemigo para canjearlo por varios compañeros presos. Pero a los pocos días fracasó. Entonces su única forma de salvar la vida era que en los interrogatorios diera toda la información que los jefes querían. Todo lo supe por él, que hablaba durante mis visitas. Aunque tiempo después, el Chato me explicó que nunca hubo tal negociación: ésa era una estratagema para crearle expectativas y luego quebrarlo. El hombre estaba muerto desde el momento en que fue capturado. El Partido jamás reconocería esa acción; el enemigo nunca sabría cuál organización lo había capturado y le había sacado la información.

En los últimos tres días habló poco conmigo. Parecía resignado. La penúltima tarde, cuando peroraba sobre la muerte, me preguntó si quería saber cómo lo habían capturado. Me quedé un rato escuchándolo. Dijo que había un infiltrado del Partido en el Estado Mayor Conjunto, que había hecho saber de su regreso al país. La idea del Ejército era que llevara una vida normal, disfrazado de civil, por eso viajaba solo y vivía con su mujer en la colonia 5 de Noviembre. Lo capturó un campesino borrachín que había llegado a la colonia unas semanas atrás en busca de trabajo como jardinero; parecía un muerto de hambre, pedigüeño, al que a veces contrataban para cortar el césped, y que pernoctaba en la acera o en algún arriate. Pero era en verdad un comando especial que una noche, cuando él detenía su auto frente a la cochera, se le acercó para pedirle limosna y de pronto le dio un golpe en el cerebelo: despertó en la celda donde entonces me contaba la historia.

Dijo que ya una vez se nos había escapado de las manos, un par de años atrás, cuando trabajaba en la Policía Nacional. Lo habían emboscado cerca de la Universidad Católica; pero en esa ocasión el blindaje de la Land Rover lo salvó, y la pericia del conductor, quien con una voltereta logró salir de la emboscada y dejar atrás el pickup desde el que les disparaban. Y aunque al final los cristales cedieron ante lo nutrido del rafagueo, sólo el médico y la enfermera que iban en el asiento trasero habían muerto. Quedé mirándolo fijamente a través de las hendijas de mi capucha. Los llevábamos para curar a un subversivo herido, dijo mientras yo me dirigía a la escalera.

Esa última tarde, antes de pasar al baño donde estaba la loza falsa por la que se bajaba al sótano, le pregunté al Chato si había alguna disposición especial antes de ajusticiarlo. Me dijo que cumpliera la orden y ya. Bajé encapuchado, pero en la especie de vestíbulo me quité la capucha. Cuando me vio entrar con mi rostro descubierto, el primero que miraba desde que lo metieron al sótano, supo que le había llegado la hora. Se puso de pie, pálido, haciendo esfuerzos por controlar el miedo. Estábamos frente a frente, separados por la reja. Por primera vez le dirigí la palabra. Le pregunté dónde y cuándo había sucedido exactamente la emboscada en la que había salvado la vida. Balbuceó que en la colonia Jardines de Guadalupe, sobre la calle que desembocaba en la entrada peatonal de la universidad jesuita; y mencionó un día preciso: el 27 de febrero de 1980. Dijo que esa fecha no la olvidaría. Nos mirábamos a los ojos. Vos participaste en esa emboscada, ¿verdad?, dijo, tratando de recomponerse. ¿Quién era el médico?, le pregunté. El doctor Barrientos, hermano de un compañero de promoción en la Escuela Militar. ¿Era conocido tuyo?, quiso sacarme plática, como si ganar unos minutos le salvaría la vida. Y la enfermera ¿quién era? No sabía, dijo, primera vez que la veía, le habían dicho que era amante y empleada de confianza de Barrientos. Me saqué la pistola de la cintura. «No me matés, hijueputa», suplicó con los ojos húmedos. Le disparé al pecho; luego abrí la celda y lo rematé en la nuca. No le di el gusto de saber que la enfermera era mi madre.

La mesera me trajo de regreso al Lily's: preguntaba si quería otra cerveza. Le dije que no. Vi los trazos en la servilleta, líneas sin sentido, ni una palabra. Pagué. Volví a la Subaru. Llamé a Tulio's Cabs; les informé que a partir de entonces estaba a disposición para cualquier turno de la noche. Era muy tarde para telefonear a Estébano, ya estaría trabajando en la cocina del restaurante. Conduje hacia casa muy despacio. La rabia había regresado y me quería obligar a tomar otra ruta.

Pasé parte de la noche en vela, con Estella en la mente. Nada podía sucederle entonces sin que todos los indicios me señalaran. Algo se me ocurriría. Traté de distraerme con las series de televisión, pero saltaba de una a otra sin encontrar sosiego. Pasada la medianoche, salí a caminar por las calles de la ciudad; ni un solo peatón apareció en mi camino. Sentí de nuevo esa flema o mucosidad que me subía del estómago

A la mañana siguiente fui a casa de Estébano. Le conté lo sucedido. Me dijo que estaría atento a ver si aparecía otro chance, que no me preocupara.

—Y no le vayas a hacer nada a esa hija de puta, que me jodés a mí también —dijo cuando nos despedíamos.

Lo palmeé en el hombro.

Enseguida me dirigí a los Servicios Tecnológicos. Me detuve en la oficina de Denis. Le dije que habían reestructurado la empresa de autobuses escolares y me habían cesado, que si sabía de otro empleo por favor me avisara. Asintió.

Reza vino más tarde a mi cubículo. Dijo que Denis le había contado lo de mi cese como conductor de autobuses. Lo lamentaba. Estaría atento por si se enteraba de otro empleo.

Los días eran cada vez más largos y tibios. Nada de interés saltaba en la computadora en mis horas de oficina. El profesor Aragón había dejado de bajar cables desclasificados; supuse que ya había conseguido lo que podía conseguir por esa vía. Compré un USB y copié la carpeta con todos sus archivos.

Stacey me envió un mensaje para que suspendiéramos la clase de español del sábado, que no se sentía bien. Estaba deprimida por la ausencia de Nikki. Le propuse que cuando se recuperara fuéramos al Melody's Gun Club.

Cancelé mi suscripción al gimnasio. Mis ingresos habían bajado más de la mitad. Le envié un mensaje al Viejo: que para cuándo. Me di cuenta de que hasta entonces no habíamos acordado cuánto me pagaría; ni siquiera sabía el tipo de operación. Taras de la guerra: la compartimentación, no querer saber más de lo necesario. Si iba a entrar de nuevo en acción, debía ver las cosas de otra manera, como el puro negocio que eran.

Era una tarde de mediados de abril, cuando los estudiantes ya iban en shorts y camisetas, con las hormonas al aire. Caminé hacia el edificio ubicado en la esquina de Washington y Dayton: una mole gris de cuatro pisos sin ventanas a la calle; parecía búnker. No había rótulo brillante ni nada por el estilo. Pero en las puertas de cristal se leía Millenium-Merlow, Servicios de Internet. En el mostrador pregunté por Brandon Thomas.

—¿Tiene cita? —preguntó la mujer, una pelirroja pecosa, con grandes gafas redondas, como sacada de un cómic.

Le dije que sí.

Preguntó mi nombre. Hizo mala cara antes de levantar el teléfono.

Denis me había dado el contacto en la mañana; dijo que había la posibilidad de un empleo, haciendo algo parecido a lo que hacía en los Servicios Tecnológicos, «pero menos aburrido». De inmediato había llamado; Thomas me dio cita para esa misma tarde.

La pelirroja señaló el ascensor y me dijo que subiera al tercer piso.

En el buscador había leído que Thomas era director adjunto de la empresa y también profesor de matemáticas en Merlow College. Había un par de fotos suyas: un sujeto medio calvo, de barba rala y gafas.

Me recibió su secretaria: una señora delgada, muy blanca, con la cara arrugada. La luz artificial creaba una sensación extraña. Un par de minutos más tarde pasé al despacho. Thomas tenía las mangas de la camisa arremangadas; el saco en el respaldo de su silla. Dijo que Denis le había dado buenas referencias mías. Se trataba de un empleo nocturno, de jueves a sábado, de las 8.30 de la noche a las 2.30 de la madrugada

—hablaba sin mirarme a los ojos—; seis horas diarias a 18 dólares la hora, aunque era sólo para un mes, el último de clases en el college, cuando necesitaban refuerzos porque los chicos se desataban. La tarea consistía en estar atento a cuatro pantallas conectadas a cámaras ubicadas en el centro peatonal de la ciudad.

Lo quedé mirando como si no hubiese entendido.

Me preguntó si tenía problemas con el horario.

Negué con la cabeza.

Explicó: la policía de la ciudad era cliente de la empresa; ésta le proporcionaba el servicio de vigilancia por cámaras en el centro de la ciudad, pero mi empleo sería con la empresa no con la policía, aclaró. Tendría que seguir el procedimiento de rigor: llenar un cuestionario personal, llevar mis documentos migratorios y de identidad, y firmar el contrato de confidencialidad.

Le dije que traía los documentos conmigo y que podía llenar el cuestionario y firmar de inmediato.

Eso lo trataría con su secretaría luego; primero quería mostrarme el sitio. Y subimos a la cuarta planta. Era un salón grande con muchas pantallas sobre escritorios que formaban una especie de círculo; otras de las pantallas estaban empotradas en una de las paredes. Había una media docena de personas trabajando a esa hora temprana de la tarde. Me sorprendí cuando descubrí que una de ellas era Julia, la retardada que vivía en la habitación contigua a la mía y que nunca saludaba. Ahora hizo una mueca, según ella sonrisa, pero más dirigida al jefe que a mí. La vi de reojo, con mi rostro quieto, sin decir nada. Los otros empleados que trabajaban a esa hora también tenían un dejo de autistas.

Cuando regresábamos a su oficina, Brandon me dijo que el supervisor nocturno era Rick; él me explicaría cómo funcionaba el sistema y me asignaría mis tareas. Me preguntó si estaba listo para comenzar el próximo día. Le dije que sí.

Los empleados entrábamos al edificio por una puerta trasera, del lado del estacionamiento, con una tarjeta magnética y una clave. El ascensor, con la misma tarjeta, nos conducía al cuarto piso.

Esa primera noche, caminé las cinco cuadras desde casa. Rick me esperaba a la salida del ascensor. Era un tipo como de mi edad, fornido, con el rostro un poco apache y coleta; vestía sudadera, jeans y unas botas anaranjadas como las que usan los trabajadores que hacen reparaciones en las calles. La pinta era la de un exhippie, pero tenía voz de mando y exudaba energía nerviosa.

Dio un aplauso llamando la atención de los demás empleados y me presentó. Había dos mujeres en el grupo; ninguna era Julia.

Las pantallas que estarían a mi cargo eran la nueve, la diez, la once y la doce, explicó Rick. La nueve enfocaba un sector de la calle peatonal donde se localizaban los bares, algunos de los cuales eran los favoritos de los alumnos universitarios. En la diez se observaba el corto pasaje entre el hotel Holiday Inn y el bar Daiquiri, utilizado por fumadores y otra ralea, por el que se podía acceder de la peatonal a uno de los principales estacionamientos del pueblo. La pantalla once mostraba la puerta de entrada al estacionamiento y la máquina de pago. Y la doce estaba dividida en dos: a un lado, se observaba el frente de cada auto con sus ocupantes delanteros en el momento en que se acercaba a la caseta de salida; en el otro, la parte trasera del auto, a la altura de la placa, cuando salía a la calle.

Rick se sentó al teclado a explicarme cómo funcionaba el sistema: la notificación de emergencias, el congelamiento de imágenes, la toma de fotos y su envío, la repetición de secuencias; el almacenaje se producía de manera automática. Me dio un manual impreso. Pero me advirtió que el punto clave era la concentración, no distraerme.

Luego especificó que los objetivos principales a detectar eran tres: borrachos que armaran camorra en la peatonal, borrachos que condujeran y tipos que utilizaran el pasaje para el consumo de droga. Lo más común es el tipo que sale borracho del bar, camina por el pasaje, entra al estacionamiento y sale conduciendo su auto, dijo señalando las pantallas en secuencia. Entonces yo debía tomar las fotos del auto y meterlas al sistema con un código. Los oficiales en las patrullas las recibirían de forma instantánea.

A diferencia de mi rutina en los Servicios Tecnológicos, donde me metía al cubículo dos horas diarias y no me relacionaba con los demás empleados, excepto Reza, en el nuevo empleo no había privacidad. A mi izquierda se sentaba Steve, un tipo de expresión frenética, como si estuviese a punto de explotar; siempre con los audífonos puestos, muy de cuando en vez soltaba comentarios de las contiendas deportivas o de los programas radiales que escuchaba. A mi derecha, Jeff, un larguirucho con barba de chivo, era más hablador, pero al igual que Steve lo hacía sin quitar la vista de la pantalla, sin dirigirse a nadie en especial, a menos que uno lo interpelara; mencionaba los nombres de las personas que descubría en la pantalla. Me enteré de que varios de los empleados en el salón eran del pueblo y se conocían desde la escuela. Yo los miraba de reojo y enseguida volvía a fijar la vista en las pantallas.

En esa mi primera noche, detecté a tres borrachos que salieron del estacionamiento al volante. A eso de la medianoche, en medio de la algarabía de los estudiantes que entraban y salían de los bares, el profesor Aragón pasó por la pantalla nueve como alma en pena.

En las dos últimas horas del turno, me costó mantener la concentración. Aunque no quitaba la mirada de las pantallas, la mente se me iba. Los cortos descansos para servirse café o ir al urinario no fueron suficientes.

Salí del edificio en la madrugada, como zombi, preguntándome cuánto de mi vista perdería en cada jornada. Ni la caminata bajo el aire fresco hacia la casa logró despejarme.

Tenía, además, el estómago lleno de flemas y el sabor amargo del café en la boca. En la noche soñé con pantallas que me hablaban.

Desperté pasadas las nueve de la mañana, justo a tiempo para salir de prisa hacia los Servicios Tecnológicos. Sentía la mente cansada. Me pregunté si Julia habría sido una persona normal y el empleo la había lesionado. No tuve tiempo, ni ganas, de encender mi laptop para saber si el Viejo me había contestado.

Fue un sábado, antes de la medianoche, cuando la rubia apareció en la pantalla nueve. Salió del bar Daiquiri. Hice un acercamiento. Era ella, la que se había reunido con el profesor Aragón en el Fredy's. Tenía la mirada un poco perdida, aunque caminaba sin tambalearse. Se dirigió al pasaje.

—Parece borracha —comenté, al estilo de Jeff, sin quitar la vista de las pantallas.

Este lanzó una mirada veloz por el rabillo del ojo.

—Es Heather —dijo—. La esposa del jefe.

—¿De Rick?

—No, de Brandon. Fue mi compañera de clase en la high school.

Entró al estacionamiento.

—Pero anda sola —dije.

Jeff nada más carraspeó.

Más tarde apareció en la pantalla doce al volante de su auto. Seguí el procedimiento para reportarla.

Esa semana hubo temporal: llovió con intensidad cada día. Los noticieros alertaban sobre la posibilidad de inundaciones. Decían que el pequeño río que cruzaba la ciudad ya había hecho destrozos en una crecida cuatro años atrás.

Hablé con Estébano. Le conté que había conseguido un empleo tres noches a la semana en una empresa de internet, haciendo llamadas telefónicas, una especie de telemarketing. Le pregunté si existía en la ciudad un servicio médico para latinos que no tuvieran seguro. Lo de las flemas en el estómago se ponía cada vez peor; y me habían regresado los vahídos en que perdía las fuerzas, que me tumbaban. Me dijo que en Merlow City no había clínica, pero sí en Madison; era la misma que yo había encontrado en el Google. Quedamos en vernos pronto, pero sin precisar fecha.

Íbamos con Stacey hacia el Melody's Gun Club. Habló poco en el camino, tenía los ojos rojos; dijo que le costaba dormir, que estaba tomando pastillas para controlar la ansiedad y otras para conciliar el sueño, que aún estaba muy afectada por la separación. En el campo de tiro, pistola en mano, disparó con rabia; luego blanqueamos con un fusil de francotirador, con mira telescópica y silenciador, muy preciso. Constaté que, gracias a los lentes, había recuperado bastante mi puntería.

No le dije que la noche anterior había visto pasar a Nikki en la cámara nueve, arrullándose con otra chica.

El segundo domingo de mayo en la mañana entró el mensaje del Viejo: que ahora sí la operación estaba lista, me necesitaba el último sábado del mes en Chicago, al menos por una semana, aunque se podía alargar más. Y también decía que no me preocupara por la plata, habría más que suficiente.

Salí a caminar por el pueblo, aprovechando el día soleado y fresco. Las calles rebosaban de gente. Celebraban el Día de la Madre.

Una tarde deambulé en la Subaru por carreteras secundarias, al sur del pueblo, entre granjas, potreros y plantaciones de soja.

Pasé por unos caseríos llamados Rome, Hebron y Palmyra. Me detuve un par de ocasiones, pero ningún sitio estaba lo suficientemente aislado. En el camino de regreso pasé frente a la casa de Estella; su Chevrolet no estaba a la vista. Luego me dirigí al gimnasio; recorrí sus alrededores y volví a revisar el estacionamiento, las cámaras de vigilancia, lo que alguien podía ver desde la calle y desde el interior del edificio.

Al siguiente día, a la hora de salida de los chicos, me aposté solapado en una banca, sobre la calle lateral posterior a la escuela, donde no había cámaras de vigilancia y podía observar el Chevrolet de Estella. Los autobuses permanecían estacionados al otro lado de la manzana; minutos más tarde pasaron ruidosos por la bocacalle. Desde mi posición, no alcancé a distinguir al conductor que me sustituía. Me reacomodé la cachucha. Los días eran cada vez más calurosos; la sombra de un árbol me protegía. Estella tardó un largo rato en salir, pero venía acompañada por otra maestra. Ambas subieron al Chevrolet.

Esa mañana, la palabra NARA, acrónimo de los Archivos Nacionales en Washington, había saltado en el sistema y me había enlazado a un e-mail del profesor Aragón. Preparaba su visita a la capital para investigar sobre Dalton en esos Archivos y se escribía con un tal George, que le rentaría una habitación. Revisé su buzón. Ningún rastro de Heather.

Tirado en la cama, con las manos enlazadas tras la nuca, absorto, escuchaba las idas y venidas de Julia y de Reza. Dormité un rato. Cuando desperté sentí que algo había encajado dentro de mí. Aún estuve unos minutos sin ponerme de pie, asombrado. No valía la pena volver hacia atrás; debía tirarme de nuevo hacia delante. Tenía, además, una reserva. Cuando nadie estaba en la cocina, salí a prepararme un sándwich.

Los últimos días antes de mi salida, los viví con la sensación de estar y no estar, como si el cerebro se me hubiese partido en dos, como si nada de lo que estaba viviendo me sucediera.

En las tardes, luego de revisar si había mensaje del Viejo, entraba a los sitios de las empresas de autobuses escolares, como si estuviese en busca de ofertas de empleo. Bajé una solicitud de la Durham School Services.

Eran como las diez y media de la noche de un jueves. Yo regresaba a mi silla luego de servirme un vaso de agua. La peatonal bullía de gente. Era la semana de graduaciones. Estella y su marido aparecieron en la pantalla nueve. Salían del restaurante Bistro, junto a otra pareja. Ella estaba de espaldas a la cámara, despidiéndose de sus acompañantes. Hice el acercamiento. Pasaron un par de minutos en el parloteo. Por fin se dio media vuelta. No era ella. Las sienes me palpitaban.

En la tarde del último viernes, llamé a Millenium-Merlow para informar que debido a una emergencia familiar tendría que viajar de inmediato a El Salvador por tiempo indefinido, que lamentaba los inconvenientes; a Denis le envié más tarde un e-mail con la misma noticia.

Empaqué mi ropa en las dos maletas, y un par de mudadas en la mochila; guardé mis cachivaches en una caja de cartón. Las prendas de invierno era lo único nuevo que había adquirido desde mi llegada.

Entrada la noche, furtivamente, metí las maletas y la caja en el baúl de la Subaru. Luego aceité la fusca.

Temprano en la mañana enfilé hacia Milwaukee; bordeé la ciudad en dirección a Chicago.

Mientras conducía, ciertas frases aparecían de la nada y se me quedaban pegadas en la mente. «El hábito hace al monje», me repetía una y otra vez, con mis manos apoyadas en el volante y mi atención puesta en los autos que corrían a mi alrededor. Era una frase favorita de mi abuela. Y ahí seguía conmigo.

Dos horas más tarde entraba a uno de los estacionamientos de bajo costo en los alrededores del aeropuerto O'Hare. Un shuttle me llevó a la terminal desde donde tomé el metro. A diferencia de la ocasión anterior, ahora yo llevaba la mochila y también la fusca. El celular y la computadora habían quedado a resguardo en el escondite que tenía en el chasis del auto.

Con el Viejo nos encontraríamos a las 11.00 en la farmacia CVS ubicada en diagonal a Union Station, sobre la calle Canal, esquina con Adams.

Llegué a la estación Clinton a las 10.10. Caminé las pocas cuadras hacia Union Station. Deambulé unos minutos dentro de la estación y enseguida me dirigí a la farmacia para hacer un chequeo: el contacto sería en el pasillo de los analgésicos y los remedios contra la gripe. Ubiqué las cámaras de vigilancia. El sitio parecía limpio.

Luego caminé por Adams en busca de un café donde pasar el rato. No hacía frío, pero el viento era hostil. Me metí al Starbucks en la esquina con Clinton. Había poca gente en la fila para ordenar las bebidas. Me senté en una mesa de rincón, cerca del ventanal; coloqué la mochila en una silla. El café seguía amargo, pese al azúcar y la crema. Observaba a los transeúntes; todos de prisa, protegiéndose del viento. En Merlow City la gente caminaba con lentitud.

Entonces, por la acera pasó una figura que se me hizo conocida. Fueron unos pocos segundos antes de que saliera de mi ángulo de visión. No alcancé a distinguir su rostro, pero el perfil y la forma de balancear la mole de su cuerpo eran inconfundibles. Era Robocop, un exsargento del ejército salvadoreño que se había sumado a nuestras fuerzas en el altiplano guatemalteco. Quedé desconcertado. Robocop había muerto diecisiete años atrás, cuando las tropas de la DEA asaltaron nuestro campamento.

Un zumbido se disparó dentro de mi oído derecho.

Sentí una especie de vértigo.

Hice a un lado la taza de café amargo.

Me quedé quieto, observando hacia el sitio donde la figura había desaparecido.

Luego volteé y recorrí lentamente a cada una de las personas que estaban en el café, mesa a mesa, y a quienes esperaban en la fila su turno para hacer su pedido, a los que entraban y a los que salían con su vaso de cartón en mano. De reojo busqué las cámaras en los rincones altos del local.

Carajo, desde Merlow City había venido dormido, como sonámbulo.

Respiré hondo, sin moverme de la silla.

No era la primera vez que había visto a personas semejantes, como dobles, de un conocido o amigo muerto.

Pero el zumbido no se me había disparado en tales casos.

Miré mi reloj: eran las 10.41.

Estuve aún un par de minutos observando por los ventanales.

Venía tan dormido que ni siquiera había elaborado un plan de escape. Me había conformado con revisar en el buscador los mapas de los barrios que me había indicado el Viejo, y de Union Station con sus distintos niveles y salidas, y con memorizar los dos puntos adicionales de contacto que había establecido el Viejo en caso de que no funcionara la CVS.

Me puse de pie, tomé la mochila, llevé la taza a la bandeja de los trastos sucios y entré al baño. Saqué la fusca de la tobillera y me la coloqué en el bolsillo derecho de la chaqueta, donde podía empuñarla con naturalidad; de la mochila extraje otro cargador que me guardé en el bolsillo izquierdo.

Sentí humedad en las axilas.

Me refresqué la cara en el lavabo.

Crucé entre las mesas, con los sentidos crispados, como hacía varios años que no me sucedía.

Salí a la calle. Eché un rápido vistazo a ambos lados. Nadie llamó especialmente mi atención. Crucé a la acera de enfrente y me colé al edificio principal de Union Station. Había pocas personas en ese hall inmenso; varias de ellas sentadas en las bancas, con los audífonos puestos y hablándole al micrófono. No busqué las cámaras en las alturas; pero me imaginé cruzando en las pantallas. Me dirigí hacia la zona del metro y los trenes de cercanías, donde supuse que podría perderme entre las correntadas de gente. Pero era sábado y no había multitudes. Caminé por los pasillos, entre las tiendas, echando una que otra ojeada a las vitrinas, atento a las cámaras, a quienes aparecían a mis espaldas. Llegué al mezanine de las ventas de comida rápida; me senté en una de las mesas, con la mochila en mi regazo. Escaneaba a cada uno de los que llegaban al mezanine y a aquellos que iban de paso. El zumbido había disminuido; aún transpiraba.

Subí las escaleras por la salida a la calle Jackson. Desemboqué en la explanada frente al río Chicago. Me quedé apoyado de espaldas en la verja desde la que se contemplaba el río, bajo el embate de las ráfagas de viento; distinguí dos cámaras que cubrían el área.

Eran las 10.56.

Caminé por la explanada, paralela al río, en dirección a Adams. Y luego enfilé, a paso lento, de regreso hacia Canal, desde donde podría observar, en diagonal, la entrada a la CVS.

Escaneé rápidamente las cuatro esquinas, la puerta de la farmacia.

Entonces descubrí al Viejo: estaba a mi derecha, en la otra acera, entre el grupo de gente que esperaba la luz verde para cruzar la calle. Giró levemente hacia mi lado; entendí que me había visto, pero que también había visto algo más.

Me fui por mi izquierda sobre Canal, a paso rápido, entre la gente que se apelotonaba en ese sector a la espera de un taxi o de ser recogidos en auto.

Crucé Jackson.

Ésa era la cuadra que funcionaba como estación de Megabus, donde los pasajeros esperaban a la intemperie las unidades. Había tres autobuses paralelos a la acera en ese momento. Avancé en zigzag, sorteando pasajeros y maletas. Alcancé el tercer autobús, de la ruta a Saint Louis, del que bajaban pasajeros. Me detuve, como si fuese a abordarlo. Di media vuelta.

Pasé más de una hora en el metro; cambié dos veces de línea, escudriñando si era objeto de seguimiento, mirando de reojo las cámaras, dejando transcurrir el tiempo, hasta que dieran las 12.30, cuando el Viejo había programado el segundo contacto, en caso de que fallara el primero.

Cerca de la hora, fui pasando de un vagón a otro hacia la cola del tren, en la línea azul, en dirección a Forest Park. En la estación Austin bajé del último vagón, caminé a lo largo de todo el andén hasta alcanzar las escaleras metálicas de la salida a la calle Lombard.

Me sentí raro, como si no fuese yo el que andaba en ese ajetreo o como si estuviese viendo el capítulo de una serie. Aún quedaba el eco del zumbido.

Era una estación en descampado, varios metros bajo el nivel del suelo, con sólo dos salidas a sus extremos, a las calles que cruzaban transversalmente por arriba la línea del metro; desde esas calles era posible observar, a través de la malla metálica, a quien bajara del tren sin perderlo de vista hasta que alcanzara la calle.

Salí a Lombard. Caminé en dirección a Harrison. Era una zona residencial con algunos pequeños negocios. En Harrison, doblé a la derecha. Había avanzado unos treinta metros cuando un auto pasó lentamente a mi lado y se estacionó un poco adelante. Era un Chevrolet Malibú gris, nuevo, con placas del estado de Utah. El Viejo estaba al volante.

—¿Qué pasó, mi teniente? —dijo con apremio.

Me acomodé. En el radio sonaba un noticiero.

—¿Qué fue lo que detectaste? —me preguntó.

Eso mismo quería preguntarle yo.

Puso en marcha el auto.

—Había una operación, ¿no? —dije.

—Yo no me enteré de nada.

—¿Entraste a la farmacia?

—No, porque cuando te miré en la esquina y saliste caminando de prisa en otra dirección, supuse que algo habías detectado. Y me fui de paso. ¿Qué hubo?

Enfilamos por la autopista que corría paralela a la línea del metro.

—Cuando me viste de reojo —expliqué—, creí que me estabas alertando. Por eso me replegué.

El Viejo se concentró en los espejos retrovisores para entrar al carril de alta velocidad.

—Estamos jodidos… —masculló, riéndose—. Por suerte no fue nada más serio.

—Por suerte —dije.

Giró la perilla del radio en busca de otra emisora. Lamentó que fuéramos tarde; la cita era a las 2.00. Yo no tendría tiempo de hacer un reconocimiento previo del lugar, aunque él ya lo había hecho.

—Me pareció ver a Robocop —dije.

—¿Robocop?

—Me estaba tomando un café en el Starbuck, cerca de la farmacia, cuando pasó un tipo que yo juraría que era Robocop. El mismo cuerpo, la misma forma de caminar, el mismo perfil. Igualito. Tuve toda la certeza que era él.

—¿Cuándo fue eso?

—Antes de nuestro contacto. Lo vi a través del ventanal. Pasó rápidamente, sin voltear.

El Viejo lanzó un silbido.

—Ese cabrón está bien muerto desde hace años —dijo.

—Eso creía yo. Nunca vimos el cadáver.

—Cierto. Pero los gringos lo contaron entre los muertos. Fue la noticia. Y algo hubiéramos sabido de él en todo este tiempo.

Me encogí de hombros.

—¿Era semejante al Robocop de la época en que lo conocimos o como vos suponés que se vería ahora? —preguntó.

Un furgón, adelante y a la derecha, pedía vía para meterse al carril de alta velocidad.

—Como se vería ahora —dije.

Mientras conducía, el Viejo me explicó que la operación consistía en comprar un cargamento de fierros para enviarlos desde Chicago hasta el otro lado de la frontera. Le pregunté si no resultaba más fácil y barato comprarle los fierros al mismo ejército mexicano, en vez de venir tan lejos, o en todo caso comprarlos en un estado fronterizo. Me dijo que el problema era que los puestos de venta tradicionales ya estaban controlados por los enemigos de sus clientes, tanto dentro de México como en la zona fronteriza gringa; sus clientes eran recién surgidos y sin presencia nacional, por lo que había que buscar nuevas fuentes y rutas. Luego me dijo que Chicago era una plaza complicada, una especie de arena movediza en la que los cárteles buscaban consolidar su presencia a través alianzas con las bandas locales, pero estas eran díscolas, con sus propios pleitos e intereses. Eso abría oportunidades de negocios para los grupos nuevos. Por eso estaba él ahí. Pero tampoco había lealtades. Por eso estaba yo, por si las moscas. Le pregunté cuestiones operativas: si las armas se las entregarían en esta misma ciudad, si pagaría en cash. Dijo que aún había muchos asuntos esenciales por definir en la negociación.

Nos estacionamos al costado de un parque. Permanecimos un rato dentro del auto: preguntó por mi fusca. Se la mostré. Dijo que tenía una más nueva y potente en el baúl del auto, pero que me la entregaría después de la cita para que tuviera tiempo de domarla. Luego me entregó un teléfono celular, de los viejitos, de tarjeta, desechable, y una copia de las llaves del auto. Le recordé nuestro acuerdo: yo no trataría directamente con ninguno de esos cabrones, sólo le daría seguridad a media distancia.

−¿Ya te ubicaste dónde estamos? −preguntó.

Conducía despacio. La calle era de dos sentidos.

−Más o menos −dije−. Navegué lo suficiente en las zonas que me indicaste.

Había visto el rótulo que decía «Calle 18». Y la cantidad de negocios con nombres mexicanos no dejaba lugar a dudas.

El Viejo estacionó el auto paralelo a la acera, pero no lo apagó. Se sacó de un bolsillo del abrigo una hoja de papel doblada en cuatro.

−Esta es la zona −dijo, abriéndola.

Era una ampliación del mapa de Google.

−El auto quedará en esa cuadra, este es el restaurante Los Tamales, donde tengo el contacto, y ésta es la estación de metro −dijo señalando en la hoja sitios que había marcado con círculos de tinta roja.

−Me ubico bien −le dije−. He recorrido varias veces esta calle en el Google. ¿Cuál es el plan?

−Entrás, pedís unos tacos y chequeás el lugar −dijo−. El pedido se hace en la caja. Si el lugar está muy infectado, los pedís para llevar y te largás. Yo te recogeré donde acordamos que estará el auto. Si la cosa no se ve fea, te sentás y me enviás un mensaje. Yo llegaré después. Es importante que salgas antes que yo y te posicionés para darme seguridad a la salida.

−¿Y en quién me fijo?

Era la primera operación en que yo estaba en manos del Viejo, en que era él quien daba las órdenes.

−El contacto es un prieto rechoncho y chaparro. Le dicen Moronga.

Recordé a un profesor del Instituto Nacional, cuando yo estudiaba el bachillerato, a quien apodaban Moronga. Era el inspector de disciplina.

—No es de mucha ayuda —dije—. Seguramente habrá más de un prieto que parezca moronga.

—Tiene cicatrices de acné, muchas.

Bajé del auto. Era la 1.40. Comencé a caminar despacio, ensimismado, con la vista en la acera y las manos en los bolsillos de la chaqueta; escuché el ruido del Chevrolet que pasaba a mi lado. Un poco más adelante, levanté la mirada. Iba a la altura del restaurante Pilsen, a cuadra y media del restaurante.

Entonces, por unos instantes, me sentí ridículo con mi vieja pistola 38, en una ciudad desconocida, haciéndole de seguridad al Viejo ante un pandilla de cabrones sobre quienes no tenía la menor información. Fueron unos instantes, nada más, porque enseguida descubrí al tipo de la bicicleta parado en la esquina en diagonal. Con el pie apoyado en el borde de la cuneta, me había visto de reojo mientras tipeaba un mensaje en su celular.

Antes de cruzar la calle, me metí a una pequeña abarrotería a comprar una cajetilla de chicles y un periódico. Dos mujeres estaban en fila antes que yo para pagar en la caja. A través del cristal miré al tipo: pese a la cachucha y los lentes oscuros, distinguí que era muy joven y con rasgos indígenas. No se movía de su sitio, atento a autos y peatones, celular en mano. Había leído que los narcos llamaban «halcones» a estos informantes periféricos.

Salí a la calle. Me eché un par chicles a la boca. Metí mis manos en los bolsillos de la chaqueta, palpé la fusca y el cargador, y miré a mi alrededor con lentitud, sin detenerme en el ciclista. Mis sentidos se crisparon; el zumbido regresó a mi oído. Cerré los ojos un instante para disfrutar del aire fresco golpeando mi rostro. Crucé la calle.

Fui chequeando, de soslayo, los carros estacionados en las inmediaciones. A unos veinte metros del restaurante, del otro lado de la calle, había una Toyota Highlander negra, con una pareja de tipos en su interior.

Un toldo, especie de parapeto, cubría la puerta de entrada del local.

Era un salón grande, bullicioso, con niños que correteaban lanzando gritos y carcajadas, y la música ranchera sonaba muy alta; aún quedaban unas pocas mesas vacías.

En lo alto de la pared, detrás del mostrador y la caja, estaba el menú en letras grandes, rojas sobre fondo blanco. Me quedé un rato observándolo, sin decidirme. No detecté cámaras en esa área. Una puerta batiente conducía a la cocina.

Pedí tres tacos de suadero y tres de lengua.

La cajera, una chaparrita de ojos achinados, me dijo que el suadero ya se había terminado.

—Entonces de bistec —le dije

—¿Para comer acá o para llevar?

Volteé, para constatar que aún hubiese una mesa desocupada. Sentí como si el zumbido saliera de mi oído y se esparciera por el salón.

Tres tipos, sentados al fondo, junto al ventanal por el que se miraba la calle, me estaban semblanteando.

—Para comer acá —dije, y también le pedí una cerveza.

Pagué.

Me dio la botella de cerveza, una ficha con un número y me dijo que los tacos me los llevarían a la mesa. Le señalé una del rincón, pequeña, a un costado de los sanitarios.

Dos televisores empotrados en rincones altos transmitían un partido de futbol de la liga mexicana.

Eché una ojeada a los clientes. A dos de ellos se les hubiese podido apodar Moronga, pero ninguno tenía cicatrices de acné.

Fui hasta la mesa, sobre la que desdoblé el periódico. En la portada estaba una foto de la nave espacial *Atlantis* lanzada a su última misión.

Observé a una de las meseras que llevaba un pedido a una mesa cercana; aproveché para hacer un nuevo chequeo. Los tres tipos me miraban de soslayo.

Le mandé un mensaje de texto al Viejo: «Tres gorrones sin butifarra».

Una pareja de tórtolos entró al local; ella se fue a ocupar una mesa mientras él ordenaba. Luego llegó una familia con dos bebés.

Detecté la cámara: estaba solapada junto a una lámpara, en una pared lateral, cerca del cielo raso: cubría la entrada y el área del mostrador y la caja registradora.

Uno de los tipos se puso de pie y vino hacia el sanitario. Era alto, fornido, de bigote, con pinta de norteño; vestía chaqueta de cuero negro, holgada.

Hojeé el periódico: un suicida iraquí se había hecho explotar en un estadio de futbol, en medio de la porra, en pleno juego.

El tipo pasó a mi lado.

La puerta del sanitario estaba a dos metros de mi mesa.

Bebí un trago de cerveza.

El Viejo entró en el preciso instante en que la mesera traía mi orden. No se detuvo a hacer su pedido en la caja, sino que se vino de largo a ocupar una mesa a medio camino entre los tipos y yo.

Eran las 2.04.

La mesera, con rasgos parecidos a los de la chica de la caja, colocó los platos, sin decir palabra.

El norteño seguía en el sanitario. Supuse que permanecería parapetado, hasta la llegada de Moronga, para garantizar que no saliese ninguna sorpresa desde ahí.

Un sábado en la tarde, con su traje negro y su camisa blanca sin corbata, el Viejo desentonaba en ese sitio; parecía pastor protestante.

Los dos sujetos que quedaban en la mesa, de piel tostada y rasgos indígenas, no le quitaban la vista de encima.

El Viejo no se daba por enterado.

Entonces entró un tipo que sólo podía ser Moronga: chaparro, gordo, prieto, cachetón, como sacado de una mala imitación de *Breaking Bad*; se movía con insolencia, sus espaldas cubiertas por un joven con apariencia de marero.

Los de la piel tostada se tensionaron, atentos al menor movimiento en el salón. Supuse que el norteño estaría con la fusca lista detrás de la puerta del baño.

Un par de padres llamaron al orden a los niños que correteaban mientras Moronga se dirigía hacia la mesa del Viejo.

El Viejo se puso de pie, le tendió la mano y le ofreció que se sentara en la silla de enfrente. El marero no perdía de vista las manos del Viejo; luego también tomó asiento, aunque se acomodó para cubrir las espaldas de su jefe.

Me pregunté cuánto tardaría el bigotudo en salir del baño o si permanecería emboscado ahí durante toda la entrevista de Moronga y el Viejo.

Pasé la hoja del periódico, y saboreé mi taco de lengua, como ajeno al revuelo. Enseguida sentí las flemas que me subían a la boca.

Yo conducía; el Viejo llevaba una especie de i-Pad sobre los muslos y me daba indicaciones.

Íbamos rastreando a la Toyota.

Antes de entrar al restaurante, cuando se disponía a cruzar la calle por detrás del auto, el Viejo le había pegado un dispositivo de GPS bajo el bumper trasero. No entendí cómo ninguno de los tipos se había dado cuenta.

Que se proponía detectar las casas de seguridad de Moronga, en caso de que este quisiera pasarse de listo con la operación, dijo.

Dentro del auto se había quitado el saco y la camisa blanca, y en su lugar se había puesto una vieja sudadera gris, gafas oscuras y una cachucha de beisbolista. Me dijo que yo también debía cambiar un poco mi aspecto y preguntó si había traído mis anteojos oscuros.

—Ves mucha televisión, Viejo —dije.

—No estoy bromeando —dijo mientras me entregaba unas gafas como las que usan los del servicio secreto, y un gorro de alpinista–. Si se dan cuenta de que los andamos cazando se cae el negocio.

Conduje bajo su dirección, sin tiempo para fijarme en nombres de calles ni en rótulos: dale tantas cuadras recto, ahora dobla a la izquierda, otras cuadras recto, acelerá, movete hacia el carril derecho.

Hubo un momento en que los tuvimos a la vista; enseguida llegamos a estar a un auto de por medio a sus espaldas.

Iban en formación de convoy: los de la piel tostada y el norteño en un Jeep negro a la vanguardia, Moronga y su achichincle en la Dodge Ram roja de en medio, y los de la Toyota en la retaguardia.

–¿Me acerco más? –pregunté.

–No, dejalos que se alejen.

Un poco más tarde, me pidió bajar más la velocidad y luego detener el auto. Mantuve el motor en marcha.

–Se han estacionado a la vuelta –dijo–. Esperemos un rato.

Era una calle comercial y, si mi brújula no me fallaba, nos habíamos ido moviendo hacia el sur.

–¿Dónde estamos? –pregunté ojeando hacia la pantalla del i-Pad.

Redujo el mapa.

–Brighton Park –dijo.

Luego lo amplió: revisaba cada una de las propiedades en esa cuadra. Y con, en el mismo dispositivo, tomó una foto del mapa.

Me había estacionado a unos veinte metros de la bocacalle, junto a un parquímetro. Al otro lado, un rótulo grande, «Supermercado Martínez», cubría la fachada de un edificio.

–Estamos fregados –dijo el Viejo.

La calle donde se habían aparcado era de una sola vía, con casas de habitación a ambos lados, casi sin tráfico; si entrábamos, nos detectarían.

–Voy a echar una ojeada a ver si siguen los tres juntos –dijo mientras metía el i-Pad bajo el asiento y abría la puerta.

Pasamos el resto de la tarde y hasta entrada la noche siguiendo el Toyota. Hicimos otras tres paradas. El Viejo no se despegaba del i-Pad, tomaba notas, hacía uno que otro comentario. Dijo que Moronga era taimado: se había negado a establecer contacto telefónico; de haberlo hecho, lo podría rastrear directamente y otro gallo nos cantaría.

No veía yo la razón de tanto interés en mapear a ese sujeto: parecía un gángster de poca monta, un jefe de zona de venta de droga al menudeo, y no un *arm dealer* capaz de conseguir fusilería y lanzacohetes. Otra cosa buscaba el Viejo; algo que no me había contado.

A eso de las 9.30, el convoy entró al estacionamiento de un night club; los de la Toyota se posicionaron muy cerca de la entrada. El Viejo dijo que era una zona peligrosa, cerca de East Garfield Park. Permanecimos una media hora a la espera. Luego el Viejo dijo que era hora de irnos.

—Entonces no los seguiremos a la guarida final —comenté.

Que eso lo haríamos muy temprano en la mañana, antes de que los sujetos se despertaran, dijo. Moronga, el marero y los otros tres rufianes estarían divirtiéndose en el antro quién sabe hasta qué horas de la madrugada.

El Viejo me dio efectivo para que tomara una habitación de un motel a inmediaciones del aeropuerto. Me dijo que él se hospedaría en otro sitio cercano. Yo debía usar el shuttle entre el motel y el aeropuerto, y también el metro. Él me dejaría y recogería en la estación Cumberland. Me entregó una hojita con información y horarios detallados; que los memorizara y me deshiciera de ella, me pidió.

Desde que partimos de las cercanías del night club, el Viejo había tomado el volante del auto. Siguió la ruta con seguridad, sin GPS, como si esa hubiese sido su ciudad.

Me dejó a treinta metros de la entrada de la estación Cumberland, en una lateral de la autopista. Eran las 10.34. Había enfriado. Sentí cierto cansancio mental, parecido al que padecía cuando me tocaba mantener mi mirada fija en las pantallas en la oficina de Millenium-Merlow. Una pareja de sujetos esperaba en los andenes. Desde la banca en que me senté, contemplé en las alturas las luces brillantes del rótulo del hotel Marriot. El Viejo jugaba al gato y al ratón conmigo.

No le dije que me había traído mis cosas de Merlow City, ni que mi Subaru estaba en un estacionamiento de largo plazo del aeropuerto.

Pese al cansancio, no me dormí de inmediato. En los cuartos de motel me sentía vulnerable, cualquiera podía irrumpir desde el estacionamiento. Eché un vistazo por la ventana a Manheim Road, la ancha y ruidosa calle que conducía al aeropuerto, en cuyas cercanías había dejado mi Subaru. Traté de ver un capítulo de *La ley y el orden*, pero el televisor era muy viejo y la imagen se distorsionaba.

Tirado en la cama, recordé a Robocop pasando de prisa frente al ventanal del Starbuck; luego el collar dorado de Moronga. Dormí con la fusca a mi lado, bajo las sábanas.

A las 7.00 de la mañana siguiente, el Viejo me recogió en la misma estación, pero en la salida opuesta, en ruta hacia la ciudad. Parecía otro: tenis deportivos, pants holgados, la misma sudadera con capucha del día anterior, un espeso bigote canoso, cachucha de beisbolista y gafas oscuras; traía una pelota de basquetbol en el asiento trasero.

—Sos una caja de monerías, cabrón —le dije.

Era domingo. Había poco tráfico.

En el camino, el Viejo me informó que la Toyota había pernoctado en la calle, no había cochera en las casas de esa cuadra, sino un pequeño patio frontal; la manzana estaba cortada en dos por un pasaje muy angosto al que daba la parte trasera de las casas; si los tres autos estaban estacionados cerca, había que averiguar si los siete sujetos vivían en la misma casa o en dos, contiguas o frente a frente, que sería lo normal para facilitar la defensa y salida de emergencia en caso de ataque; también debíamos averiguar si tenían circuito cerrado de vigilancia por video.

Pronto llegamos a la zona. Me dijo que se llamaba Albany Park.

Enfiló por la avenida Lawrence; la mayoría de restaurantes y comercios permanecían cerrados. La ciudad aún estaba dormida. Luego se estacionó, sin apagar el motor, y sacó el i-Pad de debajo del asiento, para comprobar que el Toyota aún estuviese en el sitio en que había pasado la noche.

—¿No creés que por ese mismo aparato también nos estén rastreando a nosotros? —dije mirando el i-Pad.

—¿Moronga? —dijo, sarcástico, sin voltear—. No se le conoce ese lado tecnológico. Es viejo estilo. Muy desconfiado.

—Nunca hay que subestimar al enemigo —sentencié, mientras observaba un autobús que se detenía adelante y del que descendían dos guapas muchachas negras que se dirigían al McDonald's—. Pero no me refería a él, sino a otros que puedan estar rastreándote a vos.

—¿Quiénes? —preguntó luego de guardar el i-Pad debajo del asiento.

—Los que vigilan a quienes te han contratado.

Puso de nuevo la marcha.

—Siempre se corre el riesgo —dijo avanzando muy despacio.

Luego dobló a la izquierda. «Monticello» decía el rotulito en el poste de la esquina. Había árboles a ambos lados de la calle; y dos largas ringleras de autos. Un trecho más adelante descubrimos la Toyota y el Jeep. Pasamos muy despacio, cada quien chequeando las casas de su lado. No estaba la Dodge Ram de Moronga.

Era una cuadra larga. Llegamos a la esquina y doblamos a la derecha. Nos detuvimos en la bocacalle del pasaje; había varios autos estacionados a lo largo del mismo, de un solo lado, que apenas dejaban espacio para el paso de tránsito local.

El Viejo dudaba si entrar al pasaje.

—Ahí sí deben tener circuito de vigilancia en video —dije.

Me pidió que abriera la guantera y le pasara unos binoculares.

Desplazó un poco el auto hacia delante. Deslicé mi asiento hacia atrás mientras él enfocaba.

—Bingo —dijo.

A unos cincuenta metros estaba la Dodge Ram roja, pegada a la parte trasera de la casa.

Seguimos de largo. Enseguida doblamos hacia Lawrence.

—Hace hambre —dijo el Viejo, antes entrar al estacionamiento del McDonald's.

—¿Y ahora, qué sigue? —pregunté, una vez que me hube acomodado.

Estábamos en la mesa junto al ventanal, desde donde podíamos chequear el estacionamiento y la acera de Lawrence.

Había otras dos mesas ocupadas: una de ellas por las dos guapas chicas negras que habían bajado del autobús.

El Viejo había puesto el i-Pad junto a su bandeja.

—Tenemos un nuevo contacto el martes. Me dirá el armamento que nos puede conseguir y el que no, cuánto costará y dónde y cómo será la entrega y el pago.

Lo miré como si no lo conociese, con ese bigote falso, la cachucha, la pinta de abuelito que aún hace deportes.

—¿Y después? —dije.

—Este café sabe a mierda —dijo.

Yo sólo había pedido un muffin de huevo y un yogur.

Un Lincoln negro, viejo, como de película de gángster, entró muy despacio al estacionamiento.

El Viejo también volteó.

Salió una pareja de negros, setentones, ambos vestidos con traje oscuro, elegantes, como si viniesen o fuesen a misa. Ella era rechoncha; él, alto y espigado. La tomó por el brazo. Caminaban despacio; ella, insegura, con sus altos tacones.

—¿Después?... —dijo el Viejo, e hizo una leve pausa, inexpresivo, mirándome a los ojos.

Tomé el bote de yogur y le metí la cuchara.

—Después le quebramos el culo —dijo, y bebió otro sorbo de café.

El yogur estaba muy azucarado; lo hice a un lado. Probé el muffin.

—Ésa es la misión —repitió—: quebrarle el culo.

—¿Y lo del negocio de las armas?

—Estratagema...

Además de huevo, el muffin del Viejo tenía queso derretido y tocino; le chorreó la manga de la sudadera.

—Ahora ya estás enterado —dijo, cubriéndose la boca, sin dejar de masticar—; él, no.

Le pregunté por qué no me lo había dicho desde el principio.

La pareja de negros se aproximaba, azafates en mano, a paso lento; se fueron de largo, un par de mesas más allá.

—Cuestión de método —dijo el Viejo.

Le dije que ése no era el trato. Yo había venido a cubrirle las espaldas en una operación de logística. Ejecutar a un jefe mafioso mexicano de Chicago era otra cosa. No me interesaba pasar el resto de mis días huyendo de la mafia mexicana y del FBI, porque quebrarle el culo a un malandrín como Moronga atraería a los federales como la mierda a las moscas.

El viejo hizo a un lado los platos. Tomó el i-Pad para chequear que el Toyota siguiera en su sitio.

—Ahora debemos ir a pegarles los dispositivos de GPS a los otros dos carros —dijo como si no me hubiese escuchado—, antes de que esos cabrones se despierten. Me dejás a la entrada del pasaje. Me voy jugando con la pelota y conecto la Dodge Ram de Moronga; más tarde vos te encargarás del Jeep. ¿Te parece?

Cerró el i-Pad y se puso de pie.

—Vamos —dijo—. Echame una mano aunque sea en esto. Luego seguimos hablando y decidís si te quedás en el barco.

Permanecí sentado, como si yo tampoco lo hubiese escuchado.

—Y Moronga no es mexicano —dijo—, sino chapín.

Ni los viejos ni las chicas guapas parecían atentos a nuestra conversación.

—Sentate —le pedí.

Me midió con la mirada.

—A sus órdenes, mi teniente —dijo con un guiño, antes de volver a su asiento.

Detrás del mostrador, las empleadas, en sus uniformes rojo y negro, conversaban y se carcajeaban a falta de clientes.

Lo observé de nuevo en su disfraz de abuelito deportista: había algo ridículo, como si estuviésemos en una mala serie de televisión.

—Me has estado baboseando todo el tiempo —dije—. Ya es hora de que te pongás claro.

Sonrió mientras se rascaba la barbilla.

—Si sólo llegas hasta aquí, ganás lo del gasto —dijo—. Si me acompañás en el seguimiento y en la elaboración del plan, será el quince por ciento. Y si te metés de cabeza en toda la operación, el treinta.

Paladeé la flema estomacal que me había producido el muffin: tuve ganas de escupir. Hice a un lado el plato.

—No me interesa —dije.

—¿Nada?

Le dije que operar sin dejar huellas era imposible en esa ciudad. Él se regresaría a México con sus compadres. Pero yo quedaría sembrado.

—Te venís conmigo.

Un Honda gris deportivo entró al estacionamiento.

—Te vas a pudrir en este país de mierda. Y peor en ese pueblo perdido en la nada.

Una gorda con cara de desvelada y dos niños también gordos salieron del auto.

—Más podrido estaría con tus nuevos patrones. Ya sabés que no me gustan. Yo me formé para accionar sabiendo quién era el enemigo. Todo muy claro. Había un sentido, una causa.

Los dos niños entraron en carrera, a los gritos, mientras la gorda, agitada, trataba de contenerlos.

—Y no podría sobrevivir en ese puterío de traiciones —agregué—. No sé cómo le hacés…

Dijo que él hacía trabajos periféricos, específicos, que no se metía en sus matancinas internas.

Me dieron ganas de orinar.

—No es mi rollo matar por dinero, Viejo. Menos por encargo de esa gente. No me hace clic.

Se limpió las encías con la lengua.

—¿Y cuál es la diferencia?

Lo quedé mirando.

—Voy al baño —dije.

Y me puse de pie.

SEGUNDA PARTE

ARAGÓN

(Junio de 2010)

Con asombro se admira a sí mismo, y permanece inmóvil con la mirada clavada en su propio reflejo.

Las metamorfosis, OVIDIO

1

Aterricé a mediodía, el segundo domingo de junio, en el aeropuerto Ronald Reagan, pese a que me había prometido a mí mismo nunca utilizar ese aeropuerto con el nombre de un sujeto tan criminal e ignorante, pero ya sabemos que los principios languidecen cuando se trata del bolsillo, y no sólo el boleto aéreo resultaba más barato y el traslado a la ciudad mucho más cómodo que si hubiese utilizado el aeropuerto Dulles, sino que al final de cuentas ponerme a comparar cuál de los dos sujetos, si Ronald Reagan o John Foster Dulles, había sido más tóxico y nocivo para la humanidad a fin de decidir qué boleto me convenía, hubiese sido una tontería. Caminé por los pasillos y bajé a la zona de equipajes, pues, con cierta emocioncilla, que era mi primera vez en la capital del imperio, y también con cierto recelo, pues aunque yo procedía del aeropuerto de Chicago y era profesor en el minúsculo Merlow College, al sur de Wisconsin, con mis documentos migratorios en regla, es de conocimiento público que a cada extranjero que arriba a esta metrópoli se le somete a un intenso escrutinio a fin de detectar si no trae velados propósitos de hacerla volar por los aires, sueño de muchos, y no fuera a ser que en una de ésas, hurgando en mi pasado, los fisgones profesionales descubrieran un dato que les atrajera. No soy tan importante, me repetí para tranquilizarme, mientras esperaba mi maleta en la banda del equipaje, y desde ahí aproveché para llamar al dueño de la habitación en la que pernoctaría, con quien hasta entonces sólo había mantenido comunicación vía e-mail, y de quien yo no tenía antecedente alguno, aparte de aquellos comentarios –siempre sospechosos de ser escritos con intereses promocionales– que aparecían en el portal Airbnb, empresa a través de la cual hice los arreglos para rentar la habitación durante cinco noches, que ese era todo el tiempo que podía permanecer en esa ciudad, no porque fuese suficiente para disfrutar de sus atractivos o para la investigación que me proponía hacer, sino porque sólo para eso me alcanzaban los fondos que una beca del Merlow College me había proporcionado y de los cuales tenía que dar cuenta en detalle, según me advirtió la mujer rolliza y coqueta que los administraba. Vi aparecer mi maleta azul marino por la banda en el preciso instante en que el dueño de la habitación respondía a mi llamada y me decía que él estaría en casa toda la tarde, que una vez que yo llegara a la estación de metro Silver Spring lo llamara de nuevo, la casa estaba a unas pocas cuadras, pero él iría a recogerme en su coche para facilitar mi traslado con la maleta, todo lo cual era ya de mi conocimiento, pues me lo había dicho por e-mail, y yo había rastreado en los mapas de Google las rutas, distancias y tiempos para moverme en esa zona y también en las partes de la ciudad que me competían, que a veces me distraigo y termino extraviado. Le agradecí de nuevo su gesto, en especial ahora cuando traté de sacar la maleta de la banda con una mano, mientras sostenía el celular con la otra, lo que me resultó imposible, me lastimaría la muñeca, pesaba más de lo prudente, siempre metía yo más ropa de la necesaria, y no quería ni imaginar lo que sufriría mi brazo y mi espalda si alguna de las estaciones de metro carecía de escaleras eléctricas, ni tampoco lo que sería empujarla bajo el calor asfixiante del verano las siete cuadras entre Silver Spring y la casa donde me hospedaría. Por eso, antes de salir en busca de la estación de metro, le pregunté a un negro gigantón, con uniforme de empleado del aeropuerto, cuál era la ruta más conveniente para llegar andando a ella, y volteé hacia mi maleta, para que viera el peso de mi problema, ante lo que el susodicho señaló hacia un ascensor que me había pasado desapercibido, y farfulló una parrafada de la que nada entendí, asunto de acentos, me dije, aunque en el acto recordé que en algún lugar había escuchado que en esa ciudad los negros y los salvadoreños se reservaban una repulsión mutua y más me valía andar alerta. No hubo ningún incidente durante mi viaje en el metro –más allá de la ansiedad natural que siempre padezco al cruzar un torniquete con una maleta grande por el miedo a quedarme trabado y ser el hazmerreír de los circundantes– y para mi suerte tanto en la estación Gallery Place, donde hice el cambio de línea, como en Silver Spring, mi destino, hubo escaleras eléctricas que facilitaron mi viaje; pero si bien es cierto que no hubo incidente, sí hubo una impresión que conmovió mi psiquis, sin ánimo de exagerar, y es que yo procedía de un pequeño pueblo universitario del Medio Oeste, donde casi la totalidad de la población era de origen nórdico y puritano, tantas rubias y rubios que uno terminaba confundiéndolos, como si estuviese entre chinos, un pueblo que de tan chico y seguro uno podía dormir sin echar el pestillo a la puerta de la calle, algo que por supuesto a mí nunca me sucedió, que a mi edad la sospecha ya se había hecho coágulo en la sangre y era imposible deshacerme de ella; pero los tres años que había vivido en ese pueblito habían sido suficientes para que me desacostumbrara a encontrarme con sujetos con mi jeta y aspecto, que eso fue lo que me sucedió en los vagones de metro en que me conducía y de golpe impresionó mi psiquis, el hecho de que en las entrañas del imperio me encontrara rodeado de sujetos originarios del mismo país del que yo procedía, y como las rutas de la mente son impredecibles enseguida fui presa de una sensación de orgullo, bastante estúpida, para ser sincero, que nada hay de qué enorgullecerse por ser originario de un sitio semejante, ni de sitio alguno, como si el orgullo fuera una virtud y no un pecado propio de acomplejados. Claro que ya sabía yo que me los encontraría a montones, pero una cosa es la información y otra cosa lo que golpea con contundencia nuestros sentidos y hace ladrar a la memoria, por lo que presto me espabilé, tomé con mayor decisión la manija de la maleta y la correa de la mochila que había colocado en el asiento contiguo, y mantuve las antenas en alto, en especial cuando entró al vagón una pareja de tatuados con toda la pinta de pandilleros.

2

Llamé a George, que ese era el nombre del casero que se había comprometido a venir a recogerme, desde dentro de la estación Silver Spring, que el sol y el calor apretaban en la calle, y padezco esa molesta propensión a sudar que empapa mis sobacos a las primeras de cambio y me hace sentir incómodo ante propios y extraños. George respondió de inmediato, como si hubiese estado con el teléfono en el regazo en espera de mi llamada, que eso fue lo que en verdad sucedió y, para qué negarlo, me produjo cierta suspicacia, cuando me dijo que él estaba ya estacionado frente a la estación y que incluso ahora podía verme a un costado de la máquina expendedora de boletos, muy cerca de la puerta, ante lo que yo cabeceé de manera automática, que a nadie le gusta ser visto sin darse cuenta de quién lo observa, pero entonces George me indicó que mirara hacia mi izquierda y distinguiría su auto, una Van de un azul parecido al de mi maleta, hacia la cual me dirigí, un poco nervioso, pues no cabía en mi cabeza que el tipo hubiera venido antes de que yo lo llamara, el exceso de cortesía despierta sospechas, y aún más llamó mi atención que el tipo no se bajara del auto, sino que nada más me hiciera una señal para que metiera la maleta en la parte trasera y activó la apertura automática de la puerta. Cauteloso me acomodé en el asiento del copiloto, mientras encajaba en el pecho la patada del aire acondicionado, y le extendí la mano a un tipo francamente raro, que no pude descifrar enseguida la vibración que despedía ni asociarlo en los archivos de mi mente con alguien que yo hubiese conocido, lo que tampoco era de extrañar, pues la gente que yo frecuentaba eran los típicos blancos de un pueblito universitario y como desde hacía muchos años detestaba la televisión por sobre la mayoría de las cosas, no me había enterado de los nuevos tipos que en las ciudades pululaban. Tendría sesenta y pico de años, los ojos de un gris viscoso, el perfil cadavérico, la tez arrugada, frágil, como si en cualquier momento pudiesen desprendérsele los pellejos resecos; y no recordaba haber escuchado yo una voz más muerta que la de George, lo que más adelante entendería, no en ese momento, cuando luego de responderle que había tenido un viaje tranquilo, sin contratiempos, le pregunté a boca de jarro cómo sabía la hora a la que yo llegaría a la estación sin esperar mi llamada, una pregunta ante la que me vio de reojo: muy sencillo, dijo, había revisado en internet los horarios del metro y apenas se había estacionado unos tres minutos antes de que yo apareciera, respuesta a todas luces lógica y que mostraba mi falta de perspicacia, pero que no terminó de tranquilizarme, quizá porque todo en George se me hacía harto raro. Enseguida pasó a describir la habitación que yo le había rentado, lo cómoda que era, en especial porque tenía su propia entrada por el patio trasero de la casa, una autonomía completa con su baño privado y cocineta, asuntos de los que yo ya estaba enterado por las fotos desplegadas en el sitio Airbnb, de ahí que lo dejé hablar sin casi ponerle atención y más bien me fijé en la ruta que seguíamos, en la tranquilidad del barrio y en los cerezos de los que todo el mundo me había hablado una vez que dije que vendría a Washington. Hasta entonces entendí el porqué de esa perorata sobre lo que yo estaba enterado ya, cuando dijo que una de las dos hornillas de la pequeña estufa no funcionaba y que lamentablemente no podría ser arreglada mientras yo estuviese en la habitación, ni tampoco cuando yo me fuera, porque la hornilla no tenía compostura, pero él suponía que ése era un detalle que no me importaría, pues si yo llegaba a investigar a los Archivos Nacionales de College Park me la pasaría la mayor parte del tiempo en esas instalaciones, donde también comería, por lo que una hornilla me sería más que suficiente. Tuve el impulso de darle un súbito vergazo con el canto de mi mano izquierda en la garganta, para reventarle las cuerdas de las que salía esa voz de muerto y se abstuviera de suponer nada que tuviera que ver conmigo, pero desde siempre mis impulsos no pasaban de ser meros impulsos, y aunque permanecí quieto y con la vista perdida en las fachadas de las casas que pasábamos, el tal George resintió el impacto de la combustión que expulsó mi mente, de otra forma no se explica que perdiera momentáneamente el control de la Van y casi nos estrelláramos con el auto de adelante que se detuvo ante una luz roja. Disculpándose y atolondrado luego del frenazo, no tuvo mejor ocurrencia que preguntarme cuál era el tema de la investigación académica que me traía a Washington, a lo que respondí, con el tono de quien no quiere abundar en lo que aburrirá a su oyente, que sobre un poeta salvadoreño asesinado ya hacía muchos años, un sujeto al que la prensa de su época llamaba «delincuente-terrorista» y, sin transición, le pregunté a qué se dedicaba él, que ya estaba entrenado yo en esa costumbre yanqui y canina de olfatear de buenas a primeras en el culo del prójimo, *small talk* se le llama en los cursos de aprendizaje de la lengua inglesa, y por lo mismo estaba seguro de que era la pregunta que George estaba esperando. Y así sucedió: me dijo, con el mismo tono cavernoso, que había trabajado la mayor parte de su vida en la administración de aguas y alcantarillados de la ciudad de Richmond, Virginia, pero que tres años atrás tuvo que adelantar su retiro debido a un cáncer estomacal del que pudo librarse luego de muchos meses de tratamiento y quimioterapia. Alcé las cejas, con mi vista atenta al auto que nos precedía, y musité un «Lo siento», que ahora comenzaba a entender el porqué de su voz y esperpento, y pensé que era la primera ocasión en mi vida en que tenía trato con alguien que sobreviviera el cáncer, que por la pinta de George era como si hubiese regresado de la muerte, y eso explicaba que yo no encontrara su tipo en las galerías almacenadas en mi mente. Luego de enrumbar la Van por la calle en la que estaba ubicada su casa, me explicó que hacía apenas un año se habían mudado de Richmond a Silver Spring, gracias a que su esposa, una maestra de primaria, consiguió un mejor empleo como supervisora escolar en esta parte de Maryland, pero con tan mala pata que un par de meses atrás a ella también le habían detectado un cáncer maligno —aunque George no especificó dónde estaba enquistado, lo que me hizo suponer que quizá en sus partes pudendas— por lo que estaban preparándose para el tratamiento que se avecinaba. A Dios gracias, dijo mientras ensartaba la Van en el estacionamiento de la casa, ahora él estaba pensionado y podía hacerse cargo de los niños, una pareja, precisó, el niño de doce años y la niña de diez, sin que luz alguna iluminara su rostro.

3

Al nomás entrar a la habitación, mientras George parlotea-
ba sobre las bondades de la misma y se disponía a mostrarme
dónde estaban los utensilios, recibí tal patadón del aire acondicionado que hasta retrocedí hacia el umbral del impacto, y
le escupí con cierta indignación que eso era un frigorífico,
insoportable para mí, y para cualquier persona en su sano
juicio, que de permanecer a semejante temperatura más de
cinco minutos padecería una bronquitis, y más le valía decirme de inmediato dónde estaba el termostato para bajarlo, que
como ya le había advertido en la Van el aire acondicionado
me producía primero alergia, luego bronquitis y, de no cuidarme, algo más grave, y se lo dije mientras buscaba con mi
mirada un tanto alterada el dispositivo para regular la temperatura. George me respondió, sin inmutarse, con la voz aún
más muerta quizá por lo helado del ambiente, que no había
tal dispositivo en la habitación, que el aire acondicionado era
central, una sola regulación para toda la casa, pero que no me
preocupara, ahora mismo él subiría a la primera planta y se
encargaría de ajustarla, ante lo que yo insistí que debía apagar
el aire del todo por un rato, mi habitación estaba en la parte
trasera del sótano donde el frío se concentraba, y mi plan era
tomar una larga siesta para reponerme del cansancio del viaje,
había tenido que levantarme muy temprano para llegar a tiempo desde Merlow College al aeropuerto de Chicago y, no
sabía yo si a él le sucedía lo mismo, pero la noche anterior a
cualquier vuelo yo dormía poco y a saltos, y el agotamiento

nervioso baja las defensas, a causa de lo cual, con la temperatura polar de la habitación, lo más probable era que despertara de la siesta con pulmonía. Hubo un asomo de mueca en el rostro de George, como si en su mente se estuviese burlando de lo que yo le decía, pero antes de que yo reaccionara me dijo que como a eso de las cinco de la tarde, si yo tenía interés, él podía conducirme con gusto a conocer el supermercado y otros negocios de la zona, a fin de que comprara lo necesario y aprendiera las rutas, que me enviaría un mensaje de texto para saber si yo estaba listo, lo que me pareció una idea razonable, y así se lo dije, pero que por lo pronto lo urgente era que el apagara el aire acondicionado.

Una vez me quedé a solas procedí a desempacar mis bártulos, a conectar mi laptop para comprobar si funcionaba la clave de wifi y a inspeccionar la habitación en detalle; pasaron varios minutos antes de que el aire dejara de salir y la temperatura fuera la pertinente para que yo me echara a la cama, donde mis pensamientos enseguida comenzaron a enredarse en la historia que me había contado George sobre su cáncer y el de su esposa, enfermedad a la que se había referido sin énfasis alguno, más bien acotando que él conocía de muchos casos de vecinos en Richmond que padecían o habían padecido cáncer, como si hablase de una epidemia de gripe, como si eso fuese lo más común en esos sitios, y quizá lo era, me dije, mientras trataba de calmar mis pensamientos para lograr el mínimo reposo —siempre me ha costado dormir de día, aunque yazga cansado en la cama—, dada la cantidad de basura que uno comía, respiraba y bebía segundo a segundo lo más normal era que las células reventaran, pensé al tiempo que incómodo me movía en la cama, porque comencé a preguntarme si luego de permanecer tres años en ese país mis células estaban resintiendo ya el bombardeo tóxico, o cuántos años más me llevaría explotar, que ahí nadie estaba a salvo, un país cuyo principal negocio era la enfermedad —y no el espectáculo, como algunos mal intencionados nos querían hacer creer—, desde la semilla hasta la tumba el gran negocio era la enfermedad, que al pudrir la semilla lo demás venía dado por añadidura, bastaba intentar infructuosamente escapar de la cadena de los seguros, de los médicos y de las medicinas para entender el quid del negocio, que los de Monsanto pudrían la semilla para que todo el demás negocio fructificara. Agitado por estas ocurrencias, no pude entonces pegar el ojo, y antes de que me abrumaran los pensamientos sobre el futuro de la pareja de niños con padre y madre cancerosos, me puse de pronto de pie y me dirigí a tomar un vaso de agua del grifo, que si bien por cortesía George me había dejado dos botellitas sobre la mesa, ya había leído yo que el agua emplasticada resultaba doblemente tóxica, y con mi vaso en mano me senté frente a la computadora presto a revisar mis cuentas de correo, que eso era lo primero que hacía cada vez que encendía la máquina, revisar con una intensa ansiedad mis tres cuentas de correo, como si estuviese esperando una noticia inminente, el anuncio de algo que vendría a cambiar mi vida, con una ansiedad que me era incontrolable, aunque yo supiese que era estúpida, porque nadie me escribía, menos a la cuenta del Merlow College, pues acababa de comenzar el descanso de verano y ni siquiera llegaba el ripio de mensajes institucionales que durante los ciclos lectivos lo saturaban cada día; pero lo peor era que esas mismas tres cuentas estaban permanentemente abiertas en mi iPhone, y ni siquiera a sabiendas de que no habría mensaje nuevo alguno en ellas podía controlar la compulsión de abrirlas una a una en la computadora, y luego de confirmar que nadie me había escrito, me dije que quizá un poco de porno le haría bien a mis nervios, me relajaría, ya que no habría manera de conciliar la siesta, y así de una vez me metí en los videos de una artista que había descubierto unos días atrás, de nombre Julia Ann, una rubia cachonda de excelentes carnes y orificios versátiles, entregada a su arte con una pasión que llevaba la verosimilitud hasta los límites de ese género llamado *fast food porno*, gracias a la cual permanecí succionado por la pantalla, sin conciencia del tiempo ni del espacio, manoseándome la moronga como las circunstancias demandaban, aunque sin llegar a consumar la paja, que a mis años y con el cansancio del viaje eso hubiese sido una imprudencia; perdí la cuenta de los videos, con historias predecibles e imbéciles, en los que estuve sumido como en un sueño profundo, hasta que la vibración de mi teléfono dando cuenta de la entrada de un mensaje me sacó de la catalepsia en que me encontraba, y seguramente me quité los audífonos con los ojos desorbitados, la boca desencajada y la mente en blanco, que es de conocimiento público que el exceso de ansiedad sexual quema las neuronas, puede uno quedar retardado, uno de mis miedos profundos, convertirme en un viejo babeante por culpa de la maldita pantalla. Como zombi, sin haber regresado del todo a la realidad en que soy como parezco, revisé el mensaje de George, quien me preguntaba si había logrado descansar y me proponía que nos encontráramos en veinte minutos para salir tal como habíamos acordado. De inmediato le respondí que sí, que a tiempo estaría listo, cometiendo muchos errores mientras escribía el mensaje, que las manos me temblaban y nunca he tenido ni tendré la habilidad de esos chicos que con los dedos pulgares escriben en el teléfono con la velocidad de una mecanógrafa. Después de enviar el mensaje me tendí en la cama, aquejado por un ataque de culpa, que era lo que siempre me sucedía luego de padecer un trance hipnótico como del que aún no me reponía, la culpa de haber derrochado mi tiempo y energía calentándome por gusto, en vez de dedicarme a los menesteres que me competían, por ejemplo, a revisar los pormenores del plan de investigación que me aprestaba a realizar la mañana siguiente, y el ataque de culpa siempre traía de compadre un acceso de paranoia, ya lo sabía yo, lo que no evitó que me estremeciera ante la idea de que George pudo haber estado todo el tiempo vigilando en su monitor lo que yo miraba en mi laptop.

4

Con la noticia de que el auténtico propósito de George era que lo acompañara a cenar, tal como me enteré una vez que estuvimos dentro de la Van, y no tanto llevarme a hacer mi compra al supermercado, que los niños, su mujer y el perro se habían ido a visitar a unos amigos en las afueras de la ciudad y no volverían sino hasta después de la cena, me dijo, por lo que a él se le ocurrió que yo tendría hambre, luego del pequeño snack que quizá había comido en el avión, y entonces qué mejor oportunidad para que yo conociera un bonito restaurante del lado de Takoma Park, muy cerca, precisó, donde podríamos cenar con tranquilidad, si yo no tenía inconveniente, y luego en efecto me conduciría al supermercado. Mi primera reacción fue de rabia, que no me gusta que la gente me cite para una cosa y luego me salga con otra, ni suelo compartir la cena con desconocidos, ni tampoco me gusta esa manía de los puritanos yanquis de cenar a las cinco de la tarde y meterse a la cama a las nueve, pero también era cierto que yo tenía hambre, por lo que le dije que no habría ningún problema siempre y cuando en el restaurante vendieran licor, pues si bien comer me apetecía lo que en verdad me urgía era un trago, que salí de la habitación con los nervios alterados a causa de tal Julia Ann, y suponía yo que alguien como George buscaría un merendero donde no vendieran licor. Hay de todo, dijo, y por primera vez la mueca que esbozó parecía una sonrisa, o quizá no, tampoco importaba, porque la posibilidad de tomar una copa sosegó mi ánimo, y hasta cambió mi humor, de ahí que le manifestara mi sorpresa ante el hecho de que su esposa, pese al cáncer, aún mantuviera una vida social bastante normal, que me la imaginaba yo tendida en cama. La enfermedad no está tan avanzada, me dijo, ella prefería llevar sus rutinas de cada día hasta que fuera sometida al tratamiento, y los niños no estaban enterados de que ahora su madre padecía la misma enfermedad de la que su padre recién estaba saliendo, demasiado traumático para ellos, por eso esa tarde ella los había conducido a la fiesta infantil en casa de los amigos, y él se quedó para recibirme, porque la relación con los inquilinos de la habitación era su responsabilidad, él permanecía en casa la mayor parte del tiempo a causa de su convalecencia y retiro, atento a que todo funcionara en orden, que el ingreso por la renta de la habitación servía para pagar una mínima parte del deducible del seguro médico, una cuenta que supuse estratosférica. Me molestó darme cuenta de que mi mente iba atenta a lo que George decía, buscando emociones correspondientes a sus palabras y que por ello no me fijaba en las rutas que seguíamos, todas esas calles arboladas se parecían, y las casas también; en una ocasión semejante mi mente tendría que haber estado concentrada en lo que mis ojos miraban, y no en la charla de George, quien —ahora estaba yo seguro— no sólo quería compañía para la cena sino un escucha para el relato de sus calamidades. Le pregunté si su esposa era menor que él, pues si confesar quería lo mejor era conducirlo a donde yo suponía el meollo de la tragedia, pero le atiné a medias: George guardó un breve silencio, su forma de expresar sorpresa por mi pregunta, que con los gringos es mala educación hablar de la edad porque les recuerda que son mortales, pero enseguida dijo que tenían la misma edad, sesenta años, que los hijos eran adoptados, el niño en Tanzania y la niña en Guatemala. Nada fuera de lo común en este país, la cosa de la adopción, y de tal manera me lo dijo George, sin énfasis, como una historia contada una y otra vez y que seguiría contando cuando se le presentase la oportunidad con un nuevo desconocido, el relato pormenorizado de las dificultades del proceso de adopción, de lo costoso que resultaba y de la estupenda recompensa que después significaba, porque la paternidad, aunque fuera tardía y comprada, era lo único que le daba sentido a su vida, la felicidad tan buscada, un relato que ya había escuchado yo en otras ocasiones y de otras bocas, que me aburría sobremanera y que no le permitiría al de la voz cavernosa que me lo recetara de nuevo, por eso aproveché que en ese momento enfilábamos por la zona de negocios de Takoma Park para preguntarle sobre éste, aquél y el otro, que la zona parecía simpática, hasta colorida y el restaurante al que George me condujo, llamado Mark's Kitchen, superó a primera vista mis expectativas, no era la ordinaria venta de hamburguesas, wraps y sándwiches grasosos con las que me tocaba lidiar diariamente en Merlow College, sino un sitio con una oferta de platillos que mostraban un poco más de imaginación, con el vodka Absolut que mi cuerpo demandaba, no poca cosa, y una atmósfera relajada, sin los fastidiosos televisores en cada pared, como en Merlow College, donde no se podía comer fuera de casa sin ser acosado por una pantalla. Ni me enteré cómo, luego de ordenar nuestra bebidas y platillos, George se las ingenió para poner sobre la mesa de nuevo el tema de las adopciones, pero yo no me lo tomé de manera personal, que en las mesas vecinas había chicas guapas como para atrapar mi vista y tapar mis oídos, que es lo que hice, desconectarme de la monserga de mi acompañante mientras paladeaba mi vodka y contemplaba de reojo, y a veces hasta con cierto descaro, a una mulata pálida, de rizos colgantes, ojos claros y unos shorts ajustados de tal forma que ver sus muslos me produjo un súbito ataque de ansiedad, como si de pronto hubiese escapado de la cárcel que era Merlow College y tuviese que correr a todo pulmón antes de que los sabuesos me atrapasen, porque allá nunca me hubiera permitido echar mirada semejante a una chica sin correr un alto riesgo, la vigilancia era estricta y por doquier, se lo había escuchado a un parroquiano del Freddy's, entonces mi bar de planta, que él sabía de la existencia de un equipo dedicado a vigilar a través de un enjambre de cámaras todos y cada uno de los sitios públicos en Merlow College, a fin de confirmar que los profesores se comportaran de acuerdo con las normas de la corrección política incluidas en sus contratos, y una de las normas era jamás ver con admiración a una chica, so pena de ser denunciado y padecer el agravio público. La mulata percibió mi mirada, sin voltear, e hizo una mueca de enfado, lo natural en estos rumbos, que las chicas se pusieran vestimenta para mostrar sus espléndidas piernas y, si uno se atrevía a verlas, respondieran con disgusto, en vez de con una sonrisa de agrado, como el sentido común hubiese dictado, una idea que me propuse comentar con George para cambiar su perorata sobre las adopciones, pero en ese momento él decía que con la niña guatemalteca se habían llevado un gran chasco, que los habían engañado y ahora no encontraban la forma como deshacerse de ella. Lo quedé mirando sin comprender. «Tiene el diablo adentro», dijo impasible, y bebió de su limonada.

5

A George junior, a quien llamaré el negrito tanzano, sin ánimo racista, porque cuando al padre se le ocurre endosarle su mismo nombre al hijo abre las puertas de la confusión, lo adoptaron cuando era un bebecito, un proceso sin mayores dificultades que iniciaron una vez que Merry, su esposa, perdió toda posibilidad de quedar embarazada, unos doce años atrás, ellos no llegaban a los cincuenta, no habían perdido la ilusión de tener un hijo, alguien a quien darle órdenes y sobre quien hacer recaer la responsabilidad de su vejez, pensé sin decirlo, que no quería interrumpir a George y meterlo en un debate sobre la verdadera naturaleza animal y egoísta de la paternidad, sino que se apresurara a contarme sobre la niña guatemalteca con el diablo adentro, que la sola idea me había creado curiosidad, cierto estado de excitación nerviosa, debo reconocerlo, y hasta llamé a la mesera para pedirle que con mi plato de comida me trajera una copa de vino, pronto acabaría con mi vodka y no quería estar a secas mientras George contaba una historia que había despertado mi curiosidad. Unos años más tarde decidieron que ya era el momento de que el negrito tanzano tuviera una hermanita, no un hermano, George fue específico, sino una niña para cumplir el sueño de la parejita, pero ambos consideraron que ya se sentían un poco mayores para volver a lidiar con un bebé, de ahí que optaran por buscar en el mercado de las adopciones una niña que tuviera alrededor de ocho años, la compañía ideal para el niño. Y así procedieron: fueron a Guatemala en dos ocasiones, avanzaron en el papeleo, les presentaron en el orfanato a la posible candidata –una niña dulce, con cierta tristeza en la mirada, pero muy despierta– que les pareció estupenda y regresaron a Richmond mientras los abogados ultimaban los detalles. En esas estaban, a la espera de la confirmación de que el proceso legal concluyera para ir a recoger a la niña, cuando a George le detectaron el cáncer, lo que les obligó a posponer el plan, no a abortarlo, como cualquiera en su sano juicio hubiese supuesto, porque la determinación de Merry de ser madre de una niña era absoluta y también su confianza de que George se recuperaría, tal como sucedió un año después, cuando retomaron el proceso de adopción, pese a las dificultades; y por fin unos meses atrás habían ido a Guatemala a recoger a la niña, Amanda era su nombre, que ya estaba más crecidita, pero igual de dulce, dijo George en el momento en que nos traían los platos y yo volteaba hacia la mulata de rizos colgantes, aprovechando que la llegada de la mesera me permitía hacer ese giro de cabeza con toda naturalidad, no como si estuviese descaradamente fisgoneando sus muslos, y me preguntaba cuándo George iba a tomar al toro por los cuernos, dejarse de prolegómenos, que ya había alargado demasiado el rollo y yo quería escuchar lo del diablo dentro de la niña, con imágenes en mi mente de la película *El exorcista*, aquella que tanto me había asustado en mi adolescencia. «La pesadilla comenzó en el mismo aeropuerto», dijo George antes de darle el primer mordisco a su club sándwich, al llegar al puesto de migración, una vez que dejaron atrás a la trabajadora social del orfanato que les había servido de intérprete durante su visita: la niña de pronto se transformó, comenzó a gritar histéricamente algo que ellos por supuesto no entendían, señalándolos con dedo acusador, la ferocidad en el rostro, y enseguida corrió hacia uno de los policías a pedirle protección, mientras el oficial de migración los miraba estupefacto, y ellos no sabían cómo reaccionar, la trabajadora social había quedado atrás del puesto de control y las demás personas que esperaban en la fila para pasar el control migratorio los observaban con agresividad, como si ellos estuviesen cometiendo una acción terrible, un delito por el que pronto serían capturados, lo que de cierta manera sucedió, porque el oficial de migración salió de su caseta y los condujo a una pequeña habitación mientras el policía traía a la niña de la mano, quien ahora lloraba desconsoladamente, los seguía señalando con dedo acusador y profería frases que a George le parecieron insultos. Ellos pasaron del desconcierto al temor, porque ni el oficial ni el policía hablaban inglés, y en tono poco amable les ordenaron que permanecieran en la habitación, le hicieron unas pocas preguntas a la niña y enseguida la metieron con ellos y cerraron la puerta. En la habitación había una mesa rectangular y varias sillas alrededor, nada más, dijo George, el típico sitio donde llevan a los pasajeros sospechosos para revisarlos, eso parecía, como para temer lo peor, porque Merry y George habían sido advertidos por el Consulado de Estados Unidos que muchas autoridades guatemaltecas eran corruptas, que se condujesen siempre bajo la asesoría de uno de los abogados recomendados por el Consulado, tal como ellos habían hecho, pero ahora resultaba que estaban detenidos no porque hubiera problemas con la documentación, sino por el ataque de nervios padecido por Amanda, que eso era lo que la niña había sufrido, según Merry, un ataque de pánico ante una situación desconocida, aunque lo que George había visto en el rostro de la niña no era miedo sino furia, una furia que nada tenía que ver con lo que ahora Amanda parecía, un animalito indefenso acorralado en un rincón de la habitación, con los ojos llorosos y la misma expresión de dulzura que a ellos desde un principio los había conmovido. Merry se le acercó, con palabras cariñosas que la niña pudiera entender, porque algo de inglés sabía, ellos le habían pagado una clase particular durante varios meses, dos horas diarias, tres veces por semana, con un joven maestro estadounidense que llegaba al orfanato, por eso podían mantener una comunicación básica, como la que entonces Merry estaba tratando de establecer para calmarla, para darle certezas, tranquilidad, pero en ese instante se abrió la puerta y entró un hombre sin uniforme ni distintivo, traía los pasaportes de ellos en la mano y, en un inglés correcto, les pidió a Merry y a la niña que salieran, que se sentaran en una banca donde las esperaba el mismo policía hacia el que había corrido Amanda unos minutos antes. Era un hombre gordo, de piel oscura, con gafas de sol y expresión intimidante —dijo George y creí percibí cierto temblor en su voz, como si el recuerdo aún lo asustara—, quien luego de cerrar la puerta le ordenó a George que se sentara, dejó caer los documentos sobre la mesa y tomó asiento frente a él: tienes un problema grave, le dijo, la niña dice que ustedes la llevan secuestrada. Eso no es cierto, respondió George, los documentos están en orden, ella viene por su voluntad, nada más padeció un ataque de nervios. El hombre guardó silencio, se quitó las gafas de sol y ahora con lentitud, enfatizando cada palabra, repitió: tienen un problema grave, la niña dice que ustedes la han secuestrado, que la llevan por la fuerza, no importa lo que digan estos documentos, el policía tiene que reportarlos, conducirlos a la comisaría hasta que la situación se aclare y tu vuelo sale en cuarenta minutos, ¿entiendes? George me dijo que en ese instante había sentido una especie de vahído, tenía muy poco de haberse recuperado del cáncer e imaginó la pesadilla que se le vendría encima en una comisaría guatemalteca; le dijo al hombre que necesitaba hacer una llamada telefónica, hablar con el abogado que les había llevado el caso o con el Consulado estadounidense, ante lo que el tipo respondió que ésa era una muy mala idea, sólo vendría a complicar la situación, no evitaría el traslado a la comisaría y perderían el vuelo, pero él estaba ahí para proponerle una solución rápida: que ellos convencieran a la niña para que se desdijera de su acusación, y él convencería al policía y al agente migratorio para que creyeran la nueva versión, que ella no iba secuestrada, y entonces les permitirían abordar. George sintió un gran alivio, me dijo, no miró ninguna complicación en ello, el gringo ingenuo, hasta que el tipo le explicó que para convencer al policía y al agente migratorio necesitaba en ese mismo instante líquido, cash —y George repitió el movimiento de frotación de los dedos índice y pulgar que el tipo había hecho—, así era como funcionaban las cosas en ese país, ¿entendía?

6

Comenzaba a hartarme del relato de George sobre la extorsión en el aeropuerto de la Ciudad de Guatemala, nada que no se pudiera leer en las noticias, de tan común que era la corrupción en el mercado de infantes, y tampoco miraba yo ningún diablo en una niña que padecía ataques de terror y luego de furia ante situaciones inéditas, tal como se lo hice ver a George mientras la mesera retiraba el plato de ensalada de quinoa que yo recién había engullido y me anunciaba que en pocos minutos me traería la copa de vino y el pollo teriyaki, que ya en el restaurante se me había despertado el apetito, lo que me obligaba a permanecer sentado con George hasta que terminara mi comida, pese a mi desilusión con su relato, que se hubiera visto muy raro que de pronto me pusiera de pie, le diera las gracias y me despidiera, diciéndole que ahora mismo otros asuntos demandaban mi atención, pero que no se preocupara, yo me las arreglaría para llegar a casa, y luego me dirigiera a la mesa donde la mulata de rizos colgantes y su amiga departían, que eso era lo que me hubiera gustado hacer. En vez de ello, le espeté a George que todos y cada uno estaban involucrados en la extorsión −el agente migratorio, el policía uniformado, el policía de civil que lo amedrentó en la habitación, la trabajadora social, seguramente el abogado y sin ninguna duda la niña−, que habiendo tantos lugares en el mundo para adoptar niños cómo se les pudo ocurrir escoger Guatemala, el peor de todos, que no me extrañaría que la misma banda y la niña ya lo estuvieran amenazando con otra fechoría de similar naturaleza para seguirle sacando dinero, y era claro que la niña había sido entrenada en el orfanato, nada tenía que ver el diablo en estos menesteres. No hubo reacción por parte de George, como si todo lo que le acababa de decir ya lo supiese: guardó silenció un momento, hizo a un lado el plato con los restos del club sándwich y papas fritas y luego masculló que eso no era lo peor, sino apenas el principio de la pesadilla, tal como ya me había advertido, que desde su llegada la niña había arremetido contra el negrito tanzano, agrediéndole con insultos racistas y hasta empujones y amagos de golpe, en cualquier actividad en que ambos estuvieran involucrados ella de inmediato reaccionaba con furia y lo hacía a un lado: del sofá desde donde él siempre había visto la televisión, de su sitio en la mesa del comedor, del columpio que él prefería y hasta hizo un berrinche para que le dieran a ella la habitación que siempre había sido de él; y cuando ellos le pedían que por favor se calmara, no tenía por qué ser tan agresiva con su hermano, y se lo decían con palabras mesuradas y hasta cariñosas, ella reaccionaba con más furia y también los insultaba, que muy pronto había aprendido en la escuela las expresiones más soeces en inglés, gritaba que ella no era hermana de ningún negro, y los amenazaba con denunciarlos por maltrato infantil, y a Merry la llamaba «puta imbécil» y a él «viejo maricón», se lo decía tanto en español como en inglés, y se ponía fuera de sí, con los ojos extraviados, llenos de odio, que los iba a matar si la seguían molestando, que ella no obedecería lo que ellos le ordenaban, sino que siempre haría «lo que me ronque el culo», una expresión que George había aprendido en español de tanto escucharla, cuyo significado no había encontrado en el diccionario, aunque lo intuía, por eso me pidió que por favor se lo aclarara, pues era la frase favorita de ella no sólo para dar por concluida una discusión sino que la utilizaba cada vez que le indicaban cómo proceder, porque órdenes a decir verdad ya no le daban, los tenía amedrentados, no sabían qué hacer, la habían llevado donde un sicólogo infantil y con un pastor de la Iglesia, pero ante éstos y toda la demás gente se comportaba tal como ellos la habían conocido, la niña de expresión dulce, como cachorrito temeroso, mientras que frente a ellos tres era una fiera si se metían con ella. Me disponía a decirle a George que me parecía natural que una niña procedente de la pobreza y el abandono, víctima quién sabe de qué abusos y violencias, tuviera tal conducta, y en especial si se había criado en un orfanato, pero en ese momento intuí que George no me había contado toda la historia, su silencio y su forma de beber del vaso de agua eran propias de quien toma impulso para la confesión postrera. Le pregunté si la niña era indígena, de qué etnia, o si más bien era mestiza, no porque importara, sino para ayudar a soltarle la lengua, que las asociaciones mentales a veces necesitan unas gotas de lubricante para ponerse en marcha, como sucedió con George, quien me respondió que a esa altura no estaba seguro de nada, dudaba de la historia que le habían contado en el orfanato, que la madre de la niña era una campesina indígena muy pobre, que había perdido a toda su familia cuando era muy chica, durante la guerra entre el ejército y la guerrilla, en la década de los ochenta, y que entonces había emigrado a la ciudad, había sido niña de la calle, luego vendedora ambulante y entre ires y venires había tenido tres hijos, incluida Amanda, a quien se vio obligada a llevar al orfanato cuando le descubrieron un cáncer de mama que la mató a los pocos meses, una historia conmovedora que le habían repetido la trabajadora social y el abogado, y que coincidía con los recuerdos que Amanda les había contado cuando era la niña dulce en espera de ser adoptada, rememoraciones de una chica de siete años, la edad que tenía cuando su madre la llevó al orfanato. Pero ésa era una historia fabricada, la misma Amanda se lo había revelado en un acceso de furia, luego de que le reclamaran su comportamiento con el negrito tanzano, porque ésa era la parte más escabrosa del asunto, me dijo George, desde su llegada la niña no sólo había intimidado a su dizque hermano sino que también lo había agredido sexualmente, con proposiciones indecentes, inconcebibles en una niña de esa edad: se levantaba la falda y le mostraba sus partes pudendas, luego se tocaba y lo retaba a que él le mostrara su miembro, se burlaba diciendo que quizá él lo tenía pequeñito y por eso no quería mostrárselo, que ella ya había visto muchos y grandotes y varias veces se lo habían metido, que el negrito tanzano era un maricón porque le huía y lo amenazaba con matarlo con un cuchillo de cocina si se atrevía a delatarla ante Merry y George, que ella ya había presenciado cómo mataban gente en el prostíbulo en el que trabajaba la puta de su madre y que no era nada difícil, un par de trabones y listo, que se anduviera con cuidado. Tardó varias semanas el negrito tanzano en lograr el valor necesario para contarle a sus padres el acoso que había estado padeciendo, un niño educado en firmes valores religiosos, pero completamente atemorizado y bajo el poder de Amanda, a tal grado que comenzó a sufrir desarreglos estomacales y ataques nerviosos sin que ellos sospecharan la causa, porque no sólo se trataba de los gestos obscenos y los amagos violentos, sino que ella utilizaba un lenguaje soez que ya conocía en español y había aprendido con rapidez en inglés gracias a los videos que se la pasaba viendo en la computadora, hasta que todo explotó cuando George revisó el historial del aparato y descubrió horrorizado decenas de sitios para adultos y de videos porno, no se le había ocurrido activar el mecanismo de seguridad que impide el acceso de menores a esos sitios, un mecanismo que de inmediato activó, antes incluso de pensar cómo enfrentaría la situación, lo platicaría con Merry esa misma noche, seguro de que era Amanda quien miraba esas barbaridades. Y atribulado por ese descubrimiento estaba después de la cena, conversando con Merry sobre la mejor forma de abordar a la niña, cuando estalló el jaleo en el pequeño estudio donde estaba la computadora: Amanda gritaba fuera de sí, acusando al negrito tanzano de haberle arruinado la máquina, lo que colmó el aguante de éste, quien peló alambres ante los empujones e insultos que recibía y se fue a golpes contra la niña, hasta que George y Merry corrieron a separarlos, pero estaban tan enzarzados, y Amanda a tal grado endemoniada, que en cuanto Merry quiso sujetarla para que dejara de golpear al negrito tanzano, aquella se le lanzó con la peor de las furias propinándole puñetazos y patadas, llamándola «vieja puta come mierda», tanto en español como en inglés —que George también había aprendido ya esos insultos—, amenazando con denunciarla ante la policía por haberla agredido, arrinconándola de forma tal que Merry tropezó con una mesita y cayó por los suelos, y si George no hubiese llegado en su auxilio, la niña hubiese seguido pateándola, porque Merry era incapaz de defenderse en medio de su ataque de nervios y del llanto. Joder, pensé, impresionado por el relato de George, vaya preciosura la que se esforzaron en comprar estos pobres gringos, que hasta curiosidad tuve de conocer a la susodicha Amanda, pero en ese momento la mesera llegó a preguntarnos si queríamos las cuentas separadas y yo volteé hacia la mesa donde, para mi sorpresa, ya no se encontraba la mulata de rizos colgantes con su amiga, evidencia de cuan absorbido había estado por la historia de la niña guatemalteca. «¿La pueden regresar?», le pregunté a George mientras caminábamos hacia la Van, que en este país de comprar y vender se trata, y cuando uno adquiere un producto que no le satisface siempre hay garantías para hacer un cambio o recobrar el dinero, tal como me había sucedido unos meses atrás cuando compré por internet un par de zapatos que no me calzaban, y en el mismo paquete que recibí venían las instrucciones para regresar el producto sin costo alguno, y a vuelta de correo me llegó el par adecuado, una práctica común para los estadounidenses pero inconcebible en los países de donde yo procedía. «Es muy complicado», respondió George antes de encender la Van, con un dejo de cansancio, ahora estaban agobiados por el cáncer de Merry, que por cierto le habían detectado unas semanas después del incidente, aunque él se negaba a ver una relación directa entre la implosión de la enfermedad y la agresión por parte de la niña comprada, esa enfermedad tarda en gestarse, lo sabía por experiencia propia. De todas formas estaban asesorándose con un abogado sobre la mejor forma para encontrar una salida al caso de Amanda, me dijo mientras enfilábamos hacia el supermercado Co-op, donde yo podría adquirir mis víveres.

7

No sé si fue a causa de la ansiedad que me produjo el relato de George sobre la niña con el diablo adentro, o las puras ganas de disfrutar mi primera noche en esa ciudad, el hecho es que, pese a estar consciente de que temprano a la mañana siguiente debía partir hacia los Archivos Nacionales de College Park para iniciar mi investigación sobre el malogrado poeta Roque Dalton, como a eso de las siete y media de la tarde, presa del desasosiego, salí de mi habitación, bordeé la casa por la vereda que me llevaba del patio trasero a la calle, atento a cualquier encuentro inesperado, mirando de reojo hacia las ventanas por si de casualidad lograba ver a la niña guatemalteca, que se escuchaban ruidos como si la casa ya estuviese con la familia adentro, y no sólo el pobre George como alma en pena, pero nada hubo que ver, y tampoco me quedaría ahí como fisgón a la espera, por eso seguí mi camino por la avenida Richmond hacia la zona de la estación Silver Spring. The Querry House Tavern era el nombre del bar que me había recomendado un colega de Merlow College, originario de la zona, y que encontré sin mucha dificultad: un sótano penumbroso, con mesas en los rincones, todas ellas ocupadas por parejas jóvenes, la atmósfera densa y una barra en media luna en la que por suerte había un taburete vacío, al que me encaramé de inmediato, sin preguntar siquiera si estaba libre, que detrás de mí venían entrando otros sujetos y no me gusta quedarme de pie ante una barra que por primera vez visito. El barman, un vikingo barba roja, pronto me trajo el tarro de cerveza Hefeweizen, una de mis favoritas, lo que llamó la atención del parroquiano rubio de gafas redondas que estaba sentado a mi izquierda, quien dijo con cierta condescendencia que ésa era una muy buena cerveza, como si yo hubiese sido un mongólico que por pura casualidad la había pedido y no supiera lo que me aprestaba a paladear, por lo que apenas le dediqué un rictus ambiguo, y me empiné el tarro hasta acabar con la mitad, que venía muy sediento por el calor de afuera y no pude contener –sino apenas moderar– el eructo de satisfacción que en tales circunstancias me acometió. «Salud», dijo la chica que estaba con el rubio de las gafas redondas, a la que, luego de darle las gracias, le eché una fugaz mirada, que el tipo se interponía entre nosotros, percatándome de que tenía los ojos acuosos y una expresión que me hizo suponer que estaba afectada por una pena o en dolorosa discusión con su acompañante, que para el caso era lo mismo, por lo que de inmediato volteé hacia el área de la cocina donde los cocineros y los pinches, hasta donde pude captar, hablaban el español con un acento que se me hizo conocido, cómo no, si era el mío, y luego permanecí absorto largo rato, paladeando pequeños sorbos de mi Hefeweizen, que a veces logro desconectarme de las tribulaciones que mantienen a mi espíritu en tensión, algo que me sucede sin que mi voluntad tenga que ver con ello y a lo que tampoco he encontrado explicación coherente, un estado de ánimo en el que me vacío de pensamientos y emociones y permanezco como en un limbo, una burbuja, quién sabe con qué expresión en el rostro, quizá de un zombi, que es imposible estar en la burbuja y verse al mismo tiempo. Y de ese estado me sacó de súbito una voz alzada, agresiva, que procedía del rubio con las gafas redondas, quien al parecer estaba muy enojado, gesticulaba con énfasis regañando a la mujer que lo acompañaba, una escena que todos los comensales de la barra, incluido el vikingo barba roja, observamos de reojo, como si no estuviese sucediendo, y yo sin saber a ciencia cierta sobre qué discutían, pues el ruido de la música opacaba sus palabras, y por más que agucé el oído, que la curiosidad es una de mis virtudes, no pude sacar en claro el meollo de la querella, sino sólo algunas frases al vuelo, como cuando él le reprochó a ella que lo estaba acusando sin fundamento y eso era una intolerable falta de respeto y de confianza, y otras expresiones semejantes, pero no muchas más, porque entonces él llamó al barman, le pidió la cuenta y se largó, igual de enojado, hasta rabioso, que por suerte no hubo puerta que tirar pues a la entrada se arremolinaba la gente en espera de mesas, como tampoco se hizo un silencio en la barra con su abrupta salida, el jaleo y la música lo impedían, y luego de la mirada de reojo cada quien volvió enseguida a lo suyo, excepto yo, que no tenía forma de regresar a la burbuja y me quedé sin objeto en el que fijar mi atención, afectado por el incidente que acababa de suceder a mi lado, y no pude controlar el impulso de mirar directamente a la mujer de cuyos ojos acuosos aún no caían las lágrimas, tan bien sabía contenerse, y cuya mueca de víctima transformó, al percatarse de que era observada, en una expresión desafiante, hasta coqueta, cuando me sostuvo la mirada con un amago de sonrisa. Yo bebí lo que restaba de la cerveza, le hice una señal al mesero para que me sirviera otra y me propuse no verla de nuevo, que en cualquier momento podría regresar su pareja, quizá en ese mismo instante estaba pasando del enojo al miedo a perder a la mujer querida, para nadie es un secreto la velocidad de la luz a la que se mueve el péndulo de las emociones, y él podía dar media vuelta y regresar a toda prisa. Para mi sorpresa, a los pocos instantes, no fue la voz del rubio de gafas redondas la que escuché a mi lado, sino la de ella quien me preguntaba «¿Puedo?», al tiempo que se acomodaba en el taburete en el que antes había estado su pareja y deslizaba su vaso —que me pareció de vodka o ginebra— sobre la barra, a lo que yo respondí que claro, ningún problema, aunque una luz roja comenzó a parpadear en mi interior, no podría precisar exactamente dónde, que en el mundo invisible nadie sabe nada con certeza, pero parpadeó con suficiente intensidad como para que yo pasara de cierta incomodidad a la alarma, al imaginar que el tipo entraba y ponía su mano en mi hombro en busca de gresca, lo que me faltaba, un desconocido que quisiera desquitarse conmigo los problemas que tenía con su mujer, que ya había visto yo el anillo matrimonial en el dedo de ella. «No regresará —me dijo, como si hubiese leído mis temores—, no es la primera vez que lo hace», y enseguida me tendió la mano y dijo que se llamaba Mina. La observé con atención: de tez blanca, el crespo cabello castaño, los ojos grises, la nariz respingada, el cuerpo delgado, todo en ella emanaba finura; pude haber afirmado que era de ascendencia checa, ucraniana o húngara, si alguien me hubiese preguntado. «¿Tu esposo?», inquirí, con la intuición de que quería hablar, sacarse la brasa que la estaba quemando por adentro. Y no me equivoqué: respondió que llevaban siete años de matrimonio, pero desde hacía un tiempo las cosas no andaban bien, él se había mudado a Frankfurt, en Alemania, donde consiguió un empleo en el Banco Central Europeo, mientras que ella había permanecido en Maryland, en cuya universidad estatal trabajaba como profesora, precisamente en el campus de College Park, muy cerca de los Archivos Nacionales que yo visitaría a la mañana siguiente, aunque esto no se lo dije aún, que yo era quien preguntaba y ella la que hablaba, a decir verdad me soltaba la información a cucharadas, entre silencios, nada que ver con la gringa incontinente que vomita su vida en la barra y se jacta hasta de lo que a cualquiera le daría vergüenza, sino que su estilo era más bien, como lo llamábamos en mis rumbos, de «mosquita muerta», de temperamento modoso, en apariencia reservado. Comenté que debía de ser muy duro mantener una relación a tanta distancia, pero ella no estuvo de acuerdo conmigo, dijo que al contrario, la distancia podía ser un estímulo, le daba mucha intensidad a cada reencuentro —ya fuese en Frankfurt, en Silver Spring o en una tercera ciudad—, pasaban juntos alrededor de cuatro meses al año, el problema no era ése sino otro, enfatizó antes de apurar el vaso y enseguida le pidió al vikingo barba roja que le repitiera la dosis, ginebra Tanqueray con tónico, según observé mientras éste se lo preparaba y nosotros guardábamos silencio, ella quizá sopesando si quería meterse más en su berenjenal, yo preguntándome si ellos, la pareja, eran parroquianos del bar porque en más de una ocasión noté miraditas por el rabillo del ojo de algunos comensales, incluso del barman, lo que me hizo suponer que ya habían presenciado con anterioridad el numerito y estaban enterados del drama. «¿Y entonces cuál es el problema?», le pregunté, sin énfasis, con mi mirada perdida en el tarro de cerveza. Ella paladeó su nuevo trago y, hablando por lo bajo, lo soltó: él estaba empecinado en que tuvieran un hijo ahora, ese era el meollo de la crisis, que ella tirara por la borda su carrera y quedara embarazada precisamente el año en que debía enfrentar la evaluación para lograr su permanencia definitiva en la universidad, convertirse en profesora asociada, el sueño de todo académico, eso era lo que él quería impedir con su insistencia en que ella se embarazara, que pospusiera su evaluación, pidiera un permiso de un año en la universidad y se fuera con él a Frankfurt durante su preñez, que pariera el niño allá y luego se dedicara a la criatura durante unos meses antes de regresar a prepararse para su evaluación, una propuesta que carecía de lógica y que ella entendía como una forma de obligarla a que fuera ella quien terminara la relación, no él, un cobarde desde cualquier punto de vista, me hubiera gustado decirle, que tener opiniones certeras sobre problemas ajenos es siempre un gusto, pero mejor era no interrumpirla, que hasta entonces me enteré de que el rubio de las gafas redondas era alemán, se habían conocido en el Graduate Center en Nueva York, y desde que se comprometieron habían acordado que no tendrían hijos hasta que lograran una posición segura, estable, en sus respectivos campos, y ninguno de ellos había conseguido eso aún, pues en el banco él estaba sujeto a firmar un contrato como asesor cada año y lo podían correr cuando se les diera la gana, mientras que en un año ella obtendría la permanencia definitiva con todos sus beneficios, por eso estaba segura de que él algo escondía bajo la insistencia en el inmediato embarazo. El vikingo barba roja me preguntó si quería otra cerveza, a lo que respondí que claro, la última, ella aún tenía medio vaso de ginebra y la caballerosidad a veces me viene, a veces no, como enseguida sucedió, cuando le pregunté por su edad y la de su consorte, quizá parecían más jóvenes de lo que en verdad eran, pero no, ella tenía treinta y cinco y él cuarenta, no había razón para tanta prisa. Es lo que yo le digo, me dijo ella, que aún tenemos algunos años por delante, y que si surgiera algún problema siempre había la posibilidad de la adopción, algo que a él lo sacaba de quicio, no iba a criar a nadie que no fuera de su propia sangre, decía. ¿La adopción? Permanecí un rato absorto, tratando de asir en mi mente una imagen que no tenía, la de la niña guatemalteca con el diablo adentro, y casi me gana el impulso de contarle en ese instante la historia que ya me había infectado y que yo contagiaría a quienquiera que se pusiese a mi alcance para escucharla, pero aún tuve un atisbo de lucidez para comprender que eso hubiese significado ponerme de parte del energúmeno que recién había abandonado la barra, cuando mi deseo era el opuesto, por eso, en vez de escupir el relato de Amanda que me quemaba la lengua, le pregunté si ya se habían planteado la opción del divorcio, pero ella pareció no escucharme, me dijo que la disculpara un momento, y una vez que se puso de pie y caminó hacia los sanitarios, contemplé de reojo su espléndido trasero ceñido por el corto vestido veraniego, y en un acto reflejo mi vejiga despertó, también mi próstata, porque cuando me dirigí detrás de ella hacia los urinarios, luego de pedirle al vikingo barba roja que cuidara nuestros sitios en la barra, que siempre los aprovechados pululan, fui sorprendido por el pensamiento de irrumpir en el sanitario de mujeres y arrinconarla en uno de los gabinetes, apretarle el cuello y penetrarla hasta que olvidara al rubio de las gafas redondas, pero tal pensamiento sólo aleteó unos instantes en mi mente y se fue con igual ligereza. Cuando regresé ella ya estaba en su taburete, y me dijo, sarcástica, que creyó que yo me había escapado, aburrido con su historia, suele suceder que los conflictos de pareja sólo sean interesantes para las propias parejas y sus confidentes, y lo dijo con cierto hartazgo, como si realmente ya no quisiera hablar sobre el tema, y también con la mirada un tanto extraviada, turbia, como si al ponerse de pie y caminar el alcohol le hubiera hecho combustión. Con el entusiasmo de la tercera cerveza, le dije que lamentaba contradecirla, pero la relación de pareja es el eje de la vida, sigue sólo después de la creación y la muerte, que la superan porque se trata de misterios sobre los que nada sabemos, y si bien cada conflicto de pareja se parece, al igual que cada nacimiento y cada muerte, la verdad es que el rompimiento de una pareja es único, y sólo lo hace aburrido la forma en que cada persona lo cuenta, por lo general como víctima de la incomprensión del otro, que le podía apostar que su pareja ya estaba regando la especie entre familiares y amigos que era la negativa de ella a tener un hijo, a formar una familia, lo que traía la relación a pique, a punto del colapso, y que ella misma se había tragado esa versión con la peor candidez, cuando quizá el verdadero motivo era que él ya había iniciado un romance con alguna colega del banco en Frankfurt, y que si la susodicha era alemana, yo podía apostar que tenía a su marido bajo una enorme presión para que terminara la relación y se divorciara lo más pronto posible, que era de todos sabido que los economistas tienen muy poca imaginación y lo primero que se le ocurrió fue la estratagema de presionarla para que se embarace ahora mismo, a sabiendas de que ella se negaría, y no me extrañaría que haya sido la misma alemana la que concibió la idea, con el propósito de, una vez despejado el camino, hacer con él lo que se le antojara, rematé antes de beber el penúltimo trago de mi tarro, para tomar aliento, que me sentía inspirado, entusiasta, en tanto que Mina me escuchaba a ratos mirando hacia la barra, a ratos mirando hacia mí, sin dejar de mordisquearse las uñas, tal como una dama no debe hacer en público, que poco le faltaba comenzar a hurgarse la nariz del nerviosismo. Y no hablo por hablar, retomé, sino por experiencia propia, yo viví con una alemana casi dos años, conozco de primera mano la presión a la que uno puede ser sometido cuando se les encaja entre ceja y ceja la obsesión esa del hijo, sobre todo si son bávaras y católicas, precisé, que tal había sido mi caso, y lo afirmaba sin prejuicios ni maledicencia, que es la cultura la que opera en ellas, les encrespa la voluntad, más allá de si son buenas o malas personas, aclaré mientras Mina se espabilaba y le pedía otra ronda al vikingo barba roja, sin siquiera preguntarme si yo estaba de acuerdo en beber una cuarta cerveza, dando por un hecho que yo le contaría mi historia entera, como si supiese que el movimiento de cuerpo que hizo sobre el taburete cuando se dirigió al barman dejó al descubierto parte de sus muslos, y una luz desde el techo los alumbró directamente, lanzando un destello que rebotó en mi entrepierna y le imprimió otra intensidad a mi relato.

8

Quince meses, para ser exacto, le dije, mirándola a los ojos –en los que creí ver un estimulante desafío–, fue lo que vivimos juntos, los primeros dos meses en Antigua Guatemala, donde hube de conocerla, en una escuela para bailar salsa a la que yo asistía una vez por semana, los jueves en la tarde, muy claro lo tengo, que el ambiente en la biblioteca del centro de investigaciones históricas y sociales en la que transcurrían mis días era monótono, aburrido, y el cuerpo me pedía solaz, divertimento, y nada mejor que un poco de baile para desengarrotar los músculos, que esa costumbre contemporánea de encerrarse en un gimnasio a sudar por sudar me parece poco saludable, hasta innatural para la mente que sólo puede envenenarse en tales circunstancias, mientras que bailar salsa estimula el espíritu y suelta no sólo los músculos sino también la lengua –pues la conversación durante el baile y luego de él es parte del rito–, y muchas de las alumnas de la escuela de salsa, incluida Petra, eran chicas extranjeras llegadas a Antigua Guatemala con el propósito de aprender español en las varias escuelas de idioma que en esa ciudad florecen, muy conocidas por cierto en los Estados Unidos y Europa, le dije, y alcé mi tarro para chocarlo con su vaso de ginebra. Petra…, musitó ella, para animarme a seguir el relato, que me había quedado un rato en silencio, mi mente tenía que carburar más de prisa para resumir lo mejor posible la historia con Petra, sabedor de que una vez que se me suelta la lengua me cuesta un mundo ponerla de nuevo en su sitio, y lo que menos quería era abrumar a Mina ahora que me había mirado de tal manera, y cuando sus muslos seguían brillando en ese ángulo hacia donde no podía dirigir con descaro mi vista. Eso fue lo primero, le dije, la dificultad que tuve para ensamblar su nombre con su figura, que Petra es un nombre duro, rocoso, tozudo, campesino, y no coincidía con aquella chica de rizos dorados, delgada, de la que emanaba cierta fragilidad, dulzura, ya sabemos que las imágenes engañan, pero en ese momento yo no me di por enterado, ni en las semanas venideras, tan empalagados estábamos el uno con el otro que lo natural fue que cuando ella regresó a Frankfurt yo la siguiera. ¿Frankfurt?, exclamó Mina con sorpresa. Sí, no me lo estaba sacando de la manga, le dije, aunque ella procedía de Ausburg, en la Bavaria católica, vivía en el centro de Frankfurt, donde yo mismo permanecí año y medio, una ciudad que conozco muy bien, agregué no sólo por jactancia sino para que entendiera que yo sabía de lo que hablaba, pese a que cuando me fui con Petra no imaginaba el berenjenal en el que me metería, porque una vez que me instalé en su apartamento dejó de ser la chica que yo conocía, se transformó en la que de verdad era, al contrario del Dr. Jekyll y Mr. Hyde, en Antigua Guatemala había sido la pura alegría, flexible, casi cada noche salíamos por unas copas, a veces un purito de mota, y el continuo retozo en la cama luego de sus clases y mi trabajo, nada que ver con el sargento estricto con el que me encontré en Frankfurt, quien reglamentaba su vida y quería reglamentar la mía como si estuviésemos en un cuartel, dictaminaba el día de la semana en que saldríamos de copas, las noches de la semana en que fornicaríamos y las horas exactas a las que se debía hacer cada cosa, le expliqué antes de dar otro largo sorbo a mi cerveza, con la agitación de quien comienza a inflamarse por la historia que cuenta, el rancio sabor de la vieja rabia asomando a mi boca. Que eso sonaba muy duro, masculló sin quitarme esos ojos de encima. ¿Cómo había hecho yo para aguantar tanto tiempo? La comprensión de lo que estaba sucediendo no me alumbró de súbito, le expliqué, sino poco a poco, como pasa en la mayoría de estos entuertos en los que uno se mete atarantado por la pasión, y comienza a despertar a lo que de verdad está sucediendo luego de varios choques, aún con la ilusión de que se trata de algo pasajero que el tiempo remediará, la persona amada volverá a ser la que antes había sido, la que uno conoció, hay que darle una oportunidad, quizá está pasando una mala racha o es víctima de un mecanismo de defensa que se le dispara automáticamente mientras ella se acostumbra a la relación en su propio terreno, sandeces de ese calibre, dije, consciente de que me estaba yendo por las ramas, no estaba contando la historia que Mina quería escuchar, sino elucubraciones que pronto la aburrirían. Lo cierto, retomé luego de un sorbo y percibir que varios parroquianos ya habían abandonado la barra y que algunas mesas comenzaban a vaciarse, es que fue una insensatez de mi parte mudarme de Antigua Guatemala a Frankfurt por una relación sentimental: me gasté parte de mis ahorros en el boleto y en mi manutención los primeros meses, perdí el trabajo en Antigua luego de que expirara el permiso de seis meses que me habían dado, llegue a un país cuyo idioma no hablaba y en el que por ello mis posibilidades de conseguir un empleo eran casi nulas, y para rematar la mujer con la que vivía se convirtió en una extraña, un pésimo negocio desde todo punto de vista, excepto uno, que no le revelaría a Mina, porque mientras se habla no siempre se dice lo que se piensa, que la lengua va por un lado y la mente por el otro, como entonces me sucedía, que lo único en que Petra no cambió fue en el sexo salvaje que la acometía cada vez que nos íbamos a la cama, que es un decir eso de la cama, porque aunque entonces ella decidiera que sólo tendríamos dos sesiones a la semana, programadas de acuerdo con su agenda, le gustaba de todo y por todos lados, exudaba una perversión que me tenía tomado por los cojones, esperaba cada acostón con la ansiedad del reo encerrado en una ergástula al que sólo de cuando en vez le llevan un plato de comida, y una vez que terminábamos, jadeantes y exhaustos, ella sacándose mi leche de donde la tuviera para seguir paladeándola, yo me decía que nada había cambiado, que ese polvo compensaba por las manías que Petra me imponía en la vida cotidiana, una idea que por supuesto al pasar de las horas se diluía y de la que al día siguiente nada quedaba, en especial porque Petra comenzó a quejarse de que yo no avanzaba lo suficiente en mi aprendizaje del alemán, como si esa lengua fuese así de fácil, y me recriminaba que ni siquiera encontrara un empleo manual en el que no necesitara el uso a fondo de la lengua, hasta los turcos consiguen uno, decía, aunque con otras palabras, que no podía permitirse ella una incorrección política, no sólo porque trabajaba para una ONG dedicada a enviar medicamentos a los pobres de países en conflicto, sino porque ella pertenecía a esa generación de alemanes que no quiere ser asociada con la brutalidad de sus abuelos y para ello se la pasan pregonando el bien por el mundo, y para que no quepa duda de que han echado por la borda para siempre el mito de la superioridad de la raza aria prefieren casarse con gente de otro color de piel, como yo, antes que con los de su propia blancura, lo cual lleva a muchos equívocos, claro está, como en el caso de Petra, quien creía haberme rescatado de las tinieblas, y se veía con la misión de imponerme su paraíso de trabajo y disciplina, dije con un último aliento, otra vez con la certeza de que me estaba yendo por las ramas, me tardaba demasiado en llegar a la historia que Mina quería escuchar, aquella de la obsesión con el embarazo, que mis asociaciones mentales a veces toman rutas llenas de circunvalaciones y recovecos que dilatan la llegada a mi destino. Cumplía yo alrededor de diez meses de haber llegado a Frankfurt, cuando luego de la cena, con una libreta de apuntes en mano, en la que había anotado un calendario detallado, Petra me informó que ese era el periodo adecuado para que ella quedara embarazada, a partir de ese momento dejaría de tomar las píldoras anticonceptivas, y si todo salía según su plan, en el acostón programado para el viernes de la siguiente semana, ella quedaría inseminada, y de ahí en adelante el asunto se movería sin problema sobre el mapa que ella había trazado y del cual yo hasta entonces no tenía idea, por supuesto, tan abrupta me resultó la información sobre el plan que ella había diseñado con precisión militar, que de inmediato saqué mis defensas, tampoco me tenía amarrado, la primera de las cuales era el argumento de que carecía de sentido su preñez hasta que yo no consiguiera un empleo estable, la segunda era que llevábamos poco tiempo juntos, y antes teníamos que probar la solidez de la relación, esperar más, y la tercera, que me pareció terminante, era que yo no estaba seguro de si en ese momento de mi vida quería volver a asumir la paternidad, ya tenía yo la experiencia con mi hija mexicana de veinte años, tan sencillo como eso, que si bien habíamos hablado en términos generales sobre el tema, no habíamos asumido un compromiso al respecto; pero Petra se deshizo de cada uno de mis argumentos como si ya hubiese pensado a fondo cada una de mis probables respuestas, que ella era el gato que jugaba y yo el ratón asustado, y hasta entonces no comprendí que no me estaba haciendo ninguna consulta sino informándome de una decisión ya tomada. Esa misma noche, tirado en el sofá, insomne, con mi amor propio magullado, tuve la idea luminosa que me permitiría zafarme del entuerto en el que me había metido, convertirme en profesor de salsa, dar clases particulares de baile, que las alemanas en ese periodo se morían por aprender a mover las caderas, y muy pronto, luego de los primeros anuncios en el internet, mis servicios se hicieron muy populares, no dada abasto con tantas solicitudes, lo que me permitió ahorrar lo suficiente para escapar de aquella celada. Pero ésa es otra historia, le dije a Mina, cuyo celular empezó a vibrar en ese momento, lo tenía sobre la barra, seguramente con un mensaje del marido que la esperaba, no un texto amable, por el mohín que hizo luego de leerlo. Hora de irse, dije, cortés, aunque sin moverme del taburete, me sentía tan bien a su lado, con ganas de seguir conversando, y de hacer más, claro está, pero ella me pidió que la disculpara un minuto y se puso a escribir con hábiles pulgares un mensaje en el teléfono, supuse que en respuesta al que recién había recibido con desagrado, y mientras ella escribía volvió a mi memoria la parte de la pesadilla con Petra que aún no le contaba a Mina, y quizá ni le contaría, porque luego de que decidió lo del embarazo, aquello que me tenía atado a su tiranía, la fogosidad de su sexo, perdió todo encanto, y la jornada que antes yo esperaba salivando, y de la que salía relamiéndome, entonces se convirtió en penitencia, y donde antes hubo audacia y desfogue sólo quedó la obsesión de Petra de tener mi semen dentro de su coño, que ya no me permitía venirme en su ano y ni hablar de venirme en su boca, lo que por supuesto produjo que yo perdiera el apetito y pronto comenzara a padecer problemas de erección, pero sólo con ella, valga aclarar, que lo que Petra me negaba algunas generosas alumnas me lo daban al terminar la clase de salsa, a veces la vida compensa, y hasta da un poquito más, en especial una de ellas de nombre Gudrun, vendedora de bienes raíces, que de tan blanca parecía albina, y cuyo novio era un sargento negro y gigantón del ejército de los Estados Unidos, en ese momento movilizado por la invasión a Iraq, a quien nunca conocí, me hubieran temblado las piernas si algo así hubiese ocurrido, pero cuya foto pude contemplar en la habitación de Gudrun, un rostro simpático, campechano, alguien con quien hubiera sido estupendo tomar una copa si uno no estuviese cogiéndole a la novia, la verdad sea dicha, que si el novio no hubiese estado en territorio iraquí, sino en la base de Wiesbaden donde solía estar destacado no me hubiese yo atrevido a comerme ese coño, y también la suerte jugó su papel, porque a Gudrun le gustaban sólo los negros gigantones y potentes, ése era el perfil de sus novios, explícita fue conmigo, y yo ni de lejos me acercaba a ese arquetipo, pero había algo al bailar la salsa que la calentaba, y no era saludable quedarse así, por eso no le importó que yo fuera latino, chaparro y enclenque, ni que cuando la penetrara le sobrara espacio, como tampoco me importó a mí, que gracias a ella salía del marasmo en que se había convertido mi relación de pareja, porque el semen que debía estar fecundando el vientre de Petra quedaba chorreando de alguno de los orificios de Gudrun, o de plano en su aparato digestivo, y mi impotencia ante la tarea que aquélla me había impuesto era cada vez peor, las veces que lograba una erección me era imposible venirme, digo yo que un mecanismo de defensa se había activado en mi psiquis, por lo que Petra fue pasando de la ansiedad al agravio, y enseguida al desquiciamiento como comprobé cuando me llevó casi a rastras a la clínica de un especialista, quien me dijo que programaría una nueva cita en la que yo me masturbaría para que él pudiera conservar en refrigeración mi semen y luego procedería con la operación para preñarla, momento en el cual, ni dudarlo, decidí montar mi plan para darme a la fuga. «¿Tomamos la última copa en otro bar?», preguntó entonces Mina, sacándome de mis rememoraciones.

9

El viejo del rostro abotagado que me encontré en el espejo me hizo recordar que mi resistencia ya no era la misma, ni mi hígado, ni la fuerza para reponerme con rapidez al siguiente día de lo bebido la noche anterior, que las cuatro o cinco pintas de Hefeweizen me tenían postrado, sin ganas de hacer lo que tenía que hacer –ducharme, tomar un breve desayuno y salir de inmediato hacia los Archivos Nacionales de College Park–, sino de quedarme echado en la cama, sobándome los genitales, solazándome con el recuerdo de Mina, fantaseando con todo lo que hubiésemos podido hacer si ella me hubiese dicho que sí, que se vendría a quedar un rato en mi habitación, al menos que entraría a conocerla, lo que me hubiese permitido una argucia para iniciar el retozo, en vez de su negativa terminante, pese a mis ruegos, y al ardor de ese largo beso que nos dimos solapados tras un árbol, como adolescentes furtivos, por lo que pude saborearla y apretar la firme carne de sus nalgas bajo el vestido, pero no deslizar mi cordial dentro de su coño, que es lo que me disponía a hacer cuando ella retuvo mi muñeca, se apartó jadeante, y me repitió que esa noche no, ya tenía ella mi número de teléfono, que me enviaría un mensaje, para acordar cuándo y dónde nos encontraríamos, y me dejó allí, en la acera, con la moronga en ristre, a un par de calles de donde yo me hospedaba, que ella vivía también a pocas cuadras, y con la incertidumbre de si era una experta en las lides del adulterio o si había caído entre mis manos a causa de las copas y de la trifulca con el marido y a esta altura ya se habría arrepentido y no volvería a saber de ella. Que de nada sirve especular porque las mujeres son una incógnita es algo que cualquiera con tres dedos de frente da por sentado, de ahí que lo más prudente fuese prepararme para zarpar, que era mi primera visita a esos Archivos, tenía que hacer un transfer en el metro y luego tomar un bus especial que llegaba hasta ellos, lo cual me puso un poco tenso, con la resaca podía extraviarme y llegar más tarde de lo que ya iba, tal como al final sucedió, porque no me di cuenta de que estábamos en la estación Fort Totten, donde tenía que hacer el transfer, y cuando alcancé a reaccionar ya era muy tarde, las puertas se estaban cerrando, y todo a causa de una concatenación de ideas que ocupó mi mente cuando abordé el vagón en Silver Spring y observé a todos aquellos hombres blancos impecablemente trajeados, rasurados, portafolio en mano, con el porte del funcionario, que se dirigían a las oficinas de gobierno donde trabajaban, y pensé con asombro que todos y cada uno de ellos representaba lo que Dalton más aborrecía, la arrogancia del imperio americano, y que la vida sucedía de una forma extraña porque ahora yo me encontraba en el corazón de los enemigos del poeta, él así los consideraba y ellos también a él, investigando sobre los acontecimientos que habían marcado su vida y su asesinato también, que en una rocambolesca paradoja no había sido perpetrado por hombres afeitados con nitidez como los que iban en el vagón en que yo me conducía, sino por los propios camaradas del poeta, en un evento que había sido vendido como la típica vendetta entre grupúsculos sectarios de izquierda, pero que por una intuición aún indefinible yo no me decidía a comprar, que en esos entuertos uno debe desconfiar de las apariencias, mucho más de las versiones que venden los asesinos, aunque no cabía la menor duda de que quienes habían llevado a cabo la ejecución no era ninguno de estos blanquitos engalanados, la pura decencia, uno de los cuales, quien sentado frente a mí leía el periódico —y esto fue lo que causó que me fuera de paso—, se parecía mucho a la foto que yo había visto de Harold Swenson, el oficial de contrainteligencia que en 1964 había dirigido la operación para capturar a Dalton y convertirlo en doble agente, que siguiera siendo comunista pero también trabajara por la CIA, le propuso, aunque el poeta se negó y por un azar logró escapar de la cárcel, según se confirmaba en el mismo libro donde yo había visto las fotos de Swenson, un rubio de aspecto nórdico que seguramente había viajado muchas veces en esa ruta de metro en la que yo me conducía, aunque yo no supiera dónde había estado ubicada su casa, eso no lo decía el libro ni tampoco importaba, sino el hecho de que ésa era la estación donde yo tuve que haberme bajado y me vi obligado a seguir hasta la siguiente, cambiar de tren y regresar a ella, lamentando que fueran las nueve de la mañana, cuando se suponía que a esa hora ya tendría yo que estar buscando entre los documentos, aunque ahora no habría forma de perderme, pues iba hasta la última estación, Greenbelt, donde estaba la parada del autobús que me llevaría hacia los Archivos Nacionales.

No sé si por proceder del país del que procedo o si es algo constitutivo de mi persona, pero a menudo padezco el miedo de sentirme como un impostor o como un infiltrado, alguien que esconde su verdadera identidad y que en cualquier momento puede ser descubierto, tal como me sucedió durante todo el proceso de acreditación en los Archivos Nacionales, como si mi documento de identidad fuera falso y el que me acreditaba como profesor universitario también, un miedo que me crispa los nervios y quizá me hace exudar una sustancia que cualquier sabueso mínimamente entrenado detecta, como los oficiales de migración en los aeropuertos o los empleados del archivo, en los cuales creí percibir una expresión de sospecha, no sólo en los que me acreditaron para que pudiera acceder a sus instalaciones, sino en los encargados de darme las cajas con los documentos desclasificados de la CIA y aquellos que recorrían los pasillos vigilando que los investigadores cumpliéramos al pie de la letra el procedimiento exigido, según el cual sólo se podía tener sobre la mesa una carpeta y de esa carpeta nada más un documento a la vez. No pude permanecer ni dos horas concentrado en mi trabajo, que muy pronto la resaca estuvo tocando con sus nudillos en mi cabeza, y ya se sabe que el remedio para esa ansiedad es la misma bebida que la causó, imposible de conseguir en el sitio donde yo me encontraba, por lo que me dije que al menos tomaría una Coca-Cola para hidratarme, no me importó tener que pasar de nuevo todos los dispositivos de seguridad para llegar a la planta baja, donde estaba ubicado un comedor muy amplio con una linda terraza junto a un jardín que me permitiría tomar aire, deshacerme por un rato de la sensación de claustrofobia que sufría en el salón de trabajo de la segunda planta, a causa tanto de los vigilantes que se paseaban entre las mesas de trabajo como de las numerosas cámaras en las que de seguro podían detectar cualquier mala intención en el rostro de los investigadores, una terraza en la que además aproveché para revisar los mensajes en mi teléfono, con ganas de encontrar uno de Mina en el que me dijera el lugar y la hora cuando nos encontraríamos, pero no había mensaje alguno, y esa ausencia me hizo recordarla con mayor ansiedad a tal grado que comencé a desearla, a calentarme con una calentura que sólo podría quitarme con una paja, algo impensable en ese sitio, donde los baños estaban plagados de cámaras, y no hubiesen pasado muchos segundos de haberme encerrado yo en un gabinete para frotarme el miembro, antes de que agentes federales irrumpieran para capturarme y someterme a las peores humillaciones, no hubiera sido la primera vez que algo así sucediera, con la de casos que salen en la prensa, habida cuenta de la obsesión que tienen los puritanos que gobiernan este país por reglamentar y reprimir los impulsos del prójimo, sobre todo los sexuales, ya había sido yo instruido de ello en Merlow College, donde una vez contratado tuve que pasar un examen sobre el llamado «acoso sexual», nada difícil de superar con éxito si se siguen los consejos de un semejante que ya haya pasado la prueba, que es lo que yo hice, gracias a un colega que me instruyó con una sola idea maestra —«Respondé exactamente lo contrario de lo

que pensás», me dijo— y de tal manera procedí, un acierto desde todo punto de vista, pero que me hizo tomar conciencia de
la obsesión con la reglamentación sexual que esta gente pade-
ce y también de los altos niveles de vigilancia con que a uno
lo acosan para que uno no acose, de locos, que el enjambre de
leyes, cámaras, escuchas telefónicas e intervención de cuentas
de e-mail era de una envergadura que nadie podía permanecer
en su sano juicio, lo viví en carne propia cuando tuve en mi
clase de español a esa chica que era un réplica de Marilyn
Monroe a los veintiún años, Mackenzie se llamaba, y desde el
primer día me puso como loquito con sus apretados shorts
blancos, las sandalias, las camisetas que dejaban al aire su vientre espléndido —era el final del verano y el otoño aún tardaría
en llegar— y esos labios carnosos, rebosantes de sensualidad, que
se pegaron a mi mente como lapa, toda ella en verdad se convirtió en mi objeto de deseo, a sabiendas de que no podía
poseerla, era mi tercer semestre de trabajo en Merlow College
y ya tenía yo injertado en mi cerebro el dispositivo contra el
llamado «acoso sexual», que no impedía que yo fantaseara con
ella a lo largo del día, y no sólo antes y después de las tres clases semanales que tomaba conmigo, sino en cada momento en
que mi mente necesitaba un objeto de placer al cual asirse, y
no pasó mucho tiempo antes de que la fantasía me llevara a la
masturbación, ésa es su naturaleza, e imaginaba que la poseía
en cada rincón de mi apartamento, por supuesto también bajo
la ducha, y fue ahí donde me descubrí jalándome la moronga
y besando la pared como si fuesen los labios de Mackenzie, una
escena que de pronto sacudió mi conciencia porque me miré
desde fuera como si yo hubiese sido un observador en un rincón del baño, y lo que me conmocionó no fue tanto el grado
de desquiciamiento al que había llegado en esa especie de
campo de concentración sexual para profesores que era Merlow College, sino el pánico de que me estuviesen filmando
mientras besaba la pared y me jalaba la moronga, lo que en el
acto me llevó a echarle una mirada cuidadosa al techo y sus
rincones, donde no encontré aún cámara alguna, pero no me

extrañaría que en un futuro cercano la vigilancia a los profesores incluya una pequeña cámara panorámica incrustada en un rincón del baño. Deseché, pues, la idea de aliviarme la calentura causada por el recuerdo de Mina y más bien entré al comedor a comprar un sándwich y otra Coca-Cola, que de una vez comería y luego regresaría a la segunda planta a seguir con la talacha, pero mientras comía dieron las doce del mediodía y decenas de empleados abarrotaron el comedor, muchos de ellos en grupo, colegas de oficina, claro está, como los que me preguntaron si se podían sentar a mi mesa –pese a la vastedad, el comedor estaba rebasado–, tantas personas trabajaban ahí cuidando la memoria del imperio, y una vez que tomaron asiento padecí de nuevo el síndrome del infiltrado, como si todos los que me rodeaban fuesen enemigos que pudiesen descubrirme en cualquier instante, y quizá lo eran, como dice el refrán «Nadie sabe para quién trabaja», es mejor dudar que hacer el papelón de ingenuo, aunque no era el caso de Dalton, quien sí sabía para quién trabajaba, la inteligencia cubana lo había entrenado en varias ocasiones, pero me propuse no continuar con esa corriente de pensamientos, suficiente era la tensión en mi espíritu que me impedía ponerme de pie y decir «Adiós», no fuera a suceder que mi súbita retirada levantara más sospecha en los circundantes, por eso seguí masticando mi sándwich en un estado de abstracción, que enseguida me condujo a la burbuja donde de nada me entero, y en ese vacío rodeado de ruido me vi transportado a un momento de mi infancia que no había recordado por décadas, pero que por supuesto que estaba ahí, intacto, jamás pronunciado, hecho más de emociones que de imágenes: tenía yo diez años y acababa de comenzar mi cuarto grado de primaria en un nuevo colegio, y por ello me pidieron que llevara mi partida de nacimiento, un trámite de rutina, pero que para mí se convirtió en trauma, porque la partida decía que yo había nacido en Honduras, el país enemigo, que la llamada «guerra del futbol» entre El Salvador y Honduras había tenido lugar apenas unos ocho meses atrás, y lo que yo más temía en el mundo era que mis compañeros de colegio se enteraran de que yo había nacido en el país enemigo, me hubiera convertido en objeto de burla y escarnio, algo que quería evitar a toda costa, con lágrimas en los ojos llevé la noticia a casa, por suerte aún no habían matado a mi padre, eso sucedería meses más tarde, le dispararon por la espalda luego de salir del grupo de Alcohólicos Anónimos que él mismo dirigía en la colonia Centroamérica; por eso cuando el profesor Moncada nos pidió a los nuevos alumnos que lleváramos al siguiente día la partida de nacimiento, que así lo requería la administración del colegio, mi padre tuvo que apersonarse para hablar con él a solas, y entregarle él mismo mi partida de nacimiento, quién sabe lo que le advertiría, pero luego en casa a la hora del almuerzo me dijo que no me preocupara, el asunto resuelto estaba, ni el profesor Moncada ni la persona de administración revelaría mi lugar de nacimiento a nadie, como en efecto sucedió, al profesor Moncada –a quien apodábamos «Cocada», en alusión a un dulce de coco, a causa de su rostro rugoso por las cicatrices de la viruela y el acné– nunca el secreto se le salió, aunque a partir de ese momento viví siempre en estado de tensión, temeroso de que por alguna grieta esa información se filtrara, y atento también a que mis amigos del colegio no se conocieran con mis amigos de la colonia donde vivía, porque estos últimos sí estaban enterados de mi lugar de nacimiento, no podía ser de otra manera, habíamos crecido juntos y cuando se produjo la guerra más bien me protegieron, pero el colegio era distinto, una selva en la que para sobrevivir se requería astucia, como la que me permitió capear el temporal, que nadie conociera mi lugar de nacimiento hasta que el recuerdo de aquella guerra se difuminara, lo que sucedió pocos años más tarde, gracias a una nueva guerra, esta vez entre nosotros mismos. Quizá de ahí proceda mi capacidad para la simulación, para aparentar que soy el que no soy, pensé, de pronto fuera de la burbuja, sacudido por el estridente ruido de las conversaciones y el restallido de sillas y platos, con el último pedazo de sándwich en la mano.

10

Pasé las siguientes tres horas sentado a la mesa, revisando carpeta tras carpeta, escogiendo cada cable relacionado con el caso Dalton, con su secuestro y el intento de convertirlo en doble agente que hizo la CIA en septiembre y octubre de 1964, que ése era el único periodo de su vida que en esos Archivos por ahora yo podía investigar, gracias a que los cables habían sido desclasificados desde 1992, como parte de la *President John F. Kennedy Assassination Records Collection Act*, y la operación contra Dalton había ido a dar a esa colección por una maroma del destino: algunos de los operadores y enlaces del poeta en el Consulado cubano en México eran los mismos que atendieron a Oswald en su viaje relámpago a la capital mexicana antes del episodio de Dallas, y no digo antes de que le volara los sesos a Kennedy porque es de conocimiento público que sólo era un chivito carnada para cubrir algo más grande, lo que queda bastante claro en ese informe, el mismo que utilizó Norman Mailer para escribir su mamotreto sobre Oswald, comentarios aparte, y al cual yo nunca hubiera llegado si no hubiese sido por el libro de Brian Latell titulado *Castro's Secrets*, en el que aparecía la foto de Harold Swenson, el oficial que dirigió la operación contra Dalton —como ya mencioné—, en un capítulo dedicado precisamente a ese caso y al final del cual, en la sección de referencias, estaban los números precisos de cada uno de los cables desclasificados que había utilizado para contar su historia, y él sí sabía lo que decía, y también lo que escondía, el tal Latell, quien antes de dedicarse a escribir libros había sido el oficial encargado de la sección cubana en las oficinas centrales de la CIA, no poca cosa.

No sé si a todo el mundo le pasa, pero a mí me sucede en cada iniciativa que emprendo, lo que al principio es entusiasmo un rato más tarde es desaliento, sin paradas intermedias me voy de un extremo hacia el otro, y lo que comienzo con intensa energía en un parpadeo languidece, en cuestionamiento permanente se convierte, como aconteció esa tarde en los Archivos de Maryland, cuando luego del entusiasmo que me produjo tener a mi disposición los cables desclasificados de la CIA con los que podría desarrollar a mi gusto y extensión una historia que Latell había comprimido en apenas ocho páginas de su libro, de pronto me cayó la desazón porque carecía de cualquier interés contar una historia que ya había sido contada, por más que le echara salsa a los tacos lo esencial ya estaba ahí, que Dalton no había traicionado, les había dicho que no, no colaboró, negando hasta el último momento incluso que fuera agente de inteligencia cubano, pese a las pruebas que Swenson le había puesto sobre la mesa, y para rematar luego se les había escapado, y yo había escogido ese tema para llenar la aplicación a la beca de verano en Merlow College porque me pareció fácil vender en español de forma extendida y detallada algo que estaba compacto en inglés, que me permitiría además conocer Washington y sus suburbios sin gastar un centavo de mi magro salario, pero ahora lo que tenía era sed de cerveza y ganas de largarme, ansioso porque Mina aún no me enviaba el mensaje esperado, ya tendría tres días más para seguir con los cables, que al final de cuentas la historia de Dalton y demás bochinches de la guerra fría a esa altura a muy pocos interesaban, como lo comprobé la noche anterior en el bar cuando con un entusiasmo ingenuo, si es que hay alguno que no lo sea, comencé a contarle a Mina la investigación que me había traído a esa ciudad, la tragedia del poeta revolucionario salvadoreño asesinado por sus propios colegas acusado de ser agente de la

CIA, aunque los documentos desclasificados de la propia CIA dejaban en claro que nunca lo había sido, historia ante la que Mina me miró como si mis palabras la tuvieran embobada y se apresuró a decir que le parecía «muy interesante», cuando pronto fue evidente que su atención estaba en otra cosa, en lo que le había contado momentos antes de mis andanzas por Frankfurt y las implicaciones que éstas tenían en la crisis que ella estaba viviendo con su marido, en especial el relato sobre la prostituta paraguaya que tomaba clases de salsa conmigo, Yesenia era su nombre de guerra. La cosa sucedió así: en algún momento de la conversación, cuando yo mencionaba a otras chicas que habían sido mis alumnas de baile, aparte de Gudrun, me detuve en Yesenia porque su caso me parecía ilustrativo de la cultura alemana, y sobre todo de la tolerancia sexual que impera en esa sociedad, todo lo contrario a lo que acontece en esta tierra de puritanos, pero en ese instante no pude contar mi relato, porque Mina me interrumpió con brusquedad, exaltada, afirmando que ese tema era precisamente por el que Carlsten, su marido, se había largado del bar enfadado, en verdad como energúmeno, porque ella se había atrevido a cuestionarlo luego de que él le contara que sus colegas del Banco Central Europeo acostumbraban ir con prostitutas como una forma para relajarse, que la tensión del trabajo a veces era insoportable, por eso a la hora de comida o al final de la jornada pasaban del distrito financiero a la zona roja, sólo cien metros los separaban, a contratar un servicio rápido para liberar la tensión acumulada, así se lo explicó Carlsten a Mina, la que no pudo menos que preguntarle si él también utilizaba esos servicios para sacarse la carga de encima, que si todos sus colegas lo hacían por qué él no lo haría, o si al menos no tendría ganas de hacerlo, instante en el que Carlsten explotó, le parecía el colmo de la desconfianza, de dónde le salía a ella esa suspicacia, que si le había contado la historia de sus colegas era porque él no participaba de ella, incluso le parecía aberrante, pero más aberrantes consideraba las insinuaciones de Mina, dicho esto con tono colérico, que en verdad eran acusaciones sin fundamento que no estaba dispuesto a tolerar, constituían un irrespeto y fue entonces cuando pegó el manotazo en la barra y se largó del bar, para suerte mía, he de reconocerlo, que el tipo ensebó su propia estaca y salió en estampida cuando comenzaban a sentarlo en ella, algo que en esta ocasión a mí no me sucedería, saber asumir el punto de vista de la presa es parte de lo que el cazador aprende, por eso le dije que a nadie, ni a su marido, le gusta que le digan la verdad, mucho menos que le descubran las intenciones ocultas, como ella había hecho, y que lo natural es reaccionar con violencia cuando se cree que se está engañando al otro y sucede lo contrario, Carlsten seguramente se iba de putas como todos sus colegas, una complicidad para integrarse de forma expedita a la manada, lo sabía yo de primera mano, no porque hubiera sorprendido a su esposo in fraganti, sino por las historias que me había contado la prostituta paraguaya de la que le estaba hablando, Yesenia, una destacada alumna en mis clases de salsa, a la que visité por primera vez en su apartamento sin saber a lo que ella se dedicaba, subí yo en mi bicicleta colina arriba en Bergerstrasse, una parte linda de Frankfurt —llena de bares, terrazas, tiendas variadas— alejada de las zonas de tolerancia, y hasta el mismo apartamento de Yesenia era más amplio y luminoso que el que yo compartía con la que ansiaba quedar preñada, lo que contribuyó a que yo no sospechara del oficio de mi cliente, una trigueña de rostro muy lindo y formas proporcionadas, que me recibió esa primera vez con la mayor cortesía, ataviada con unos pants holgados, la camiseta que dejaba su vientre al descubierto y unas zapatillas muy cómodas para el baile; se presentó además con naturalidad como Ana Patricia Gómez —el nombre con el que me había contactado por e-mail—, secretaria de un bufete de abogados, y cuando empecé a echarme el rollo introductorio sobre la salsa, me dijo de buena manera que dejara de gastar saliva en balde, ella era latina y sabía de lo que se trataba, pero carecía de tiempo y ganas para visitar los pocos salones de salsa que funcionaban en Frankfurt, donde hubiera tenido que bailar con teutones que manejaban la técnica, el un-dos-tres-cuatro, pero carecían de emoción o algo que se le pareciese, y procedimos entonces a la primera lección, que ella para nada necesitaba, tan bien bailaba, y así seguimos hasta que hubo un momento en que algo no encajó, la carcajada un poco obscena o la vibración que exhalaba. Al terminar la clase, me quedé tomando una cerveza en una terraza cercana, tratando de descifrar lo que no encajaba, hasta se me ocurrió que pudiera ser una prostituta de lujo enmascarada como secretaria, pero al poco rato mis pensamientos, como perro que corre hacia su amo, volvieron a los problemas de mi vida marital que me aquejaban, por lo que nada saqué en claro, hasta que un par de clases más tarde ella reveló lo que yo sospechaba y poco a poco me fue dando información detallada «que coincide con lo que tu esposo te ha contado», le había dicho a Mina en la barra de la taberna, y alguna de esa información yo la comprobé de primera mano sentado a la hora del almuerzo en Taunusstrasse, calle en la que se ubicaban al menos tres edificios de cinco pisos adaptados de tal forma que cada prostituta contaba con una habitación que daba al pasillo central que los clientes recorrían en busca de su carne preferida, y desde la ventana de la fonda donde almorzaba pude observar a muchos ejecutivos que caminaban de prisa, como si fuesen tarde a una junta urgente, los ciento cincuenta metros que separaban las oficinas centrales del Banco Central Europeo de las casas de tolerancia, y entraban sin ningún tipo de vergüenza, que la prostitución es legal y regulada en Alemania, como lo debe ser en un país altamente civilizado. Lo que no pude comprobar de primera mano, había añadido yo ante una Mina que mostraba un interés que no mostró por la historia de Dalton, eran las prácticas sexuales de los ejecutivos bancarios, sólo Yesenia pudo contarme que muchos de ellos requerían de sus servicios altamente especializados y por tanto bastante más caros, tan especiales eran que la habitación de ella se ubicaba en el piso más alto del edificio, muestra de sus status gracias a las prácticas sadomasoquistas que con virtuosismo ejercía y que eran las más solicitadas por los altos oficiales de la banca, la que tenía mayor demanda, llamada «masaje prostático», consistía en trabajar con un dildo en el ano del cliente hasta hacerlo llegar a la eyaculación, dildos de un tamaño bastante considerable, según Yesenia, le había seguido contando yo a Mina, y ellos consideraban que ésta era la práctica sexual más relajante, y luego de pagar no menos de 200 euros regresaban a su oficina a comer un sándwich y a su mundo de las altas finanzas, lo que me hizo preguntarme cuál sería la relación entre el «masaje prostático» y la economía europea, hasta dónde una mala decisión que afectaría gravemente las finanzas de un país como Grecia o España dependía de que el oficial encargado de tomarla no hubiese tenido tiempo de recibir su «masaje prostático» al mediodía a causa de una excesiva carga de trabajo o de una reunión programada a esa hora, y que las mujeres como Yesenia tenían entre sus manos no sólo un dildo sino un instrumento clave para la situación financiera, que dependía en buena medida de que ellas ejercieran el «masaje prostático» con la mayor de las eficiencias, y que este conocimiento permanecía oculto a la mayoría de ciudadanos, no así a las autoridades alemanas, que si bien habían legalizado la prostitución, aún carecían de un régimen fiscal para ese oficio, por lo que chicas como Yesenia no pagaban impuestos y podían disfrutar de todo su ingreso, quizá en reconocimiento a que sin su labor con el «masaje prostático» la economía europea podía entrar en barrena... Regresé a la mesa donde yacían las carpetas con los cables, el salón inmenso con sus potentes lámparas, las tres decenas de investigadores ocupando las otras mesas también con carpetas y cables, y entonces sentí una presencia a mis espaldas y me volví asustado: era uno de los vigilantes de los que recorrían los pasillos entre las mesas, quien se detuvo quizá unos segundos al verme embobado, ido, rememorando lo que le había contado a Mina la noche anterior, en vez de estar concentrado en la lectura de los cables como los demás investigadores, quién sabe además qué mueca había en mi rostro o cuánto tiempo me fui en mis recuerdos, quizá muy poco, ya dije que las asociaciones en la mente vuelan a la velocidad de la luz, pero en todo caso lo suficiente para llamar la atención del vigilante, quien al percatarse de que yo lo había detectado, siguió su camino, echándome de cuando en vez un vistazo de reojo, lo que me hizo comprender que ya era hora de que me largara, mi capacidad de concentración había expirado y las carpetas con los cables sobre la operación contra Dalton podía dejarlas apartadas para seguir trabajando el próximo día, procedimiento normal en los Archivos y al que yo me aboqué de inmediato, con ansiedad por regresar lo más rápido posible a la zona de Silver Spring para sacarme el diablo con un trago y esperar que me llegara el mensaje de texto de Mina, que pese a los desencantos cuesta perder la esperanza, y por eso una vez que saqué mi mochila de los lockers y pasé los puestos de control, lo primero que hice fue revisar la pantalla de mi celular, en la que no había mensaje alguno, y la revisaba cada cierto tiempo mientras esperaba el autobús frente a los Archivos, como si no fuese a sentir el zumbido y la vibración si un mensaje entraba, y la ansiedad por verla de nuevo me hizo regresar al recuerdo de la historia de Yesenia que le había contado y a la pregunta que ella me lanzó a boca de jarro, si yo me había acostado con la prostituta que bailaba salsa, a lo que por supuesto respondí que no, yo no pagaba por acostarme con nadie ni Yesenia mezclaba su trabajo con su vida privada, de la que yo formaba parte y en la que tenía un novio dentista al que me presentó una tarde cuando bailábamos salsa en la sala de su apartamento, un alemán a quien no le importaba el oficio de ella, con una cara de pervertido que me convenció de que en verdad era dentista, que mentía como ella me había mentido cuando dijo que era secretaria, así se lo dije a Mina, sin contarle por supuesto ciertos detalles, que la verdad y la seducción corren en la misma vereda pero en sentido contrario, como el hecho de que yo me enterara de manera fortuita y sorpresiva del verdadero oficio de Ana Patricia cuando me la encontré cara a cara en su habitación del edificio de tolerancia, mejor conocido como «puterío» en otras latitudes, ubicado en la esquina de Taunusstrasse y Elbastrasse, en ese quinto piso estaba ella vistiendo sólo una tanga que dejaba al aire la espléndida carne que yo no había visto en las dos lecciones que le había dado hasta entonces, aunque había palpado la solidez de su cintura y un poco de cadera, nunca la había visto casi desnuda y maquillada para la ocasión, que hasta parecía otra, por eso me quedé asombrado, boquiabierto, sin poder reaccionar, mientras que ella luego de un segundo de desconcierto se rió con picardía −«Sorpresa», exclamó como si fuese fiesta o regalo− y me invitó a que entrara a la habitación y contratara sus servicios, como si yo hubiese sido un cliente cualquiera y no su profesor de salsa… El autobús que me llevaría de los Archivos a la estación Greenbelt apareció en ese instante, por lo que tuve que salir de mi ensueño, y me enteré de que había más de una docena de personas a mi alrededor también dispuestas a subir al autobús, quizá varios de los investigadores venidos de diversas partes del mundo habían agotado su capacidad de concentración al mismo tiempo que yo, no me extrañaría que para algunos de ellos ese lunes haya sido su primer día en los Archivos, al igual que para mí. Me senté junto a un asiático al que había visto manipular, en una mesa contigua a la mía, un sofisticado escáner portátil que ya me hubiera gustado tener a mí para ahorrarme los viajes a la fotocopiadora, cuando sentí la vibración en mi muslo izquierdo, en ese bolsillo delantero llevaba el celular que saqué de inmediato: Decía que nos encontráramos a las 6.30 en el Olive Lounge, 7006 Carrol Ave, muy cerca de la estación Takoma. Y firmaba: «Mina».

11

No me parece que a todo el mundo le suceda, pero a mí me aburre ser quien soy y mucho más andar de bar en bar pregonando la misma historia sobre mi vida, la misma cantaleta sobre dónde nací y cómo me criaron, siento que es como estar bebiendo cerveza tibia que el paladar rechaza, en verdad a nadie interesa, menos a esas personas tan correctas que siempre dirán «awesome» con una sonrisa que más parece mueca, de tan corteses que sólo son hipócritas, cuando quien ha contado y sigue contando la misma historia sobre su vida segrega una sustancia rancia que quien lo escucha percibe en el acto, ya sea que el relato sea dicho con desidia o con orgullo, el hedor es distinto pero siempre hedor, y en el segundo caso más insoportable aún, por eso cuando puedo trato de reinventarme, contar algo distinto insufla nueva energía a lo contado, tal como me pasó con Mina, a quien le dije que yo había nacido en Valletta, la capital de la isla de Malta, en el corazón del Mediterráneo, donde había transcurrido los primeros diez años de mi vida, pero luego mi padre, un comerciante español al que le gustaba la aventura, se trasladó a la zona de México y Centroamérica, llevándonos consigo —a mi madre, a mi hermano menor y a mí—, por lo que mi hermano y yo crecimos y adquirimos el acento de esos países, nos empapamos de su cultura, alguna gente podía incluso creer que éramos originarios de esa zona que nos marcó profundamente, aunque nos largáramos a principios de la década de los ochenta, cuando arreciaron las guerras civiles y no había manera de permanecer ahí sin involucrarse y ser víctima, mi hermano y mi madre regresaron a Valletta mientras que mi padre y yo nos estacionamos en México, donde él murió de un ataque al corazón un par de años más tarde, casi al mismo tiempo que mi madre comenzaba a ser corroída por el cáncer que se la llevó a la tumba, una historia conmovedora, intensa, porque yo la conté con la pasión de quien realiza su mayor fantasía gracias a que unos días atrás había pasado horas en internet navegando en sitios sobre la isla mediterránea, sin más motivo que perder el tiempo y no hacerlo en los sitios porno donde con demasiada frecuencia lo hacía, en la variedad está el gusto, dice el refrán, y nadie podrá reprocharme que no le haya revelado a Mina mi verdadero lugar de procedencia, con los miles de salvadoreños que pululan por Silver Spring y demás suburbios alrededor de Washington no hubiera despertado su interés con la misma rapidez ni ella se hubiera sentido con tanta confianza —yo no era sólo ave de paso sino ave rara y europea— como para convocarme al Olive Lounge, al que llegué a las 6.25, cinco minutos antes de la hora, siempre me sucede con las citas, por más que me proponga llegar a la hora exacta o un poco después, lo hago cinco, diez y hasta quince minutos antes, lo que me causa incomodidad porque revela que una parte de mi ansiedad está fuera de mis manos y en especial porque la espera se me hace más larga, a veces intolerable, algo que no sucedió en el Olive Lounge, un bar penumbroso, discreto —su entrada no daba a la calle sino a un estacionamiento trasero—, ubicado muy cerca del Mark's Kitchen donde había cenado con George la tarde anterior, porque luego de entrar y permanecer unos segundos sin movimiento mientras me acostumbraba a la oscuridad, descubrí que Mina estaba en la barra, tan ensimismada, tan absorta, que me pregunté si debía abordarla o esperar los cinco minutos que faltaban para la hora que ella había propuesto en su mensaje de texto, no fuera a ser que mi interrupción la irritara, pero enseguida ella se volvió y agitó su mano, creyendo quizá que yo no la había reconocido, y después de los saludos y de que yo ordenara mi cerveza nos trasladamos a una pequeña mesa en el rincón más penumbroso, ella Martini en mano y yo dejándome guiar, maravillado de que previera hasta los detalles, al fin era una mujer casada y tenía que guardar las apariencias, aunque su audaz vestido veraniego color lila apenas contuviera su cuerpo, por lo que fui yo quien tuve que hacer un esfuerzo de contención para no contemplarla descaradamente, que era lo que en el fondo de mi alma más quería, pero sus ojos también eran motivo de encanto, y enseguida me preguntó cómo había sido mi día, si había encontrado en los Archivos la información sobre el poeta salvadoreño, lo que no dejó de halagarme, el hecho de que aún en su ofuscación por el pleito con su marido la noche anterior hubiera puesto suficiente atención a lo que yo le contaba sobre Dalton. Le dije que todo había salido muy bien, pese a que llegué un tanto tarde y con dejos de resaca, sólo había tenido que esperar media hora a que sacaran las cajas con las carpetas que me interesaban, gracias a que yo contaba con las series numéricas precisas de los documentos que buscaba, y que en efecto en las carpetas estaban los cables desclasificados que confirmaban la información que yo había leído en el libro mencionado, y muchos más, la mayoría con nuevas revelaciones y detalles que copiaría a lo largo de la semana, uno de esos detalles interesantes –le seguí contando– era que el cubanito traidor que había entregado a Dalton en 1964 había vivido en Silver Spring durante varios meses, en una especie de casa de seguridad de la CIA donde lo mantuvieron mientras comprobaban si era realmente desertor o carnada, ahí lo trajeron desde Canadá –había desertado del avión en Halifax– y lo interrogaron una y otra vez, le mostraron expedientes con fotos para que señalara a los agentes que estaba delatando, y lo presentaron con otros desertores cubanos que hicieron un contrachequeo para verificar la información que soltaba, hasta que poco a poco le fueron aflojando la cuerda: primero hubo reuniones en los cafés y restaurantes de Silver Spring con los oficiales de contrainteligencia que lo tenían bajo su cargo, luego las reuniones sucedían en el centro de Washington, y cada una de ellas estaba registrada en un cable preciso, incluso con los gastos en que había incurrido el oficial para que el desertor comiera y bebiera. Y me disponía a atiborrarla con el mogollón de datos frescos en mi memoria de lo que había leído durante el día, cuando en un segundo de lucidez comprendí que ella no estaba ahí para que yo le hiciera un resumen de mi investigación, ya tendría yo que hacerlo por escrito para las autoridades de Merlow College que me habían facilitado el dinero para el viaje, no ante esta belleza a la que casi me había llevado a la cama la noche anterior y que estaba ahora ahí, de nuevo conmigo y no con su marido, por eso pegué el volantazo antes de irme por la ruta equivocada: le aclaré que más allá del entusiasmo hacia el tema de mi investigación, mi día había sido marcado por el recuerdo de ella, por el deseo de que se hubiese venido conmigo a mi habitación por un rato, que estampada en mi mente estaba la intensidad de su beso y desde que había despertado esa mañana mi mayor anhelo había sido poder encontrarla de nuevo, y no mentía yo al decir tanto, que sus ojos me habían estado rondando todo el tiempo mientras trabajaba en la mesa de los Archivos —no más que los ojos de los vigilantes, pensé sin decirlo—, que mi ansiedad se había ido incrementando hasta que llegó su mensaje y lo que más deseaba en ese instante era darle un beso, le dije mirándola a los ojos, abalanzándome poco a poco por sobre la mesa, pero entonces ella vio de reojo hacia la barra y con una sonrisa traviesa se replegó despacito en su silla, haciendo una leve negación con la cabeza y articulando un inaudible «Aquí no». Me eché para atrás, que un segundo más y el sentimiento de cursilería me hubiese caído encima, y con la sonrisa del viejo amigo que yo no era le pregunté que había hecho durante el día, a lo que respondió que se la había pasado trabajando en su libro y pensando mucho sobre lo que yo le había contado la noche anterior sobre mi experiencia en Frankfurt, que yo le había abierto un horizonte que antes no había visto, instante en el que pensé que en vez de horizontes me hubiese gustado abrirle las piernas, lo que a menudo me pasa, mi mente trabaja a solas, sin conexión con mi voluntad, y piensa lo que quiere y cuando quiere, como una loquita caliente, no sé cuál sea el origen de tal comportamiento, quizá el hecho de haber estudiado tanto tiempo con los curas obligó a mi mente a cultivar sus propias calenturas, y a mí me ha tocado asumirlas como mías y actuar en consecuencia, como en esa situación cuando en vez de seguir lo que Mina me contaba me quedé pegado en la apertura de sus piernas, en preguntarme sobre la forma en que tendría rasurado el coño y el tamaño de su clítoris, hasta que regresé a lo que ella decía mientras le daba un sorbo a su Martini, que con Carlsten sólo había intercambiado monosílabos a lo largo del día, y que él se había largado a la ciudad de Nueva York a una cena con sus amigos a la que ella le dijo terminante que no lo acompañaría, por lo que él no estaría de regreso antes de la medianoche, en el último tren, si es que regresaba. Emocionado por lo que tal revelación abría en mi horizonte, para seguir con sus palabras, le dije un poco en chanza si en algún momento le había preguntado a su marido si sus colegas en el banco eran de los que se relajaban con el «masaje prostático», cuestión ante la que ella guardó silencio, pensativa, sorbió su Martini, y frunciendo el ceño me dijo que ella creía que la relación estaba terminada, sin darme más detalles, quizá sus propias asociaciones mentales la llevaron a concluir que su marido se la pasaba de putas en Frankfurt, algo que yo daba por sentado. Luego de otro silencio me preguntó si yo aún mantenía contacto con Yesenia, lo que me destanteó, tal como se lo dije, hacía ya varios años que yo había salido de Frankfurt y mis relaciones de aquella época estaban todas perdidas en un tiempo que no existía, lo cual era una verdad a medias porque dicen que el tiempo siempre existe en algún lado aunque uno ya no lo perciba; además, le dije, la gente muda, cambia de dirección, de país, de correo electrónico, de empresa telefónica, la misma Yesenia me había contado que antes de establecerse en Frankfurt había residido en Caracas y en Barcelona, y en todo caso no entendía qué se traía ella entre manos al hacerme esa pregunta. Acercó de nuevo su rostro sobre la mesa con expresión maliciosa y me dijo que había concebido un plan, instante en el que yo adelanté mi rodilla para que tocara la suya, lo que en nada la inmutó, sino que incluso respondió con una leve frotación, un plan que se le había ocurrido luego de nuestra conversación y que sólo podría funcionar si yo la ayudaba, si retomaba mi contacto con Yesenia para averiguar si su marido era cliente habitual en el edificio donde ella trabajaba, sería tan sencillo enviarle una foto por e-mail para que ella la viera y la mostrara a sus colegas, alguna lo habría visto, murmuró tan cerca de mí que pude sentir la ginebra en su aliento. Me repantigué en la silla, adopté la expresión del hombre que reflexiona, eché un vistazo a mi alrededor para comprobar que la posición era propicia y que en la penumbra poco se miraba, me saqué la sandalia derecha y me abrí paso con mi pie entre sus muslos, mientras le decía que la cosa no sería tan sencilla, sino hasta casi imposible, incluso si Yesenia permanecía en las mismas coordenadas donde yo la había dejado, la confidencialidad era crucial en ese oficio, una delación podía ser fatal para la delatora, no sólo para su prestigio y sus ingresos, sino para su misma integridad física, en un mundo como ése la venganza iba desde la paliza hasta la muerte fea, le expliqué al tiempo que frotaba mis dedos sobre sus bragas, presionando donde yo suponía que estaba su clítoris, a lo que ella respondió abriendo un poco más sus muslos, alzando con la mano izquierda la copa de Martini hacia sus labios y, simultáneamente, maniobró audaz y precisa con su mano derecha bajo la mesa, haciendo a un lado la braga y metiendo mis dedos en su coño, bendita sea la sabiduría de los siglos, que la transgresión excita tanto que nuestra percepción del mundo cambia, como si de pronto los sentidos se abrieran en todas las direcciones, y remembranzas semejantes de mi vida de joven regresaron concentradas en ese instante, maravillado estaba yo por la humedad que enseguida comenzó a empapar mis dedos y por la forma en que ella acomodó su cadera para mejor encajarlos, mientras me sugería que quizá si se le ofreciera un pago a Yesenia ésta tendría un estímulo para averiguar con discreción, que ella estaba dispuesta a pagar ese dinero, y yo sabría cómo convencer a la paraguaya de que lo hiciera sin correr riesgos, siempre hay forma de conseguir lo que se quiere si se va por el camino correcto, dijo mordiéndose el labio inferior, que comenzaba a extraviársele la mirada, y enseguida bajó otra vez su mano para sujetar mi pie por el empeine y presionarlo con más fuerza en su coño, y sentí cómo mis dedos penetraban un poco más en su raja, se empapaban en su jugo, y en medio de la excitación que me encendía le pregunté, sin perder la tranquilidad ni el ritmo en mi pie, cuál era el sentido de tanto esfuerzo, si en verdad ella creía que la relación estaba acabada, tal como me había dicho un rato atrás, no sería porque su marido se fuera de putas o pagara por el «masaje prostático» sino por la posibilidad de que él estuviera con otra o porque de plano ya no tenían nada en común, momento en el que ella se hizo para atrás y me dijo que la disculpara, presta a levantarse en dirección a los sanitarios, y yo volví en mí y mi pie a su sandalia.

12

Que yo me equivoqué, ni quién lo dude, pues donde creí ver
una baladronada de mujer despechada no había tal sino decisión y agudeza, sin saberlo me estaba enredando en un embrollo del que me costaría salir, como si la noche anterior a
ciegas hubiera tirado un fósforo encendido en la pradera re-
seca, como si Mina hubiese estado esperando que alguien le
dijese con conocimiento de causa lo que yo le dije para trastornar su vida, porque cuando regresó de los sanitarios me
quedó claro que ella había pasado el día entero tramando la
mejor forma para lograr su divorcio sin dilaciones ni pérdidas,
hasta me reveló que había consultado en la tarde a su abogado,
un amigo de la familia y también abogado de sus padres, y lo
dijo con un tono como para que yo entendiera que ellos eran
una familia importante, gente con posesiones, pero como soy
curioso y no me gustan los sobreentendidos se lo pregunté
directamente, si ella procedía de una familia de ricos, y otra
vez mi mente saltó por su cuenta, diciendo que rica y hasta
deliciosa parecía que era, aunque faltara aún verla en la cama,
idea que no fue suficiente para sacar mi pie de la sandalia,
dada la gravedad de lo que ella me contaba, que ya había aprendido yo que los gringos con sus hordas de abogados son tan
letales como con sus ejércitos, pero Mina estaba educada para
quitarse de encima preguntas como la que yo le hice, confir-
mando que eran una familia pudiente pero sin entrar en detalles, y luego me dijo que el abogado le había confirmado lo
que ella ya sospechaba, que si su marido no aceptaba un di-

vorcio por común acuerdo e inmediato, una prueba de que él mantenía trato carnal con prostitutas en Frankfurt sería devastadora, el pobre tendría que salir con la cola entre las patas y hasta pagando los gastos conjuntos del juicio, que la prueba de la puta sería más contundente y fácil de conseguir que la de su probable relación con una colega en el banco. «No estoy tan seguro», le dije replegándome en la silla, que mi calentura había dejado paso a la preocupación, si esta mujer estaba dispuesta acostarse conmigo mientras buscaba pruebas para divorciarse era porque algo se le patinaba en la mollera, y por más buena que estuviera tendría que andarme con cuidado, mal negocio sería que para conseguir un polvo tuviera que regresar a un mundo que había dejado atrás, del que había salido harto, podrido, y al que no tenía intención de volver, aunque a Yesenia le tuviera cariño —por la forma desinteresada en que me apoyó cuando Petra me puso el ultimátum para largarme de la casa—, no tenía el menor interés en contactarla de nuevo, muchos menos para lo que me estaba pidiendo Mina, hacerla delatar a un probable cliente, y entonces me entró la desazón no sólo porque me había ido de la boca, cuando no había necesidad de mencionar nombres ni contactos para relatarle a Mina lo que había sido mi experiencia en Frankfurt, sino también porque recordé aquellas últimas dos semanas en que me vi obligado a dormir en la habitación donde Yesenia trabajaba durante el día y que dejaba trancada a partir de las siete de la tarde, pues ella trataba con una clientela seria y casi fija, y no le interesaban los mirones de poca monta que aparecían en las noches cuando los que pagaban el «masaje prostático» y otros servicios especiales ya estaban en sus hogares en un mundo muy lejano al de la habitación en que yo había pernoctado, no en la misma cama en que Yesenia hacía retozar a sus clientes, debo aclarar, ella misma me dijo con consideración que quizá no me sentiría yo tan cómodo ahí, sino en un sofá en el que de todas formas dormí a sobresaltos —si alguna vez tuve dudas sobre el peso de lo invisible, las noches que pasé en la habitación de Yesenia terminaron con ellas–, pero a resguardo del enloquecimiento de Petra y de una súbita irrupción como la que había protagonizado en el apartamento de mi amigo y vecino Nils, donde me refugié las primeras noches luego del ultimátum que ella me puso porque me negué a volver a la clínica del especialista donde me hacía pajas para que éste se quedara con mi esperma, el cual no terminaba de cuajar en el vientre de la susodicha, la que ya alcanzaba grados peligrosos de desquiciamiento y ante mi negativa padeció la explosión postrera: que si no regresaba a la clínica daríamos por terminada la relación de inmediato y yo tendría no más de tres días para largarme de su apartamento con todos mis cachivaches –básicamente ropa, libros y discos–, plazo que de nada le sirvió porque a la noche siguiente ya estaba yo pernoctando en el sofá de mi amigo Nils, con tan mala suerte que Petra pronto descubrió mi refugio, nada difícil dado el hecho de que estaba en el edificio contiguo, y una noche se fue a meter a insultarme y a exigirle a Nils que me echara a la calle, lo que por supuesto éste no realizaría, no sentía ninguna simpatía por Petra y sólo la había tolerado porque era mi mujer, ya de por sí mi amigo tenía animadversión hacia sus compatriotas como pareja y no entendía cómo yo podía estar con una de ellas, que él prefería las asiáticas, que tampoco cantaban mal las rancheras, como se dice en México, porque la novia japonesa que Nils se cargaba entonces pasaba temporadas en una clínica siquiátrica en las afueras de Frankfurt por sus impulsos suicidas. Pero yo no quise meter a mi amigo en más entuertos, prefería además estar lejos del edificio de Petra, donde yo le resultara inencontrable, y así terminé en la habitación de Yesenia, que muchas de mis otras alumnas eran casadas o conocidas de Petra, y ni Gudrun ni yo quisimos arriesgarnos a que una noche regresara sin previo aviso el negrote militar gringo y nos encontrara durmiendo abrazados en su cama… El breve contacto del pie de Mina con mis genitales me hizo volver de golpe a la mesa del rincón penumbroso donde nos encontrábamos, a su rostro aguileño con un gesto expectante, como si acabara de hacerme una pregunta que no escuché por lo sumido que yacía en mis recuerdos de Frankfurt, y el toque de su pie en mis cojones no tenía la intención de reiniciar el juego erótico bajo la mesa sino de hacerme volver en mí para que le respondiera su pregunta, la que le pedí que por favor me repitiera, apenado por la falta de caballerosidad y el atrofio del galanteo. «No», le dije, el número de Yesenia no estaba en este teléfono celular que había comprado dos años atrás, sino en una pequeña libreta de notas que contenía los datos de los amigos que había ido dejando en el camino, y sí, la libreta siempre la tenía conmigo, no acá en mi bolsillo, pero en la habitación sobre el escritorio junto a la laptop, y con suerte en la libreta estaba también apuntado su e-mail, no en mis cuentas de correos de ahora, que al salir de Frankfurt había dado de baja la que entonces tenía con la compañía alemana. Le dije que podíamos tomar una copa más, cenar en un sitio de los alrededores y luego ir a mi habitación en busca de la información de Yesenia, si en verdad quería llevar las cosas hasta ese extremo, y pronuncié esto último con aparente indiferencia, como si a mí no me afectara en absoluto remover ese mojón de mi pasado, cuando en realidad sucedía lo contrario, me sentía enfadado conmigo mismo por tener que hacer lo que haría, el recuerdo de los días de mi ruptura con Petra había logrado envenenar mi ánimo, hacerme sentir como un traidor porque ahora yo me disponía a apoyar a la mujer desquiciada en vez de mantenerme al margen, y a causa de estos pensamientos me sentí incómodo en el sitio donde me encontraba, me percaté de que el aire acondicionado estaba demasiado alto y que mi ansiedad por estar con Mina, y el embobamiento y la calentura que me acometieron al tenerla enfrente, me habían impedido percibir semejante heladez, que no afectaba para nada a Mina, con su corto vestido veraniego, como tampoco afectaban las temperaturas bajo cero a las estudiantes de Merlow College, cuando en lo peor del invierno salían de copas con sus vestiditos cortos y escotados mientras yo maldecía el frío bajo el peso de mi camiseta térmica, la camisa de franela, el suéter de lana y el abrigo para esquimales. Mina me indicó que le pidiera otro Martini, pues ella saldría a hacer una llamada telefónica, supuse yo que a su abogado para decirle que estaba a punto de conseguir la dirección de la prostituta en Frankfurt, sospecha que me hizo pensar que estaba viviendo mi vida como protagonista de una de esas series de televisión de las que ahora todo mundo habla y alaba, cuando yo me aburro pronto con ellas por la forma en que alargan los capítulos con tal de llenar el tiempo que se han propuesto, como a mí me tocaría ahora llenar mi tiempo mientras Mina hablaba en la calle, a sabiendas de que a ciertas personas les dura el verbo hasta que se les acaba la pila, pero decidí no angustiarme más por los recuerdos de Frankfurt ni lo que ahora pasara, era una tontería estarme preocupando cuando tenía la oportunidad de llevarme a esa mujer a la cama, por eso a la mesera le pedí que trajera otro Martini para mi acompañante y que para mí no más cerveza, ya me había quitado la sed y comenzaba a aplatanarme, sino un vodka tónic, que me reanimara, por Dios, no hacía ni cinco minutos estaba excitado empapando mi dedo del pie en el coño de la fulana e instantes más tarde había caído atrapado por la sordidez de la memoria, ¡no era posible dejarme zarandear de tal manera por la volubilidad de mi ánimo!, exclamé en mi interior y ganas tuve de pegar un golpe en la mesa, qué me importaba lo que Mina hiciera con su marido si lo único que yo pretendía era llevarla a la cama aunque fuera una vez antes del viernes, cuando me largaría de la ciudad y ella seguiría en su drama, de dónde me salían esos pruritos castradores si en el desorden de mi libreta no encontraría el número de Yesenia y en caso de que allí estuviese sería bajo el nombre legal de la susodicha que Mina no podría reconocer, y con tal enfado me reclamaba yo a mí mismo que no me di cuenta de que Mina se acercaba, sorprendida quizá por las muecas que a veces hago cuando a solas me juzgo y condeno. «¿Me pediste el Martini?», fue lo que me preguntó antes de sentarse y enseguida se disculpó por haberme dejado a solas por tanto tiempo, pero tenía que hablar con su padre, quien le acababa de manifestar el apoyo a su decisión de divorciarse, ella era la niña de sus ojos, la hija mayor a la que había criado por momentos como si fuera un varoncito, y quien le había heredado el carácter fuerte y decidido, no así a las dos hermanas menores, por eso el apoyo paterno a la hora del divorcio era para ella tan importante, aunque no le había contado a su padre sino hasta después de consultar con el abogado, ya sabía que la primera reacción de aquél hubiese sido preguntarle lo que éste opinaba, y al final de cuentas su padre nunca estuvo muy de acuerdo en que se casara con ese alemán salido de la nada —un pueblito remoto por la zona de Leipzig—, cuyos primeros veinte años de vida habían transcurrido bajo el comunismo, sin padre conocido, y cuya madre no hablaba palabra de inglés y cuando vino a Maryland para la boda los miraba con aquellos ojos perplejos porque ellos eran judíos y no terminaba de entender porque su hijo se estaba casando por ese rito, la pobre señora parecía espantada, pero su padre malentendió ese espanto como desprecio, algo por lo que Mina no podía culparlo, habida cuenta de que sus abuelos ucranianos habían logrado escapar del entusiasmo de Hitler apenas por un pelo. Entonces le pregunté qué era lo que le había visto a Carlsten, de qué era de lo que se había enamorado, considerando que procedían de mundos tan distintos, pregunta ante la cual ella iba a responder de forma mecánica, pero algo que vio de reojo en la puerta de entrada la detuvo y mientras se llevaba el Martini a los labios masculló con rapidez que si alguien conocido de ella se nos acercaba, me presentaría como un colega antropólogo procedente de Merlow College, nos habíamos conocido en un congreso en Chicago y ahora estaba de visita para investigar en los Archivos, tal como en verdad sucedía, palabras que me sorprendieron gratamente, la inventiva veloz y audaz es virtud que admiro, pero en vez de volverme hacia la entrada, que hubiese sido imprudente, persistí en el tema de lo que la había atraído hacia el hombre del que ahora quería separarse: ¿amor a primera vista, sexo, la guapura del teutón o todo ello junto? Y por la forma en que me miró, más con aburrimiento que con molestia, entendí que otra vez mi lengua me había llevado por una ruta equivocada, que a veces se habla por hablar sin que tengamos el menor interés en lo que decimos y hasta queremos parecer agudos cuando sólo somos fatuos, como me sucedió enseguida cuando, para salir campante, aventuré que quizá en la atracción entre ellos hubo un factor oculto, inconsciente, el del alemán que se quiere liberar para siempre de la marca antisemita casándose con una judía (de igual modo que Gudrun sólo cogía con negros, pensé sin decirlo) y el de la judía que quiere dejar en claro su capacidad de perdón casándose con un alemán, y hasta lo dije con la entonación de quien admira su propio ingenio, por lo que no hallé dónde enterrar mi jeta cuando Mina me respondió, ahora sí con el fastidio de quien trata con un tonto, que de eso ya había hablado exhaustivamente tiempo atrás con su analista, que mejor le dijera lo que me apetecía cenar.

13

A la mañana siguiente, un poco antes de las ocho, en la estación Silver Spring, el trigueño me abordó frente a la máquina expendedora de boletos, como si fuese un encuentro casual, me preguntó si necesitaba ayuda para accionar la máquina, el buen samaritano que viajaba a su oficina pensó que mi despiste era ignorancia, eso me quiso hacer creer, pero reconocí un hedor familiar, y me espabilé en el acto, como perro de aeropuerto que de pronto husmea y para la cola, aunque le dije gracias, ya sabía yo cómo funcionaba la máquina, y él se fue de paso hacia los torniquetes, y yo lo seguí con la mirada, luego a paso lento en las escaleras eléctricas hasta llegar a los andenes, donde tampoco lo perdí de vista, ni él a mí, aunque sumido en una banca aparentaba leer una revista, y yo me fui hacia el otro lado para quedar a varios vagones de distancia, con mis glándulas suprarrenales segregando adrenalina, que tras el destanteo inicial ahora estaba yo seguro de que lo que el trigueño había hecho era un contacto directo con el objetivo sobre el terreno para constatar sus reflejos, y el objetivo era yo, ninguna duda me cabía, que si de algo me puedo jactar es de mi capacidad para detectar a un polizonte o sabueso, sin que importe el disfraz o la cubertura tras la que se esconda, no se trata de algo aprendido en una academia ni de agudeza mental, sino que percibo el hedor que despide, como en el caso del trigueño que en cuanto vio que el tren se acercaba se puso de pie sin dejar supuestamente de leer la revista y caminó hacia la zona donde yo me encontraba, ante lo que preferí quedarme quieto, hacerle creer que no lo había detectado, que ni siquiera había reparado en él, podía acercarse lo que quisiera, tal como hizo, logró aún alcanzar el mismo vagón en que yo me metía, aunque por distinta puerta.

Siempre me he preguntado lo que miraríamos si se pudiera percibir lo que pasa en la mente en circunstancias semejantes, como si todas las películas policíacas y de espionaje que uno ha visto a lo largo de la vida, más las propias experiencias, corrieran a la velocidad de la luz en los circuitos mentales, y por eso es que uno se queda obtuso durante un rato, como fundido, porque el ojo interior no logra retener imagen alguna, aunque una cosa es vivir esa situación cuando la vida está en peligro y el sentido de sobrevivencia despeja la mente y obliga a actuar, y otra cosa es vivirla como me estaba tocando a mí, sin correr un riesgo inmediato y aun con un porcentaje mínimo de dudas, del cual poco después casi no quedó nada, porque en Fort Totten el trigueño salió también del vagón y, luego de perdérseme un rato entre la muchedumbre que a esa hora pico atiborraba la estación, reapareció en el andén donde yo esperaba el tren hacia Greenbelt, según él sin hacerse notar, y según yo sin haberlo notado, que ahí estábamos de nuevo como en una serie de televisión, algo fácil de decir una vez que las cosas han pasado, pero no en el momento mismo, cuando lo que me preocupaba era el hecho de que la vigilancia se me estuviera aplicando con marcaje personal –hombre a hombre, como dirían los comentaristas deportivos– cuando con la tecnología podían seguirme a través de mi celular y con las cámaras que estaban en cada uno de los sitios por los que yo transitaba, un marcaje personal que nunca imagine se me aplicara en ese sitio, lo que disparó mi paranoia en torno a los motivos de tal vigilancia: si se debía a que yo investigaba sobre Roque Dalton, la razón obvia, me dije mientras abordábamos el tren hacia Greenbelt, de nuevo en el mismo vagón pero a prudente distancia, significaba que el caso del poeta aún no estaba cerrado, pese a que su asesinato había ocurrido treinta y cinco años atrás, y algo temían que yo descubriera, pero también podía tratarse de la investigación rutinaria que se aplicaba a cada nuevo investigador que llegaba a los Archivos Nacionales, en especial si esa persona era extranjera, razonamiento que supuse calmaría un poco mis nervios y que me pareció de una lógica impecable, habida cuenta del clima de paranoia generalizada que padecía este país, contimás su capital política, no faltaría un lobanillo al que se le ocurriera la posibilidad de un atentado para convertir en escombros la memoria documental del imperio. Los dos salimos del tren en Greenbelt, la última estación, pero el trigueño bajó las escaleras eléctricas primero y con un poco de prisa, mientras que yo lo hice con calma, el autobús hacia los Archivos no saldría sino hasta en diez minutos y estaba seguro de que el trigueño estaría en la fila, con la revista abierta como si sólo estuviese leyendo, pero para mi sorpresa no estaba ahí ni apareció cuando el autobús se disponía a partir, lo que avivó mis temores, pues qué tal que el seguimiento de que se me había hecho objeto no fuera político sino que tuviera que ver con mi relación con Mina, nada sabía yo de ella sino lo que me había contado y una breve ficha que encontré en la página de internet de la universidad de Maryland, y si su familia en verdad era poderosa y ella había conversado con su abogado sobre la posibilidad de conseguir información sobre la prostituta en Frankfurt, él le habrá preguntado sobre la fuente de tal especie y ella le habrá revelado mis coordenadas, aunque sería más probable que hubiese sido el marido quien pagaba al que seguía mis pasos, que en este país enfermo de moralismo y vigilancia aún en los sitios más insólitos se encontraba publicidad que ofrecía los servicios de un detective para rastrear a una pareja infiel, hasta programas de reality show eran dedicados a ello, y entonces recordé con consternación que yo me había visto involucrado en un enjuague semejante muy poco tiempo atrás, Dios santo, que la recurrencia se olvida con frecuencia: sucedió al comienzo de la primavera en la barra del Freddy's, ella estaba precisamente en los taburetes del fondo, cerca de la salida trasera, donde a mí me gustaba sentarme, porque ahí quedaba fuera del alcance de las pantallas de televisión que en este país lo persiguen a uno doquiera que se vaya, incluso en el Freddy's, pero no en esos cuatro taburetes al fondo de la barra, donde yo permanecía a salvo de los programas deportivos que martirizan a los bebedores, rincón al que llegué como casi todos los días a eso de las siete de la tarde, cuando aún el bar estaba medio vacío y podía encontrar sitio en esa parte de la barra, donde para mi suerte estaba esa rubia tan guapa bebiendo a solas, lo más seguro era que esperara a alguien, por eso me senté a un taburete de por medio, le pedí mi copa a la doble de Liv Ullman que atendía la barra y eché un par de miradas de reojo hacia donde la guapa, quien respondió con una sonrisa que abrió paso a que pronto comenzásemos a conversar, aun me senté en el taburete a su lado al enterarme de que a nadie esperaba, y tampoco le costó contarme que se llamaba Heather, era instructora de retórica en el Departamento de Inglés, estaba casada desde los diecinueve años con su novio de la *high school*, ambos originarios de Merlow City, tenían dos chicas pequeñas, un perro labrador y casa propia en los suburbios, pero lo que no me dijo en esa primera ocasión ni en las siguientes, que hubo al menos cuatro antes de que se animara a visitar mi apartamento, es que estaba harta de esa vida, de comerse siempre la misma moronga, y que la primavera le había despertado un intenso escozor en la entrepierna que quería aliviarse con un hombre mayor que no la metiera en problemas… Mis recuerdos de Heather, sin embargo, se detuvieron de golpe, cuando en la segunda parada que hizo el autobús luego de salir de la estación, el trigueño subió sin revista, con una bolsa de papel de estraza en la mano y se quedó en un asiento atrás del motorista, sin volver a verme siquiera, sabía que yo iba en el autobús, lo que quedaba fuera de mi entendimiento era para qué él había hecho tanto enredo de subir en la segunda parada cuando pudo haberlo hecho en la estación misma, ni tampoco entendía cómo había logrado llegar caminando tan rápido hasta esa parada, ni qué hacía esa bolsa de papel de estraza en su mano, no lograba yo atar cabos, como si todo lo hubiera hecho para descontrolarme, romper los esquemas del seguimiento, hasta un poco de rabia tuve, la sensación de que se estaba burlando de mí, como si yo fuese el ratón tonto y él, el gato listo, pero pudo más el miedo que el enojo ante la certeza de que se trataba de un chequeo político, institucional, sobre el terreno, en eso no cabía duda, lo que me disparó la adrenalina y me sumió en una sensación de irrealidad, como si estuviese corriendo un peligro del que no había tenido conciencia hasta entonces. Me dieron ganas de bajar del autobús en la siguiente parada, sin previo aviso, como el despistado que de pronto se da cuenta de que ése no era su destino, saltar a la calle antes de que el motorista cerrara las puertas, para impedir que el trigueño pudiera seguirme, hasta transpirando estaba, las palpitaciones aceleradas en mi sienes, me preguntaba si no estarían esperándome para capturarme al llegar a los Archivos, aunque una mirada alrededor fue suficiente para comprender que ningún sentido tenía bajarme del autobús, íbamos en una especie de carretera y de seguro algún coche venía detrás monitoreando el seguimiento del trigueño, aun me dieron ganas de ponerme de pie para observar los autos a nuestra cola, pero no lo hice, porque la mente me dio un respiro de la conmoción en la que ella misma me había metido, nada podía hacer yo, lo que iba a suceder sucedería, una idea que me había ayudado a calmarme en situaciones semejantes en otros periodos de mi vida, y que ahora vino en mi auxilio de nuevo, sosegar a los diablos del miedo con un trago de resignación era la consigna, pero como la mente tampoco puede quedarse vacía, tranquila, sino que demanda que siempre haya un rollo dando vueltas en ella, presto estuve recordando otra vez la aventura con Heather, por llamarla de una manera, que muy pronto terminó en desaguisado a causa no sólo de la vigilancia a la que me sometieron por meterme con una mujer casada los puritanos que controlan la policía de Merlow College, que quizá sean los mismos que controlan la de Merlow City, pues no hay mucha diferencia entre la una y la otra, sino por ciertos aspectos de la personalidad de Heather, no de su cuerpo, hermoso e intacto pese a los dos partos, y no menos importante, por un descubrimiento que hice en mi psiquis que vino a rematarme. La cosa fue así: Heather y yo comenzamos a enviarnos e-mails, desde nuestras cuentas privadas, no las universitarias, claro está, para concertar nuestras citas, primero en el bar y luego en mi apartamento, pero la tarde antes de que se produjera su primera visita aparecieron de súbito en mi computadora anuncios agresivos de sitios web en los que se podía contactar a mujeres casadas, pantallas de publicidad atadas al mensaje de ella que era imposible cerrar si no apagaba del todo la computadora, como si quien vigilaba mis cuentas de correo estuviera enviándome urgentes mensajes indirectos para que yo comprendiera que ellos estaban al tanto y alarmados de que yo estuviese a punto de ser cómplice de adulterio, quizá porque Heather y su marido eran nativos del pueblo y ambos trabajaban en Merlow College, o quizá porque el marido le tenía controlada su cuenta, lo que fuera, el hecho es que entendí los anuncios como una advertencia, me asustó además que estuviesen entrando a mi cuenta, que una cosa es saber que a todo el mundo vigilan, y otra es que quien vigila le respire a uno en la nuca, lo que explica que cuando Heather arribara a mi apartamento yo haya estado con el ánimo alterado, y luego de los besos y el primer toqueteo le pregunte si su marido trabajaba en algún departamento especial de la universidad dedicado a la computación porque para mí era evidente que su correo y el mío estaban siendo vigilados, y le conté lo de los anuncios para contactar mujeres adúlteras, pero ella no le dio importancia al asunto, su marido era un profesor de matemáticas, dijo, lo que ella quería era que tomáramos vino y luego nos metiéramos en la cama, y muy pronto estuvo jugueteando con mi moronga, sin dejar de hablar compulsivamente sobre sus virtudes como amante, aunque también dijo que era la primera vez que se acostaba con un hombre que no era su marido en trece años, desde que se casaron, y siguió con la perorata de preguntas que ella misma se respondía sobre sus atributos físicos y lo que sabía hacer en la cama, no paró de autopromocionarse sino cuando tuvo mi moronga en la boca, y aun en los momentos de respiro expelía palabras, su excitación verbal parecía más intensa que su excitación sexual, todo lo cual contribuyó a que yo no lograra la concentración necesaria para que se me templara, por lo que recurrí a la mano que a veces saca de apuros, pero mientras ejercía el mete y saca mi memoria era atacada por la imagen de los anuncios publicitarios que aparecieron en mi computadora, por la certeza de que los vigilantes tenían nuestras cuentas bajo observación, y sabían lo que en esos instantes hacíamos, y entonces temí que de un momento a otro los polizontes vinieran a somatar la puerta de mi apartamento, a sorprendernos infraganti con un molote de cámaras a sus espaldas, tal como hacen en la televisión, lo que me produjo un súbito ataque de ansiedad y que mi mano arremetiera con mayor fuerza dentro de su coño, pero la canija tardaba en venirse y seguía hablando, diciendo que lo que ella quería era tener la moronga adentro en vez de disfrutar de la pericia de mis dedos… El autobús se detuvo. Me percaté de que habíamos arribado a los Archivos Nacionales, la parada final, y enseguida me puse de pie para bajar en medio del grupo de pasajeros que se abocaban a la puerta trasera, no quería ser el último ni salir por donde el trigueño saldría, y mientras avanzaba eché una mirada a los alrededores, pero nada especial llamó mi atención, ningún carro ni grupo de agentes estaba esperando para devanarme, sino sólo el aire fresco de las arboledas que rodeaban los Archivos y el sol matutino que se filtraba entre ellas, por lo que luego de bajar del autobús, de nuevo bajo esa sensación de irrealidad, caminé entre las demás personas los treinta metros que separaban la parada de los checking points a la entrada del edificio, sin perder de vista al trigueño, que iba unos cinco metros adelante, a paso rápido, como aquel que llega tarde a la oficina, con la pequeña bolsa de papel de estraza en su mano derecha, y quien se coló por una entrada especial donde sólo mostró una credencial y entró como Juan por su casa, mientras los demás hacíamos la fila para poner nuestras pertenencias en la banda de rayos X y pasar bajo el detector de metales.

14

Días largos vaya que los hay, con breves remansos de poco sosiego, pasan de un embrollo a otro más intenso, y la ilusión de que todo volverá a la normalidad es rota en cada ocasión con mayor sobresalto, como me sucedió ese martes desde muy temprano, cuando tuve el encuentro con el trigueño frente a la máquina expendedora de boletos y a lo largo de mi viaje hacia los Archivos Nacionales, en cuya sala de estudio traté de deshacerme del miedo padecido, tarea difícil porque si bien había evidencias en el sentido de que todo había sido una treta de mi imaginación y el trigueño era un empleado de los Archivos, también había evidencias en el otro sentido, que para mí fue una certidumbre su calidad de sabueso desde que me abordó en la estación Silver Spring. Sólo hasta que me dieron la pequeña mesa rodante con las cajas de carpetas en las que yo trabajaba, pude desafanarme de la mala experiencia tempranera, dejarla con su hedor en un rincón de mi mente, y concentrarme en los cables desclasificados de la operación que Swenson y sus chicos habían montado en 1964 para desactivar y revertir las redes del espionaje cubano en México, El Salvador, Nicaragua y República Dominicana, gracias a la información entregada por un cubanito traidor de nombre Vladimir Rodríguez Lahera, que no recuerdo si ya lo había mencionado, el operador de la inteligencia cubana para los agentes salvadoreños en aquella época, quien exudaba una especial animadversión, si no odio, hacia Dalton, el que supuestamente tenía que enviarle transmisiones cifradas que aquél nunca recibió, porque ni siquiera hubo radio para transmitirlas, el poeta se habría gastado en parrandas al llegar a El Salvador los quinientos dólares que le habían entregado en La Habana para comprarla, a decir del cubanito traidor, lo que era por cierto una difamación, los mismos cables de la inteligencia cubana en manos de la CIA indicaban que Dalton entregó los quinientos dólares a los comunistas salvadoreños, alérgicos en aquel momento a la lucha armada por sus componendas con el régimen militar y los demócratas cristianos. ¿Dónde se podía comprar una radio para transmitir información cifrada en el San Salvador de 1964?, me pregunté con asombro, pues siempre me han maravillado esos mundos de la conspiración donde nada es lo que parece y en los que un poeta con el talante fogoso, polémico y jodedor de Dalton no encajaba, incluso molestaba, era la única forma de explicarme la inquina que el cubanito traidor le tenía, que Dalton se hubiera burlado de él a tal extremo que juró venganza, como cualquiera a quien le tocase padecer las burlas de un joven con más talento hubiese hecho, con el agravante de que el cubanito traidor era un albañil convertido en policía y luego en operador de inteligencia, en tanto que Dalton era un poeta e intelectual formado en el colegio jesuita más caro de El Salvador, suficiente motivo para avivar el resentimiento y el encono. Divagaba yo por esos meandros cuando llamó la atención de mis pupilas el trasero de una de las empleadas que se paseaban entre las mesas vigilando a los investigadores, verificando que cada uno de nosotros siguiera el procedimiento para tratar las carpetas y los cables, un trasero espléndido que vislumbré de reojo hacia la izquierda de mi mesa y que no me atreví a mirar con descaro como a veces hago dado el recinto en el que me encontraba, repleto de cámaras y vigilantes, como el trigueño que me siguió desde Silver Spring, pero que fue la causa —el trasero, digo— de que me preguntara por qué en los cables desclasificados de ese periodo no se mencionaba a mujer alguna como agente, quizá en esa época el espionaje era un asunto sólo de hombres, me dije, y por eso tanta bulla alrededor de la Mata Hari, que la inteligencia no era oficio de mujeres, como muchos otros tampoco lo eran, lo cual desde todo punto de vista constituye una estupidez, no se necesitaba montar semejante operación para convertir a Dalton en doble agente o para tenerlo infiltrado, con lo que le gustaban las hembras hubiese bastado con una como la que ahora pasaba frente a mi mesa, la del trasero antes mencionado, que de tan bueno se le ceñía en el holgado vestido gris y cuya dueña tenía un hermoso rostro asiático, para que el poeta cayera rendido, como dice el bolero, y le entregara sus secretos. Y por vía de las asociaciones mentales recordé el espléndido trasero de Mina que no había podido comerme la noche anterior, no porque no lo tuviera desnudo entre mis manos, sino porque en el instante en que quise poner mi lengua o mi falange en su ano Mina reaccionó con tal hostilidad que de haber persistido yo ella quizá me hubiese demandado, en los tribunales hubiera terminado conociendo cómo funcionan las cosas del sexo en esta tierra de lunáticos, a tal grado se indignó con las dos arremetidas que alzó la voz para advertirme que ni a su marido le permitía eso, mucho menos iba a tolerármelo a mí, un desconocido, por lo que me disculpé y me conformé con el resto, que no era poca cosa, sino para relamerse, y una vez que terminamos, ella primero con quejidos prudentes, que ya la había instruido sobre la peculiaridad de la familia de George que moraba arriba en la casa, y luego yo en su boca golosa, me repetí que el sexo es la actividad más equívoca de las que el ser humano ejerce, que me abstuve de preguntarle por los motivos que la llevaron a decidir que su ano era intocable, cosa sagrada, pudo ser la religión, o un trauma de infancia, o vaya uno a saber qué vericuetos mentales, pero lo cierto es que el mismo hecho de tocar el tema lo hubiera asumido como una agresión y yo mismo debía agradecer que haya bebido mi leche con tanta gula, me había dejado exprimido, relajado, en un estado de laxitud del que sólo salí cuando una conexión se hizo en mi cerebro, que ahora me parece lógica y natural pero que entonces me pareció sorprendente: el alemán la estaba cambiando por una colega de trabajo en el Banco Central Europeo precisamente por la intocabilidad de su ano, que en los hombres la carne manda y las emociones vienen sometidas a ella, y en asuntos sexuales, además, los alemanes son libertinos si se comparan con los gringos. Tan sorprendido y engolosinado estaba por el circuito que se había cerrado en mi mente que a boca de jarro le dije a Mina que ahora yo sabía por qué su marido la había cambiado por la colega de trabajo, a los alemanes les gusta el sexo sin prohibiciones, ya le había contado yo del masaje prostático, y seguramente él se resignó a la cerrazón de su ano hasta que encontró uno que se le abriera, y no me extrañaría que la colega del banco se pareciera físicamente a ella, a Mina, con la sola diferencia que aquélla daba lo que ésta negaba, que los hombres nos repetimos en lo que nos gusta, como descubrí yo meses antes con Heather, el bombón cotorro con el que no se me templó la moronga, a quien preferí no volver a ver cuando constaté consternado cuánto se parecía físicamente a Petra, que no era el caso de Mina, muy diferente a ellas. Pasaron varios segundos, eternos para mí cuando cobré conciencia de mi metida de pata, como quizá también para Mina, por otros motivos, que se incorporó en la cama sin quitarme la mirada de encima, con una mueca que iba pasando del asombro a la rabia, supuse yo que una parte de ella hizo memoria de las veces que el teutón le había pedido lo que también a mí me había negado y que la posibilidad de que ésa fuera la causa de que su marido pudiese tener otra mujer en Frankfurt la había conmocionado, pero otra parte de ella le decía que eso era imposible, no se había casado con un imbécil que pensase de esa forma, eso hablaría tan mal de ella, y era en esta parte de Mina donde se incubaba la rabia en mi contra —que bien merecida me la tenía por bocón impulsivo, cuando unos minutos antes, durante el jugueteo carnal, yo había dado muestra de tanta prudencia— y en el instante en que se disponía a lanzarme el improperio o la perorata se produjo de súbito un intenso correteo y también un griterío por sobre nuestras cabezas, en la primera planta de la casa, algo que hasta entonces no había sucedido, y bajo tal zarabanda, aprovechando el desconcierto de ella, le musité al oído: «Algún estropicio de la niña guatemalteca». Lo que hizo que Mina de pronto tomara conciencia de dónde y con quién se encontraba, olvidara la revancha ante mi aserto ofensivo y saliera de la cama presta a vestirse. «Tengo que irme; es muy tarde», dijo, y en cuestión de minutos se largaba bastante azorada, con el número telefónico de Yesenia apuntado en su celular, que ella se encargara de localizarla, le había dicho mientras lo copiaba de mi libreta, la noche de Maryland es la madrugada de Frankfurt, a sabiendas de que era poco probable que Yesenia mantuviera ese número luego de varios años, con tanto cliente deschavetado las prostitutas cambian su teléfono celular con bastante frecuencia, la misma Yesenia me lo había explicado y yo se lo había advertido a Mina, no jugaba yo pues con cartas en la manga, pero no podía afirmar lo mismo de ella, menos mientras la recordaba esa mañana sentado a la mesa en el amplio salón de los Archivos Nacionales, frente a una carpeta con cables desclasificados de la operación que le montarían a Dalton, preguntándome si con una mujer como Mina hubiera bastado para neutralizar al poeta, en vez de la ruda operación policial de la que en esa ocasión logró escapar, y si ella tendría el perfil de una agente de inteligencia, pensamiento que me propuse expulsar de mi mente en el acto, ya había padecido suficiente estrés con el seguimiento del trigueño como para sospechar ahora de Mina, era hasta desquiciado pensar que el pleito de pareja en la barra de The Querry Tavern había sido montado con la exclusiva finalidad de tirarme un anzuelo para que yo picara y les diera una información que de todas formas yo le daría a quien me le preguntara, que una vez que comenzaba a hablar de Dalton costaba callarme, no tenía de qué temer en este terreno, pude tranquilizarme, sin presentir que un miedo más grande estaba aproximándose.

Swenson y el cubanito traidor aterrizaron en el aeropuerto de Ilopango cerca de San Salvador el día 9 de septiembre de 1964 con el propósito principal de convertir a Dalton, a quien los militares salvadoreños tenían secuestrado desde el 4 de septiembre, en un doble agente, en un comunista radical que mantuviera a la CIA informada, pero había otros cuatro agentes cubanos sin la brillantez ni la importancia simbólica de Dalton, a quienes Swenson también se proponía convertir o neutralizar, tal como decía específicamente uno de los cables que recién leía, y que me llevó a hurgar en las carpetas hasta encontrar no sólo sus nombres, sino la ficha de información personal que habían llenado con su puño y letra para la inteligencia cubana, y que el traidorzuelo de marras había traído consigo cuando desertó de La Habana hacia Washington —se escabulló cuando el avión de Cubana de Aviación hacía escala en el aeropuerto canadiense de Halifax, creo que ya lo dije—, cada ficha constaba de tres páginas con las mismas preguntas sobre la identidad y las actividades políticas de los susodichos, dos de cuyos nombres no me dijeron nada, podían ser un Juan Pérez cualquiera, pero los otros dos sí que me asombraron, porque yo conocía no sólo su fama sino su persona, que por azar habíamos formado parte de un mismo grupo de apoyo político a la izquierda salvadoreña que comenzaba su revolución allá por el año 1980, y si digo por azar es porque vivían asilados en un país en el que me tocó radicar por unos meses y también porque ellos pertenecían a la generación de Dalton, ambos connotados escritores y hasta amigos personales de él habían sido, lo que significaba que tenían edad para ser mis padres y sólo el azar pudo ponernos en ese grupo de apoyo, sin que yo supiera que habían sido entrenados como agentes de inteligencia cubanos en 1962, cuando a mí me cambiaban los pañales y me celebraban con fanfarria mi primer cumpleaños, que por ahí andará perdido el recorte de las páginas sociales de un periódico de Tegucigalpa, donde se hacía partícipe a lo mejor de la sociedad de que Erasmito Mira Brossa celebraba su primer año de vida, mientras Fabián y Chano, que así los llamaré porque mencionar nombres verdaderos en esta época de demandas por difamación es riesgoso, aunque yo tenga los cables en mis manos, copias de las fichas que el cubanito traidor entregó a Swenson, ya sabemos que los abogados se las arreglan para encontrar la triquiñuela y darle la voltereta a las cosas, por eso ni en la peor borrachera me atrevería a mencionar sus nombres, aunque aquella mañana en el salón de los Archivos Nacionales me haya quedado en la ensoñación por un largo rato, recordando cómo los conocí, lo que hablábamos en las reuniones de grupo y en alguna que otra ocasión en que salimos a tomar una cerveza, cuán ingenuo era yo a mis veinte años, caramba, pero tampoco podía quedarme embobado que las carpetas estaban ahí esperando, y yo tenía que seguir en la talacha, separando aquellos cables que me eran útiles de aquellos que no, y así estuve el resto de la mañana, dándole seguimiento a la operación de Swenson en El Salvador, que nunca hubiera imaginado que un agente de inteligencia reportara tan en detalle paso a paso lo que hacía sobre el terreno, con la desventaja por supuesto de que muchas líneas y hasta páginas enteras estaban tachadas con un grueso plumón negro para evitar que el investigador supiera los nombres de los informantes de la CIA aún en activo. Al mediodía bajé a comer un sándwich y tomar una gaseosa, intoxicado por los montones de información de la que me estaba enterando, pero también con mis pensamientos afectados por el lenguaje cablegráfico, aun temí que ese fraseo corto se me instalara en el cerebro y me dejara lesionado, por eso me dije que debía cambiar de frecuencia, olvidarme de Dalton mientras masticaba, y no había otra ruta de escape más cercana que el recuerdo de Mina, de lo bien que lo había pasado con ella pese a su negativa anal, de su salida abrupta por la estupidez que le dije y no se merecía, que cada quien es dueño de su culo y de hacer con él lo que se le venga en gana, pero hay un cabroncito dentro de mí que no acepta el rechazo y le encanta el desquite, me hace quedar mal con sus barrabasadas, como sucedió ante Mina, quien salió tan desconcertada y de prisa que no respondió a mi pregunta, si ella me contactaría para vernos de nuevo, y su silencio me había dejado con culpa y también con rabia hacia el cabroncito de marras que me hizo meter las patas, aunque mis pensamientos de inmediato encontraron refugio en el desmadre que sacudía el piso de arriba y en las interrogantes sobre lo que estaría pasando entre George, su esposa y la niña guatemalteca, sobre la nueva sorpresa que ésta les habría dado para que se produjera semejante corretiza y griterío, una niña a la que ahora yo tenía más curiosidad de conocer, aunque sabía que eso difícilmente sucedería dada la total independencia del sótano que me rentaban con respecto a los pisos en que ellos moraban. Terminé mi sándwich y me quedé un rato en el restaurante sorbiendo mi Ginger Ale, observando desde mi pequeña mesa de rincón a la concurrencia, la mayoría empleados de los Archivos, entre los que busqué al trigueño que me había vigilado en la mañana, pero no estaba en ninguno de los grupos que parloteaban, ni me parecía que hubiese encajado entre ellos, quizá los del equipo de seguridad no bajaban a comer a la misma hora que el resto o ni siquiera bajaban, vaya uno a saber la de meandros y torceduras que habrá entre quienes se dedican a vigilar la capital del imperio, de seguro ya estaban enterados de la visita de Mina a mi habitación y hasta del número telefónico de Yesenia que le había entregado, y alguien estaría esta misma mañana redactando un cable al respecto, con su número de serie y el mismo lenguaje cablegráfico utilizado cuarenta y seis años antes para informar de la operación contra Dalton y los otros cuatro salvadoreños agentes de la inteligencia cubana, aunque ahora en vez de clasificarse en carpetas de papel lo hacían de forma electrónica en el ciberespacio, pensamiento que me llevó a beber el resto de la gaseosa para lanzarme hacia los ascensores y volver a mi mesa de trabajo, donde de inmediato me sumergí en la carpeta que contenía los cables de la visita de Swenson y el cubanito traidor a El Salvador, de las reuniones que el agente gringo mantuvo con el presidente de la República y otros militares colaboradores de la agencia, de sus infructuosos esfuerzos por reclutar a Dalton durante los interrogatorios a los que lo sometieron, de las dificultades para encontrar a los otros cuatro agentes entrenados por La Habana, quienes habían desaparecido del mapa, escondidos por las redes clandestinas de los comunistas, aunque de súbito uno de ellos comenzó a lanzar señales de que estaba dispuesto a entrevistarse con Swenson, lo que disparó mi curiosidad por conocer el nombre del susodicho, contimás cuando leí el cable con la información del encuentro que había sostenido con el gringo en una habitación del Gran Hotel San Salvador, donde éste había montado su base de operaciones y el agente salvadoreño había llegado por su voluntad a ponerse a disposición de la CIA para convertirse en infiltrado entre los comunistas locales con ciertas condiciones y a cambio de un favor preciso, que tampoco el hombre era tonto, pedía que no se produjeran reuniones con ningún agente americano destacado en la Embajada en San Salvador sino que establecieran otros mecanismos encubiertos de comunicación, en un pueblo tan chico la gente lo ve todo y se entera de todo, les dijo, por eso mismo su otra condición era que por ningún motivo se filtrara su nombre a los militares salvadoreños, eso pondría en riesgo su vida, a lo que Swenson no puso reparo ni tampoco al favor preciso, que a mí me sonó muy extraño, porque lo que el tipo quería era que los estadounidenses le otorgaran a su hermano una beca para estudiar un posgrado de odontología, en una universidad de Estados Unidos, claro está, aunque a medida que fui leyendo la serie de cables me enteré de que la situación era más complicada y lo que la CIA le terminó ofreciendo era una beca en México o en Puerto Rico, un detalle menor de cara a lo que a mí realmente me interesaba, el nombre del traidor salvadoreño o siquiera una pista que me permitiera identificarlo, pero en las copias desclasificadas los nombres y cualquier indicio que llevaran a su identidad estaban férreamente tachados con el plumón negro, protegidos a la desclasificación, lo que sólo aumentó mi curiosidad para hurgar carpeta tras carpeta, y así se me pasó el tiempo, sin detenerme en lo de Dalton ni en las demás historias, obsesionado yo en busca del nombre, como si al descubrirlo mi investigación adquiría un sentido real y no la mera excusa que era para ir a conocer Washington y gastarme los fondos que me habían asignado en Merlow College, como si mi misión fuese ésa, destapar al traidor, que todo lo demás sobre la captura de Dalton por la CIA ya se había más o menos contado, hasta él mismo lo había escrito en el último capítulo de su única novela haciéndose el héroe, por supuesto, que sólo un tonto escribe para ganar antipatías. Y entonces tomé una carpeta donde sólo había copias de cables que ya había visto en otras carpetas, lo que me sacó un poco de quicio, un poco nada más, que donde me encontraba no podía suceder de otra manera, y fui sacando los cables y volviéndolos a meter en ella con prisa, ya dije que estaba autorizado a tener sólo una carpeta y un cable a la vez sobre la mesa, y en una ocasión en que tuve tres cables afuera sin darme cuenta, tal era mi ansiedad, una vigilante –lástima que no fuera la hermosa asiática– llegó de inmediato a mis espaldas a conminarme a que cumpliera el reglamento, por eso ahora apenas les echaba un vistazo uno a uno para confirmar que eran repetidos y enseguida los guardaba de nuevo, hasta que, a punto estaba de meter la carpeta en la caja porque no había nada nuevo, cuando encontré el cable, también repetido, pero en esta ocasión al desclasificador se le había pasado por alto tachar el nombre, el texto era un solo renglón que decía «The name of the target is…» y aparecía el nombre de Fabián con sus dos apellidos, para que no cupiese la menor duda. Me estremecí entero, con el regocijo de la misión cumplida, ahí estaba la prueba de que desde el 20 de septiembre de 1964 el escritor de izquierda había trabajado para la CIA, mientras Dalton permanecía secuestrado y se negaba a colaborar ante Swenson, Fabián entró por su propio pie como Judas a la habitación del hotel San Salvador a ponerse a disposición del gringo, a decirle que sí colaboraría, caramba, que hasta entonces los dos habían sido amigos, juntos habían viajado a la Unión Soviética y los países socialistas, juntos habían ido a la cárcel y al exilio en México y Cuba. Tanta era mi excitación por el descubrimiento que no pude permanecer sentado y esperar a tener escogido un considerable manojo de cables para ir a fotocopiar, sino que me puse de pie y con esa sola hoja en mano me lancé hacia la fotocopiadora, como si alguien pudiese arrebatármelo, prohibirme de nuevo el acceso a él, quizá uno de los tipos atentos al sistema de vigilancia por cámaras se preguntaría, luego de ver la expresión en mi rostro, qué era lo que yo había encontrado, por eso lo mejor era copiarlo en el acto, volver a la mesa por unos minutos a hacerme el suizo y luego largarme, tal como quise proceder, pero al llegar a la mesa de trabajo me cayó encima la loza que no esperaba: ¡joder!, si Fabián se había convertido en soplón de la CIA en 1964 también lo había sido en 1981 cuando yo participé en ese grupo de apoyo a la izquierda revolucionaria del que él formaba parte, menuda cagada, el gran cabrón les habría informado con pelos y detalles quiénes éramos los integrantes del grupo y mi nombre estaría en varios cables como los que yo ahora leía, aunque entonces fuera un mozo de veinte años y tiempo después terminara peleado con ese grupo, sin duda alguna abrieron un expediente con mi nombre que desde entonces permanecía ahí, en los archivos de la CIA, Dios mío, hasta habré palidecido mientras tragaba saliva víctima de un ataque de pánico, con la vista fija en el cable, como si pudiese pasar leyendo tanto tiempo una sola línea, con la sensación de que todas las cámaras y las miradas de los vigilantes me enfocaban y en cualquier momento aparecería el grupo de agentes para capturarme, una sensación de terror insólita en ese salón tan tranquilo que sólo podría superar guardando ese cable y sacando otro de la carpeta, como si nada hubiese sucedido, como si yo continuase con mi trabajo sin sobresalto, cuando en mi mente se había desatado el carrusel de imágenes de las muchas veces que había estado con Fabián, y me preguntaba cuáles de esas ocasiones podrían considerarse las más peligrosas ante los ojos del analista de la CIA que esa mañana había enviado al trigueño a hacerme el chequeo sobre el terreno, y hubo un recuerdo que ardió en mis neuronas enfebrecidas, el de aquella tarde en que el jefe del grupo de apoyo nos convocó para que participáramos en el traslado de un pesadísimo transmisor de radio desde una casa de seguridad hasta el aeropuerto local, donde lo subiríamos a un avión de carga propiedad de la guerrilla, transmisor que sería utilizado para montar una radio en el frente de guerra y que de tan pesado que era desinfló las llantas traseras del pickup al que lo habíamos subido, con tal esfuerzo que yo temí que me causara una hernia, pese a que éramos diez los que sudábamos, dos de los llamados «colectivos de apoyo», integrados por cinco miembros cada uno, para pesadilla nuestra tuvimos que bajarlo del susodicho pickup y subirlo a otro más potente y con cuatro llantas traseras, luego de lo cual nos dirigimos en caravana hacia el aeropuerto de esa ciudad que prefiero no mencionar porque ahora todo lo dicho y escrito está controlado y almacenado, y ya pronto sucederá como en aquella película en que los polizontes pueden leer hasta nuestros pensamientos más íntimos; pero aún nos faltaba la peor sudada, subir el transmisor al viejo avión DC-10 que estaba en un rincón cerca de los hangares, y al que en el momento en que llegamos le estaban pintando una nueva matrícula falsa en el fuselaje, a plena luz del día, valga aclarar, que lo que menos faltaba era sol en esa meseta de clima templado, un hecho que al principio despertó mis temores pero luego asumí que las autoridades del aeropuerto estaban en connivencia con la guerrilla, que nadie se pone a pintarle una matrícula falsa a un avión en el descampado ni a introducir en él un transmisor de radio pasando por alto los controles aduanales sin que muchos ojos bajen la vista en busca del maletín con la plata, para decirlo de forma grosera, aunque en aquel momento, mientras empujábamos el transmisor con cuerdas y poleas para subirlo por una rampa hasta la cabina de carga del DC-10, lo que menos trabajaba era mi cerebro, importaban sólo los músculos y la fuerza física, de los que la naturaleza no me ha dotado como sí lo hizo con Fabián, quien empujaba a mi lado haciendo bromas, siempre me pareció un ruco un poco amargo, pero simpático y chistoso, a quien lo único que sacaba de quicio era que los jóvenes habláramos con admiración del poeta Roque Dalton, decía que éste era un mequetrefe, ahora yo entendía por qué, pero en aquella época me parecía una envidia cualquiera, rivalidades propias de compañeros de generación, y el hecho de que un reconocido escritor empujara sudoroso sin perder el sentido del humor junto a aquella parvada de veinteañeros sólo podía darnos una mayor confianza hacia él, alguien que tenía dos décadas más de experiencia en la conspiración política que nosotros, pero nadie sabe a quién tiene a su lado, y yo que me creía de regreso de todo, inmunizado a los asombros... Porque entonces, aún conmocionado por mi descubrimiento, sacando y metiendo cables de las carpetas como si los estuviese leyendo, pero con mi mente absorta, comprendí las dimensiones de la traición de Fabián, no sólo por el expediente que por su culpa yo tendría abierto en los archivos de la CIA, situados a pocos kilómetros de donde yo me encontraba, y que me tenía atado a esa mesa pero con las puras ganas de salir corriendo, sino porque ese avión y su piloto habían sido capturados por el ejército un par de meses más tarde, en una pista clandestina en la zona paracentral de El Salvador, ninguna casualidad veía yo ahora en el hecho de que Fabián hubiese sido quien dio el pitazo, que en 1981 tenía diecisiete años de estar trabajando como informante encubierto de los gringos, y ya se sabe que los oficios y los vicios con el tiempo se perfeccionan.

Me dije que ya era hora de largarme, ninguna capacidad de concentración me había quedado luego de descubrir el dichoso cable, lo que procedía era ponerme de pie y empujar la mesa rodante con las cajas llenas de carpetas al mostrador donde debía regresarlas, aunque fuese temprano y se suponía que podía trabajar unas tres horas más, necesitaba salir de ese recinto para respirar otro aire y ver otras caras que distrajesen mi mente, tal como hice, muy tenso, con los nervios a flor de piel y mis sentidos en estado de alerta como si fuese a estallar una balacera o un comando fuese a caer sobre mis huesos, porque ahora tenía la certeza de que ninguna vigilancia sobre mi persona era fortuita sino que estaba originada en esa primera delación de Fabián, y de ahí para adelante. Pero nada sucedió cuando entregué la mesa rodante con las cajas que me mantendrían apartadas para el siguiente día, ni cuando bajé por el ascensor hacia los casilleros para recoger mi mochila, ni cuando pasé los puestos de revisión donde esculcaban minuciosamente a cada investigador, para que nadie fuese a sacar un documento original sino fotocopias autorizadas, ni cuando salí a la calle y me encaminé a la parada de autobuses, nada sucedió ni nadie me seguía, sólo el recuerdo del rostro de Fabián con su espeso bigote, el sarcasmo de sus comentarios, los gestos enérgicos con los que narraba su participación en el golpe de Estado de 1972, un golpe a causa del cual se vio obligado a salir al exilio al país donde yo lo conocí y lo había tratado… ¡Caramba!, ese golpe de un grupo de oficiales y civiles progresistas contra la cúpula militar criminal y reaccionaria quizá había fracasado porque Fabián formaba parte del pequeño círculo de conspiradores, tan importante fue su rol que participó como custodio del general enano y presidente de la república, a quien habían llevado en calidad de prisionero al cuartel de artillería El Zapote, sede del mando de los golpistas, en una de cuyas ergástulas lo mantuvieron detenido hasta que el golpe fue derrotado por el otro bando de militares que apoyaban al enano, según lo que Fabián me había relatado, historia ante la cual mi reacción había sido preguntarle por qué no habían ejecutado al enano, muerto el perro se acaba la rabia, dice el refrán, y las tropas leales se hubieran desmoronado ante la eliminación de su cabecilla, a lo que Fabián respondió que no se le había eliminado porque el jefe máximo de la asonada, un coronel de apellido Mejía, se opuso y prefirió la rendición e irse al exilio, una estupidez habida cuenta de que unos años después, cuando regresó al país, el tal coronel encajó sesenta y ocho tiros entre pecho y espalda disparados por aquellos ante los que él se había mostrado tan piadoso, ese tipo de lecciones que nunca deben pasarse por alto, al igual que la que yo estaba aprendiendo mientras esperaba el autobús en las afueras de los Archivos Nacionales, porque ahora yo comprendía que Fabián siempre había sido un infiltrado entre los conspiradores, cuya misión había sido hacerlos dudar y debilitarles la voluntad, aunque después en el exilio contara lo contrario, que él había sido el tenaz y decidido ante la pusilanimidad de los otros, y también comprendí que Fabián había intercedido para que no mataran al enano, ambos estaban en la nómina de la CIA, los cables desclasificados no mentían, aunque a veces se necesitara un golpe de suerte para encontrar la información más sensible.

Luego de subir al autobús pensé que era una demencia regresar a la habitación del sótano a seguirme envenenando con el descubrimiento del doblez de Fabián mientras esperaba una señal de Mina, señal que quizá no llegaría dada la forma en que se largó la noche anterior, lo que sólo agravaría mi ansiedad, a solas en ese sótano, por eso lo más prudente era que me lanzara a conocer la ciudad, había tarde suficiente por delante para incursionar en una zona interesante, un sitio para orearme, y revisé las notas en mi teléfono donde había apuntado una recomendación que me hizo mi colega de Merlow College, un área llamada DuPont Circle, como la estación de metro, donde había cafés y librerías, en especial una, Kramer Books, en la que el colega había hecho énfasis, tanto por la riqueza de títulos como por el café-bar que funcionaba en su interior, y hacia allá me dirigí, con tan buena suerte que tenía que tomar la misma línea roja de metro que llevaba a Silver Spring, aunque en dirección contraria, por lo que sería difícil extraviarme, podía viajar tranquilo en mi burbuja, ensimismado, preguntándome cuáles fueron los motivos que llevaron a Fabián a traicionar, un hombre inteligente, con excelente formación y carisma, audaz, hasta valiente, ¿qué produjo ese quiebre?, ¿sería en esencia similar al que sufrió el cubanito traidor?, ¿o se hizo pasar por delator en connivencia con los cubanos?, ¿fue el miedo a ser descubierto lo que le produjo el derrame cerebral que lo mató al final de la guerra?, ¿se puede confiar en alguien?

15

La estaba pasando tan bien en la librería Kramer, perdido en sus estanterías, hojeando tantos libros de diversos temas y factura, divagando, curioso, pasaba de un pasillo a otro, contento de haberme deshecho de la podredumbre que había estado atormentando mi espíritu desde temprano en la mañana, hasta que llegué a la sección con libros sobre la CIA, de la que me escabullí con presteza, no fuera a ser que padeciera una recaída, me fui de paso hacia la sección de poesía, y aunque yo no fuera más un lector constante de ese género, mucho menos en lengua inglesa, pondría mi mente en otra órbita, tal como en efecto sucedió porque encontré un libro, *Las elegías del Duino* de Rilke, que yo había leído con mucha pasión al final de mi adolescencia, cuando aún acariciaba el sueño de convertirme en poeta, algo de lo que pronto desistí por mi falta de talento y quizá por una corazonada salvadora, que es una estupidez ser escritor en un país en el que nadie lee, y peor ser poeta, al más talentoso lo pasaron por las armas sus propios camaradas, recuerdo que me llevó a buscar en ese estante un libro de poemas de Dalton traducido al inglés, pero no encontré nada, la fama es cosa fugaz y a veces ni la muerte escandalosa es suficiente para que los libros de un autor permanezcan en una estantería, y entonces recapacité en que si seguía esa búsqueda volvería a los estados de ánimo morbosos que quería mantener fuera de mi espíritu, por eso me encamine al café-bar del que mi colega me había hablado con admiración y que no me defraudó, sino todo lo contrario: la prestancia de su barra y la variedad de bebidas que ofrecían —no sólo vino y cerveza, como en los cafés de otras librerías— fueron motivo de regocijo, que enseguida estuve sentado en el taburete pidiendo un vodka tónic, contento además porque en los parlantes sonaba «Close to the Edge», la canción del grupo Yes, rock progresivo de la década de los setentas en el que yo había permanecido varado, y muy a gusto por cierto, era la única música que aún escuchaba porque me remontaba a aquella época de mi vida en que había querido ser músico, un poco antes de que quisiera ser poeta, como si la vida fuese un listado de lo que a uno le hubiese gustado ser y de lo que sólo la nostalgia queda, y me traía también el recuerdo de algún amigo con el que compartí la ilusión de convertirnos en lo que nunca logramos ser, como Douglas, quien llegaba con su guitarra a casa de mi madre todas las mañanas a eso de las nueve, cuando aún el calor no era tan insoportable y podíamos encerrarnos en mi habitación a tocar un par de horas, a repasar las canciones que él había compuesto y entonaba con una voz en la que trataba de imitar el tono afeminado de Jon Anderson, el cantante de Yes al que ahora yo escuchaba en la barra de The Kramer y al que, para ser sincero, Douglas no imitaba tan mal, con la ventaja que lo hacía desde sus propias composiciones y en español, un talento el tal Douglas, quien nunca había pasado por una escuela de música y componía y cantaba con suma facilidad, que no era mi caso, pues aunque había asistido a una escuela de música y recibido clases de guitarra con un maestro de primera, no hubo manera de que yo pudiera imitar a Steve Howe, el guitarrista de Yes que ahora arremetía con un solo en los parlantes del bar, lo que la naturaleza no da ni a golpes entra, dice el refrán, y yo era un sordo con cierta habilidad técnica para mover los dedos sobre el mástil de la guitarra, y no es ésa precisamente la definición de un músico, algo que por suerte comprendí luego de un tiempo y le dije a Douglas que mejor se buscara otro colega con quien desarrollar sus composiciones, que yo no quería ni ver la guitarra de la frustración que me produjo el descubrimiento de mi sordera musical, y enseguida se la vendí a un conocido que sí sabía cómo tocarla y con quien Douglas trató de acoplarse, pero entonces se nos vino la guerra encima, todos nos perdimos la pista en medio de ese merengue, nadie sabía ya quién era quién ni dónde encontrarse, aunque después me enteré de que Douglas se había ido por unos meses a Estados Unidos y a su regreso terminó colgado de un árbol, en un terreno baldío cerca de donde su familia vivía, nadie supo decirme si él solo se había ahorcado u otros se lo habían escabechado, era tanta la matazón en aquel año de 1980 que a veces costaba detenerse en los detalles aunque la morbosidad estuviese a flor de piel, en especial en casos como el de Douglas, a quien no se le conocía militancia ni ideas políticas, cuya filosofía de la vida era medio mística y esotérica, así nos habíamos conocido en un grupo de estudio teosófico en una casa grande y antigua frente al zoológico de San Salvador, aunque luego de una sesión ambos coincidimos en que aquello era una farsa y nos largamos en busca de otro grupo, el de los gnósticos, quienes no resultaron menos farsantes que los anteriores, por lo que decidimos prescindir de las sectas —que pululaban como hongos alimentados por la sangre de tanta masacre y asesinato— y formar nuestro propio grupo, una locura juvenil desde todo punto de vista porque ninguno de nosotros sabía más de lo que habíamos leído en los libros sobre esoterismo que circulaban en un mano a mano con aquellos que trataban sobre la revolución y la lucha armada, no había quien le enseñara nada a nadie ni posibilidad de que alguno se convirtiera en el líder, ni un Gurdjieff ni un brujo como Don Juan que nos condujera bajo su batuta, sólo los cinco alucinados que nos reuníamos los fines de semana en la casa del Chino en la playa de San Blas a comer hongos alucinógenos y disfrutar el viaje de la cilocibina, con nuestros sentidos alterados, la clara percepción de que existía otra realidad ahí mismo donde nos encontrábamos, pero a la que sólo podíamos acceder por momentos y de forma exigua, sin un método o conocimiento que nos instalara para siempre en ella, que ése era nuestro más intenso deseo, escapar de la brutalidad que nos rodeaba, de la exigencia de que participáramos con fervor de la carnicería, de lo que llamaban «el compromiso de nuestro tiempo», y que no era más que la feroz imbecilidad colectiva, pero no hubo escape alguno, prueba de ello era el cadáver de Douglas con la soga al cuello, colgando de un árbol en un terreno baldío cerca de la casa de sus padres, y otra prueba era el hecho de que meses más tarde yo saliera al exilio y formara parte del grupo de apoyo a los revolucionarios en el que conocí a Fabián, ¡por Dios!, que su recuerdo era lo último que quería traer a esta barra en la que disfrutaba de mi vodka tónic y de «Close to the Edge», esa larga canción de Yes, todo un lado del long play, que ahora terminaba con el gorjeo de los pajaritos y los efectos de sonido que tan bien le salían a Rick Wakeman, el famoso tecladista, trompudo como mi amigo el Chino, el dueño de la casa en la playa, como ya dije, quien siempre le llevaba la contraria a Douglas en todo, sucede que cuando se juntan tres personas dos de ellas funcionan como polos opuestos, y esto se extrema en un grupo de cinco, sin líder que concilie, como aconteció en esa ocasión al final de año 1978 cuando en vez de viajar a la playa decidimos ir de campamento a la montaña más alta del país, el llamado Bosque de Montecristo, también conocido como Trifinio, porque en esa altura coinciden las fronteras porosas de El Salvador, Honduras y Guatemala, un sitio estupendo para un retiro espiritual como el que nos proponíamos, donde haríamos un ayuno durante cinco días a fin de experimentar la expansión de los sentidos de manera natural, en algún lugar habíamos leído que esa experiencia podía ser más intensa que la de los hongos alucinógenos, para ello nos preparamos de antemano con una dieta especial y lecturas de autores místicos y esotéricos de los cuales nada quedó en mi memoria, como tampoco recuerdo las conversaciones de los dos primeros días de ayuno, cuando deambulábamos por el bosque, sin agitarnos para no gastar energía, contemplando con regocijo el paisaje impresionante a nuestros pies, la vista de toda la parte occidental del país con sus lagos y volcanes, y el océano en lontananza, y luego volvíamos a las dos tiendas de campaña en que nos habíamos instalado, a retomar las lecturas y a conversar sobre las rutas para ponernos en contacto con el mundo invisible, de eso me acuerdo, pero más aún de lo que sucedió al tercer día cuando en vez de entrar en un estado contemplativo de conexión con la naturaleza, que era lo que esperábamos, a cada quien le creció lo más feo que llevaba adentro, no hubo apertura de las puertas de la percepción, como decía aquel libro de Huxley, sino la turbulenta correntada de la discordia, como si al dejar al cuerpo sin alimento el espíritu enfermara y comenzara a expeler sus más pútridos humores, eso es lo que había sucedido entre Douglas y el Chino, el alegato envenenado sobre cosas nimias: a quién le correspondía tomar el agua primero, si la brisa venía del norte o del poniente, cuál era el nombre de ese pájaro rojo que parecía cardenal, quién había tomado menos cucharadas de miel antes de entrar al ayuno completo, si el pueblo que estaba hacia la izquierda del lago de Coatepeque era El Congo o Armenia, quién había traído a sus espaldas la mochila más pesada durante la caminata de ascenso, si la percepción del verde de las hojas era en verdad más intensa o se trataba de la pura autosugestión, y otro montón de minucias que fueron pudriendo la convivencia hasta que se produjo el estallido, que si los otros tres no hubiésemos intervenido, Douglas y el Chino se hubiesen ido a los golpes, tanto era su enloquecimiento que el ayuno se nos vino abajo y la abstinencia en el comer sólo exacerbó la pestilencia del espíritu, pese a lo imponente de la naturaleza que nos rodeaba, o quizá a causa de ello, vaya uno a saber, lo cierto es que Douglas y el Chino se enemistaron desde entonces y las vibraciones tan enrarecidas nos traerían otra sorpresa, no en esa misma jornada, que si mal no recuerdo era el 28 de diciembre, Día de los Inocentes, sino a la mañana siguiente cuando desmontábamos las tiendas de campaña, cada quien odiando al otro luego de una noche turbia en la que apenas nos dirigimos la palabra, menos aún pegamos los ojos cuando nadie quería estar dentro de una tienda junto a uno de los envenenados, aunque el Chele Montero y yo mantuvimos la cordura y queríamos ser conciliadores, de nada sirvió, mejor nos perdimos en una vereda oscura, bajo el zumbido del viento entre los pinos, para burlarnos de la voltereta que ahora nos obligaría a regresar a nuestras casas a transcurrir el Año Nuevo con las copas de la amargura, como dice el bolero, en vez de celebrarlo en la cúspide de la montaña culminando un ayuno iniciático, tal como habíamos supuesto.

Y en esas estábamos temprano en la mañana, empaquetando las tiendas de campaña para comenzar a bajar de la montaña, atentos a la trifulca que estaba a punto de armarse entre Douglas y el Chino en torno a quién cargaría qué mochila y cuánto tiempo, cuando del bosque que nos circundaba salieron súbitamente fusil en ristre, apuntándonos, un par de docenas de soldados, bajo una voz de mando que nos ordenó: «¡Quietos, hijos de puta, el que se mueve se muere!». Una orden ante la que permanecimos estupefactos, era lo último que esperábamos, y enseguida la misma voz nos ordenó que nos tiráramos al suelo tendidos boca abajo, con las manos tras la nuca, a lo que yo obedecí en el acto, cagado de miedo, y supuse que los cinco habíamos hecho lo mismo, pero Douglas ya estaba fuera de sus cabales, porque escuché que le decía al oficial que eso era injusto, que no tenía por qué tratarnos de esa forma como si fuésemos delincuentes, y desde mi posición incómoda, con la mitad del rostro pegado a la maleza, logré enfocar a Douglas en el momento mismo en que un soldado con la culata del fusil le pegaba un fuerte golpe en la espalda al grito de «¡Al suelo, hijoeputa, que no entendés!», y aquél caía con un gemido y empezaba a lagrimear, farfullando que nosotros no estábamos haciendo nada malo, por lo que el mismo soldado le pegó un patadón en las costillas y le ordenó que cerrara el hocico, mientras otros soldados hurgaban en nuestras mochilas, revisaban cada una de nuestras pertenencias y le llevaban nuestros libros al oficial, quien los hojeaba al tiempo que decía «Los agarramos cagando, culeritos», lo cual era por completo impreciso, que si en realidad me hubiesen agarrado cagando tras uno de los árboles no sé la reacción que yo hubiese tenido, ya de por si cagar al aire libre en el bosque me daba miedo, a causa de esas culebras que se llaman tepelcúas y se le meten a uno en el culo al menor descuido, tal como nos amedrentaban desde que éramos chicos, y aunque yo nunca hubiese visto una de esas culebras, la tensión que me produce cagar al aire libre en el campo quizá sea el motivo por el cual carezco de cualquier espíritu de excursionista, algo que no le iba a comentar al oficial en ese momento, que no estaba yo loco como Douglas, hacia quien aquél se dirigió y presionándole el rostro contra el suelo con la suela de la bota le espetó: «Con que leyendo a rusos comunistas…», un calificativo que hubiera ofendido profundamente a Ouspenski y a los demás autores que llevábamos en nuestras mochilas, ante lo que Douglas, aunque apenas pudiera articular palabra por la presión que la bota ejercía en su rostro, y también porque los golpes ya habían quebrado su ánimo si no sus costillas, alcanzó a balbucear: «No son comunistas, son esotéricos». El oficial nos ordenó ponernos de rodillas mientras a Douglas lo alzaba por el cabello y una vez lo tuvo en pie le zampó el cañón de la pistola en la boca, al tiempo que nos miraba uno a uno de forma siniestra, nos conminó: «Digan dónde han enterrado las armas, hijos de puta, ¡antes de que les saquemos la información a vergazos!»… Tan lejos me había ido yo en mi memoria que había olvidado por completo dónde me encontraba, y lo de hablar solo sería lo de menos con la de musarañas que entonces se me salen, lo digo no porque me pueda ver yo a mí mismo en tales circunstancias, sino porque más de una compañera de vida me lo ha contado, por eso quizá el barman se acercó a preguntarme si algo se me ofrecía, aunque aún tuviera un cuarto de vodka tónic en mi vaso, pregunta que por supuesto me trajo con violencia de regreso a la barra del bar de la librería Kramer, no con la misma violencia que sufrimos aquel horrendo día, cuando luego de amedrentarnos una y otra vez el oficial se convenció de que éramos un grupo de alucinados y no la célula guerrillera que esperaba sorprender en pleno entrenamiento, aunque lo que en verdad nos salvó de que nos llevaran presos fue el hecho de que el hermano mayor del Chino había sido cadete antes de entrar a la escuela de medicina y para ese entonces ya trabajaba en el Hospital Militar, lo que el oficial confirmó con sus superiores por el walkie-talkie, y hasta terminó burlándose con sarcasmo de lo que nos había traído a la montaña, «Eso de los retiros espirituales es de curas maricones», sentenció a modo de despedida, dejándonos en un estado calamitoso, sobre todo al pobre Douglas, digo yo que nunca se repuso de semejante humillación y por eso meses después se largó para Estados Unidos, sin que ninguno de nosotros se enterara, ni se despidió, que después de esa experiencia el grupo se disolvió y yo comprendí que la búsqueda espiritual puede ser muy peligrosa si uno está donde no debe.

Para sacudirme el recuerdo de Douglas en que la canción de Yes me había sumido, conversé con el mesero sobre sitios que me pudieran interesar en la zona, bebí otro vodka tónic y mientras esperaba la cuenta me entró un mensaje de Mina, enhorabuena, ahí estaba ella de nuevo, diciéndome que podía pasar por mi habitación un rato, una media hora, precisaba, a eso de las seis y media de la tarde, porque después tenía una cena, que le confirmara si yo estaría ahí, lo que hice de inmediato; retozar con su carne, aunque fuese un rapidín, me ayudaría a sacarme de encima la ansiedad que había padecido a lo largo del día, y apenas darían las cinco de la tarde, tendría unos veinte minutos para pasear por la zona y luego tomaría el metro directo a mi habitación, donde podría ducharme y esperarla relajado, por eso salí con contentura de Kramer Books, y aunque el sol aún pegaba con fuerza y el calor y la humedad fueran poco recomendables para dar un paseo, enfilé por Connecticut Avenue, me senté un rato en una banca del DuPont Circle a percibir la ciudad y luego seguí por esa misma avenida hacia la estación Farragot North, donde me proponía tomar el metro, ése era el plan que cumpliría, aunque hubo un desvío inesperado y del cual no tendría ningún sentido hablar si no fuese por las conexiones que después encontré, ya se sabe que unas súbitas ganas de cagar a cualquiera lo pueden atacar en pleno paseo y no había motivo de sorpresa, pero en mi caso fueron tan súbitas y acompañadas de un ataque de angustia, o de ansiedad, a veces cuesta saber cuál es la cuál, y yo sólo cago en la mañana como animal rutinario, si por algún motivo lo hago a otra hora siempre tiene que ver con la proximidad de un evento que me intimida, un viaje en avión, una reunión con gente desagradable o ante la que debo rendir cuentas, o una presentación pública en la que el pánico escénico me acomete, pero en esta ocasión no había nada por delante, aunque la sensación de ser vigilado no me había dejado en paz desde el encuentro con el trigueño frente a la máquina expendedora de boletos del metro temprano en la mañana. Estaba, pues, frente a la tienda JC Cigar, observando en el escaparate los puros con sus altos precios, valorando si valía la pena entrar y tal vez comprar uno para fumarlo después de la cena, cuando padecí el mencionado ataque, tan angustioso y repentino que sólo pude pensar dónde vaciar mis tripas de inmediato, no en esa tienda de puros, sino en un restaurante de carnes que estaba unos metros más allá y hacia el cual me dirigí en una carrerita vergonzante, cuando en verdad lo que quería era correr desesperadamente, y le pregunté al primer mesero que encontré a mi paso dónde estaban los sanitarios, no había tiempo que perder en una búsqueda propia, y hacia ellos me lancé, me deshice de lo que me tenía que deshacer, luego de lo cual —no dejará de sorprenderme el miedo al ridículo que tan enraizado tengo— me encaminé a la barra a tomar una cerveza, como el cliente que hace sus necesidades antes de pasar a consumir lo que buscaba, y no como aquel que sólo entra a cagar y sale tan campante como si nada. Lo importante es que yo tenía conciencia de que aquel suceso era inusitado, y aunque el vaciamiento de mis tripas había relajado mi cuerpo, mi espíritu seguía tensionado, y entonces percibí las conexiones que se habían producido en mi cerebro, la verdad detrás del asesinato de Roque Dalton, una especie de revelación a partir de la cual entré en un intenso estado de agitación, dejé la cerveza a medio acabar, caminé de prisa hacia la estación del metro y pronto estuve sentado en un vagón, tan excitado que saqué mi libreta de apuntes para anotar lo que bullía en mi mente, ya no pude esperar hasta llegar al sótano de la casa de George, enfebrecido escribía en una posición poco propicia sin importarme la marabunta de pasajeros que entraba y salía del vagón a esa hora pico, era una sola idea que explicaba la traición de que había sido víctima el poeta a manos de aquel a quien consideraba su jefe y amigo, una sola idea a la que le daba vueltas y le encontraba ramificaciones en todo lo que a lo largo de los años había leído sobre el caso Dalton, y por eso escribía y escribía pese a los movimientos del vagón, por nada del mundo quería que se me olvidaran todos los argumentos que coincidían en ese punto, y mientras garabateaba miré por el rabillo del ojo el precioso culo de una chica que iba de pie y me daba la espalda, una rubia voluptuosa, tipo Marilyn Monroe, con audífonos en sus oídos, que me echó un vistazo curioso, como quizá varios de los pasajeros, que no es común encontrarse a alguien escribiendo con entusiasmo a la hora pico en un vagón de metro, pero cuando llegamos a la estación Fort Totten, luego del tumulto de los que salen y entran, ella logró sentarse a mi lado, lo cual en otra circunstancia hubiese hecho interferencia en mi labor, hasta hubiese yo tratado de sacarle plática, de hacerme el guapo, pero no entonces cuando aún me faltaban un par de ideas por escribir que hacían efervescencia en mi cerebro y le imprimían velocidad a mi mano, por eso no me distraje pese a la presencia tentadora a mi lado, sino que aún me concentré más, como el corredor que pega el último sprint antes de llegar a la meta, con la exaltación en mis gestos, estoy seguro, porque mi mente había logrado conectar los circuitos que antes estaban sueltos y ahora le daban una nueva explicación al asesinato del poeta, lo que yo estaba terminando de anotar en mi libreta, inmune al ajetreo. «Escribes muy rápido», comentó la rubia cuando el tren se detuvo en la estación Takoma y yo acababa de poner el punto final, satisfecho de haber anotado lo esencial de la revelación, si se le puede llamar de esta forma al descubrimiento de un sentido donde antes no lo había, y procedía a guardar mi libreta en la mochila. Que terminara de apuntar las ideas que bullían en mi cabeza no significaba que hubiese salido del estado de excitación nerviosa en que me encontraba, y seguramente con gestos entusiastas le respondí a la rubia que era la primera vez que escribía sentado en un vagón de metro, pero que había tenido una especie de iluminación sobre un tema que me interesaba y por eso el escribir de prisa y en tales circunstancias, ante lo cual, en vez de darse por satisfecha, me preguntó cuál era ese tema, y lo hizo con interés y simpatía, dispuesta a seguir la conversación, por lo que yo supuse que las estrellas se habían alineado a mi favor, no sólo había resuelto el acertijo del asesinato de Dalton, sino que ahora una chica guapa me abordaba en el metro en un momento en que aún me encontraba en estado de ebullición, lo cual explica que incontinente le haya contado que estudiaba la vida del escritor salvadoreño Roque Dalton, de quien seguramente ella no había escuchado hablar, un gran poeta revolucionario asesinado por sus propios compañeros en 1975 bajo la acusación de ser agente de la CIA, un caso de tragedia o de novela, pero yo era historiador y lo que me había traído a Washington era el objeto de investigar en los Archivos Nacionales la ocasión en que el poeta fue secuestrado por los militares salvadoreños en 1964, bajo instrucciones de la CIA, que lo quiso convertir en doble agente, pero el poeta había logrado escapar de la cárcel, no sin despertar sospechas de algunos suspicaces. Entonces ella me preguntó si yo creía que él había sido agente de la CIA, a lo que yo respondí que los cables desclasificados lo negaban, aunque en estos enjuagues porque parece mentira la verdad nunca se sabe, el día menos pensado se descubrían nuevos documentos y otra verdad saldría a la luz, la historia es una vieja calenturienta que se acuesta con cualquiera, frase que no alcancé a endilgarle, porque hubo una sacudida en el vagón y enseguida ella me preguntó si yo había estado en Guatemala: claro, le respondí, ¿por qué? Es que ella visitaría pronto por primera vez ese país, la enviaba la ONG en la que trabajaba como voluntaria, estaba terminando su doctorado en relaciones internacionales en la universidad de Maryland, pero en ese instante yo apenas le puse atención embelesado en contemplarla; la nariz aguileña, la tez un poco bronceada y esos ojazos verdes que destellaban cierta coquetería muy rara en estos rumbos donde la mayoría de la población ha sido víctima de la ablación emocional, coquetería que en el acto me hipnotizó, mucho más cuando anunciaron que el tren estaba por arribar a la estación de Silver Spring y ella tomó su bolso e hizo los movimientos de quien se apresta a bajar, por lo que luego de confirmarle que ése era también mi destino, compulsivo y con mis mejores bríos empecé a relatarle mis experiencias en Guatemala mientras salíamos del tren, y en las escaleras supe que se llamaba Molly, le pregunté si quería ir a tomar algo en las cercanías de la estación para conversar con calma, y ella miró su reloj de pulsera, dijo que tenía media hora libre, sin hacerse de rogar, preguntó si yo tenía algún sitio preferido, ella hacía muy poco se había mudado a esa zona, ante lo cual mi primera reacción fue llevarla a The Quarry House Tavern, a unas pocas cuadras, lo que me hizo recordar que yo tampoco tenía más de media hora porque Mina llegaría pronto a mi habitación, y lo más prudente era encontrar un sitio a la salida del metro, con tan buena suerte que habíamos caminado pocos metros cuando descubrí The Fast Sandal, un café de índole alternativa y ecológico en el que por suerte vendían cerveza, que el calor en la calle era apabullante y la sed tremenda, por eso una vez que dejamos su cartapacio y mi mochila sobre una mesa fuimos a la barra a ordenar sendas cervezas, pero entonces Molly, hurgando en su billetera, me dijo que ella no podría ordenar una cerveza, pues había dejado su ID en casa, lo que me pareció un poco extraño porque la encargada no le estaba pidiendo una identificación para demostrar su edad, a primera vista se notaba que andaba por los treinta años, pero si ella no quería cerveza sino un té helado era su problema, yo estaba engolosinado con mi propia lengua que no dejaba de moverse, la muy saltarina bailaba al son de lo que la rubia le pedía, que una vez que la compulsión por contar hace presa de mí sólo me callo hasta quedar exhausto, y así le relaté de mi experiencia como investigador en Antigua Guatemala, de mis convulsas andanzas como periodista en la capital y de la política marrullera y criminal que por allá impera. Fue hasta entonces cuando ella me preguntó cuál era el descubrimiento del caso Dalton que me traía tan emocionado en el metro, pregunta que me hizo volver en mí por unos segundos, porque era algo de lo que no estaba preparado para hablar y de lo que no hablaría con nadie, y de forma instintiva eché un vistazo hacia las mesas de alrededor, una pareja conversaba en voz baja a mi derecha y un tipo con audífonos estaba concentrado en su computadora a mi izquierda, personas a las que no recordaba haber visto cuando entramos, y la vuelta en mí mismo me produjo una especie de sacudida, luego de la cual le respondí que ésa era una historia larga y muy complicada, se la contaría en la próxima ocasión en que nos encontráramos, yo tenía que salir también pronto hacia un compromiso. Ella me lo preguntaba porque una de sus profesoras de la universidad era experta en la búsqueda de información en los Archivos Nacionales y quizá me pudiese echar una mano en caso de que yo lo necesitara, ofrecimiento que le agradecí con un entusiasmo hueco porque yo ya había encontrado lo que había venido a buscar, y luego le propuse que intercambiáramos números de teléfono y los e-mail para mantenernos en contacto, a lo que ella respondió con otra sonrisa coqueta que me trajo de regreso a su regazo, sacó el teléfono de su bolso y me lo ofreció para que yo mismo apuntara mi nombre, muy difícil de deletrear, dijo, y yo con entusiasmo le estampé mi nombre y número telefónico, aún estaba maravillado de que una oportunidad con semejante hembra se me estuviese presentando, que ella llamaría, aseguró, observando con alarma la hora en su teléfono, ahora mismo tenía que salir de prisa, se le había hecho tardísimo, y tomó una servilleta en la que apuntó su número de teléfono y su e-mail, como también el de su profesora que me podría ayudar en mi búsqueda en los Archivos, y en otra servilleta me pidió que le escribiera mi e-mail, lo que hice con rapidez pues ella ya se había puesto de pie, pidiendo disculpas, lista a marcharse, y yo también me puse de pie, le dije que saldríamos juntos mientras bebía de un sorbo lo que restaba de cerveza, y así procedimos, con un apretón de manos nos dijimos adiós en la acera y cada quien caminó en sentido contrario.

Relamiéndome por mi éxito, y aún exaltado porque la ciudad se me estaba abriendo de forma inesperada, caminé de prisa hacia mi habitación, quería tomar una ducha antes de que Mina apareciera, mi cuerpo pegajoso de sudor y mi culo hediondo no hubiesen sido apetitosos en caso de que ella viniese con intenciones de repetir el retozo de la noche anterior, y aunque su mensaje era escueto, subrayaba que sería una visita breve, de no más de media hora, lo que me hizo suponer que regresaría por el rollo de Yesenia y no para volver meterse a la cama de la que había salido tan de prisa y molesta, pero en cosas de la carne nunca se sabe con certeza, mejor estar preparado, me dije mientras constataba si la servilleta con los datos de la rubia estaba en el bolsillo de mi pantalón, de donde la saqué para releerla con fruición, decía Molly Brown con un número y la dirección electrónica, y también estaba el otro nombre, el de su profesora, que ahora prefiero no recordar, y entonces recapacité en que había sido y seguía siendo un imbécil, debía haber acordado otra cita, no dejar que la temperatura bajara, por eso la llamé en ese instante mientras alcanzaba la cuadra de la casa de George, pero el teléfono timbraba y timbraba y nadie respondía, vaya la mala suerte, y con más lentitud y cuidado marqué de nuevo, no fuera a ser que en mis prisas hubiese presionado un número erróneo, pero tampoco hubo respuesta ni grabadora que saltara con un mensaje, lo que no dejó de extrañarme y me causó cierta ansiedad, aunque me dije que ella estaría en su cita, con el teléfono sin volumen en el fondo de su bolso, y entré por el patio trasero hacia la habitación donde me prepararía para recibir a Mina. Una vez dentro, antes de desvestirme y pasar a la ducha, hice otro intento de hablar con Molly, no me resignaba a que no me respondiera, así era la ansiedad que comenzaba a carcomerme, con idéntico resultado, y entonces me metí bajo la ducha con mi mente correteando como cucaracha fumigada de Molly a Mina, y de ésta a aquélla, una y otra vez corrió de la una a la otra, hasta que enseguida llegó a un rincón, al descubrimiento que había hecho sobre la conspiración para matar a Dalton, y allí se detuvo un momento, envanecida ante su propia agudeza, pero luego padeció un ataque de pánico, porque saber lo que ahora sabía era muy peligroso, los criminales estaban sueltos, por eso la cucaracha en mi mente siguió su carrera loca repasando en desorden cada uno los eventos que la habían impactado a lo largo del día hasta que llegó al trigueño con quien todo había comenzado, y yo, que ya no sabía qué hacer con ella, cerré de súbito el grifo del agua caliente para recibir el golpe del agua fría, única manera de lograr cierto sosiego, que no tendría ni la calidad ni la duración que yo hubiera deseado, porque no terminaba de vestirme cuando marqué de nuevo el número de Molly, con tanta ansiedad que si me hubiese respondido quién sabe lo que hubiese salido de mi boca, y entonces me senté frente a mi laptop a buscarla en el internet, en Google salían montones de Mollys Brown pero ninguna que fuese estudiante graduada de la universidad de Maryland, y en el buscador de imágenes tampoco aparecía el bello rostro de la rubia, por lo que me fui directamente al sitio de la universidad a buscar su nombre y el de la profesora que me había recomendado y de la cual hasta el número de teléfono me había dictado, mas no hubo nada de nada, ¡caramba!, ¡qué mierda era ésta! Y en medio de mi azoro por suerte me percaté de que eran las seis y media, tenía que salir de inmediato a la acera a esperar a Mina, en su mensaje así me lo había pedido, por si no reconocía la casa, dijo, la noche anterior había llegado y salido en lo escuro, por lo que me precipité hacia afuera con una maraña en mi cerebro, la creciente sensación de pánico en la boca del estómago y en la cara la mueca del orate, hasta Mina se dio cuenta de ello y me preguntó qué me sucedía, mientras caminábamos furtivamente hacia mi habitación, me miraba alterado, dijo, pero yo no iba a contarle mis sobresaltos, además de que ella, luego de que yo cerrara la puerta, me repitió que sólo permanecería un rato, enseguida se iría a una cena, por eso venía tan elegante, y hasta entonces pude apreciar a cabalidad cuán elegante —entallada en un corto vestido negro, el collar y los aretes de plata, los tacones altos y el maquillaje en su punto—, que verla tan bella fue querer desnudarla de nuevo, pero me paró en seco con un gesto terminante, y sentándose en la cama me dijo que ese mediodía había contactado a Yesenia, una colega de la universidad que hablaba español le había hecho el favor de llamar al número que yo le había dado, con Mina enfrente, claro está, y que la paraguaya se había mostrado muy recelosa, había negado conocer a alguien de nombre Erasmo y pronto cortó la llamada, y aunque ellas volvieron a marcar varias veces, la otra nunca respondió, por eso necesitaba mi ayuda para que yo la llamara. «¿Y qué le voy a decir?», alcancé a preguntar sin salir de mi asombro porque nunca supuse que Yesenia mantuviera el mismo número telefónico tras tantos años y menos que fuera a responder una llamada no identificable, yo la había conocido como una profesional con clientes bastante fijos, banqueros y otros ejecutivos de la zona a quienes atendía durante su horario de trabajo en su habitación del edificio de Taunusstrasse que ya mencioné, nada de salidas o llamadas a deshoras, nunca debe uno llevarse el trabajo a casa, recordé que en una ocasión me había dicho. «Que soy tu amiga, que tengo una oferta para ella, que se trata de identificar a una persona y recibirá una paga por ello», dijo Mina de tal forma que no supe si era estupidez o candor, que a veces tanto se parecen, porque broma no era, bastaba ver la expresión de seriedad en su rostro para entender que no cejaría en su esfuerzo. «No esperarás que la llame ahora cuando es pasada la medianoche en Frankfurt», le dije, de pronto fatigado, reprochándome otra vez haberme ido de la boca hasta ese punto cuando no había necesidad de ello para meterla en la cama, y entonces sentí mucha rabia, ganas de empujarla y tirármele encima a morderla hasta sacarle el llanto, pero sus gritos hubieran llamado la atención de George y ella me hubiese metido a la cárcel. Me dijo que la llamase a mediodía, era la hora a la que había respondido, y que lo hiciese desde mi teléfono para que Yesenia no reconociese el mismo número en su pantalla, ella me pagaría el costo, lo podía hacer por Skype que cuesta casi nada y que ella quería estar presente cuando yo la llamara. «A esa hora estoy en los Archivos», le dije, aunque podría aprovechar el break del almuerzo para tratar de contactarla, pero tenía que decirme empero de cuánto era la oferta, si no Yesenia pensaría que yo estaba bromeando. «Cien dólares», dijo Mina con la mayor de las seriedades, y habrá sido por las tensiones del día, o por lo que fuera, pero padecí un incontenible ataque de risa, del mismo calibre de los que había tenido al final de mi adolescencia cuando fumábamos yerba con mis amigos y comenzábamos a reírnos de cualquier estupidez sin poder parar hasta que el estómago nos dolía, de tal manera ahora me reía, con los ojos llorosos me senté en la cama apretándome el estómago, y en los momentos en que lograba recuperar un poco el aliento me repetía «cien dólares», y luego me volvían a doblar las arcadas como si fuese un muchacho hasta que Mina, de pie, con las manos en la cintura y el ceño fruncido comenzó a alzar la voz preguntándome qué me pasaba, por qué me parecía tan chistosa esa cantidad cuando lo que la puta tenía que hacer era confirmar o no si su marido visitaba ese burdel, no le encontraba ella ninguna gracia a mi actitud, ante lo que poco a poco me fui controlando, secándome los ojos con el dorso de la mano, y cuando me incorporé le dije que me disculpara, había tenido un día muy tenso y de cualquier manera ofrecer cien dólares era una broma, Yesenia me insultaría por hacerla perder el tiempo, la delación es muy cara en esos ámbitos, un soplo de esa naturaleza podría hacerla perder a toda su clientela y apestarla para siempre, sino era que hasta su vida pondría en riesgo, ¿o no se lo había advertido ya?, que le pusiera dos ceros más a la cifra que ofrecía y tal vez a la paraguaya le interesaría. «¡Diez mil dólares!», exclamó Mina, era una locura, demasiado dinero, pero yo la miré como si hubiese sido el negociador de Yesenia, lo tomas o lo dejas, nena, el interés es tuyo no nuestro, la repartición de bienes por el divorcio te saldrá cien veces más cara, si eres tan rica como parece, piénsalo, y tal cual mi rostro habrá reflejado estos pensamientos que pasaban por mi mente, porque Mina aflojó su postura y guardó silencio, como si los estuviese escuchando, reflexionando sobre ellos, hasta que dijo que lo tendría que consultar con su abogado, me enviaría un mensaje de texto en la mañana y lo mejor sería si yo pudiese salir de los Archivos al mediodía, ella podía recogerme en su auto de tal manera que pudiera transmitirle su propuesta a Yesenia a través mío, a lo que yo respondí que eso me partiría el día de trabajo, aún tenía mucha investigación por hacer, pero cuando intercambiáramos mensajes en la mañana le confirmaría, y entonces le pregunté si quería tomar algo, mientras me volteaba hacia el refrigerador, no fuera a ser que leyese en mi rostro la idea de apagar mi teléfono el día entero y olvidarme del todo y para siempre de ese asunto. No quiso beber nada, su marido la esperaba en casa para ir a una cena familiar muy importante, la última a la que el bastardo asistiría, dijo con amargura, esta mañana él le había anunciado que lo habían llamado del banco y requerían de su presencia inmediata en Frankfurt, por lo que había cambiado su boleto y tomaría un vuelo en la tarde del día siguiente, aunque ella por supuesto no le había creído una palabra, se había mantenido callada, ahora estaba segura de que el tipo la engañaba, y mientras yo me empinaba una cerveza ella apoyó su trasero en el escritorio, y hasta se sentó un poco en él, con lo que sus muslos quedaron al descubierto, y no pude yo quitar mi vista de ellos, cuando me tomó de la mano y me condujo frente a ella, luego me presionó por los hombros para que cayera de hinojos, y con lentitud se subió el vestido hasta las caderas para que yo viera —asombro, exquisito asombro— que no llevaba bragas.

16

Cuando Mina salió de la habitación me eché un rato en la cama en pos del descanso, imposible había sido concentrarme en la carne que se me ofrecía con mi ánimo tan alterado, como también sería imposible el relax que buscaba echado en la cama, porque no pasaron muchos minutos antes de que alcanzara mi teléfono para volver a marcar el número de Molly, que timbró como antes había timbrado sin que nadie respondiera, y luego abrí mi cuenta de correo para revisar si el e-mail había tenido respuesta, pero nada había en la bandeja de entrada, situación que me llevó de nuevo al estado de azoro que padecía antes de la aparición de Mina. Entonces decidí llamar a la profesora cuyo nombre y número me había dado Molly por si necesitaba consejo para buscar en los Archivos, le diría que la rubia me la había recomendado para que le consultara si necesitaba luz en mi investigación, pero que yo había estado llamando a Molly y no me contestaba, tenía yo la impresión de que había algún error en el número que me había dado, si ella fuese tan amable de confirmarme si estaba yo marcando el número correcto, quizá un dígito estaba mal escrito, algo fallaba, luego yo la llamaría a ella, a la profesora, para contarle sobre mi investigación, que a Molly tanto le había interesado, pero ahora lo que me urgía era contactar a ésta, si era posible que ella revisara en su directorio, se lo agradecería, discursaba mi mente mientras el teléfono timbraba sin que alguien respondiera, como si el encuentro con Molly hubiese sido un artilugio de mi imaginación, pero ahí yacía sobre mi escritorio la servilleta en que ella había escrito los nombres con los números, era su letra, nada me había inventado yo, pero mientras pasaban los segundos sin que yo me resignara a quitarme el teléfono del oído, agotado por semejante marasmo, hubo un click dentro de mi cabeza, hasta podría jurar que escuché el sonido, y no pude hacer otra cosa que tumbarme de nuevo en la cama, boca arriba, con los brazos y las piernas abiertas, en una especie de shock, porque comencé a ver la otra película, en la que nada había sucedido por azar ni las estrellas se habían alineado a mi favor, sino que Molly se había parado frente a mí en el vagón precisamente para que yo la mirara, y si sabía que yo era el objetivo no era porque ella me hubiese seguido todo el rato, sino que la guiaban a través de los audífonos los integrantes del equipo de seguimiento que había venido tras de mis pasos desde que salí de los Archivos Nacionales y cuyo acecho me produjo aquellas súbitas e inusuales ganas de cagar en las cercanías del metro, luego de lo cual tuve la revelación sobre el asesinato de Dalton, a la que llegué por un miedo instintivo y no como fruto de mi agudeza, entonces lo comprendía, y Molly me hizo sentir su presencia en el vagón como parte del plan que habían trazado, por lo mismo se había sentado en el asiento contiguo y me había sacado conversación, mostrando interés por lo que yo hacía y quién era, hasta con coquetería, y tampoco había casualidad en el hecho de que se bajara en la estación en la que yo me bajaba ni que estaba dispuesta a acompañarme a tomar una bebida sin ningún reparo, que para eso estaba entrenada, para que su interlocutor la viera como quería verla, era su trabajo, por eso dijo que había olvidado su ID y se abstuvo de pedir la cerveza, que con el calorón y la caminada sin duda le apetecía, no le permitían correr el riesgo de que yo quisiera ver su identificación y descubriera que su nombre era otro, no Molly, como me hizo creer, y la operación estaba tan bien montada que mientras ella buscaba en su billetera el ID con bastante revuelo como para que yo pusiera atención en ello, lo veía claro ahora, se colaba en el càfé el tipo de la computadora a sentarse junto a la mesa que nosotros habíamos tomado antes de ir a pedir las bebidas al mostrador, un tipo que grabó nuestra conversación y tomaba notas en las que quizá destacaba algunos aspectos de mi forma de hablar y comportarme, vaya uno a saber las técnicas en que los entrenan, y que miró por el rabillo del ojo, como el cliente que no quiere ser indiscreto, cuando Molly me pasó su teléfono para que le apuntara mi nombre y mi número, con el objetivo de que yo presionara en la pantalla y dejara mis huellas, instante en el que no me extrañaría que nos hubiesen tomado una foto para dejarme embadurnado de una vez y para siempre como si estuviese colaborando con esta agente, de la misma forma en que le tomaron fotos a Dalton –sin que él se percatara– cuando lo estaba interrogando Swenson a finales de septiembre de 1964 y esas fotos fueron entregadas once años después a sus camaradas, que con esas pruebas lo acusaron de ser agente de la CIA y luego lo asesinaron... El rollo de esa película era el que giraba en mi mente mientras yacía tendido en la cama, paralizado por el pánico, porque sabía que ésa era la película verdadera y no la que me habían hecho ver en los momentos en que estuve con Molly, lo que había comenzado temprano en la mañana con el trigueño frente a la máquina expendedora de boletos había concluido al final de la tarde con Molly, o como se llamase, cuando nos despedimos frente a The Fast Sandal. La sensación de pánico poco a poco dejó paso a la vergüenza de haber hecho el ridículo: ¿cómo no me di cuenta de lo que estaba sucediendo? Se habían burlado de mí en mi propia cara como si fuese un imbécil y la muy zamarra hasta se había permitido recomendarme una supuesta profesora que podría ayudarme en mi investigación. ¿Para qué? ¿Qué era lo que en verdad querían saber? ¿Y para qué me hizo hablar sobre Guatemala? Me levanté, saqué del refrigerador otra cerveza y comencé a pasearme en la habitación, con un barullo en la mente, porque no terminaba de entender para qué tanto esfuerzo para averiguar lo que yo sabía, si todo procedía de su propia información desclasificada, no merecía yo esa operación, me dije en busca de alivio, el asesinato de Dalton había ocurrido treinta y cinco años atrás, a menos que... ¡Joder! Saqué mi libreta de notas de la mochila y leí lo que había anotado, puras suposiciones, nada que pudiese probar, pero ¿no era la posibilidad de que consiguiese esas pruebas lo que temían? Me dije que debía salir de inmediato a tomar una copa, si me quedaba en la habitación enloquecería, necesitaba anestesiarme, sacar de mi cabeza lo que no había salido ni con la corta visita de Mina... ¿Mina? ¡Carajo! ¿Tendría ella algo que tocar en este mambo? ¿Formaba parte del elenco de esta película? Releí las páginas en las que había apuntado mis intuiciones sobre los motivos del crimen de Dalton, las arranqué de un tirón de la libreta, las doblé varias veces para convertirlas en un pequeño paquetito y me puse a buscar en la habitación un sitio seguro donde esconderlo, hasta que caí en la cuenta de que quizá me estaban filmando y nada más hacía de nuevo el ridículo, por lo que me metí al cuarto de baño, cerré la puerta, revisé los rincones y entonces di por fin con el escondrijo que estaba buscando. Luego me dispuse a salir hacia The Quarry House Tavern.

17

Del bar emergí achispado, un poco a moronga, zapatón, como se diría en los rumbos de los que procedo, lo suficientemente briago para que los miedos del día se esfumaran, contimás después de pasar hablando de béisbol durante casi dos horas con el compañero de barra, aunque era él quien en verdad hablaba mientras yo permanecía embobado en la pantalla, no porque me fascinara el béisbol, que los deportes me dejan indiferente, sino porque mi cerebro estaba tan reblandecido luego de la jornada que agradecía que lo tuviera en salmuera, de alcohol claro está, harto de la almorriña, en tal letargo que no lo movía ni la posibilidad de que Mina y su marido se detuvieran a tomar la última copa en este bar donde todo había comenzado. Caminé hacia la casa de George a través de un vecindario silencioso, por completo a oscuras pese a que no eran más de las once de la noche, y mientras recorría esas pocas cuadras comenzó otra vez la tremolina en mi mente, la sensación de que desde esos carros estacionados en la calle alguien pudiese estarme vigilando, pero por suerte el trecho era corto y pronto llegué a la casa, rodeé el patio y me encerré en la habitación sin percance alguno, con urgencia por sentarme frente a la computadora a ver un poco de porno para relajarme, lo que hice en el acto, y con ganas de hacerme una paja que me noqueara para dormir sin sobresalto, lo que no pudo suceder porque mientras absorto en la pantalla comenzaba a manosearme los genitales escuché que alguien abría muy despacio y con cuidado una puerta. Me volteé con pánico de que un desconocido estuviese entrando desde el patio, pero no, la puerta que se abría era la que conducía escaleras arriba hacia la primera planta de la casa, que por todas las apariencias parecía estar sellada, y detrás de la cual apareció una niña casi adolescente con el dedo índice en los labios indicándome que guardara silencio, era Amanda, la chica guatemalteca adoptada por George y su mujer, ni dudarlo ante ese rostro mestizo con fuertes rasgos indígenas, y entonces ella cerraba la puerta a sus espaldas con el mismo cuidado con el que yo cerraba el monitor de la laptop y me ponía de pie acomodándome los pantalones, dando gracias de que aún no hubiese logrado una erección, pero estupefacto, sin terminar de dar crédito a lo que sucedía, una niña en pijama dentro de mi habitación, como para morirse del miedo, George podía bajar en cualquier momento y la que se armaría, por lo que quise decirle que se fuera, que subiera las escaleras que había bajado, no era hora para hacer una visita inesperada, nada tenía yo que hablar con ella, pero no pude articular palabra del susto que me había constreñido el estómago, y sólo logré hacer gestos con las manos para darme a entender, inútiles por cierto porque ella me dijo, con acento chapín, y la voz un poco ronca para su edad: «Calmate, allá arriba están bien dormidos, no se dan cuenta de nada ni se despertarán con ningún ruido». Y enseguida caminó hacia donde yo estaba, con la vista fija en la computadora y una sonrisa pícara: «Estabas viendo porno, ¿verdad?», dijo con seguridad y trató de abrir el monitor, pero yo puse la mano encima y le susurré que por favor regresara arriba, que su presencia en mi habitación era muy peligrosa para mí, que George bajaría en cualquier momento a buscarla. «No entendés o te hacés el pendejo», me dijo de tal forma y con tal expresión en el rostro que ni sus palabras ni su gestos correspondían con su presencia, como si no estuviese ante una niña en pijama sino ante una vieja zafia y grosera, lo que me produjo un momento de desconcierto que ella aprovechó para levantar el monitor de la laptop, y lo mantuvo así con todas sus fuerzas al tiempo que exclamaba con aire triunfal: «¡Viste, yo lo sabía, te estabas calentando, cabrón!». Volteé con pánico hacia la puerta por la que había entrado porque supuse que su exclamación había sido escuchada en los pisos de arriba, pero ella repitió que no me preocupara, habían tomado suficientes píldoras para dormir y no los despertaría ni un terremoto, mientras se sentaba frente al monitor aferrándolo con las dos manos para que yo no fuera a cerrarlo, algo que yo no intentaría, pues aunque era más fuerte y grande que ella su presencia emanaba tal agresividad y decisión que en el acto comprendí que nada lograría a través de la coacción física sino que tendría que convencerla, pero entonces recapacité en la certeza con la que se refirió al sueño de su familia y le pregunté si ella les había suministrado furtivamente las pastillas para dormir: la parte extra sí, dijo sin quitar la vista de la pantalla, «pero mañana estarán otra vez jodiéndome la vida con sus pendejadas», y enseguida salió del sitio porno que yo había estado viendo y abrió otro, al tiempo que mascullaba con cierta burla: «Qué aburrido lo que ves, por eso no se te para la moronga», lo que me dejó atónito, si no estaba ya en pánico, y volvieron a mi memoria las anécdotas que George me había contado sobre ella, y cuando me dijo, mirándome con un rictus maligno: «¿o crees que no he visto las revolcadas que te has dado con esa mujer?», padecí un estremecimiento porque lo primero que se me vino a la mente fue la imagen de Linda Blair cuando está a punto de ser poseída por Satanás en *El exorcista*, y sentí en el espinazo el mismo escalofrío que había tenido unos treinta y tantos años atrás, cuando vi esa película en el cine Vieytes de San Salvador, al que me animé a entrar luego de haber tomado tres cervezas, acompañado de mi amigo el Chino, quien al igual que yo sólo pudo resistir la primera escena en que Linda Blair es poseída por el diablo, luego de lo cual cada vez que el demonio se metía en ella nosotros cerrábamos los ojos, y con gusto nos hubiéramos largado del cine si no nos hubiera detenido otro miedo, que amigos del barrio o del colegio nos vieran escapar y luego se burlaran de nosotros. «Está casada la muy puta», dijo con desprecio, sin quitar la vista de la pantalla en la que ahora había abierto otro sitio porno que yo desconocía y pasaba rápidamente la lista de videos al parecer en busca de uno favorito, quejándose de no encontrarlo: «El viejo cabrón me tiene bloqueadas las computadoras allá arriba y ya me quedé bien atrás en las novedades, ya no sé cuál es el último que vi», dijo mientras yo permanecía absorto detrás de ella, sin hacer ni decir nada, no lograba salir del shock, preguntándome si con esa frase —«está casada la muy puta»— se refería a un video o a Mina, consternado ante el hecho de que esta niña hubiese sido testigo a través de una rendija de mis encuentros con aquélla y de nuestras conversaciones, hasta que logré reaccionar y le dije que si no se iba de inmediato, yo subiría a despertar a George y le diría que ella se había venido a meter a mi habitación. «No sos capaz de hacer eso, y si lo hacés yo voy a comenzar a gritar que me estás violando y te van a meter preso», dijo sin quitar la vista de la pantalla, como quien espanta una mosca. «George me creerá —le dije, encaminándome a la puerta—, ya me contó que te trataste de coger al negrito y que golpeaste a su esposa y por eso le dio cáncer. Dice que tenés el diablo adentro. Está haciendo todo lo posible por mandarte de regreso al orfanato. Y ya sabés que con plata aquí todo se logra», le dije mientras tomaba el pomo de la puerta, decidido a subir las escaleras, que mi día había sido agotador, mi sistema nervioso estaba exhausto, y lo único que me faltaba era pasar la noche en vela mientras esa criatura se entretenía mirando videos porno en mi laptop —videos que yo me había propuesto ver en mi intimidad—, por lo que sufrí una especie de combustión, un último trastorno, las ganas de poner en su sitio a esta mocosa pese al puto diablo que se cargaba dentro. «Esperate —reaccionó, poniéndose de pie, mirándome con una expresión más mansa, no esperaba que yo supiera su historia—, sólo me quedo un rato», y caminó hacia el umbral de la puerta donde yo me encontraba. «Nada, te vas ya», dije, pero ella tuvo un último arresto, me amenazó con que subiría y activaría las alarmas para que llegara la policía y yo me veía en un gran problema porque me acusaría de haber subido para abusar de ella. «George dirá que es una mentira tuya. Yo no tendré problemas, pero a vos te van a mandar más pronto de regreso al orfanato», le dije con seguridad, aunque en otro circuito de mi mente corría a toda velocidad la cinta en la que una media docena de patrullas de policía y un camión de bomberos se estacionaban frente a la casa, mi noche se convertía en una pesadilla y la vida que hasta entonces había llevado ya no sería la misma. Pero la expresión en su rostro volvió a mudar, ya no era la diabla insolente ni la niña mansa, sino una muchachita obscenamente coqueta: «Yo sí puedo hacer que se te paré la moronga, no como esa gringa inútil», dijo señalando mis genitales y luego me propuso: «Te la mamo». Pude ocultar mi asombro, mantenerme distante, decirle que si con una guapa mujer adulta no se me había parado por el agotamiento nervioso que padecía, mucho menos iba a suceder con una niña como ella, que a mí no me excitaban las niñas, no era un pervertido, le enfaticé como si alguien pudiese estar grabándome, pero mientras esto decía otra voz dentro de mí me refutaba, que sí, que ella sí lograría parármela, lo veía en sus ojos. «Yo no soy una niña», dijo entonces y se sacó la camisa del pijama y luego el pantalón, joder, que estaba completamente desnuda y, si bien tenía presencia de niña, su cuerpo no dejaba lugar a dudas, no tenía los diez que decía tener, era una adolescente, pero logré encubrir mi estremecimiento, le repetí mirándola a los ojos con fastidio que las chicas de su edad no me excitaban, era como estar viendo a mi hija, que mejor se vistiera no se fuera a resfriar por culpa del aire acondicionado. «Yo me visto cuando me ronque el culo», me dijo con insolencia, desafiante, aún bajo el umbral, con las manos en su cintura, al tiempo que yo me había ido replegando hacia el lado del escritorio, donde con un movimiento rápido apagué la computadora antes de que ella pudiera reaccionar y se abalanzara gritando «qué hacés, pendejo». Fue en ese instante cuando sonó mi teléfono celular, y como aún no tenía pensado irme a la cama, había dejado el volumen muy alto, y el timbrazo me produjo un susto tremendo, como si en ese momento me hubiesen cachado con una niña desnuda entre manos, tal como en verdad sucedía, porque entonces yo la sujetaba por los hombros para impedir que encendiera de nuevo la computadora, pero el súbito timbrar no me asustó sólo a mí sino también a ella, que nos vimos a los ojos con desconcierto, si no espanto, y mientras yo tomaba el aparato para apagar el volumen y revisar en la pantalla quién llamaba, ella se vistió en el acto y se esfumó tras la puerta escaleras arriba.

18

Permanecía sentado en el borde de la cama, sin salir de mi agitación, cuando segundos más tarde el teléfono llamó de nuevo, esta vez sin volumen vibraba en mi mano mientras mi vista fija en la pantalla miraba el mismo número que nada me decía, porque de tan turbado que estaba no hice la asociación que era obvia, hasta que contesté y escuché la voz de una mujer que preguntaba en español si yo estaba al habla. Al principio no la reconocí, pero enseguida até cabos, era Yesenia, lo que me sorprendió y también causó alivio, que no era la llamada tan temida, acusándome de estar con una niña desnuda en mi habitación a esas horas de la noche, sino alguien a quien nada de eso preocuparía. Y lo primero que le pregunté con regocijo fue cómo había conseguido mi número telefónico, muy distinto al que ella había conocido en Frankfurt, y por el silencio que se hizo en la línea me di cuenta de que la boca de Mina era más bocaza que la mía, porque enseguida vino la embestida: claro que era la gringa loca esa la que le había dado mi número, pero más demente que ésta debía de estar yo para involucrarme en una cosa tan sucia y peligrosa, me dijo, y para tratar de involucrarla a ella, Yesenia, ¡cómo se me ocurría!, me había convertido en un imbécil o qué, no entendía yo acaso lo que esa gringa se traía entre manos, y para colmo darle su número privado en Frankfurt, nunca se imaginó que yo fuera semejante traidor, con todo lo que ella me había ayudado cuando llegué con la cola entre las patas porque Petra me había echado a la calle, ¿no recordaba? Y en-

tonces, poniéndome de pie, balbuceé de prisa, cual niño re-
gañado, que todo había sido una confusión, que yo suponía
que ella ya había dado de baja ese número telefónico, eso me
había dicho siempre, que cambiaba sus números con frecuencia por los clientes necios, aquellos a quienes a medianoche
ya borrachos les ganaba la necedad, que por eso se lo había
dado a Mina, para quitármela de encima, que estaba obsesionada con divorciarse de su marido banquero alemán, no para
casarse conmigo, se lo quería dejar en claro, sino que por una
serie de azares muy largos de explicar terminamos hablando
de los banqueros y la zona roja de Frankfurt, y ciertamente yo
me había ido de la boca al mencionarla a ella, Yesenia, pero
nunca imaginé que la gringa fuera tan empecinada y la llamaría, insistí mientras me paseaba por la habitación con el re-
mordimiento acicateando mis pasos. Ése era su número privado, personal, jamás se lo había dado a ningún cliente, dijo,
por eso no tenía necesidad de cambiarlo, y si estaba en mis
manos era porque había sido su profesor de salsa, pero que
ahora mismo lo daría de baja, ésa era la última llamada, a causa de mi indiscreción, pediría un número nuevo en el acto, lo
que le daba rabia, tendría que comunicárselo a sus familiares
y amigos, después de tantos años de haberlo conservado para
su privacidad, pero lo que más rabia le daba, y hasta un poco
de tristeza, era que yo tratara de involucrarla en una maniobra
tan sucia y peligrosa, repitió, que ella no era una ingenua y
jamás se creería la falsa historia de la mujer obsesionada por
divorciarse de su marido porque éste se iba de putas, ¿la creía
yo una tarada?, ¿qué hacía yo en Washington?, ¿me había convertido en un informante de los servicios gringos?, ¿suponía
yo que ella, Yesenia, era tan tonta como para desconocer las
operaciones encubiertas de los gringos para conseguir información que les permitiera chantajear a los ejecutivos del Banco
Central Europeo? Cualquier puta con tres dedos de frente en
esa ciudad sabía de ello, y se cuidaba, evitaba ser carnaza. Traté de defenderme: la historia del divorcio era verdadera, los
gringos son así, raros, le dije, que yo me los había encontrado

en un bar y fui testigo presencial del altercado entre ellos... ¿En un bar?, me interrumpió con un grito de sorna, mofa, rabia. Y enseguida colgó, apagó el aparato, kaput, y yo quedé estupefacto, con la boca llena de explicaciones.

Que la mente busca refugio en los parapetos más insospechados lo experimenté de nuevo en ese momento, cuando, desencajado, desplomé mi trasero en el borde de la cama, con la vista fija en la pantalla del teléfono, como si otra llamada de Yesenia fuese a entrar en cualquier instante, como si el corte hubiese sido un problema de la línea, a sabiendas de que una parte de mí trataba de engañar a la otra, la que estaba segura de que no habría más llamadas, y en vez de pensar en la gravedad de la revelación hecha por Yesenia, me pregunté por qué se había quejado de la dificultad de comunicar su nuevo número a familiares y amigos, cuando era tan fácil que lo hiciera a través de su cuenta de Facebook, lo que me condujo a preguntarme si las putas tenían Facebook, una cuenta abierta con seudónimo para los clientes y otra privada para familiares y amigos, sería lo lógico, la propia Yesenia debía seguir esa estratagema, y no hubiese sido difícil comprobarlo si yo mismo hubiese tenido una cuenta, pero ya no la tenía como antes la había tenido bajo un nombre falso, para fisgonear en las vidas de algunos conocidos y sobre todo conocidas, un fisgoneo que pronto me aburrió porque la vida del prójimo exuda aburrimiento y vanidad, nada más, por lo que decidí no seguir perdiendo mi tiempo en semejante tontería, y cuando semanas más tarde me dije que no estaría mal echarle un último ojo a las cuentas de un par de damiselas, descubrí que había olvidado mi contraseña y que para recuperarla ahora debía someterme a nuevos candados, vincular el Facebook con mis cuenta de Gmail, una barbaridad, porque en mis cuentas de Gmail había alguna información cierta sobre mi persona en tanto que nada de ello sucedía en Facebook, y no estaba yo dispuesto a hacerles más fácil la vigilancia a los sabuesos electrónicos, por lo que desde entonces me olvidé de las llamadas redes sociales.

Pero la mente no podía permanecer parapetada mucho tiempo ante una sospecha tan explosiva como la que había mencionado Yesenia, que Mina me estaba conduciendo como a un corderito hacia una operación de inteligencia de alto vuelo. Sentí un apretón en las tripas, como siempre me sucede cuando el pánico asoma, y caminé a paso veloz hacia el retrete, que en tales circunstancias el amago puede de súbito convertirse en pestilencia, y de la prisa que llevaba ni la puerta cerré, acostumbrado tanto tiempo a vivir a solas dejé de temer la presencia de la pareja o el compañero de piso, la queja por el tronido y el tufo. Eso explica que me haya quedado divagando sentado en el retrete, con la puerta abierta, el pantalón hasta la rodillas y el teléfono entre las manos, repitiéndome que no era posible que Mina y el hombre que la acompañaba hubieran montado ese show en la barra del bar sólo para que yo les abriera la ruta hacia Yesenia, demasiado delirante, no podían saber de antemano que yo había tenido ese contacto en Frankfurt varios años atrás, además de que Mina sí existía, como lo había comprobado yo en el sitio web de la Universidad de Maryland, ya lo dije, al contrario de la rubia vespertina que se hizo llamar Molly. Pero ¿acaso el hecho de que fuera profesora universitaria le impedía ser agente al servicio del FBI o de la CIA? ¿No había conocido yo personalmente en mis buenos tiempos a periodistas y académicos que eran en verdad espías de los servicios occidentales o comunistas? ¿No me parecía sospechosa la facilidad y rapidez con que ella se había involucrado sexualmente conmigo, tratándose de una respetable profesora universitaria, una mujer casada, supuestamente de una buena familia conocida en la zona? ¿Tampoco dudaba de cómo un común pleito conyugal en una barra había desembocado de pronto en la obsesión de ella por el divorcio gracias a la historia contada por un desconocido? Era muy sencillo, además, para cualquier servicio de inteligencia rastrear mi pasado en Frankfurt, así como prever mis movimientos y abordarme en los lugares menos sospechosos: ella en el bar, el trigueño en la máquina expendedora de boletos del metro, la rubia en el vagón del tren. Sentí un intenso frío, como si el aire acondicionado estuviese al máximo, y también un apretujón en las entrañas, que era puro miedo a secas. ¿En qué trampa había caído? Las sospechas de Yesenia no eran descabelladas y había hecho bien al cortar de tajo cualquier relación conmigo, me dije mientras me sorprendió el recuerdo de la noticia leída unas semanas atrás sobre un banquero y político francés a quien le habían montado una emboscada en un hotel de Washington a través de una empleada que lo acusó de violación. ¡Joder! Lo que yo debía hacer era escapar de la ratonera, largarme de esa ciudad enloquecida, aunque lo primero era cortar todo contacto con Mina, a lo que procedí de inmediato, con un nuevo acceso de excitación nerviosa, apagué el aparato por completo y me dije que temprano a la mañana siguiente me largaría de la habitación antes de que ella pudiera aparecer. Tampoco iría a los Archivos, que lo más prudente era evitar ese sitio, aunque no hubiera terminado con todos los cables desclasificados sobre Dalton que hubiera querido consultar, pensé mientras me ponía de pie y me acomodaba el pantalón, antes de echar una mirada fugaz a la alacena donde había escondido las hojas con mis apuntes sobre el asesinato del poeta convertidas en paquetito. Me dirigiría al centro de la ciudad a transcurrir la jornada en los museos, a eso me dedicaría durante los dos días que aún me quedaban en la ciudad, a recorrer museos y galerías con el teléfono apagado, porque cambiar la fecha del boleto de regreso me costaría una tendalada de billetes y no tendría manera de justificar ese hecho ante las autoridades de Merlow College que habían financiado mi viaje, me dije mientras me lavaba las manos y observaba mi rostro maltrecho en el espejo. Y enseguida apagué las luces, me desvestí y me metí bajo las sábanas.

19

Quién sabe de qué profundidades me habrán traído de regreso los toques apremiantes en la puerta y un murmullo ininteligible para alguien que salía de un sueño como el mío, que cuando alcancé a abrir los ojos y tener conciencia del lugar en que yacía, se escabulló la memoria de lo que estaba haciendo en las profundidades de las que venía, y sólo me traje la imagen de mi moronga metida en un culo, como una foto fija, sin idea de a quién pertenecía el culo ni por qué mi moronga estaba dentro de él, una imagen sin sentido que enseguida se esfumó cuando escuché nuevos toques en la puerta, y mi mente maltrecha me lanzó una descarga de adrenalina, porque supuse que quien tocaba era Mina, ansiosa porque no tenía forma de comunicarse conmigo, que yo había apagado mi teléfono precisamente para cortar el contacto con ella, y ahora la tenía ahí, del otro lado de la puerta, no sólo ansiosa sino seguramente hecha una furia, habida cuenta de que había descubierto mi ardid. Volteé hacia el radio despertador que estaba en la mesita de noche, donde reposaba también mi teléfono, atribulado porque alguna excusa le tendría que dar a Mina, sin tener claridad sobre cuál le daría, que sólo me apetecía quedarme bajo las sábanas haciéndome el dormido, resistir hasta que ella se largara, se convenciera de que yo no estaba ahí sino en los Archivos, o por lo menos en camino hacia ellos, que ya eran casi las nueve de la mañana y no había razón para que yo aún estuviera holgazaneando en mi habitación; y de seguir tocando ella corría el riesgo de que George se asomara a curiosear y entonces la abordara, cosa normal ya que estaba en el patio trasero de su casa, y Mina se las vería de a palitos para dar razones de lo que hacía en ese sitio.

Que a veces la mente lo conduce a uno de un miedo a otro miedo, sin el mínimo sosiego, es algo que cualquiera puede comprobar sin requerir de especial talento, tal como me sucedió en el instante en que comprendí que la voz ininteligible no pertenecía a una mujer sino a un hombre, y que los toques apremiantes no procedían de la puerta que conducía al patio trasero de la casa de George, sino de la puerta que conducía escaleras arriba, que yo consideraba tapiada hasta que Amanda me sacó de mi error. Me incorporé en la cama, mientras me espabilaba del todo, y distinguía la voz de George llamándome: «Míster Aragón, míster Aragón», decía una y otra vez el cara de muerto, lo que de inmediato me llevó a pensar que el gringo ya se había enterado de la estancia de su hija adoptiva en mi habitación, ninguna otra circunstancia lo llevaría a dar toques en esa puerta que me había hecho creer que estaba sellada. Le pregunté qué sucedía, si se trataba de una emergencia. Me dijo que le urgía hablar conmigo. Le dije que recién me estaba despertando, que me esperara unos veinte minutos, mientras me duchaba y me preparaba un café, que me había quedado trabajando hasta noche. Se excusó por haberme despertado, pero dijo que al parecer mi teléfono estaba desconectado, pues no entraban mensajes, y por ello se había animado a venir a tocar esta puerta. Quién sabe cuánto tiempo atrás el muy cabrón había ido a pegar la oreja a la puerta, sin duda que escuchó mis ronquidos y hubo un momento en que ya no pudo aguantarse y comenzó con la jodedera, que seguiría con la incriminación de que yo había permitido que Amanda entrara a mi habitación y permaneciera a solas conmigo, pensé mientras me apresuraba a meterme bajo la ducha, y quién sabe lo que la diabla esa le habría contado, lo que me hizo temer lo peor, que yo había tratado de abusar de ella o alguna otra sandez que el tal George trataría de utilizar para amedrentarme, aunque él mismo me había advertido que la patojuela era de temer, que ya había tratado de cogerse al negrito tanzano y había atacado a su mujer, por lo que el miedo era una tontería, y era yo quien tenía que advertirle que la susodicha les había administrado una sobredosis de somníferos y en una noche cualquiera, con intención o sin ella, los mandaría al otro mundo, me dije mientras me enjabonaba bajo la ducha, con un humor de perros, para ser sincero, que despertar es ya de por sí asunto desagradable y peor cuando uno ha sido despertado en circunstancias como las que yo recién padecía. Una vez duchado y vestido, mientras sentado a la mesa esperaba que el café estuviera listo, recordé lo que había sucedido al final de la noche anterior, luego de que yo apagara las luces y me metiera bajo las sábanas, cuando estaba en la duermevela y percibí que se abría de nuevo la puerta de las escaleras, Amanda entraba con sigilo a la habitación oscura, se sentaba en el suelo cerca de la misma puerta y comenzaba a contarme una historia de su vida, con una voz que en otras circunstancias me hubiese inspirado lástima, pero a la que entonces me propuse no poner atención, de tan cansado que estaba mi único deseo era el sueño profundo, aunque ahora descubría que parte del relato se había grabado en mi memoria.

Pronto George estuvo tocando la puerta, esta vez sin apremio, más bien con el cuidado del culposo, por lo que luego de dar un sorbo a mi café le dije que pasara, no era yo quien podía abrir esa puerta, cuyo seguro estaba al otro lado del picaporte, cosa normal a fin de impedir que los inquilinos pudieran pasar escaleras arriba, lo anormal era que cualquiera pudiera pasar de aquel lado hacia este, tal como se lo comenté a George cuando su rostro cadavérico asomó pidiendo disculpas, con un gesto de contrición, porque él se acababa de enterar de que Amanda había bajado a mi habitación la noche anterior, seguramente a molestarme, que él no se la imaginaba de otra manera, me pedía perdón por semejante suceso, una falta de respeto que esa niña jamás había cometido, quizá se atrevió a hacerlo al darse cuenta de que yo era originario de Centroamérica y hablaba español, él mismo había hecho el comentario en la mesa del comedor, sin prever que la niña reaccionaría con semejante intemperancia, él lo lamentaba muchísimo y esperaba que el hecho no hubiera trastornado mi ritmo de trabajo en la noche, a tal grado lo lamentaba que me estaba ofreciendo devolverme el dinero equivalente a los días de renta que me restaban, con tal de que por nada del mundo yo comentara con Airbnb la irrupción de la menor, eso le haría un enorme daño al expediente de la habitación, corrían el riesgo de ser vetados por Airbnb, lo que dificultaría su renta, y él ya me había explicado que para ellos, por su enfermedad y su condición de pensionado, era muy importante la constancia de este ingreso, por eso me rogaba que aceptara su ofrecimiento y me prometía que esa misma tarde pondrían una cerradura de la que sólo él tendría llave. Lo quedé mirando, mientras le daba un sorbo a mi café, y le pedí que se sentara, pues la parrafada se la había echado de pie, como si sentarse a la mesa conmigo fuese a incidir negativamente en su ruego, y hasta le ofrecí un café, que no aceptó con mil disculpas, el café era pernicioso para su estómago por el cáncer del que recién salía, dijo mientras jalaba una silla y tomaba asiento. Entonces le pregunté cómo se había enterado de que Amanda había bajado a mi habitación la noche anterior. Respondió que ella se lo había contado a su medio hermano, el negrito tanzano, y que éste consciente de la gravedad del hecho se lo había comunicado a George, a quien le daba mucha vergüenza que ella haya tratado de involucrarme en sus apetitos obscenos, sin que yo lograra definir en ese instante si se refería a su intento de ver videos porno en mi computadora o a su propuesta de chuparme la moronga, cuestión que no le preguntaría, que lo preocupante no era lo que ella había querido hacer sino lo que había hecho, por eso inquirí cómo era posible que ellos no se hubieran dado cuenta de que la niña había venido escaleras abajo, que no se hubieran despertado con su ruido ni con mis esfuerzos por convencerla de que saliera de mi habitación, ante lo que George retomó su mueca de contrición y dijo que por la enfermedad a veces su sueño era profundo. Iba a advertirle que mantuviera bajo llave sus somníferos, que la noche menos pensada a la niña se le iría la mano y ellos no despertarían, pero nada le dije, que si la tragedia era su destino al pulso se la había buscado, pensé mientras me servía otro poco de café. Pero que el ánimo es un péndulo que se mueve a su antojo lo comprobé una vez más cuando, empujado por el súbito nerviosismo que me produjo la jeta cadavérica de George, le advertí que debían tener mucho cuidado con esa niña, no sólo porque no era lo que decía ser sino que había vivido situaciones muy delicadas, que lo que él me había contado sobre haber crecido en un burdel era un juego de niños, apenas el comienzo de la historia, ella me había hecho el relato la noche anterior, sentada en ese sitio, le señalé a George el piso junto a la puerta, un relato que él debía conocer porque le competía de forma directa y que arrancaba precisamente en el burdel del Puerto San José donde la madre tenía un cliente —un pobre pescador, macho y busca pleitos— a quien apodaban Moronga, porque era prieto, fornido y chaparro, pero que en verdad se llamaba Abilio, aunque todo mundo lo llamaba Moronga, y que el tal pescador se había encaprichado con su madre, y llegaba casi todas las noches cuando no se iba a alta mar, y que a su madre le repugnaba porque al sujeto sólo le gustaba darle por el culo, a tal grado que su madre le propuso que se consiguiera un maricón y la dejara en paz a ella, pero como la situación económica siempre era precaria, y un cliente era un cliente, contimás si pagaba el costo extra por el sexo anal, su madre lo toleraba, incluso hizo la vista gorda cuando el tal Moronga coqueteaba con Amanda, entonces una niña de diez años, y hasta le daba regalitos, aunque le advirtió que si trataba de cogerse a la niña le cortaría los cojones, y él bien sabía que ella no bromeaba. Fue hasta ese momento, quizá porque su mente era de reacción retardada o porque yo no le había abierto resquicio mientras contaba el relato, cuando George me preguntó qué significaba Moronga, por qué le decían así a ese señor, pregunta que me sacudí de forma expedita, diciéndole que se trataba de una salchicha de sangre de puerco y también del nombre vulgar que en algunos sitios se le daba al órgano masculino, explicación que dejó a George un tanto boquiabierto, que los yanquis sólo entienden de apodos blanditos. El caso es que, continué, mientras ponía otra cafetera, de un momento a otro el tal Moronga comenzó a visitar el burdel con un rimero de billetes del que le encantaba jactarse, cuando con su salario como pescador no le hubiera alcanzado más que para ser un muerto de hambre, y no era él el único pescador al que le había cambiado la suerte, por lo que pronto circuló el rumor de que salían en sus lanchas no en busca de que los peces cayeran en sus redes, sino de los cargamentos de cocaína que las lanchas rápidas de los narcos colombianos tiraban en alta mar cuando eran descubiertos por helicópteros de la DEA. La madre de Amanda, por ser la puta favorita de Moronga, fue pronto la agraciada con regalos y promesas, con el inconveniente de que Moronga comenzó a enloquecer y quería que el culo de ella fuera sólo de él, como si con los regalos bastara para que ella no tuviera que ganarse la vida en el burdel, situación que tensó la relación entre ellos y que llevó a que Moronga le prometiera, en un arranque macho, que le montaría una casa y un pequeño negocio para que ella ya no tuviera que trabajar de puta, promesa que en un principio la madre de Amanda no le creyó, aunque le hacía ilusiones. Hasta un carro se compró el tal Moronga, quien antes ni conducir sabía, me había dicho Amanda, tal como le conté a George, y no sólo eso, sino que ahora vestía ropa cara y exigía que ya no le dijeran Moronga, sino don Abilio, algo muy difícil de conseguir dada la cultura en la costa tropical, le expliqué a George, donde el Moronga no se lo quitaría ni cuando fuera difunto, lo más que conseguiría, luego de amenazas, porque ahora también cargaba pistola y se rodeaba de un grupo de mafiosos, fue que lo llamaran Don Moronga, dije mientras me servía una taza de la segunda garrafa de café y constataba que en el rostro de George privaba la impasibilidad, como si la historia no le importara, como si no tuviera ningún interés para él ni para su familia. Fue en esa época cuando, una tarde, Moronga apareció en su carro a la hora en que Amanda salía de la escuela y caminaba hacia el cuartucho del mesón donde vivía con su madre y su hermano mayor, Calín, hijos por supuesto de distinto padre desconocido, pero con una intensa relación filial, dado que se la pasaban a solas cuando su madre trabajaba en el burdel, donde se encontraba precisamente esa tarde en que Amanda se subió al carro de Moronga, quien en vez de llevarla al mesón quería conducirla en otra dirección, a una playa bonita, le dijo, con la intención sin duda de abusar de ella, pero la niña se le bajó del carro mientras hacía un alto y desde entonces le pidió a Calín que la esperara a la salida de la escuela. Una firmita el tal Calín, a propósito, quien abandonó sus estudios antes de terminar la primaria e ingresó a la sección local de la llamada Mara Salvatrucha, una pandilla de criminales con los que muy pronto se metió en graves problemas, quién sabe a quién mataría que luego lo querían matar a él, por lo que la madre apeló a Moronga para que lo protegiera y éste lo que propuso fue pagarle a un coyote para que se trajera al chico a Estados Unidos, con lo que mataba dos pájaros de un tiro, porque agradaba a la ramera al responder con eficacia a su pedido mientras la hija quedaba solita para cuando él la quisiera, era lo que yo había razonado ahora que estaba contando el cuento, y no lo que Amanda me había contado, que a veces sucede que quien escucha una historia le encuentra nuevos sentidos, pero para el caso, en lo que a George concernía, el hecho era que Amanda tenía un hermano mayor viviendo de forma ilegal en Nueva York, cuatro años mayor que ella, según había entendido la noche anterior, por lo que tendría unos dieciocho años, que la chiquilla no tenía los diez años que decía tener sino catorce. Pero eso no era todo, le aclaré a George, quien ahora parecía haber abierto un poco más los ojos, no supe si por la sorpresa o por la ausencia de luz natural, era difícil precisarlo, por lo que bebí lo que restaba del café y me dirigí a abrir las cortinas, permitiendo que la soleada mañana veraniega entrara a la habitación: Amanda no se llamaba como decía llamarse, su nombre le había sido cambiado por un suceso que vino a trastornar su vida, como si no hubiese estado suficientemente trastornada ya, y cuyo causante fue el mismo Moronga, quien cada vez adquiría más poder y dinero dentro del cártel que controlaba a los pescadores y creyó que podía manejar la mercancía a su antojo, como si fuera más listo que los verdaderos jefes, los colombianos y los mexicanos, el pescador guatemalteco tuvo la iniciativa de quedarse con una parte del cargamento, y con el dinero que por ello obtuvo le compró un salón de belleza a la madre de Amanda, no en el mismo Puerto San José, donde la clientela hubiera escaseado, sino en la ciudad de Escuintla, donde ella no era conocida como ramera y donde Moronga se las ingeniaría para tratar de formar su propio cártel, con tan mala suerte que un mediodía, dos semanas después de haber inaugurado el salón de belleza, un grupo de sicarios irrumpió en el mismo a acribillar a las personas que ahí se encontraban, clientas y peinadoras incluidas, y por supuesto a la madre de Amanda, quien había corrido para tratar de escapar por la puerta trasera, donde tendido quedó su cadáver con 93 perforaciones de bala, ni una menos ni una más, para que a Moronga no le cupiera duda de la seriedad del aviso. Quiso la suerte que en el momento en que los sicarios irrumpieron, la niña se encontrara en una pequeña habitación que utilizaban como bodega y en cuyo clóset se escondió hasta que los hombres se fueron, cuando salió aterrorizada a contemplar los cadáveres, aún tibios y sangrantes, de su madre y de las demás mujeres, tal como sucede en las películas, pensé al mismo tiempo que le estaba contando la historia a George y me pregunté si el relato de Amanda era cierto o procedía de una escena que había visto en la televisión, una asociación de ideas nada fortuita porque entonces George reaccionó y quiso saber si la niña había visto el rostro de los asesinos, que al parecer todos habíamos asistido a la misma película. Le dije que ella aseguraba que sólo a uno de ellos, al que entró a la bodega rápidamente a chequear que no quedaran sobrevivientes, por eso una tía o pariente de Amanda, con el apoyo de Moronga, le consiguió otros documentos de identidad y la envió al orfanato de donde George la había recogido. Que cuál era el verdadero nombre, me preguntó entonces. Le dije que ella no lo había mencionado, que yo me estaba quedando dormido y sólo escuchaba. ¿Y qué fue de Don Moronga?, preguntó luego, con el tono de respeto de quien temía que el jefe mafioso tocara de un momento a otro la puerta de su casa para llevarse a Amanda, y con una creciente mueca que le impedía cerrar la boca. Le dije que yo no tenía la remota idea, lo cual era cierto, nada más le estaba transmitiendo lo que su hija adoptiva me había contado al final de la noche, luego de haber entrado a mi habitación sin permiso –con el propósito de usar mi computadora para ver videos pornográficos– y de haberse negado a salir cuando se lo pedí, que él conocía mejor que nadie la necedad de la patojuela, y tampoco podía yo responder a su siguiente cuestión, en el sentido de si ella permanecía en contacto con su hermano mayor en Nueva York, lo que sí le podía decir era que lo último que escuché antes de quedarme dormido fue la expresión de deseo de Amanda de poder juntarse cuanto antes con el tal Calín, seguramente tan peligroso como el mismo Moronga, precisé mientras me preguntaba si lo que recordaba de la duermevela correspondía a lo realmente escuchado, que la memoria en ese estado es poco confiable.

Iba a decirle a George que, en efecto, la molestia causada por su hija adoptiva había sido extrema y que por tanto aceptaría su oferta de devolverme el equivalente a la renta de los tres días que me faltaban, y a pedirle que me lo pagara en efectivo para evitar la visita al banco, cuando por las ventanas vi pasar de prisa a una mujer que no podía ser otra que Mina, quien bordeaba la casa por el patio trasero hasta llegar a la puerta de la habitación, la que procedió a tocar, con cierto cuidado, debo reconocer, que no quería llamar la atención de los dueños ni de los vecinos, pero George también la había visto y se disponía a ponerse de pie para abrir, cuando lo tomé del brazo al tiempo que me llevaba el dedo a los labios para indicarle que guardara silencio, con tal expresión de miedo en mi rostro, como si fuera el mismo Moronga el que venía a buscarnos. «No debe enterarse de que estamos aquí», le susurré al oído, dando gracias de que los visillos impidieran ver desde fuera a través de las ventanas. Tocó una vez más y esperó un largo minuto, luego se marchó igual de furtiva, en tanto que yo le pedí a George que permaneciera quieto y en silencio, no fuera a ser que a ella se le ocurriera regresar a último momento para dejar una nota, pero transcurrió otro largo minuto sin que nada sucediese, y antes de que George me preguntara le dije que esa mujer era un equivalente de Amanda en edad adulta, una sicótica que casualmente me había encontrado en un bar la misma noche de mi llegada y a quien se le había metido una fijación conmigo, no dejaba de acosarme, por eso mi teléfono estaba apagado, para evitar que me molestara con llamadas nocturnas, alguien a quien debía evitar a toda costa, si él se la encontraba de casualidad frente a su casa o tocando la puerta como hace un momento que por nada del mundo le dijera que yo estaba ahí, en especial esa mañana, en que me quedaría ordenando las notas que había tomado en mi investigación en los Archivos Nacionales, le dije poniéndome de pie y acompañándolo a la puerta a la que en la tarde le cambiarían la cerradura. Que no se preocupara, yo no pondría queja alguna a Airbnb, pero que me garantizara que la chica no volvería a bajar a medianoche, porque yo tenía mucho trabajo que realizar y ahora me había levantado tardísimo por culpa de ella. Y a propósito, agregué antes de que cerrara la puerta tras de sí, quizá el hermano de Amanda vivía con un familiar en Nueva York que quisiera hacerse cargo de ella, si George y su familia ya no la aguantaban.

20

De ninguna manera estaba yo farsanteando cuando le dije a George que me quedaría esa mañana trabajando en la habitación —ordenando la información que había obtenido en los Archivos, clasificando los cables fotocopiados de acuerdo a fecha y temática, que junto con lo que había sacado a lo largo de los últimos meses del archivo Mary Ferrel y almacenado en mi laptop, bastaba para escribir el reporte para Merlow College sobre la operación de la CIA contra Dalton en 1964—; en vez de lanzarme al centro de la ciudad a visitar museos y sitios de interés, como había planeado la noche anterior; en vez de exponerme a sufrir nuevos seguimientos policiales y a ser abordado por agentes encubiertas, en vez de tener otra jornada en la que agotaría mi sistema nervioso sospechando de la gente que se parara a mis espaldas en las galerías, sin poder disfrutar de las pinturas que tenía enfrente; en vez de darles la oportunidad de que me metieran en otro torbellino de paranoia, en vez de todo ello, me encerraría en la habitación a trabajar en mi reporte de investigación, con el teléfono apagado, dispuesto a ignorar cuantas veces Mina viniera a tocar la puerta, no abriría ni aunque me enviaran a Molly en shorts y con su pancita de vellos dorados al aire, que así la había imaginado, no caería en la tentación, sólo el trabajo concentrado impediría que volviera a padecer una pesadilla como la del día anterior. Lo había pensado mientras estaba bajo la ducha un rato antes, como una posibilidad, el coqueteo de una idea, pero una vez que miré a Mina cruzar el patio y venir a tocar a mi habitación, la idea se convirtió en certidumbre, el peligro estaba en el mundo de afuera, si permanecía trabajando encerrado podría recomponerme y al día siguiente, el jueves, me lanzaría a hacer un poco de turismo al centro de la ciudad, con una calma de la que ahora carecía, y el viernes temprano, patitas para qué las quiero, saldría rumbo a Merlow City.

Y así procedí, con mucha dificultad, debo reconocerlo, que cuando la mente se alebresta la concentración es tarea de titanes, y mi mente había estado alebrestada desde hacía más de veinticuatro horas; pero tampoco se trataba de escribir el reporte de investigación, sino de ordenar cronológicamente la información sacada de los Archivos y meterla en la computadora, como ya dije, a lo que me dediqué desde que George se fue hasta que, a eso de la una de la tarde, regresó con el cerrajero que cambiaría la cerradura, de tal manera que Amanda no pudiera irrumpir de nuevo en la habitación y no le espantara los clientes. Lo que más me costó durante esas tres horas fue desentenderme del teléfono, que aún yacía apagado en la mesita de noche, y en el cual seguramente había mensajes de Mina, que me despertaban al mismo tiempo curiosidad y temor, una ambivalencia que cada cierto tiempo me obligaba a voltear hacia el aparatito y que por supuesto minaba mi concentración, porque entonces comprendí que no se trataba sólo de los posibles mensajes que contenía sino de la adicción al susodicho, a estar pendiente de si había entrado alguna llamada, cuando casi nadie me llamaba, como no fuera mi madre los domingos a las siete de la mañana para repetir su menú de padecimientos y pedirme dinero, ésa era la única llamada que con certeza recibía al menos un par de veces al mes, aunque ya le había dicho yo que ésa era una hora infame, que nadie en sus cabales está despierto y entusiasta por hablar a las siete de la mañana de un domingo, ella no escuchaba, sino que soltaba de sopetón su parrafada con la misma lista de achaques, la recua de crímenes que asolaban la ciudad que habitaba y los desperfectos de la casa —que el portón del garaje no corría, que el tanque de agua necesitaba otra bomba, que la ducha ya no tiraba agua caliente, lo que fuera, con tal de soltarme el sablazo matutino ante el que yo no podía reaccionar porque mis reflejos aún estaban dormidos, y al final de cuentas sabía que la pobre pensión que le dejó mi padre apenas le alcanzaba y que los dólares y las propiedades que le dejó mi abuela se los evaporó en un santiamén. Ésa era la única llamada que con regularidad me entraba, porque el mundo que había dejado atrás, muy lejos había quedado, y a los colegas de Merlow College me los encontraba a diario en los pasillos y ninguno de ellos tenía por qué llamarme, pues eran personas enclaustradas en su vida familiar y para los asuntos que tratábamos no se requería más que el e-mail; aunque también, en los momentos más inusitados, recibía llamadas pregrabadas de la policía universitaria denunciando un ilícito que había sucedido unos minutos antes, en la esquina de tal y cual calle, donde un facineroso, la mayoría de veces procedente de Milwaukee o Chicago, con estas facciones y vestido de esta manera, había tratado de arrebatarle el teléfono celular a una chica o de tocarle el trasero, y que a dicho malandrín se le había visto hacía dos minutos corriendo en la calle tal a la altura de cual, por lo que debíamos estar alerta y reportarlo si de casualidad lo mirábamos. La primera vez que recibí una de esas llamadas, en la que de sopetón una voz femenina decía que llamaba de parte de la policía, recién había llegado yo a Merlow City, se me erizó la piel, pensé que me habían descubierto y pronto me capturarían, hasta que comprendí que se trataba de una grabación que nada tenía ver conmigo. Para eso servía el aparatito que cada tanto me robaba la concentración requerida para realizar la tarea que había emprendido sentado al escritorio en la habitación del sótano de la casa de George; aunque también lo utilizaba para llamar a mi hija una vez al mes a la Ciudad de México, para que ella recordara que yo existía, cosa difícil, habida cuenta de que yo la había abandonado cuando era una bebé, y los resentimientos generados a esa edad difícilmente se borran, sino que más bien crecen, como le sucedió a ella, quien hasta los ocho años nunca me dirigió la palabra, en las ocasiones que yo visitaba México procedente de San Salvador o de la ciudad en la que entonces residiera nunca me dirigía la palabra ni tampoco se ponía al teléfono cuando yo llamaba, pero a partir de los ocho años comenzó a saludarme y a responderme con monosílabos, como fría y ausente, tal era la distancia que cuando su madre contrajo nupcias con su nueva pareja, valorando los problemas cotidianos y legales que la chica enfrentaba por carecer de un padre presente en su país, decidieron con su consentimiento volarle de un plumazo mi apellido y ponerle el del nuevo hombre, sin que importara mi rabieta, y desde entonces dejó el Aragón y pasó a apellidarse Lapprune, que el marido de su madre y quien la había criado, debo reconocerlo, era un francés salido quién sabe de dónde, por eso la llamaba cada mes para que no olvidara que yo era su padre sanguíneo, aunque ella siguiera respondiendo fría y con monosílabos, incluso cuando yo le enviaba un poco de dinero para tratar de congraciarme, no hubo forma hasta ahora de entablar una conversación normal o que ella tuviera la iniciativa de llamarme. Para eso servía el aparatito que con tanta adicción revisaba, para recordarme la culpa por el abandono de mi hija, y también para recordarme la estupidez que me llevó a ello, el tan manido sueño del retorno, la ilusión de regresar a El Salvador desde México para contribuir con un periódico de nuevo tipo a la llamada «transición democrática», luego del fin de la guerra civil, una ilusión que sólo sirvió para arruinar mi presión arterial y para que unos años más tarde saliera del país con la cola entre las patas, derrotado, porque el periódico de marras al poco tiempo quebró, que no había anunciantes ni lectores para sostenerlo, pues cuando la gente se acostumbra a comer excrementos es casi imposible cambiarle el paladar con otro tipo de bocadillo, y lo de la «transición democrática» fue aún peor, que quienes antes eran enemigos a muerte, entonces hicieron mancuerna para el saqueo y el crimen, de tal manera que el país siguió siendo la misma cloaca emporcada de sangre.

Por esos rumbos divagaba mi mente cuando George tocó la puerta para anunciarme que ahí estaba el cerrajero, que si podían pasar, una interrupción que de entrada me turbó, pues toda interrupción turba, pero que enseguida recibí con beneplácito, habida cuenta de que comenzaba a tener hambre y recordé que nada para almorzar había en la alacena, por lo que le dije a George que trabajaran a su gusto, yo aprovecharía el break para ir en busca de comida. Enseguida apagué la computadora, guardé el desorden de fotocopias en las carpetas, tomé el celular de la mesita de noche, me puse las sandalias y salí al patio, pero en ese instante me paré en seco, asustado; debía revisar los mensajes en mi teléfono no fuera a ser que Mina me estuviese esperando en la calle. Y ahí mismo, en la vereda que rondaba la casa, encendí el teléfono y me detuve a escuchar los tres mensajes que aparecieron en la pantalla: el primero había sido enviado a las 8.30 de la mañana y en él me anunciaba que pasaría un momento por mi habitación para ultimar detalles de la llamada a Frankfurt; en el segundo, enviado 45 minutos más tarde, lamentaba no haberme encontrado, que seguramente yo había salido muy temprano hacia los Archivos y había apagado el teléfono, pero quería avisarme que me estaría esperando a las 12.30 en el estacionamiento, para que procediéramos con la llamada tal como habíamos acordado; y el tercero era breve, lo había enviado 15 minutos atrás, y decía: «Estoy en el estacionamiento esperándote. ¿Vienes en camino?». Apagué el teléfono de nuevo y apresuré el paso, que difícilmente podría llegar ella conduciendo desde los Archivos en College Park antes de que yo me perdiera en la zona comercial de Silver Spring, donde debía encontrar un restaurante en el que por ninguna casualidad pudiese topármela, un sitio ordinario en el que fuera fácil pasar desapercibido, tal como en el que pronto me metí para escapar del sol y del calorón que me hacían sudar barbaridades, un sport bar con una amplia terraza de cara a la calle, la mayoría de cuyas mesas estaban ocupadas y en la que no tenía la menor intención de quedarme, pero con un vasto salón interior cuyo aire acondicionado estaba a una temperatura acogedora –no en la onda congelador, tan pérfida para la salud, propagada como una peste por doquier– y donde busqué la mesa en el rincón más escondido. Se llamaba The Water Station y aún había muchos comensales, varios de ellos atentos a las pantallas, que el deporte era el circo que jamás faltaba, cuando el mesero pasó como un soplo dejando el menú sobre la mesa, porque la hora pico estaba llegando a su fin, algunos clientes lo llamaban para que les llevara la cuenta, mientras yo trataba de no pensar en Mina, que su recuerdo me generaba la agitación del perseguido, aunque pese a ello puse el i-Phone sobre la mesa, como si no fuese de ese aparatejo del que procedía parte de la amenaza, una costumbre que me había parecido repugnante cuando la descubrí por primera vez en los otros y que luego fui asumiendo con naturalidad, para dejar constancia de que yo también tenía un i-Phone, de que era uno de ellos, como si eso me diera un poder especial, aunque casi nadie me llamara, vaya cosa. Necesitaba proteína para recuperarme de la jornada del día anterior y también una cerveza para hidratarme, pensé mientras miraba el menú, que pronto el mesero estuvo a mi lado apuntando la orden.

A cierto perfil de sujeto le acomete la tristeza cuando a solas come en la mesa de un restaurante, la soledad se le aparece de pronto con su carga infeliz de ideas y emociones sombrías, por eso si uno solo se encuentra, lo mejor es comer en la barra, donde hasta un silencioso vecino de banco es preferible a digerir en un estado de aislamiento que conduce irremediablemente a la autoconmiseración, hasta embobarse con las pantallas es más sano que el desasosiego a solas; pero yo no podía ubicarme en la barra, hubiese sido demasiado arriesgado, si la mala suerte traía a Mina fisgoneando de bar en bar en busca de mis huesos, su atención la habría fijado en la barra. Y ahí en el rincón, empinándome un tarro de Yuengling, cerveza de la que nunca había escuchado pero cuyo curioso nombre llamó mi atención, mientras esperaba la hamburguesa con queso, sin ganas de encender el teléfono ni aun para leer un periódico o ver algo entretenido, porque sabía que me costaría contener la tentación de abrir los nuevos mensajes de Mina, me hice una pregunta que no era la primera vez que cruzaba mi mente: ¿por qué me involucraba con el tipo de mujeres con las que me terminaba involucrado? Que mi vida sentimental había sido desastrosa, ni quién lo dudara, mis dos relaciones más o menos largas, con Eva y con Petra, habían terminado casi de la misma manera, con mi súbita huida, aunque ellas eran tan distintas como el guacamole y la salchicha, y también las breves aventuras que habían salpicado mi vida acababan de mala manera, como el entuerto con Mina dejaba muy claro, lo que en ciertos estados de tristeza, como en el que entonces estaba cayendo, me llevaba a preguntarme hasta dónde mi relación con las mujeres había sido corrompida por mi abuela y mi madre, ambas tan desquiciadas que se detestaban mutuamente en el fondo de sus almas, y por eso habían vivido en distintos países, ambas tan enfermas de los nervios que nadie en su sano juicio hubiese querido permanecer mucho tiempo a su lado, por eso ni mi madre visitaba a mi abuela —hasta que ésta comenzó a padecer pequeños derrames cerebrales y la ambición por la herencia la atrajo—, ni yo visitaba a mi madre, que ahí nada había por heredar, sino todo lo contrario, como ya he contado. Y entonces me estremeció la visión de la vejez solitaria que me esperaba, peor que la padecida por las dos mujeres de cuyos genes no había forma de liberarme, que de mi hija sólo podían venir monosílabos, y cuando apenas estaba a punto de cumplir los cincuenta años, mi transcurrir solitario en Merlow City era la constatación del horrible futuro que se me venía encima. Quién sabe la expresión que hubo en mi rostro para que el mesero, aparecido de pronto, hamburguesa en mano, me preguntara si me sentía bien, antes de poner el plato sobre la mesa, a lo que respondí que sí, que no se preocupara, y poco faltó para que le diera las gracias por haberme traído de vuelta a la silla en que me sentaba.

La taberna era más grande de lo que yo había supuesto, me percaté mientras masticaba observando a los comensales a mi alrededor –algunos de los cuales comenzaban a largarse– y observé unas escaleras que subían a una segunda planta, quizá tan vasta como el salón en que yo estaba, atento también a no mancharme de catsup, que siempre que comía con las manos, fuese hamburguesa o taco, algo terminaba salpicándome, cuando entonces hubo una mesa ocupada por tres tipos que detuvo mi atención, el perfil de uno de ellos se me hizo conocido, aunque estaban hacia el otro lado del salón podía jurar que en algún lugar ya lo había visto, y lo primero que se me ocurrió fue que podía ser el agente de la computadora que grabó mi plática con Molly desde la mesa de al lado en The Fast Sandal, aunque yo estaba tan atolondrado con la posibilidad de conquistar a la rubia que no logré fijar sus rasgos, y mi mente giraba y giraba sin lugar donde asirse, hasta que el tipo volteó de tal forma que pude observar con precisión su rostro: ¡Mierda! ¡Era el marido de Mina! Hice un esfuerzo por recordar su nombre, pero eso nada importaba ante la posibilidad de que Mina apareciera de un momento a otro en la taberna, por lo que presto encendí el teléfono, mientras me atragantaba por tratar de comer la hamburguesa lo más rápido posible, que hasta cabeceé buscando al mesero para pedirle que me trajera la cuenta de inmediato, y ahí estaba el mensaje de ella, pero no de texto sino de voz, enviado cuando se disponía a abandonar el estacionamiento de los Archivos, una media hora atrás: con tono muy severo, de reclamo, decía que ahora a ella le quedaba claro que yo la estaba evitando, que no entendía el porqué de mi actitud, no era lo que habíamos acordado, que a la brevedad posible le respondiera el mensaje. En ese instante, el mesero llevó las cuentas a la mesa del marido de Mina, lo que me hizo suponer que si se iban con tanta frescura era porque no la estaban esperando, y enseguida recordé que la noche anterior ella me había dicho que el teutón viajaría hacia Frankfurt esta misma tarde, y el sujeto que se ponía de pie no tenía la pinta de quien estuviera a punto de partir hacia el aeropuerto, aunque era temprano aún, debo reconocerlo, pero cuando lo vi encaminarse a los sanitarios tuve una especie de epifanía, y me empiné el tarro de cerveza haciendo un esfuerzo por recordar su nombre, pero nada pude encontrar en el desorden de mi memoria, aun así me puse de pie y me dirigí hacia los sanitarios, sin que me importase que el resto de mi hamburguesa se enfriara, sin saber aún si lo abordaría ni qué le diría, y una vez dentro me planté frente al mingitorio a su lado, pero cuando yo comenzaba a orinar, él ya satisfecho se retiraba a los lavabos, por lo que le dije –con la entonación de quien protagoniza un encuentro casual–, que no era la primera vez que yo lo miraba a él, que el domingo en la noche, en The Querry House Tavern, yo me había sentado a su lado en la barra y él había aplaudido el hecho de que yo pidiera una Hefeweizen. «Muy buena cerveza», dijo luego de echarme una ojeada, sin gesto de haberme reconocido, y procedió a lavarse las manos. Que yo lo recordaba porque él se había ido de pronto del bar y su esposa se había quedado esperándolo. «¿Esposa?», dijo mientras se secaba las manos con los pedazos de papel secante, dándose un último vistazo en el espejo, con expresión de extrañeza en el rostro. «Ella no es mi esposa», dijo tirando la bola de papel al basurero y encaminándose hacia la puerta. «Eso es lo que ella dijo», alcancé a mascullar controlando mi asombro cuando me cerraba la bragueta. A lo que nada respondió, sino que abrió la puerta, me vio de reojo y salió.

Quedé en el desconcierto, que no lograba encajar en mi cabeza lo recién escuchado, mientras me lavaba por encimita las manos, y luego a paso lento me dirigí hacia la mesa, tan descolocado que hubiese querido seguirlo ahora que él salía de la taberna con sus acompañantes, para preguntarle si al menos era alemán, porque no le había notado ningún acento, hasta entonces recapacitaba en ello, que gracias a mi estadía en Frankfurt al menos eso sabía distinguir, el acento con el que los alemanes hablaban inglés, y también para preguntarle cómo se llamaba, que su nombre no aparecía en mi memoria, algo que me sucedía cada vez con mayor frecuencia, lo que me hacía temer que más pronto que tarde mi mente sería pasto del Alzheimer; pero pudo más mi miedo al ridículo que las ganas de resolver el misterio, por eso no me lancé tras de ellos, sino que volví al pedazo de hamburguesa que había dejado en la mesa, a lo que quedaba en mi tarro de Yuengling. Y pronto hice señas al mesero para que me trajera otro tarro, que con el enredo que había en mi cabeza la puta ansiedad me sacaba de nuevo la lengua, burlándose de mi incapacidad para comprender lo que en la vida pasaba, porque Mina demente, lo que se llama demente, no parecía, y cuando le dije a George que se trataba de una sicótica lo hice con la misma ligereza con la que se le llama subnormal a quien nos resulta antipático, sin imaginar siquiera que le estaba atinando, aunque me costaba aceptar que ella se hubiese inventado toda la historia, si yo los había visto juntos en la barra y el enojo del tipo había sido auténtico, el del típico marido encabronado, y la historia que ella me había contado a partir de entonces me había parecido coherente.

Algo se me escapaba entre las manos, ni duda cabía, me dije mientras pagaba la cuenta y me disponía a salir de la taberna, pero de lo que se trataba era de que lo escapado se fuera del todo, que se perdiera de vista para siempre, ya suficientes problemas tenía con lo de Dalton y los seguimientos que me había causado, como para ahora querer hurgar en ese berenjenal, por lo que encendí el teléfono y bloqueé el número de Mina sin contemplaciones, que si por casualidad me la encontraba le espetaría a boca de jarro que se fuera con sus mentiras a embaucar a otro, que el tipo que ella decía que era su marido la había negado; y aproveché de una vez para bloquear también el número de la supuesta Molly y de la inexistente profesora que me había recomendado, quienes nunca respondieron a mis llamadas pero cuyos números estaban ahí en la pantalla, y lo único que a esa altura quería era borrar de tajo todo lo que me recordara los tres días padecidos en esa ciudad del carajo.

21

No hay cosa más falsa que la epifanía surgida de una mente engolosinada consigo misma, que quien mucho se admira tanto se engaña, como lo confirmé esa mañana de viernes, cuando saqué de su escondrijo –una ranura en la alacena de implementos para el baño– las hojas de papel que con mucho cuidado había doblado y escondido en ese sitio el martes en la noche, temeroso de que los sabuesos que me vigilaban irrumpieran en la habitación para requisar mi libreta de apuntes, de la que formaban parte las hojas de marras, y en las que había escrito la revelación que me había acaecido mientras viajaba en el metro momentos antes de que Molly me abordara, la verdadera explicación según yo de los hechos que habían conducido al asesinato del poeta Roque Dalton a manos de sus propios camaradas, una secuencia de ideas que en su momento me pareció una epifanía tremenda y que ahora, luego de tres días, consideré una ocurrencia trillada, tan trillada que rompí las hojas en pedacitos y las eché al excusado.

Estaba liando mis bártulos porque pronto George me daría un aventón a la estación de metro, tal como me lo había dado a la llegada, cortesía de la casa para el huésped cuando arriba y cuando se larga, a cambio del benevolente comentario en el portal de Airbnb que seguramente esperaba. Y estaba contento de poder largarme por fin de una ciudad en la que sólo había ido a sufrir acoso y encierro, que el miércoles en la tarde, luego de la hamburguesa y el par de cervezas, había regresado a la habitación a tomar una siesta, pero tan agotado estaba que desperté hasta ya entrada la noche y en un estado de ánimo calamitoso, por lo que permanecí echado en la cama, sin encender las luces, sumido en un miedo angustioso, como si en cualquier momento pudiese sucederme algo muy malo, y sólo me levanté en puntillas para vaciar mis riñones, y lo hice sentado en el retrete, temeroso de errar el tiro y empapar el asiento y las baldosas, mientras me decía que el hedor de mis orines era evidencia de lo mucho que quizá había bebido en los últimos días. Enseguida procedí a cerrar las cortinas, para impedir que quien estuviese fisgoneando desde el patio pudiese ver dentro del cuarto, y volví a la cama con el mismo sigilo, las luces apagadas, que también estaba la vigilancia de adentro, los ojos de Amanda que desde alguna ranura seguirían mis pasos, aunque ahora tenía la seguridad de que ella no podía irrumpir a su antojo, no en balde a mi regreso a la habitación en la tarde lo primero que había hecho había sido revisar la nueva cerradura. Pero entonces me di cuenta de que había sido un imbécil al no revelarle a George que la patojita guatemalteca los dopaba en las noches, ¡carajo!, que muy fácil sería para ella dar con la gaveta en que el gringo iluso guardaba las llaves y venir de nuevo a fastidiarme, siniestra idea que me llevó a considerar la posibilidad de llamar de inmediato a George para prevenirlo al respecto, apenas eran las nueve y media y aún se escuchaban pisadas en el piso de arriba. Y eso fue lo que hice: enviarle un mensaje de texto en el que le preguntaba si podía bajar a la habitación pues tenía algo muy urgente que contarle relacionado con Amanda, mensaje que no obtuvo respuesta inmediata, por lo que supuse que George no estaba acostumbrado a que le escribieran a esa hora de la noche, tendría el teléfono abandonado en un salón mientras él yacía embobado por la televisión en el dormitorio; y en esas estaba yo echado en la cama, decidiéndome a timbrar su teléfono de una buena vez aunque fuera Amanda quien contestara, cuando escuché unos toques en la puerta, que hasta me asustaron porque no sonaron de antemano pisadas en la escalera, con tal sigilo George había descendido.

Que hubo sorpresa en su rostro cuando me vio de pie frente al umbral en medio de aquella oscuridad, puedo asegurarlo, porque tampoco quería yo que entrara y me mantuve bloqueando el paso en el umbral mientras de sopetón le explicaba que permanecía con las luces apagadas porque Amanda era una voyerista, ella misma me lo había confesado, que desde algún sitio por la puerta o la escalera me había estado observando antes de irrumpir en la habitación, pero que eso no era lo que quería contarle, sino que la chica se había jactado de haberles suministrado a él y a su esposa una dosis extra de somníferos y por eso había permanecido tan campante largo rato fastidiando mi noche, sin que ella precisara la forma encubierta en que les había hecho tomar los tales somníferos, ni tampoco era de mi incumbencia si eso era cierto o pura jactancia, lo que si me importaba y quería garantizar era que la chica por ningún motivo fuera a tener acceso a la llave de la nueva cerradura mientras ellos dormían. Creí percibir una leve sacudida en la cabeza de George, que aunque estábamos frente a frente, yo sólo miraba su silueta, pues el cubo de la escalera también estaba a oscuras y la única luz bajaba en perpendicular a sus espaldas desde la puerta del primer piso; luego dijo que por favor no me preocupara, que la llave estaría a buen resguardo en una pequeña caja fuerte de la que sólo él y su esposa sabían la combinación, que me tranquilizara, palabras que resonaron de forma especial por esa voz de ultratumba a la que ya me he referido, y después de las cuales le di las gracias y tomé el picaporte, para dar por zanjada nuestra conferencia. Volví a echarme en la cama pensando en la mente de George, que ahora mismo estaría en pleno arrebato, tratando de descubrir cuál de las pastillas era la que la chicuela les administraba, tarea que supuse difícil dado el caudal de medicinas que a un par de cancerosos recetan, y quizá igual de difícil le resultaría descubrir en cuál alimento o bebida los somníferos iban disueltos, pero que yo me pusiera a pensar en los acertijos que enfrentaba el casero carecía de sentido y pronto estuve de regreso en mis propias cuitas, con la mente como saltimbanqui entre los recuerdos de los últimos días, aunque con más calma, debo reconocerlo, luego de la certidumbre que George me dio en el sentido de que Amanda no tendría acceso a la llave. Por eso me dije que lo más prudente era tomarme un par de Lorazepán para seguir durmiendo de un tirón hasta el día siguiente, que ya era un poco tarde y carecía de fuerza para lanzarme en busca de juerga a la calle y tampoco tenía ninguna gana de volver a los cables sobre Dalton, de tal manera que luego de beber las pastillas y asearme la boca, me metí como Dios manda a la cama y comencé a hacer unos ejercicios de respiración para relajarme y conciliar el sueño, ejercicios que consistían en llevar el aire hasta inflar el bajo vientre con la inspiración, y luego sumirlo con la expiración, todo el tiempo concentrado en la entrada y en la salida del aire del bajo vientre, tal como precisamente Yesenia me había instruido varios años atrás, que la examiga paraguaya no sólo había tomado clases de baile conmigo sino que también tenía su instructor de yoga, y por eso cuando me vio tan desamparado luego de que Petra me echara a la calle y me dio posada en su habitación del prostíbulo de Taunusstrasse, lo primero que me advirtió es que en ese sitio me costaría mucho conciliar el sueño porque la vibración era muy pesada, que me enseñaría un ejercicio de respiración que me permitiría relajarme y dormir, el cual me funcionó muy bien en aquella época y esperaba que ahora también funcionara. Y en efecto, mi mente estuvo abocada a ello un buen rato, hasta disfruté cierto regocijo al percatarme de que todo mi yo se iba relajando a medida que subía y bajaba mi abdomen; pero que con el cuerpo también la voluntad envejece lo comprobé unos minutos más tarde, cuando lo que antes había sido control se convirtió en una carrera desbocada de imágenes y pensamientos, que pasé de la habitación de Yesenia, cuyo penetrante olor estaba seguro de reconocer por el resto de mi vida, al hecho de que mi amistad con ella estaba rota a causa de mi imprudencia, y aunque yo no tenía planes de regresar a Frankfurt era claro que si un azar me llevara de nuevo a esa ciudad no contaría con el apoyo de quien tanto bien me había hecho, ni con mi amigo Nils, ni con Peter y los otros con quienes nos reuníamos a beber en el Metropol, porque la verdad era que yo nunca había vuelto a comunicarme con ellos, ni el mínimo e-mail les había enviado para mantener el contacto, una situación que se repetía con los amigos que había dejado en otras latitudes, en México, en Guatemala, en el mismo San Salvador, caramba, que todos habían quedado en un pasado tras el cual yo había cerrado la cortina, con ninguno de ellos me comunicaba y ahora mi mundo se reducía a los colegas de Merlow College, quienes no eran mis amigos y a los que nada me unía como no fuera el empleo, a mis casi cincuenta años estaba íngrimo en un pueblo perdido del Medio Oeste, vaya miseria mía, como palmera enana en la estepa del norte... Y entonces caí dormido.

Faltaba aún media hora para que George me condujera a la estación del metro que me transportaría al aeropuerto y yo estaba ya con los bártulos listos: dentro de la maleta azul había acomodado mi ropa, la mayoría de la cual no había usado, los libros y muchas de las fotocopias de los cables desclasificados, no todas, claro está, que las más importantes, como la relacionada con la traición de Fabián, las conservaba en la mochila conmigo, donde también iba la carta que me había ensombrecido la mañana del día anterior, cuando desperté descansado, dispuesto a aprovechar mi último día en esa ciudad haciendo turismo, visitando museos y recorriendo el llamado mall, por el que me acercaría al Capitolio, a la Casa Blanca y a otros sacrosantos lugares, sin las telarañas mentales en que me había enredado los días anteriores; no, señor, ese jueves me desconectaría de todo, con esa voluntad salté de la cama y me lancé al baño, que luego de la ducha tomaría un rápido café, era el único bastimento que me quedaba, y me lanzaría a la calle, en busca de un desayuno potente. Pero mi plan fue ensombrecido cuando, desde la mesa donde tomaba el café, alcancé a distinguir un sobre que había sido metido bajo la puerta que daba al patio, descubrimiento por el que casi dejé caer la taza de café, cimbrado porque comprendí que sólo podía proceder de Mina −George o Amanda lo hubieran metido por la puerta que conducía a las escaleras−, quien había incursionado en el patio con el solo propósito de dejar la carta, de otra forma hubiera yo escuchado sus toques en la puerta, que aunque yaciera en un sueño profundo tenía oído de tísico, y aún sin ponerme de pie para ir a recogerla, me dije que no podía permitir que ese pedazo de papel fuera a destruir el esplendoroso día que tenía por delante, lo prudente era dejarlo donde estaba, ignorarlo, como se pasa de largo frente a la babosa que repta por la vereda del patio, pero se sabe que la curiosidad es engendradora de todos los males, y también el miedo, porque lo que me dije fue que quizá Mina se proponía continuar su acoso en mi contra y leer la carta me permitiría tomar medidas para protegerme, por eso fui a recogerla y la deposité sobre la mesa, a la par de la taza de café, aun dudando de si era pertinente abrirla, como si pudiera ser una de esas cartas bomba de moda en tiempos no tan pretéritos, a sabiendas, eso sí, de que su sola existencia ya había enturbiado mi ánimo y mi día no sería el mismo. Era una sola hoja impresa a una cara, a renglón seguido y con doble espacio entre los párrafos: lo primero que vi fue la palabra «Mina» escrita a mano y con una pluma de tinta azul en la parte baja de la misma, antes de empezar a leer su diatriba, en la que me acusaba de comportarme como un cobarde, quien en vez de cumplir su promesa se había hecho el escurridizo, que sin mi ayuda se las arreglaría para terminar su matrimonio con el infame prostibulario, ella no tenía necesidad de rogarle a un don nadie como yo, un «macho impotente» (y traduzco aquí literalmente porque nada le dolió tanto a mi ego), acostumbrado a sacar ventaja de las mujeres, como había hecho con ella, de quien me había aprovechado sexualmente, porque me la había llevado a la cama cuando ella estaba pasada de copas con el propósito de tener sexo pervertido, que ella consultaría con su abogado y que no me sorprendiera cuando recibiera la demanda penal. Debo reconocer que en ese momento padecí un ataque de pánico, y que todos los insultos y acusaciones contenidos en la carta pasaron a un segundo plano ante la posibilidad de que esa enloquecida abriera un proceso legal en mi contra, que nada raro sería en un país atragantado con sus leyes y donde los abogados reinaban como verdugos, muy fácil sería embestirme, yo no era ciudadano ni contaba con los medios monetarios para defenderme en un sistema diseñado para refundir huesos como los míos en la cárcel. A causa de semejante impresión ya no pude tomar el resto de café que quedaba en la taza, sino que me puse de pie y comencé a pasearme con agitación, atizado por la rabia y el miedo, como si ya estuviera en la celda del castigo, odiando a la misma carne que antes había deseado, pero muy pronto empezó a escasear el aire en ese encierro, por lo que presto salí en busca del sitio donde desayunar, la mañana era joven y la temperatura agradable, y mientras caminaba hacia la zona comercial de Silver Spring atento a coches y peatones, nervioso por la carta que llevaba doblada en el bolsillo de la camisa, tuve el impulso de hacerla pedazos y lanzarla en una alcantarilla, pero hubo una lucecita al fondo de mi cerebro que me dijo que no, que esperara, si en ese momento me estaban vigilando sólo levantaría sospechas, mejor no precipitarme, que hasta podía servirme la mentada carta, descubrí con azoro, pues cómo era posible que yo hubiera abusado de ella si un párrafo antes me llamaba «macho impotente», una prueba irrefutable de que ella mentía, le diría al juez, y hasta podían hacer una prueba caligráfica de la firma al pie de la carta para constatar que trataban con una sicótica, que jamás había metido yo mi moronga en su ano. Pero entonces la memoria me hizo una jugarreta, porque recordé un artículo recientemente leído en el que se narraba en detalle cómo un héroe de la guerra de Irak, un joven de veinte y pocos años, al que le gustaban las púberes, había sido condenado a décadas de cárcel sólo por su deseo, sin que nunca hubiese puesto mano sobre ninguna de ellas, que el FBI le había tendido una celada a través de uno de esos sitios de internet para pervertidos, un sitio en el que el héroe a su regreso de Irak navegaba seguro y babeante, abrió un chat con una chiquilla de trece años cuya foto lo había deslumbrado, sin imaginar que la púber era el anzuelo que le estaba tendiendo el agente del FBI, quizá feo y bigotudo, para hacerlo caer en la celada, porque de eso se trató, según el artículo, de una emboscada planeada con precisión milimétrica: una tarde soleada, el héroe y la niña acordaron encontrarse en un parque para conocerse personalmente y conversar, y cuando el susodicho hizo acto de presencia y se disponía a abordar a la mozuela, le cayeron encima los federales, vaya sorpresa, sin que importara que el joven fuera un héroe de la guerra, lo metieron en chirona donde permanecería el resto de sus días porque el juez y los jurados dictaminaron en su contra, al pobre soldado lo condenaron por querer ser un pervertido, aunque no tuvo tiempo de serlo, porque no alcanzó a tocar la carne de la púber. Lo que me sacudió al leer ese artículo fue que a alguien lo condenaran por la posibilidad de que cometiera un delito y no por haberlo cometido, que bien podían condenarme por la sola intención de querer darle por el culo a Mina aunque no le haya dado, sin importar que ella fuera una mujer adulta, mayor de treinta años, los abogados encontrarían con facilidad un vericueto para mandarme a la cárcel. Pero entonces me percaté de que estaba en la cuadra del restaurante Eggspectation, uno que había llamado mi atención mientras hurgaba en el buscador y bebía mi café en la habitación, antes de ver la maldita carta que ahora me proponía preservar por si la chalada embestía, pero decidí no detenerme en el restaurante sino seguir mi camino hacia la estación de metro, dirigirme de una vez al centro de la ciudad, que si permanecía en la zona de Silver Spring no me sacaría de la cabeza los últimos acontecimientos, mientras que en el downtown todo me sería nuevo, y ya se sabe que la novedad refresca.

Fue la entrada de un mensaje de texto de George la que me sacó de mis divagaciones y recuerdos del día anterior, un mensaje para indicarme que ya estaba listo en el auto, esperándome, que en otra situación yo hubiera estado varios minutos antes aguardando con ansiedad frente a la cochera, pero con una desquiciada como Mina en los alrededores no quería verme expuesto de tal forma, que luego de mi día como turista sin molestos seguimientos en el centro de Washington me había convencido de que la operación del trigueño y de Molly había sido rutinaria, el rastreo aplicado a un desconocido que había ido a meter sus hocicos en busca de cables de la CIA a los Archivos, y que si bien ellos tenían mi expediente con la información que les había dado Fabián y quizá otros agentes en México y San Salvador, seguramente habría sujetos más peligrosos a vigilar que un profesor visitante sin credo político aislado en las llanuras del Medio Oeste. Recorrimos el breve trayecto con George en silencio, que tampoco la patoja guatemalteca me había vuelto a molestar, aunque como ya lo dije, durante esos dos días, en los periodos en que estuve en la habitación, me comporté como quien se sabe todo el tiempo vigilado, que ésa era la tónica de la nueva etapa de civilización a la que habíamos entrado, los ojos fisgones y fiscalizadores en todas partes, un proceso que culminaría esplendorosamente cuando nos pusieran un chip en el cerebro para controlar hasta nuestra más recóndita idea, por eso, porque trataba de flexibilizarme ante los nuevos tiempos, no fue tan difícil suponer que Amanda me vigilaba todo el tiempo, quizá sólo en el baño me desentendí de sus probables ojos, porque no había forma que desde las escaleras pudiera abrir una ranura hacia ese sitio.

Desde que le di la mano a George, deseándole suerte frente a la grosería con que la vida lo trataba, hasta que arribé al aeropuerto O'Hare de Chicago, no hubo evento inesperado, que en el transporte público, incluidos los aviones, cada persona vive dentro de sus audífonos, una burbuja en la que por fortuna es muy difícil ser importunado por un vecino de asiento verborreico, pero que de igual manera me imposibilitó abordar a la guapa chica veinteañera enfundada en unos shorts de escándalo que se sentó a mi lado a lo largo del vuelo de Washington a Chicago, shorts que dejaban al descubierto unas piernas sedosas de piel blanca y leve vello oscuro que me produjeron un cosquilleo en el bajo vientre, y ante las cuales tuve que hacer gala de fuerza de voluntad para hacerme el dormido, aunque cuando ella también pestañeaba yo aprovechaba para darme un sabroso taco de ojo, como diría un mexicano, sin perder de vista que a esa altura de mi vida yo ya no creía en el cuento de los romances que nacían en pleno vuelo, ese caramelo de película en que uno encuentra a la chica de su vida exactamente en el asiento de al lado era la pura fantasía, que a mí ni un polvo fortuito jamás me había salido, porque, como muestra de que Dios estaba indispuesto conmigo, mis compañeros de fila eran casi siempre obesos y pedorros, y hacían de mi vuelo un suplicio, no como esta chica que entonces tenía a mi lado, los dos encerrados en nuestros respectivos audífonos, sin saber lo que a ella deleitaba sus oídos mientras yo escuchaba el disco *Blue Valentine* de Tom Waits, cuyas canciones me ponían nostálgico y podía repetir una y otra vez a lo largo de todo un vuelo, sin jamás aburrirme, una canción en especial titulada «Kentucky Avenue», en la que me sumía extasiado, imaginando que era yo quien la cantaba, con la letra adaptada en español a la pérdida de mis amigos de la colonia, y mencionaba al choco Guayo que había muerto ametrallado desde un helicóptero en un zacatal de Soyapango, y en la siguiente estrofa me refería a René, el chele ojos marrón a quien un francotirador cazó a la salida de su casa, y en la estrofa tercera me refería a Ramón, asesinado por órdenes de un capitán del ejército al que le encantaba la amante de mi vecino, y en la estrofa que seguía mencionaba a Irma, que no residía en la colonia, hermana de un compañero de colegio, y más bien como hermana mía, por ser la esposa de mi mejor amigo de aquella época, quien fue secuestrada por los escuadrones de la muerte en una parada de buses y de su cadáver sin duda torturado jamás se tuvo noticia alguna, que yo me sentía una especie de Tom Waits cuando cantaba esa rola, y repetía el estribillo, como si yo tuviese esa ronca voz conmovedora, refiriéndome a los tiempos idos y a los amigos asesinados de mi generación que nadie recordaba, con la sensibilidad a flor de piel, la sensación acuosa en los ojos, el nudo en la garganta, hasta que la azafata con su carrito de bebidas vino a sacarme de la ensoñación, y al abrir los ojos descubrí que mi compañera de asiento se había cubierto las piernas con la frazada roja de la línea aérea, no más taco de ojo, pues, sino volver a la ensoñación y al deseo de ser quien no se era.

No hubo evento inesperado sino hasta que iba en el metro que abordé en el aeropuerto O'Hare, mientras hacía ese largo recorrido hacia la estación Clinton, cercana a Union Station, le eché un ojo al teléfono y descubrí un mensaje de texto de George, que al principio creí que se trataba del viejo mensaje en que me avisaba que ya estaba listo esperándome en el auto, pero enseguida me percaté de que era uno nuevo, recién lo había enviado, ni cinco minutos atrás, y en él me pedía que lo llamara en cuanto tuviera oportunidad, era una emergencia, decía, lo que me llevó a pensar que ahora el gringo me saldría con que le había averiado algo de la habitación o le había extraviado algún utensilio, pero recapacité en que eso no era posible, me hubiera contactado mucho antes, cuando aún me encontraba en el aeropuerto Ronald Reagan de Washington, pues él habría limpiado la habitación al sólo regresar de dejarme en la estación de Silver Spring, habida cuenta de que esperaba a otro huésped esa misma tarde; o quizá había encontrado una fotocopia de uno de los cables de la CIA que sin querer yo había dejado y supondría que se trataba de algo valioso y delicado. En fin que, pese al crujidero del vagón, lo tuve enseguida al otro lado de la línea, y en cuanto reconoció mi voz me dijo que Amanda había desaparecido, que había salido furtivamente del centro escolar en que recibía sus cursos de verano y la habían visto subir a un auto en el que la esperaba una pareja de latinos. «¡El hermano de Nueva York!», exclamé hasta con regocijo, como si yo hubiese previsto toda la escena. George me preguntó si sabía algo de ello. Le dije que no, que estaba especulando, lo suponía por lo que la patojuela me había contado la noche en que estuvo fisgoneando en mi habitación, que nunca más la había visto. Me dijo que si su hija adoptiva no aparecía pronto llamaría a la policía y que quizá sería conveniente que yo hablara con las autoridades, que les revelara todo lo que la chica me había dicho. Le contesté que de ninguna manera, que lo por ella contado yo se lo había transmitido a él en su momento, nada se me había quedado en el tintero, que ni se le ocurriera mencionar mi nombre a los polizontes porque entonces yo lo denunciaría ante Airbnb para que le impidieran seguir alquilando la habitación por hostigamiento a los clientes, que lo más probable era que la chica sólo hubiera salido con un amigo y regresaría en un rato, que no se sofocara, aunque en verdad yo suponía lo contrario, que Amanda y sus secuaces iban en polvorosa, así que lo corté de tajo, que lamentaba no poder seguir hablando porque la conexión era muy mala a causa de que viajaba en el metro. Y colgué, con miedo y estupor, porque percibí claramente que el gringo me enmierdaría y me obligaría a padecer lo que más temía, un interrogatorio a manos de los policías de su país, y también con rabia por la imbecilidad humana, que al desaparecer la chica George y su familia se quitaban su gran problema de encima, y en vez de estar contento y celebrando, el dundo quería tener de nuevo a su lado a la púber que con tanto daño e insulto lo había machacado.

EL TIRADOR OCULTO

(Traducción libre, no oficial, de Patricia Jaramillo. Algunas repeticiones y formalidades han sido editadas. No se incluyen los anexos)

Informe preliminar sobre la investigación de la muerte del agente especial Richard D. Nilsen y otras seis personas en la balacera registrada en la Mayfair Plaza, en la ciudad de Chicago, el 15 de junio de 2010.

Para: Phillip Duke, Director de la División de Investigaciones Criminales

Autor: agente especial Donald P. Chiwaski

Fecha: 15 de agosto de 2010

1. Los hechos

A las 13.59 horas del martes 15 de junio, los agentes especiales Richard D. Nilsen y René H. Sotomayor procedieron a la captura de Carlos Armando Artola, alias «Calín», indocumentado de origen guatemalteco, de 19 años de edad, en el estacionamiento de la Mayfair Plaza, ubicada sobre la calle Pulaski Norte, a la altura de la avenida Lawrence Oeste, bajo los cargos de secuestro de una menor y extorsión.

Artola venía del estacionamiento ubicado en la parte posterior de la farmacia Walsgreen y caminaba hacia la entrada del restaurante Pollo Campero, cuando los agentes le hicieron el alto y se aprestaron a someterlo. En una reacción rápida e inesperada, el sujeto sacó una pistola y le disparó a boca de jarro al agente Nilsen, acertándole dos disparos. El agente Sotomayor respondió al fuego, hiriendo mortalmente al delincuente.

En ese mismo instante, varios hombres que salían del Pollo Campero sacaron sus armas y abrieron fuego contra Sotomayor y contra Nilsen, quien fue rematado cuando yacía caído en el suelo. Sotomayor alcanzó a parapetarse detrás de un auto.

Los hombres que salían del restaurante no sólo abrieron fuego contra los agentes, sino que enseguida comenzaron a dispararse entre sí mientras algunos corrían y trataban de protegerse entre los autos.

Simultáneamente, desde otros dos puntos del estacionamiento, uno en la zona del Chase Bank y el otro frente a la Clínica Dental Monroe, al menos dos individuos participaron en los hechos. El banco está ubicado a unos cincuenta metros frente al Pollo Campero; en tanto que la clínica dental está veinte metros al norte del restaurante.

La intensa balacera duró aproximadamente un minuto.

El saldo fue siete muertos, incluido el agente Nilsen; ocho heridos de bala, entre ellos el agente Sotomayor, y más de una docena de personas víctimas de ataques de pánico. Muchos autos y negocios fueron afectados por los impactos de bala.

2. Las víctimas mortales

1. El agente Richard D. Nilsen, de 38 años de edad, originario de Portland, Oregon, casado y con dos hijos, residente en Chavy Chase, Maryland, tenía diez años de trabajar en la agencia, adscrito a la oficina central en Washington D.C. Recibió tres impactos de bala. Su cadáver quedó tendido sobre la acera, a dos metros de la puerta del restaurante Pollo Campero.

2. El ya mencionado Carlos Armando Artola, alias «Calín», de 19 años de edad, soltero, guatemalteco, indocumentado, residente en la calle Monticello 237A, Albany Park, exintegrante de la pandilla criminal denominada Mara Salvatrucha, acusado de asesinato y asociación delictuosa en su país de origen. Era asistente de Mauro Jiménez Lazcano. Recibió dos impactos de bala. Su cadáver quedó tendido próximo al del agente Nilsen.

3. Mauro Jiménez Lazcano, alias «Don Abilio» o «Moronga», de 42 años de edad, guatemalteco, residente en la calle Monticello 237A, Albany Park. Su identidad y su situación migratoria constituyen un caso especial que será abordado en detalle más adelante en este informe. Recibió un impacto de bala. Su cadáver quedó tendido a las puertas del restaurante.

4. Antonio Shetemul, alias «Mozote», de 38 años de edad, guatemalteco, soltero, indocumentado, excabo del ejército de Guatemala, sospechoso de haber trabajado para el grupo criminal de narcotraficantes Los Zetas, residente en la calle Monticello 237A, Albany Park. Era guardaespaldas de Jiménez Lazcano. Recibió un impacto de bala. Murió en la ambulancia mientras era trasladado al hospital.

5. Juan Domingo Urrutia, de 61 años de edad, salvadoreño, alias el «Ingeniero», portaba una licencia de conducir falsa del estado de Texas. Su verdadera identidad y su domicilio han sido imposibles de confirmar. Recibió dos impactos de bala. Su cadáver quedó tendido en el estacionamiento.

6. Doris Elena Cifuentes, de 21 años de edad, guatemalteca, soltera, residente en el Little Village, donde vivía con sus padres. Empleada del restaurante; se encontraba recogiendo los azafates cerca de la puerta de entrada cuando estalló la balacera. Recibió un impacto de bala en la cabeza. Víctima colateral.

7. Dorothy M. Whitehall, de 55 años de edad, estadounidense, casada y con tres hijos, residente en North Mayfair. Recibió un impacto de bala en el cuello mientras retrocedía en su auto, luego de recoger una pizza en Sarpino's, ubicado entre el Pollo Campero y la clínica dental Monroe. Su cadáver quedó en el asiento del auto. Víctima colateral.

3. Los heridos

De las ocho personas que resultaron heridas, en este informe se mencionarán sólo a las dos vinculadas al caso; las otras fueron víctimas accidentales y, si bien colaboraron en la investigación, han solicitado que sus nombres no sean mencionados.

1. El agente Rene H. Sotomayor, de 41 años de edad, originario de Aurora, Illinois, casado y con dos hijos, residente en Forest Park, con quince años de servicio en la agencia y destacado en la oficina de Chicago. Recibió un disparo a la altura del hombro izquierdo y otro en el pecho que fue detenido por el chaleco antibalas. Logró parapetarse detrás de un auto y mantener su capacidad de fuego hasta que la balacera terminó.

2. Evaristo Tuy López, alias «Macaco», de 37 años de edad, guatemalteco, indocumentado, exsoldado del ejército de su país, sospechoso de haber trabajado para el grupo criminal de narcotraficantes Los Zetas, residente en la calle Monticello 237A, Albany Park. Era guardaespaldas de Jiménez Lazcano. Recibió dos impactos de bala, uno en el pulmón derecho y otro en el estómago. Permaneció una semana en cuidados intensivos y luego un mes hospitalizado. Actualmente guarda prisión a la espera de juicio. La fiscalía lo acusa de asesinato de un agente federal, posesión ilegal de armas, tráfico de estupefacientes y asociación ilícita.

4. La investigación

La investigación de este caso ha sido realizada por el agente especial Donald P. Chiwaski, con la asistencia del agente Alfred P. Nicolo, ambos destacados en la oficina central en Washington D.C., bajo la orden 142-J-8970 emitida por el director de la División de Investigación Criminal el 19 de junio de 2010. Los agentes llevaron a cabo su labor desde la oficina de Chicago, que destacó un equipo de apoyo, y elaboró su propio reporte para fincar cargos en Tuy López; también se contó con la colaboración de la DEA y de las representaciones de la agencia en Guatemala, El Salvador y México.

Los objetivos de la investigación eran: 1) descubrir las causas que llevaron a los hechos acaecidos en la Plaza Mayfair el 15 de junio y que costaron la vida al agente Nilsen; 2) determinar si los agentes Nilsen y Sotomayor siguieron los procedimientos que establece el protocolo de la agencia para la captura de Artola, alias «Calín», y establecer las causas que los llevaron a prescindir de la participación del Grupo de Respuesta Inmediata a Incidentes Críticos; 3) identificar a todos y cada uno de los participantes en los hechos, a fin de garantizar su captura y sometimiento al proceso judicial correspondiente.

Este reporte se presenta a dos meses de que se produjeran los hechos investigados, y tiene la calidad de «preliminar» porque sólo se ha cumplido de manera parcial el tercer objetivo planteado en la orden 142-J-897. Por lo mismo, la investigación sigue abierta.

5. Los testigos y otras fuentes

Para la elaboración de este informe, y a fin de reconstruir con la mayor veracidad lo que sucedió esa tarde de junio en la Mayfair Plaza y sus causas, se realizaron exhaustivas entrevistas e interrogatorios a las siguientes personas:

1. El agente René H. Sotomayor.

2. La agente Melissa Farah-Hunt, de 38 años de edad, originaria de Denver, Colorado, divorciada, con un hijo, destacada en la oficina de Washington desde hace cinco años. Estuvo asignada al caso desde su inicio, el 11 de junio, hasta el día 19, cuando fue relevada por el agente Chiwaski.

3. La menor Amanda M. Packer, de 10 años de edad, originaria de Guatemala, hija adoptiva de George y Christine Packer, residentes en Silver Spring, Maryland. Amanda aseguraba ser hermana por parte de madre de Artola. Luego de varias semanas, la oficina de la agencia en Guatemala confirmó que en la alcaldía de Puerto San José existe un acta de nacimiento a nombre de Elvia Jennifer Artola, cuyos datos coinciden con lo dicho por la menor.

4. Geoge W. Packer, de 66 años de edad, jubilado, y Christine Packer, de 63 años, maestra y coordinadora escolar del distrito de Silver Spring.

5. Erasmo Aragón Mira, 49 años de edad, salvadoreño, residente en la avenida Jefferson 57, apartamento 4, en Merlow City, Wisconsin, empleado como profesor visitante en Merlow College.

6. El convicto Evaristo Tuy López, alias «Macaco».

7. Raquel Villalobos, de 23 años de edad, salvadoreña, compañera de vida de Jiménez Lazcano desde diciembre de 2009, residente en Monticello 237A, ex empleada de la Gap Outlet de la calle Milwaukee, con cuatro meses de embarazo al momento de los sucesos.

8. Byron Barrera, de 35 años de edad, guatemalteco, indocumentado, residente en Monticello 254B (treinta metros al norte de la casa donde residían tres de las víctimas mortales), acompañado, con dos hijos, exagente de la Policía de Guatemala, guardaespaldas eventual de Jiménez Lazcano. No estaba presente en la Mayfair Plaza a la hora de los sucesos.

9. Otto René Pérez, de 36 años de edad, guatemalteco, residente en Monticello 254B, acompañado, sin hijos, exagente de la Policía de Guatemala, empleado de la empresa Executive Security Services, guardaespaldas eventual de Jiménez Lazcano. No estaba presente en la Mayfair Plaza a la hora de los sucesos.

Los investigadores contaron con la colaboración de los empleados de los establecimientos comerciales ubicados en la Mayfair Plaza, testigos y/o víctimas de la balacera, así como vecinos de la calle Monticello. Sus nombres serán obviados en este informe.

EL CASO AMANDA MARÍA PACKER

6. La denuncia

La tarde del viernes 11 de junio, la oficina de Washington recibió la denuncia de la desaparición de la menor Amanda María Packer, quien según testigos abordó voluntariamente un auto frente a la Moravia School, ubicada en Silver Spring, donde estaba recibiendo un curso intensivo de verano. Cuando su padre, George W. Packer, llegó a recogerla, a las 16.00 horas, recibió la noticia de que la menor había abandonado el recinto una hora atrás. Ella le había dicho al portero de la institución que sólo saldría a recoger un cuaderno que le traían de su casa, que su primo llevaba prisa y sólo se detendría unos instantes para entregárselo. En ese momento, el portero fue a los lavabos, por lo que a su regreso supuso que la menor ya estaba de nuevo dentro del recinto y no hizo el reporte pertinente. El jardinero de la escuela aseguró que la menor abordó voluntariamente el auto, que se trataba de una Van gris con dos personas a bordo; no pudo precisar la fisonomía de los ocupantes, aunque le parecieron hombres.

Una vez que se enteró de que su hija se había ido con unos desconocidos, el Sr. Packer llamó a su esposa, familiares, amigos y conocidos para inquirir si la menor había sido recogida por alguno de ellos. La respuesta fue negativa. Entonces hizo la denuncia que entró a nuestras oficinas a las 17.05 horas.

7. La menor

El jefe Richard. J. Benson asignó el caso a los agentes Melissa Farah-Hunt y Richard D. Nilsen; visitaron el domicilio de Silver Spring esa misma tarde, donde interrogaron al matrimonio Packer y a su hijo George Jr., de 14 años de edad.

Ambos menores fueron adoptados: el chico de Tanzania y la chica de Guatemala.

Los interrogados dijeron que era la primera ocasión en que Amanda desaparecía, que no le conocían amistades o familiares fuera del círculo de la familia Packer, que había sido adoptada trece meses atrás, que a su llegada había sido incluso muy temerosa de quedarse a solas, en especial cuando aún no se sentía cómoda con su manejo de la lengua inglesa. También dijeron que tenía una personalidad difícil, que pasaba de la dulzura a la furia y la agresividad con extrema rapidez, y que en los últimos meses habían tenido problemas con ella, por su carácter rebelde y reacio a la autoridad de ellos. Reconocieron que, cuando padecía los accesos de furia, en más de una ocasión había dicho que pronto se largaría y no sabrían de ella, pero que tomaron tales expresiones como bravuconadas. Mostraron a los agentes el expediente de adopción en el que se certificaba que la menor no tenía familia que velara por ella en Guatemala ni en Estados Unidos. Revelaron que, cuando padecía los accesos de furia, la menor había dicho que la historia que les habían contado sobre ella era una invención, que ella en verdad había crecido en un prostíbulo y que su madre había sido una prostituta, y que en esos momentos tenía gestos y expresiones impensables en una chica de su edad.

8. Últimos incidentes

Preguntados si en los últimos días se había producido algún incidente que explicara la desaparición de la menor, dijeron que la relación con ella se había deteriorado desde que un par de meses atrás descubrieran su afición a ver videos pornográficos en el internet, que el señor Packer había bloqueado esos sitios en la computadora de los chicos, lo que llevó a una explosión inusitada de Amanda, quien incluso agredió físicamente a su madre.

Otro incidente se había registrado dos días atrás, el miércoles 8, cuando el señor Packer riñó a su hija porque la noche anterior había bajado a la habitación del sótano a molestar al inquilino que la alquilaba. Esa habitación había sido rentada en el último año a través de la compañía Airbnb a diversas personas, por día o por semana. Nunca antes la menor había entrado a la habitación de los inquilinos. La señora Packer acotó que Amanda se había atrevido a ello porque el inquilino era originario de Centroamérica. El señor Packer recibió un reclamo formal del inquilino, quien le pidió que pusiera una cerradura con llave para impedir una nueva visita de la menor, lo que el dueño de la casa hizo el mismo miércoles en la mañana. Fue entonces cuando el inquilino le comentó la conversación que había sostenido con la menor: ésta le había dicho que su verdadera madre había sido asesinada en un pleito de drogas y que ella, la chica, tenía un hermano mayor en Nueva York con el que deseaba irse a vivir. Luego de esa conversación, el señor Packer interpeló a su hija sobre lo que le había contado al inquilino, en especial sobre la existencia de ese hermano mayor. La menor reaccionó con furia y le dijo que esas eran invenciones «de ese viejo cochino» que estaba hospedado en el sótano.

9. La primera pista

El profesor Erasmo Aragón Mira, residente en Merlow City, Wisconsin, llegó a la estación de metro Silver Spring, procedente del aeropuerto Ronald Reagan, el domingo 6 de junio, alrededor de las 14.00 horas. El señor Packer lo recogió en su auto y lo condujo a la habitación del sótano de su casa. Permaneció hospedado cinco noches. En la mañana de ese mismo viernes 11 en que desapareció la menor, el señor Packer lo condujo a la estación Silver Spring para que abordara el metro que lo llevaría al aeropuerto.

Ante la pregunta de los agentes, el señor Packer aseguró que él no creía que el profesor Aragón estuviera involucrado en la desaparición de su hija. Él lo había llamado hacía unas pocas horas, antes de hacer la denuncia en la policía, para saber si la menor le había revelado alguna información que sirviera para encontrarla. El profesor le dijo que todo lo que la menor le contó, él se lo había transmitido al señor Packer. En ese momento viajaba en el metro de Chicago.

El señor Packer entregó a los agentes Farah-Hunt y Nilsen toda la información personal del profesor Aragón de Airbnb, así como el intercambio de e-mails entre ellos. Los agentes revisaron la habitación de la menor; pero no pudieron entrar a la del sótano, pues ya se había instalado un nuevo inquilino y el señor Packer les aseguró que él mismo la había limpiado cuando el profesor partió, que todo estaba en su sitio y el profesor no había olvidado nada. Insistió en que prefería no asustar al huésped recién llegado.

Los agentes se llevaron la computadora utilizada por la menor para buscar pistas.

10. El primer sospechoso

El profesor Aragón se convirtió en el primer sospechoso del caso. La agente Farah-Hunt se comunicó con él vía telefónica temprano de esa misma noche mientras el agente Nilsen rastreaba sus antecedentes y la información de sus vuelos. El profesor Aragón confirmó que había alquilado la habitación del sótano de la familia Packer del domingo 6 al viernes 11 de junio, que el motivo de su viaje fue realizar una investigación en los Archivos Nacionales (NARA) de College Park sobre un escritor salvadoreño; que había visto a la menor Amanda María Packer una sola vez, la noche del martes 8, cuando ella había irrumpido en su habitación sin previo aviso con el propósito de utilizar la computadora portátil del profesor; que él le había pedido que abandonara la habitación, pero ella se había negado, empecinada en utilizar la computadora para ver videos de adultos; que era una niña con graves problemas de personalidad, muy agresiva, y que al día siguiente él se había quejado ante el dueño de la casa por la intromisión nocturna; que, en efecto, ella había dicho que tenía un hermano en Nueva York, de nombre Calín, quien había ingresado ilegalmente a Estados Unidos luego de cometer un crimen en Guatemala, y que su madre había sido una prostituta asesinada en una vendetta entre narcotraficantes, pero que, dada la personalidad trastornada de la chica, él no podía saber si estaba diciendo la verdad; que él le había transmitido todo lo dicho por la niña al dueño de la casa, que eso era todo lo que él sabía.

La agente Farah-Hunt le dejó su número telefónico por si él recordaba algo más; le advirtió que lo llamarían nuevamente para requerir de su declaración si la menor no aparecía pronto. La agente dejó constancia de que el profesor Aragón parecía muy nervioso durante la llamada telefónica, que hablaba atropelladamente con mucho acento, por lo que a veces resultaba difícil entenderle, y que le dio la impresión de una persona muy afectada de los nervios que no estaba diciendo todo lo que sabía.

El agente Nilsen confirmó que el profesor Aragón había abordado el vuelo AA741 a las 12.30 horas en el aeropuerto Ronald Reagan y que había desembarcado a las 13.35, hora del centro, en el aeropuerto O'Hare de Chicago. Existía un expediente del profesor en la agencia, por sus antecedentes izquierdistas en su país de origen, pero nada relacionado con pederastia o acoso sexual.

Esa misma noche, el agente Nilsen logró hablar con el portero y el jardinero de la Moravia School, quienes ratificaron lo dicho al señor Packer: que la menor había salido de la escuela alrededor de las 15.00 horas, bajo la excusa de que su primo le traía un cuaderno, y que había subido voluntariamente a una Van gris en la que se conducían dos sujetos.

11. Los e-mails

En la mañana del sábado 12, los técnicos de la agencia entraron a dos cuentas de e-mail y una de Facebook de la menor. Los agentes Farah-Hunt y Nilsen recibieron copia inicial de los mensajes más recientes, fechados del 1 de mayo al 9 de junio. Encontraron, en efecto, que una cuenta de g-mail era utilizada exclusivamente para comunicarse con alguien que firmaba bajo el nombre de «Calín», por lo que pidieron el historial completo de esa cuenta. Pese a que ambos agentes leían y hablaban español a nivel intermedio, requirieron del apoyo de un experto para analizar la transcripción de los textos, dada la jerga guatemalteca utilizada en los mismos. Los e-mails de la menor eran largos, contaba sucesos de su vida cotidiana, se refería de muy mala manera a su familia adoptiva y expresaba su deseo de irse a vivir con «Calín»; las respuestas de éste era muy breves, algunas inteligibles, pero con frecuencia se refería a «M», con quien tenía que organizar el viaje para ir a recogerla. En las dos semanas previas al viernes 11 de junio hubo mayor tráfico de mensajes, preguntas precisas de «Calín» sobre las rutinas de la menor y, en el último e-mail, fechado el miércoles 9, las indicaciones precisas para el encuentro frente a la Moravia School a las 16.00 horas del viernes.

Los e-mails de «Calín» procedían de distintos servidores que lo ubicaban en la zona metropolitana de Chicago, aunque él mencionaba que vivía en Nueva York; su información personal en las cuentas también era falsa. Una revisión del historial de la cuenta demostraba que su supuesta residencia en Nueva

York era una estratagema. Los agentes se pusieron en contacto con la oficina de Chicago para coordinar la búsqueda.

Esa misma mañana del sábado 12, luego de revisar los videos de las cámaras ubicadas en cruceros de la zona de Silver Spring, lograron identificar la Van gris Toyota con placas de Pennsylvania GIO-027, cuyo paso coincidía con la hora y la ruta procedente de la Moravia School. En el vehículo se transportaban dos hombres, con gorras y anteojos oscuros que dificultaban su identificación –aunque se podían percibir sus rasgos latinos–, pero no iba la menor. La Van había sido reportada como robada en Pittsburgh, Pennsylvania, el viernes a las 8.30 horas; fue abandonada a inmediaciones del Premiun Outlets de Hagerstown, Maryland, temprano de esa misma noche, y descubierta hasta la mañana del sábado. La agente Farah-Hunt y el equipo técnico se trasladaron a revisar el vehículo y buscar huellas.

El sábado al final de la tarde el equipo técnico presentó un informe en el que aseguraba que las muestras de cabello y las huellas dactilares pertenecían a la menor, quien iba acostada en el asiento trasero de la Van. Las demás huellas no fueron identificadas, a excepción de las del dueño del vehículo.

Pese a que las cámaras del Premiun Outlets no alcanzaban la zona donde fue abandonada la Van, los agentes consideraron que los sospechosos cambiaron de auto en ese lugar, y que su destino más probable era Chicago.

Decidieron esperar los informes de la oficina de esa ciudad.

12. La llamada del profesor

A las 17.15 horas del domingo, la agente Farah-Hunt recibió una llamada del profesor Erasmo Aragón, quien hablaba atropelladamente, muy alterado, fuera de sí, como si fuese víctima de una crisis nerviosa. La agente sacó en claro lo siguiente: que a las 16.12 de la tarde el profesor había recibido una llamada en su teléfono celular que al principio no quiso responder porque le pareció sospechosa, pues no aparecía ningún número en la pantalla, sino la palabra «privado», pero que luego contestó porque creyó que se trataba de la misma agente Farah-Hunt; que lo primero que escuchó fue la voz de la menor Amanda Packer insultándolo de fea manera, llamándolo «viejo maricón, sucio, degenerado»; que enseguida se puso al habla una voz masculina que no se identificó, pero el profesor supuso que se trataba del supuesto hermano de la menor, quien lo insultó de peor manera aún y luego lo amenazó con acusarlo ante las autoridades de abuso sexual de la menor si no les entregaba 25.000 dólares a más tardar en dos días. Que él le dijo que no tenía esa cantidad de dinero, pero el de la voz le había exigido que la consiguiera a como diera lugar, que se comunicaría al día siguiente, lunes 14, para darle las indicaciones para la entrega del dinero, que si lo denunciaban por violar a una menor de edad perdería su empleo y lo meterían preso, que también le había advertido que si llamaba a la policía lo matarían, pues ya sabían dónde vivía en Merlow City y tenían su foto. El de la voz siempre habló en plural, identificándose como miembro de la Mara.

El profesor temía por su vida y no sabía cómo proceder.

La agente Farah-Hunt trató de calmarlo, le aseguró que nada le sucedería, pero que necesitaban de toda su colaboración, que pronto se comunicaría con él para darle las indicaciones necesarias. También corroboró con el señor Packer que la menor pudo copiar el número de teléfono del profesor de la libreta en que aquél apunta los nombres, teléfonos y direcciones electrónicas de los clientes que alquilan la habitación del sótano a través de Airbnb.

13. El día anterior a los hechos

El jefe Benson autorizó el viajé del agente Nilsen a Chicago, quien partió el lunes en el vuelo de las 7.30 horas; la agente Farah-Hunt permaneció en Washington a cargo del monitoreo. La oficina de Chicago asignó el caso al agente Sotomayor, quien recogió a Nilsen en el aeropuerto O'Hare, desde donde se dirigieron a Merlow City. Los acompañaba el técnico Nicholas D. Lee, del departamento de comunicaciones de esa oficina.

Se entrevistaron con el profesor Aragón a las 11.00 horas. Mientras éste les repetía con detalles la llamada recibida la tarde anterior (el agente Sotomayor es completamente bilingüe), el técnico revisó el teléfono y lo enlazó con el equipo de monitoreo y escucha. El profesor dijo que había recibido otras dos cortas llamadas muy tarde en la noche, sin número de origen en la pantalla, en las que la voz masculina lo insultaba, le preguntaba si ya había conseguido el dinero y colgaba de inmediato. Los agentes lo instruyeron en las técnicas para entretener al de la voz en la próxima llamada; también le informaron que todos los indicios llevaban a ubicar a Artola en Chicago, no en Nueva York, como le había hecho creer a la menor. Constataron que el profesor era un hombre muy nervioso y que estaba afectado en extremo; les confesó que había pasado la noche en vela, pese a la ingestión de una dosis alta de ansiolíticos.

El primer reporte técnico estableció que las tres llamadas procedían del mismo teléfono, un celular de tarjeta desechable, imposible de localizar si no estaba encendido; que las coordenadas de las torres ubicaban la primera llamada en la intersección de la avenida Archer Sur y la calle Richmond, en Brighton Park; la segunda, a las 22.17 horas, procedía de la calle Irving Park, entre las avenidas Kimball y Christiana, y la tercera, a las 23.52, de la calle 75 Este, esquina con Wabash. Las tres llamadas habían sido realizadas desde la calle, el emisor en movimiento.

El agente Sotomayor y el técnico Lee regresaron a Chicago esa misma tarde, en tanto que el agente Nilsen permaneció en Merlow City, a la espera de que Artola contactara al profesor; se hospedó en el Merlow House.

La llamada entró a las 17.34 horas. Ésta es la transcripción de la misma:

«¡Ajá, hijo de puta!, ¿ya tenés listo el dinero?».

«Ya te dije que…»

«¡Cerrá el hocico y oí! ¡Mañana a la una de la tarde tenés que estar en Chicago, en el Dunkin Donuts de las calles Pulaski y

Montrose! ¡Oí bien, mierda: Chicago, Dunkin Donuts de Pulaski y Montrose a la una de la tarde!»

«*Pero yo no tengo…*»

«*¿Cuánto tenés?*»

«*Diez mil. Son todos mis ahorros.*»

«*¡Traélos y lo demás los vas a ir pagando mensualmente! ¡Repetilo: Pulaski y Montrose a la una!*»

«*Lo voy a apuntar.*»

«*¡Nada! ¡Y no se te ocurra faltar, cabrón, porque te quebramos el culo! ¡Con la mara no se juega, viejo de mierda!…*» (transcripción literal).

La llamada duró 31 segundos. Fue realizada desde un teléfono público en la estación de metro Belmont.

El agente Sotomayor pudo revisar el contenido de las cámaras de la estación esa misma tarde: Artola aparentaba sus 19 años, 1,75 de estatura, de contextura regular; llevaba una mochila y una gorra de beisbolista puesta al revés. A sus espaldas estaba la menor Amanda María Packer. Abordaron un tren de la línea roja, en dirección al Loop, que entró a la estación en el instante en que terminaba la llamada.

El video fue enviado a Washington y la agente Farah-Hunt confirmó que se trataba del mismo tipo que conducía la Van robada en que sustrajeron a la menor de la Moravia School.

Esa misma noche la agente informó a la familia Packer que la menor había sido localizada en Chicago, que al parecer no corría peligro y que esperaban rescatarla pronto.

Mientras, la oficina de Chicago obtuvo el video del vagón en que se transportaban Artola y la víctima: departían amenamente y por los gestos se puede deducir que se burlaban del profesor. Salieron del vagón a las 5.43 en la estación Clark/Lake.

14. El plan

El agente Nilsen se reunió con el profesor minutos después de que éste recibiera la llamada. Le explicó que la agencia necesitaba toda su colaboración para capturar al secuestrador y rescatar a la menor. El profesor estaba en un pésimo estado de ánimo: temía por su vida, aseguraba que los criminales de la mara lo buscarían hasta matarlo; dudaba si presentarse a la cita. El agente Nilsen logró convencerlo de que viajara a Chicago, le garantizó que la agencia velaría por su seguridad, que no lo pondrían en riesgo, que su única misión sería seguir las indicaciones del delincuente y entregarle un paquete de dinero falso que la agencia le daría.

A la mañana siguiente, el agente Nilsen condujo al profesor a Chicago. Llegaron a la ciudad alrededor de las 9.30. El profesor fue encargado a una especialista del equipo de apoyo psicológico de la agencia, mientras los agentes Nilsen y Sotomayor sostenían una teleconferencia con el jefe Benson y la agente Farah-Hunt. Del análisis de la llamada y de los videos concluyeron que Artola era un tipo violento, con cultura de pandilla centroamericana, acostumbrado a realizar extorsiones, pero que al parecer actuaba solo, en connivencia con la menor Amanda Packer, y según las imágenes no portaba arma en la cintura, aunque no se podía descartar que la llevara en la mochila. También mencionaron que faltaba en la ecuación el hombre llamado «M», quien seguramente era el otro que iba en la Van cuando secuestraron a la menor. El agente Sotomayor informó que el equipo técnico estaba verificando las cámara del Dunkin Donuts, e instalando una en los sanitarios; el profesor llevaría además un dispositivo de grabación y filmación injerto en su ropa. La Panel con el equipo de monitoreo y escucha, bajo la conducción del agente Nicholas D. Hunt, estaría a disposición en la avenida Harding Norte, exactamente atrás del establecimiento, ante la posibilidad de que Artola pusiera en movimiento al profesor para cobrar el dinero en otro sitio. Concluyeron que lo apropiado era seguir el protocolo para el tipo de caso: capturar al delincuente luego de que el profesor le diera el dinero, al salir del establecimiento, siempre y cuando no fuera acompañado por otros delincuentes; de producirse esta situación, no se le apresaría en ese momento, sino que se les daría seguimiento a través del GPS adjunto a uno de los billetes; se diseñaría un nuevo plan operativo de rescate de acuerdo con las circunstancias. Los agentes Nilsen y Sotomayor se encargarían de la captura; permanecerían apostados en el estacionamiento del Wintrust Bank, doscientos metros al sur del Dunkin Donuts, sobre la misma calle Pulaski. Decidieron que no hubiese más personal desplegado en el sitio para no espantar al delincuente, aunque dos unidades de apoyo estarían en los alrededores. En el instante en que el delincuente estableciera contacto con el profesor, los agentes Nilsen y Sotomayor conducirían hacia la gasolinera BP, ubicada en el mismo complejo comercial donde está el Dunkin Donuts, y se pondrían a llenar de combustible el auto, a la espera de la salida del delincuente.

Al profesor se le dio un sobre de papel Manila con 10.000 dólares (dos paquetes de 50 billetes de 100 dólares), que éste metió en su mochila; se le instaló una cámara con micrófono en el botón frontal superior de la camisa; se le dieron instrucciones de cómo comportarse frente al delincuente, qué decir y cómo entregar el dinero. Estaba muy nervioso, hacía chistes incomprensibles y repetía que necesitaba consumir una bebida alcohólica para relajarse; se le advirtió que no había tiempo para ello. Entonces dijo que tomaría una triple dosis del ansiolítico que ingería todas las noches. Los agentes consultaron con la sección médica y ésta aprobó su ingestión siempre que no se mezclara con licor.

15. La operación

El profesor bajó de un taxi frente al Dunkin Donuts a las 12.50 horas. Ordenó y tomó asiento cerca del ventanal. Nadie lo abordó a la hora convenida. A la 13.13 horas recibió una llamada. «*¡¿Traés el pisto, viejo maricón?!* ¡*Te estamos vigilando! Salí de ahí y te vas despacio por tu derecha. Caminá sobre Pulaski. Cuando llegués a Lawrence, cruzás la calle y te sentás en la banca de la parada de buses y esperás. ¿Entendiste? En la banca de Lawrence*» (transcripción literal).

La llamada duró 26 segundos. Fue localizada en la esquina de Lawrence y Kimball, a un costado de la estación de metro de este mismo nombre.

Los agentes Nilsen y Sotomayor tomaron las siguientes decisiones: que la Panel subiera muy lentamente por la avenida Keystone Norte y se posicionara cerca de la intersección con la avenida Lawrence; ellos, por su parte, condujeron hacia el estacionamiento de la gasolinera BP, donde permanecieron atentos por si el profesor era abordado en movimiento.

La caminata le tomó 16 minutos. A la 13.29 se sentó en la banca indicada.

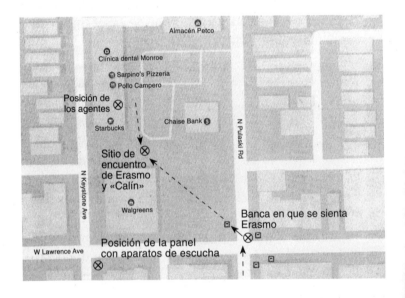

Los agentes Nilsen y Sotomayor condujeron hacia la plaza Mayfair, en la intersección de Lawrence y Pulaski, y se estacionaron en el extremo norte, frente al almacén Petco, el más alejado de la avenida Lawrence. Sospechaban que el delincuente podía estar vigilando el estacionamiento y la intersección. No debía detectarlos.

El agente Nilsen bajó del auto y entró al almacén Petco; el agente Sotomayor permaneció un rato al volante, como ordenando documentos, y luego salió hacia el Chase Bank. Unos minutos más tarde Nilsen lo alcanzó en el banco.

El equipo técnico dentro de la Panel sugirió que el mejor sitio de observación era la licorería ubicada en la esquina en diagonal de la banca donde estaba el profesor.

Los agentes consideraron que el secuestro de una menor, con el consentimiento de ésta, y en el supuesto de que fueran hermanos, no sería tan agravante en la corte, si no se contaba además con el cargo de extorsión. No querían ahuyentarlo, sino capturarlo con las manos en el dinero. Y la licorería podía ser el sitio donde se encontraba observando.

Permanecieron 17 minutos en el banco a la espera. Regresaron al auto. Condujeron lentamente por Pulaski hacia el norte y a los 200 metros dieron vuelta y se estacionaron a esperar que se estableciera el contacto.

A la 13.52 entró la llamada. El profesor recibió la siguiente orden: «*A tu derecha hay una farmacia Walgreens. Camina hacia el parqueo que está en la parte de atrás de la farmacia, donde hay una fila de arbolitos. ¡Rápido, culero! ¡Y si alguien viene con vos, te morís, cabrón!*» (transcripción literal).

La llamada procedía del mismo estacionamiento de la Mayfair Plaza, reportó el equipo técnico desde la Panel.

Los agentes Nilsen y Sotomayor regresaron de inmediato a la plaza; se estacionaron frente al Starbucks a las 13.55, unos segundos después de que el profesor llegara al sitio donde Artola lo esperaba. Entraron a la cafetería, desde donde pudieron observar parte del encuentro, a unos 15 metros de distancia.

Ésta es la transcripción literal del encuentro:

«¡Ajá, hijueputa! Enseñá el dinero.»

«Aquí está. Diez mil. Todo lo que tenía ahorrado.»

«Así que te querías coger a mi hermana… Que la trataste de manosear y le ofreciste plata para que te la chupara.»

«Eso es mentira. Pura invención de ella.»

«Sos un viejo maricón. Ya me dijo que ni se te para la verga. Nos estás debiendo 15.000 dólares. Nos vas a traer 3.000 mensuales.»

«Imposible, si yo gano 2.000. Les puedo dar 1.000 al mes.»

«No te estoy preguntando, mierda. Pedí prestado o ve cómo le hacés.»

«Si querés te enseño el recibo de mi salario.»

«Nada. El próximo mes aquí con 3.000, si no querés que te lleve la gran puta. Te voy a llamar para decirte el día. Y andate rápido por donde veniste.»

El intercambió duró 2,04 minutos.

Las imágenes muestran a Artola muy exaltado (la autopsia revelaría que había consumido crack), mientras mete el sobre con el dinero en una mochila; en ningún momento evidencia estar en posesión de un arma.

Caminó en dirección hacia el Starbucks donde estaban los agentes Nilsen y Sotomayor.

Pasó frente a la puerta de la cafetería y siguió de largo por la acera hacia el Pollo Campero. Los agentes salieron detrás de él y le ordenaron el alto. Entonces se desató la balacera.

16. Lo que sucedió en el estacionamiento antes de los hechos

Las cámaras muestran una camioneta Jeep, color negro, placas de Illinois J-981454, que se estaciona frente a la clínica dental Monroe, a las a 12.41 horas, y de la que salió un tipo alto, fornido y de bigote (a quien se identifica como Élmer Bernabé Mendoza Recinos, alias «Alacrán»).

A las 13.08 entra una pick Dodge Ram, doble cabina, color rojo, placas de Illinois R-431215 en la que se conducían Jiménez Lazcano y sus dos guardaespaldas. No encuentran sitio junto a la acera del restaurante y se estacionan en la fila siguiente.

Mendoza Recinos, alias «Alacrán», sale del restaurante a las 13.12 y regresa a la Jeep, donde permanece en el asiento del conductor, contemplando su teléfono celular y observando los autos que entraban al estacionamiento.

El salvadoreño Urrutia aparece caminando a las 13.19 por la entrada lateral al estacionamiento desde la avenida Keystone Norte, bordea el Starbucks y entra al Pollo Campero.

Artola aparece en cámara a las 13.24 en la intersección de Lawrence y Pulaski, bajándose de un autobús, enfrente de la misma banca a la que el profesor Aragón arribará cinco minutos más tarde. Cruza de prisa el estacionamiento en diagonal y entra al Pollo Campero.

A las 13.41 una Ford SUV, color verde, placas de Illinois T-411793 se estaciona en el costado norte del Chase Bank, con el frente del auto ubicado hacia la calle Pulaski y la parte posterior hacia la zona del restaurante. Nadie baja del auto. El conductor se pasa al asiento del copiloto, que había reclinado por completo, razón por la que los agentes especiales no repararon en él cuando salieron del banco y se condujeron a su auto.

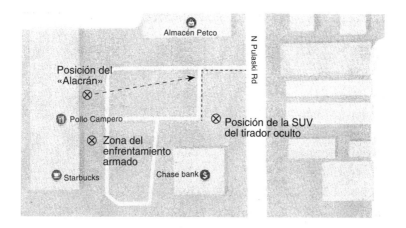

Las cámaras del estacionamiento permiten seguir la trayectoria de Artola luego de que saliera del restaurante a las 13.48 horas. Camina por la parte norte del estacionamiento, echando un rápido vistazo, en busca de vigilancia; saluda a alias «Alacrán», que permanece en la Jeep negra. No se fija en la SUV verde estacionada al costado del Chase Bank.

Los agentes Nilsen y Sotomayor habían salido del banco y del estacionamiento un minuto antes.

Artola camina por el estacionamiento de regreso hacia el sur, en dirección hacia la farmacia Wallgrens. Alcanza una posición, en el costado este de la farmacia, desde donde puede ver al profesor sentado en la banca sobre Lawrence, al otro lado de la calle Pulaski. Regresa al estacionamiento posterior de la farmacia mientras hace la llamada telefónica.

17. La reunión dentro del restaurante

Las cámaras ubicadas dentro del restaurante Pollo Campero registran la entrada de Mendoza Recinos, alias «Alacrán», a las 12.43, quien hace su pedido, come a solas y se levanta a los sanitarios a las 13.10, en el momento en que entran Jiménez Lazcano y sus dos guardaespaldas, Evaristo Tuy López y Antonio Shetemul. Éstos pasan al mostrador, hacen su pedido y luego se sientan en dos mesas: Jiménez Lazcano en una, en el rincón sur del local, y los dos guardaespaldas en otra, contigua a la de su jefe, posicionados de cara a la entrada. Un minuto después, Mendoza Recinos sale de los sanitarios y del establecimiento.

A las 13.20 horas entró el salvadoreño Juan Domingo Urrutia, pasa al mostrador a hacer su pedido y luego se dirige a la mesa de Jiménez Lazcano. Departen con naturalidad como viejos conocidos.

A las 13.26 entra Artola. Antes de hacer su pedido, se acerca a Jiménez Lazcano y le dice algo al oído; éste lo mira con enfado. Luego se sienta en la mesa de los guardaespaldas.

A las 13.32, Jiménez Lazcano hace a un lado su bandeja, saca unos folios del bolsillo de su camisa, y los desdobla sobre la mesa. La conversación entre éste y Urrutia gira a partir de ese momento sobre el contenido de los folios, que se pasan de manos.

A las 13.48, Artola se pone de pie; le hace una seña con la mano a Jiménez Lazcano de que saldrá un momento y lo esperará afuera.

A las 13.56 horas, Urrutia y Jiménez Lazcano se ponen de pie, listos para salir, aunque aún permanecen conversando un par de minutos. Los dos guardaespaldas se preparan de inmediato.

A las 13.59, Shetemul abre la puerta para que salgan Jiménez Lazcano y Urrutia. A dos metros de distancia viene Artola con los agentes especiales Nilsen y Sotomayor a su espalda.

18. El asesinato del agente especial Nilsen

Por un problema de ángulos, sombras y coberturas, es muy difícil precisar lo que sucedió en el instante en que los agentes abordaron al delincuente, en especial por qué el agente Nilsen no pudo prever la reacción armada del sujeto. En la toma de la cámara del estacionamiento del Chase Bank, el propio cuerpo del agente Nilsen cubre la acción. En las tomas desde dentro del restaurante, el grupo de delincuentes que en ese instante iba de salida y los clientes que ocupaban la mesa junto a la pared de cristal impiden observar los movimientos de Artola. Para explicar lo sucedido, el agente Sotomayor menciona las siguientes circunstancias:

– al momento de dar la orden de alto, el agente Nilsen ya ha desenfundado su arma, pero está ubicado 50 centímetros a la derecha y 50 centímetros atrás del delincuente;

– la mochila en la que había guardado el dinero colgaba del hombro derecho del delincuente;

– al escuchar la orden de alto, el delincuente levanta de inmediato su mano derecha en gesto de rendición;

– cuando el agente Nilsen da la orden, el grupo de delincuentes está saliendo del restaurante, y el que iba al frente hace el gesto de desenfundar un arma.

Todos estos elementos juntos determinaron que el agente Nilsen perdiera el foco de atención en la mano izquierda de Artola. También desconocía que el delincuente era zurdo.

19. El tiroteo

Artola dispara en dos ocasiones al cuello y al rostro del agente Nilsen. Trata de correr, pero es alcanzado en el acto por dos disparos del agente Sotomayor. Éste, a su vez, es objeto de dos disparos, el primero le impactó en el pecho en el chaleco antibalas y el segundo le entró entre el pectoral y el hombro izquierdos. Logra protegerse detrás de un auto frente al restaurante.

De los cuatro hombres que salían del restaurante, los videos muestran lo siguiente:

– Jiménez Lazcano no consigue reaccionar: un segundo después de que sonaron los disparos de Artola contra el agente Nilsen, es objeto de un solo impacto bala en el corazón. Cae muerto en la acera.

– Shetemul, quien sale primero del restaurante y está dos pasos adelante de los otros, desenfunda y dispara en dos ocasiones al agente Sotomayor, antes de recibir un disparo que le cruzó el pulmón izquierdo y le reventó la aorta.

– Tuy López, quien está un paso atrás de Jiménez Lazcano y Urrutia, logra lanzarse hacia su izquierda y dispara en tres ocasiones a los agentes, acertando un tiro en el cuerpo agonizante del agente Nilsen y los otros dos en el auto en que logra cubrirse el agente Sotomayor. En el instante en que voltea hacia el estacionamiento del Chase Bank, Tuy López recibe un impacto en el pecho a la altura del pulmón derecho, y luego otro en la región del hipocondrio. Logra, antes de derrumbarse, hacer dos últimos infructuosos disparos hacia Urrutia, quien corría a agazaparse entre los autos.

– Juan Domingo Urrutia es el único de los cuatro que, en vez de responder al fuego del agente Sotomayor, se precipita a parapetarse entre dos autos a su izquierda y, cuando voltea, dispara a Jiménez Lazcano, quien ya había caído al suelo, y a Tuy López, que acaba de recibir el disparo en el pecho, y a quien le acertó el tiro en la boca del estómago. Enseguida trata de escabullirse entre los autos hacia el estacionamiento del Chase Bank, pero es alcanzado por dos disparos hechos por el agente Sotomayor.

— Alias «Alacrán» está fuera de la Jeep, junto a la portezuela abierta, en el momento en que se desata la balacera. Apunta hacia la zona donde se produce el enfrentamiento, pero no realiza disparo alguno. Echa una rápida mirada hacia la parte del estacionamiento del Chase Bank. Luego se agazapa, entra a la Jeep, retrocede y sale en estampida por Pulaski hacia el norte.

— Diez segundos después de que la Jeep saliera del estacionamiento, la SUV verde estacionada al costado del Chase Bank retrocede y sale discretamente también por Pulaski hacia el norte.

20. El tirador oculto

El informe forense (véase Anexo 2) confirma lo que muestran las cámaras del estacionamiento y lo relatado por los sobrevivientes y testigos.

— El agente Nilsen recibió tres impactos: uno en el cuello, que le reventó la traquea, y otro en la mandíbula inferior, en dirección ascendente, que le destrozó el cerebelo y le causó la muerte, ambos disparados por el revólver Taurus .38 corto de Artola. El tercer disparo, en la región umbilical, procedió de la pistola Smith and Wesson 9 mm de Tuy López.

— Los dos impactos que sufrió el agente Sotomayor fueron disparados por la pistola Glock 9 mm de Shetemul.

— El disparo que entró por el pómulo izquierdo a Dorothy M. Whithall mientras se disponía a retroceder su auto, también fue disparado por la 9 mm de Tuy López, en tanto que la empleada del restaurante, Doris Elena López, murió a causa del disparo de la pistola Super Colt .38 que portaba Urrutia. Ambas fueron víctimas colaterales.

— Los dos impactos que acabaron con la vida de Urrutia procedieron de la pistola Glock .40 del agente Sotomayor.

El informe destaca que Jiménez Lazcano, Shetemul y Tuy López recibieron cada quien un disparo procedente de un fusil de alta precisión. La exactitud y la secuencia evidencian que el fusil estaba seguramente equipado con mira telescópica; el registro sonoro de los disparos confirma que tenía silenciador: en el sistema de video y audio del autobanco del Chase Bank se escuchan 14 detonaciones procedentes de las pistolas, pero ninguno de los tres disparos de fusil que acabaron con la vida de Jiménez Lazcano y Shetemul, y el que dejó gravemente herido a Tuy López.

El análisis de entrada y salida de los proyectiles indica que los tres fueron disparados desde la parte posterior de la SUV verde estacionada junto al Chase Bank. Pese a que los cristales posteriores del auto estaban ahumados, en los videos se logra percibir la silueta tendida en posición de tiro (las dos filas traseras de asientos fueron reclinadas por completo) y la ventanilla posterior del auto abierta unas tres pulgadas. El informe balístico señala que se pudo tratar de un fusil de francotirador Gladius .308.

21. Primera reacción

Cuando las unidades de apoyo arribaron al lugar de los hechos, su primera reacción fue creer que los agentes Nilsen y Sotomayor habían sido objeto de una emboscada por parte del grupo delincuencial; también creyeron que los muertos y heridos habían sido víctimas del enfrentamiento entre los dos agentes que se defendían y los delincuentes que los atacaban, que los delincuentes muertos y el herido de gravedad formaban parte del mismo grupo. De ahí surgió la versión del enfrentamiento en desigualdad de condiciones, de los agentes que acabaron con un grupo armado que los triplicaba en número; pero ahí también se originaron los cuestionamientos al interior de la agencia sobre los procedimientos seguidos por ambos agentes para la captura del secuestrador y el rescate de la víctima. El hecho de que el agente Sotomayor estuviese con la herida sangrante y haya sufrido un trauma en el esternón a causa del proyectil que detuvo su chaleco antibalas, determinó que fuera evacuado de emergencia e impidió que en ese primer momento diera una explicación de lo sucedido que refutara la versión de la emboscada. El mismo agente Sotomayor reconoce que al principio él también estaba confundido, pues al tirarse tras el auto para protegerse, no pudo ver lo que sucedía frente a la puerta del restaurante, y sólo asomó por la parte trasera del auto para disparar a Urrutia que corría por el estacionamiento. El otro testigo directo, Tuy López, no pudo declarar sino hasta ocho días más tarde, debido a su estado de gravedad.

Pero el análisis de las cintas de video del estacionamiento dejan en claro que los agentes Nilsen y Sotomayor no fueron objeto directo de una emboscada, en términos estrictos, sino que cayeron en la emboscada tendida a los otros.

22. Cateos y rescate de la menor

Las primeras indagaciones esa misma tarde de martes –gracias a los documentos personales y a los teléfonos celulares que portaban los delincuentes, así como a la matrícula de la Dodge Ram en que llegaron a la Mayfair Plaza– condujeron al cateo del apartamento ubicado en el número 1749 de la calle 42 en Brighton Park y de la casa número 237A en la calle Monticello en Albany Park. Ambos inmuebles habían sido alquilados por Jiménez Lazcano, quien tenía en su billetera tarjetas de presentación como importador de productos guatemaltecos.

Cuando el grupo de comandos Swat irrumpió en la casa de Monticello sólo encontró a la menor Amanda María Packer y a la compañera de vida de Jiménez Lazcano, la salvadoreña Raquel Villalobos; mientras que en el apartamento de Brighton Park no se encontró a nadie en su interior. El resultado de un registro minucioso en ambos sitios fue el decomiso de dos kilos de cocaína, armas de diverso calibre y documentación (véase Anexo 3).

23. Resumen de las declaraciones de la víctima y de su custodia

Luego de su rescate, la menor fue interrogada sobre los hechos. No se le dijo que su hermano estaba muerto sino hasta cuando se negaba a regresar con sus padres a Maryland. Éste es el resumen de lo dicho por ella (véase Anexo 4):

– Que no se trataba de un secuestro sino de un escape que habían planeado con Artola, porque ella era maltratada en la casa de la familia Packer y prefería vivir con su hermano. Llamó a su padre adoptivo un «viejo cochino», que sólo se la pasaba viendo videos pornográficos.

– Que su verdadero nombre era Elvia Jennifer Artola; que ese nombre le había sido cambiado para protegerla, luego de que su madre muriera asesinada por un grupo de sicarios.

– Que la extorsión al profesor Aragón había sido una idea de ella para conseguir dinero que les permitiera salirse de la casa de Jiménez Lazcano (a quien todo el tiempo llamó «Moronga»); que éste siempre estaba manoseándola y había querido abusar de ella, pero que no lo logró porque su hermano la defendía.

– Que Jiménez Lazcano no estaba enterado de la extorsión ni del plan de los dos hermanos de alquilar un apartamento para irse a vivir a solas; que Artola temía la reacción de su jefe y protector.

– Que habían escogido al profesor Aragón para la extorsión, porque éste era «un viejo pervertido y maricón» que había tratado de abusar de ella.

– Que Raquel Villalobos le tenía celos, porque Jiménez Lazcano estaba prendado de ella (la menor).

Cuando se le comunicó que su hermano estaba muerto, padeció un ataque que obligó a llamar a los servicios paramédicos para sedarla.

Por su parte, Raquel Villalobos reconoció que sabía que su pareja y Artola irían a recoger a la menor, pero que jamás se imaginó que fuera un secuestro, que ella de ninguna manera la estaba custodiando. Dijo que desconocía los negocios ilícitos de Jiménez y los detalles de su vida pasada, porque a él no le gustaba hablar sobre ello; decía que andaba armado y tenía dos guardaespaldas para protegerse de viejos enemigos. Villalobos explicó que hasta dos semanas antes de los hechos, ella trabajaba entre ocho y diez horas diarias en la tienda Gap Outlet de la calle Milwaukee, que no se enteraba de lo que sucedía en la casa —en cuyo sótano vivían Shetemul y Tuy López—, pues llegaba tarde en la noche y muy cansada; había renunciado al empleo por motivos de su embarazo, a pedido de su pareja. También dijo que Jiménez Lazcano tenía una atracción malsana por la menor, que se le desató desde que ésta fue llevada a la casa de Monticello; por ello, la relación entre éste y Artola se había enturbiado.

EL CASO MAURO JIMÉNEZ LAZCANO

24. Testigo protegido

La investigación de este caso está relacionado con el del secuestro de la menor Amanda María Packer, como se desprende de la información sobre lo acontecido en la Plaza Mayfair. Sin embargo, se trata de un caso independiente, aún bajo investigación y que rebasa el objetivo principal de este informe. Se presenta acá en líneas generales para ilustrar las circunstancias en que se vieron envueltos los agentes Nilsen y Sotomayor.

Jiménez Lazcano estaba acogido al Programa de Testigos Protegidos. Oficiales de la DEA y del Departamento de Justicia negociaron con él durante el último trimestre de 2008 en Guatemala. Fue trasladado a Estados Unidos en febrero de 2009. Entregó una red del Cártel del Pacífico que operaba desde Puerto San José y participó como testigo en los juicios que la Corte Federal de Nueva York llevó a cabo contra los dos principales cabecillas de ese cartel. Su domicilio estaba localizado en Saint Charles, suburbio de Saint Louis, Missouri. Su traslado a Chicago, en diciembre de 2009, y las actividades ilícitas a las que se dedicaba en esta ciudad, aún están bajo investigación por otro equipo de la agencia. El hecho de que se trate de la ejecución de un testigo protegido foráneo en territorio estadounidense le confiere una relevancia especial al caso.

Cuando se conoció la condición de testigo protegido de Jiménez Lazcano, unas horas después de los hechos, el caso se manejó con la mayor confidencialidad. La DEA nombró al agente James L. Scherer como enlace y apoyo para la investigación.

25. Resumen de la declaración de Tuy López

Este individuo tiene un largo historial delictivo en Guatemala y México (véase Anexo 5). En el primer interrogatorio, realizado en el hospital cuando aún se recuperaba de sus heridas, se limitó a responder con monosílabos; igual actitud mantuvo en los varios interrogatorios a los que fue sometido durante la investigación; sus respuestas no son fiables. En lo que respecta al asunto competencia de este informe, dijo lo siguiente:

– Que Shetemul y él trabajaban a tiempo completo como seguridad de Jiménez Lazcano desde diciembre de 2009. Les pagaba a cada uno 600 dólares mensuales, más alojamiento y comida. Ambos residían en el sótano de la casa de Monticello.

– Que su misión consistía en jamás despegarse de la espalda de su jefe desde el momento en que éste salía a la calle; también tenían un dispositivo de defensa por si la casa o la oficina eran atacadas.

– Que la seguridad durante las reuniones de trabajo en lugares públicos –restaurantes, parques y estacionamientos–, la coordinaba «Alacrán», el hombre que huyó en la Jeep negra del estacionamiento de la plaza Mayfair.

– Que él desconocía el nombre de «Alacrán», a quien también llamaban «X3». Sólo sabía que era mexicano, que a veces dormía en la oficina, trataba directamente con el jefe y a ellos sólo les daba órdenes operativas.

– Que Jiménez Lazcano necesitaba tanta protección porque se había peleado con gente poderosa en Guatemala y

México; que en Estados Unidos mantenía contacto con oficiales del gobierno que lo protegían, pero que él no se confiaba. Shetemul le había contado que, en Guatemala, Jiménez Lazcano había «tumbado» varios cargamentos a sus propios asociados, que cuando fue descubierto llegó la orden desde México de eliminarlo y entonces éste había negociado con oficiales estadounidenses para entregar a sus excolegas a cambio de protección y así había llegado a Chicago.

– Tuy López aseguró que nunca estuvo presente en una reunión entre Jiménez Lazcano y oficiales estadounidenses, por lo que no le consta que hayan tenido lugar, pero que en un par de ocasiones su jefe, muy borracho, se había jactado de tal relación.

– Que las armas que portaban Shetemul y él habían sido conseguidas por Jiménez Lazcano.

– Que él desconocía la procedencia de la cocaína y las armas encontradas en los cateos; que Shetemul y él permanecían fuera de la oficina, atentos a quien entraba y salía del edificio, y no se enteraban de los tejes y manejes de las operaciones comerciales que dirigía el jefe con «Alacrán»; que durante los desplazamientos en automóvil, el jefe casi siempre era conducido por Artola, su asistente personal; y en los restaurantes y sitios públicos, Shetemul y él se sentaban en una mesa separada para tener mayor cobertura en caso de ataque; que por lo mismo no escuchaban las conversaciones, sino a veces retazos.

– Que él no participó en el viaje a Maryland para recoger a la hermana de Artola, ni conoce los detalles; que viajaron éste, Jiménez Lazcano y Shetemul. Confirmó que su jefe y Artola habían comenzado a pelearse desde que llegó Jennifer.

– Aseguró nunca haber escuchado el nombre del profesor Aragón ni tener conocimiento de la extorsión de la que éste era víctima.

– Que la reunión del martes 15 de junio en el Pollo Campero era la tercera que Jiménez Lazcano sostenía con el salvadoreño, a quien llamaba el «Ingeniero». No recordaba las fechas de las otras, pero sí los sitios: el restaurante Los Tamales, en la calle 18 del barrio Pilsen, y la pizzería Connie's en la avenida Archer (un registro del teléfono de Jiménez Lazcano muestra que éstas tuvieron lugar el 29 de mayo y el 8 de junio). Que en las tres ocasiones el «Ingeniero» se había presentado sin acompañante, ni seguridad evidente, aunque en la primera reunión habían detectado en una mesa a un individuo que les pareció sospechoso de estar en connivencia con el «Ingeniero», pero no lo habían vuelto a ver.

– Que hasta donde él había escuchado, el «Ingeniero» quería comprar un lote de armas y Jiménez Lazcano estaba sirviendo de intermediario; que él no sabía quién era el vendedor de armas con el que su jefe mantenía contactos; que ese martes en el restaurante, cuando se sentó a la mesa con ellos (Shetemul y Tuy López), Artola había comentado en voz muy baja que Jiménez Lazcano pretendía «tumbarle» la plata al «Ingeniero» y sólo lo estaba engañando con la información de los precios y el embarque.

– Que el jefe estaba muy molesto porque Artola no se había presentado a la hora acordada para viajar con ellos desde la oficina al Pollo Campero, y que se irritó más cuando «Calín» salió antes de que terminara la reunión con el «Ingeniero».

– Que el choque con los agentes Nilsen y Sotomayor los había tomado completamente por sorpresa; que cuando vio a los agentes detrás de Artola pensó que era una jugada de éste para entregar al jefe; que cuando comenzó la balacera no entendió nada, sólo trató de defenderse. No supo dar razones de por qué le había disparado al agente Nilsen cuando éste yacía agonizante en el suelo.

26. José Domingo Urrutia

La identificación de este sujeto ha resultado complicada. No llevaba ninguna credencial o tarjeta en sus bolsillos; sólo se le encontró la llave de un Chevrolet (sin el llavero automático numerado que hubiera posibilitado identificar el auto) y las hojas con el listado de armas, cantidad y precio que le había entregado Jiménez Lazcano en el restaurante (véase Anexo 5).

Las primeras pesquisas se realizaron bajo el supuesto de que era guatemalteco como los otros del grupo, porque el único que podía señalarlo como salvadoreño era Tuy López, a quien no se pudo interrogar sino pasados varios días. Ni Raquel Villalobos ni Amanda María Packer sabían de su existencia.

Sus huellas dactilares no aparecieron en el sistema; se enviaron a las representaciones de la agencia en Guatemala y México, pero tampoco hubo resultados. Dada la circunstancia de que el proyectil que le entró por el occipital le destrozó, a su salida, parte del rostro, quedó irreconocible. Hubo que esperar a la mañana siguiente, miércoles 16, luego de que se analizaron los videos del restaurante y del estacionamiento para tener una foto de acercamiento y ponerla en circulación con la descripción del sujeto y su probable nacionalidad. Es importante destacar que este sujeto resaltaba entre el grupo por su vestimenta formal, su aspecto de hombre de negocios y su mayor edad.

En la tarde luego de los hechos se inició un rastreo en la zona que circunda la Plaza Mayfair, en busca del Chevrolet al que correspondiera la llave encontrada en el bolsillo del pantalón del Urrutia, sin resultado alguno.

Fue un día después, el jueves 17 en la mañana, cuando una recepcionista del Freiburg Inn, en las cercanías del aeropuerto O'Hare, reportó que un mexicano con un rostro parecido al de la foto había estado hospedado en ese motel. Se registró con una licencia de conducir expedida en Dallas, Texas, el 7 de diciembre de 2007, a nombre de Gustavo López González. Ingresó a las 16.00 horas del viernes 28 de mayo, pagó en cash por adelantado dos noches, y salió el domingo 30. Arribó desde el aeropuerto en el shuttle del hotel. No volvió a usar este transporte.

La licencia de conducir resultó falsa, producto de un robo de identidad. La agencia en Dallas comprobó que a López

González le había sido robada la información de su licencia y de su seguro social. Los técnicos dijeron que la manufactura de la licencia parecía de alta calidad, que le pudo permitir incluso rentar un auto sin hacer saltar los sistemas, pero insuficiente como para pasar los controles de seguridad en el aeropuerto, que su portador no pudo haber arribado a O'Hare en un vuelo regular con ese documento.

La revisión de las cintas de video del motel permitió ver el momento en que el «Ingeniero» entraba a la oficina del motel, arrastrando una pequeña maleta y con una mochila al hombro; se volteaba, consciente de la cámara, mientras la recepcionista fotocopiaba su licencia. Vestía un traje negro de dos piezas y camisa blanca, la misma vestimenta con la que murió dos semanas más tarde.

El Freiburg Inn es un motel en que la mayoría de habitaciones tiene la puerta de cara a los estacionamientos, a los que, además, se puede entrar por tres calles distintas. Las cámaras registraron varias salidas y entradas del sujeto entre el viernes y el domingo. Hizo el check-out a las 10.52 de este último día, luego se metió a su habitación y abandonó el motel a las 11.07 horas. A partir de ese momento se pierde su rastro.

Las imágenes lo muestran solo; no hizo contacto con ningún otro huésped. Siempre salió y regresó a pie, por la entrada de la avenida Bellevue, con la mochila al hombro. Se considera que seguramente tenía un auto estacionado en esa calle, pero no hay cámaras en esa zona.

Fue hasta que Tuy López reveló que el sujeto era salvadoreño, y que lo llamaban el «Ingeniero», cuando se abrió una pista en la investigación. Se enviaron sus huellas dactilares a la oficina en San Salvador: correspondían a José Domingo Urrutia, nacido en el poblado Dulce Nombre de María, en el departamento de Chalatenango, el 3 de julio de 1949, cuya partida nacimiento y su primera cédula de identidad personal fueron emitidas en esa misma localidad el 23 de marzo de 1992; de oficio comerciante y con un domicilio falso en ese poblado. La oficina de la agencia en San Salvador explicó que la alcaldía de Dulce Nombre de María fue destruida durante la guerra civil y sus archivos fueron consumidos por el fuego. Cuando la guerra terminó, precisamente en 1992, muchos pobladores y exguerrilleros recibieron nuevos documentos de identidad como parte de un plan de normalización civil; se sospecha que algunos exguerrilleros asumieron una o varias identidades falsas. Seguramente el «Ingeniero» fue uno de ellos.

Urrutia obtuvo un pasaporte en la oficina de San Salvador el 29 de septiembre de 1998 y se reportan varias salidas y entradas por tierra hacia Honduras y Guatemala. El pasaporte fue renovado en el año 2004. Su última salida por tierra hacia Guatemala se registró el 16 de agosto de 2006. A partir de entonces se le pierde el rastro. No existe registro de que Urrutia haya entrado a Estados Unidos, ni de que se le haya emitido visa para ello con ese documento.

La investigación sobre la identidad real de este sujeto y la identidad falsa con la que ingresó a Estados Unidos sigue abierta.

27. «Alacrán» o «X3»

El sujeto que escapó en la Jeep negra de la Plaza Mayfair se dirigió directamente al apartamento de la calle 42, en Brighton Park. Un vecino lo vio salir con una mochila, una pequeña maleta y una bolsa negra de basura, alrededor de las 14.30 horas. Cuando los comandos SWAPS irrumpieron en el sitio, a las 16.05 horas, encontraron el apartamento en desorden, con las gavetas de la cómoda abiertas y papeles en el suelo.

El Jeep fue encontrado a la mañana siguiente en el estacionamiento del Ford City Mall.

Las huellas dactilares del «Alacrán» no estaban registradas en el sistema; se enviaron a la oficina en México, luego de que Tuy revelara su nacionalidad. Su nombre es Elmer Bernabé Mendoza Recinos, de 34 años de edad, originario de Tampico, estado de Tamaulipas. Acusado de pertenecer al cartel de Golfo; tiene orden de arresto por tres causas criminales en su país. No existe registro de su ingreso a Estados Unidos. Continúa prófugo. El Departamento de Justicia ofrece 100.000 dólares por información que conduzca a su captura.

28. La incógnita del francotirador

La certidumbre de que los disparos que acabaron con la vida de Jiménez Lazcano y Shetemul, y que dejaron gravemente herido a Tuy López, procedían de la parte posterior de la Ford SUV, color verde, estacionada a un costado del Chase Bank, se tuvo a media tarde del miércoles 16, luego del análisis de los videos del estacionamiento y de la trayectoria de entrada y salida de los proyectiles en los cuerpos de las víctimas.

La placa de la SUV había sido robada a un auto de similares características (modelo, color, año) y había sido sobrepuesta; el dueño de la placa no se había percatado y no había utilizado el auto desde el domingo anterior a los hechos.

La SUV en la que se cometió el ilícito también había sido robada, en algún momento de la noche del lunes al martes, sobre la calle Hutchinson Oeste, en el North Side; su dueño se había enterado a las 10.30 horas del martes y puso la denuncia de inmediato. Fue encontrada a las 19.05 horas del miércoles, sobre la calle Argyle Oeste, cerca de la avenida Karlov, a unos 500 metros de la Plaza Mayfair. Fue identificada por los números de chasis y motor.

Las huellas dactilares encontradas en la SUV correspondían al dueño, su novia y algunos de sus amigos que habían viajado en ella, quienes pudieron demostrar que no estaban involucrados en los hechos. El estudio dactilar puso en evidencia que el ladrón del auto (y su último conductor) tenía las yemas de los dedos cubiertas con una delgada cinta adhesiva.

Las cámaras del Chase Bank sólo muestran la parte inferior del rostro del conductor de la SUV cuando entró al estacionamiento. Llevaba sudadera con capucha, gorra de beisbolista, amplias gafas oscuras, bigote espeso y barba de chivo; pegó su barbilla al cuello, consciente de la posición de la cámara que lo filmaba, hasta detener el auto en la casilla del estaciona-miento; luego se pasó, de espaldas a la cámara, al asiento del copiloto que estaba reclinado completamente y quedaba fue-ra del alcance de la cámara.

En los primeros días de la investigación no se encontró ninguna pista que permitiera aproximarse a la identidad del tirador. Hubo las siguientes líneas de investigación:

– Su ruta de escape. Lo más probable es que el Chevrolet de Urrutia haya permanecido estacionado próximo al sitio donde abandonó la SUV, y ahí haya realizado el cambio de auto, pero una revisión de las cámaras en la zona de Mayfair Norte y de otras zonas adyacentes, a la hora aproximada de su escape, no arrojó resultados; de lo que se puede deducir que se trata de alguien con un conocimiento preciso de la ubicación de las cámaras de vigilancia, tanto en el sitio del tiroteo como en las calles adyacentes. No se encontró tampoco a ningún testigo que lo viera salir de la SUV o entrar al Chevrolet.

– El fusil. Se hizo un rastreo en las tiendas de armamento (del estado y luego a nivel nacional) de las ventas recientes de fusiles Gladius .308, o de modelos parecidos. Hubo un par de resultados alarmantes, ya debidamente informados, pero sin relación alguna con el caso. Se continúa recopilando y anali-zando información de los usuarios de campos de tiro que hayan utilizado este tipo de fusil en el último mes.

Fue hasta que Tuy López pudo ser interrogado, y reveló que Urrutia era salvadoreño y que durante el primer encuen-tro de éste con Jiménez Lazcano, en el restaurante Los Tama-les, el 29 de mayo, detectaron en una mesa a un individuo del que supusieron que era guardaespaldas del salvadoreño, cuan-do se abrió una posibilidad de identificación. Lamentable-mente resultó infructuosa, pues la compañía de seguridad a cargo de las cámaras en el establecimiento borró los conteni-dos correspondientes al mes de mayo. A Tuy López se le mos-traron las cintas del segundo encuentro, que tuvo lugar dos semanas más tarde, en la pizzería Connie's, pero aseguró que el individuo no estaba presente en el establecimiento.

También se ha considerado la posibilidad de que el francotirador sea salvadoreño, dado que ésa era la nacionalidad de Urrutia, y que, como éste, se trate de un exguerrillero. Pero sin foto ni huellas dactilares, la oficina en San Salvador se muestra poco optimista. Argumentan que la centralización y automatización de la información personal, a través del Documento Único de Identidad, se inició el 1 de noviembre de 2001, nueve años después del fin de la guerra.

Lo cierto es que no se ha encontrado aún ningún elemento que ayude a identificar la nacionalidad del francotirador. Las filtraciones conseguidas a través de los informantes dentro de las redes del Cartel del Pacífico en México, Guatemala, El Salvador y Colombia, tampoco han arrojado ninguna pista plausible.

29. Los procesos abiertos

— La fiscalía ha acusado a Tuy López de asesinato en primer grado contra el agente Nilsen y la señora Dorothy M. Whitehall y pide que sea condenado a cadena perpetua.

— La fiscalía ha acusado de oficio a Raquel Villalobos de encubrimiento en el secuestro de la menor Amanda María Packer. Los padres de la víctima han optado por no hacer cargos en su contra.

— La fiscalía ha acusado de oficio al profesor Erasmo Aragón Mira de acoso sexual a la menor Amanda María Packer. Los padres de la víctima han optado por no hacer cargos en su contra. El indiciado fue internado en una clínica de Merlow City, luego de que sufriera una crisis nerviosa y un agudo ataque de hipertensión arterial cuando se enteró de la acusación; su contrato como profesor en Merlow College ha sido cancelado. Hasta la realización del juicio, permanecerá arraigado.

— La menor fue regresada al hogar de la familia Packer en Silver Spring, Maryland. El Departamento de Justicia revisa, empero, el proceso de adopción e investiga a las instituciones y personas de Guatemala involucradas en el mismo.

30. Conclusiones

1. Los agentes Richard D. Nilsen y René H. Sotomayor siguieron los procedimientos y protocolos establecidos por la agencia para el tipo de caso al que estaban asignados. La emboscada en la que se vieron atrapados no iba dirigida contra ellos. La muerte del agente Nilsen no fue resultado de una negligencia en los procedimientos, sino de las circunstancias antes descritas.

2. La emboscada que causó las muertes de Jiménez Lazcano, Shetemul y Urrutia fue un ajuste de cuentas al primero por su traición al Cártel del Pacífico y sus nuevas vinculaciones con el Cártel del Golfo. Todos los indicios demuestran que Urrutia y el tirador oculto estaban en connivencia. Si bien la investigación no ha podido establecer con certeza cuál era el plan original, es indiscutible que fue alterado por la abrupta entrada en escena de los agentes Nilsen y Sotomayor. El papel jugado por el mexicano Mendoza Recinos en los hechos es motivo de sospecha: su lentitud para reaccionar cuando se desató el enfrentamiento y su rápida huida sin disparar un tiro, son factores que apuntan a su posible complicidad.

3. Las implicaciones para el sistema de justicia estadounidense de que un testigo protegido extranjero haya sido asesinado dentro del territorio nacional, luego de que abandonara su casa de seguridad, y de que haya estado realizando de nuevo operaciones de narcotráfico, es un asunto que rebasa el objetivo de este informe.

4. La agencia, en colaboración con la DEA, ha detectado la red que Jiménez Lazcano estaba operando en Chicago y ha procedido a su desarticulación. Continúan los esfuerzos destinados a la captura de Mendoza Recinos y a la identificación y localización del francotirador.